Finstersommer

Fiona Limar

Leif Eklund

Impressum

Finstersommer
von Fiona Limar und Leif Eklund

ISBN: 9798853223240
Independently published

1. Version

Verlegt von:
David Salz, Niederbarnimer Str. 10,
16540 Hohen Neuendorf, Deutschland

Buchcover: Buchcoverdesign.de / Chris Gilcher – http://buchcoverdesign.de
Lektorat und Korrektorat: Heidemarie Rabe

1.

Der grelle Signalton des Notarztwagens durchschnitt die morgendliche Stille der Insel. Ein älterer Mann, der auf einem Lastenmoped mitten auf der Straße unterwegs war, wich erschrocken zur Seite aus. In hohem Tempo raste der Wagen an ihm vorbei. „Ist wohl wieder jemand besoffen Baden gegangen", murmelte der Mann. Fahrzeuge waren auf Styrsö eher eine Ausnahmeerscheinung. Bis auf Lieferdienste, die Feuerwehr, den Notarztwagen und einige wenige Taxis, die über eine Sondergenehmigung verfügten, war die Insel autofrei. Der Notarztwagen nahm den Weg nach Norden, wo sich am Strand imposante Villen aneinanderreihten und private Bootsstege weit ins Meer reichten. „Hier muss es gleich sein", sagte die junge Notärztin zum Fahrer des Wagens. „Ist es eine von den Villen da vorn?"

„Eine Villa ist es, aber eine neue", sagte der Fahrer, ein Mann um die fünfzig, der sich bestens in den Schären auskannte. „Siehst du den Glaspalast auf Stelzen hinten rechts? Gerade erst fertig geworden, neues Geld neben altem."

Die junge Notärztin beugte sich vor, um besser sehen zu können. Das Haus war in die Felsen hineingebaut worden und balancierte zur Wasserseite auf Metallpfeilern. Die riesigen Panoramafenster mussten einen gigantischen Ausblick ermöglichen.

„Schön, aber nicht unbedingt mein Geschmack", sagte sie. „Ich glaube, dort können wir parken." Sie fuhren auf einen leicht erhöhten, von Blumenkübeln umgebenen Platz und kamen direkt neben zwei elektrischen Golfmobilen zu stehen. Der Fahrer warf einen missbilligenden Blick auf die modernen Gefährte. „Die setzen sich hier zunehmend durch“, sagte er. „Bald werden sie die Fahrräder verdrängen.“

Die Ärztin antwortete nicht, sie hatte einen Mann entdeckt, der sie bereits zu erwarten schien. Sie stieg aus und ging auf ihn zu.

„Guten Tag, ich bin Ebba Grambo. Haben Sie uns gerufen?“

„Ja, wir brauchen dringend einen Arzt.“ Er schaute über ihre Schulter und sein Blick blieb an dem Fahrer hängen. Ebba kannte diese Reaktion bereits, wegen ihrer Jugend und ihrer knabenhaften Statur wurde sie oft nicht für voll genommen.

„Ich bin die Notärztin“, sagte sie, „und das ist mein Kollege Gerold Hansen. Er ist Rettungssanitäter. Wo ist die Patientin?“

„Kommen Sie bitte mit.“ Der Mann hatte es nun eilig, er lief ihnen voran durch eine geräumige Halle, in der abstrakte Skulpturen aus Treibholz standen. Eine breite Treppe führte hinauf ins Obergeschoss, wo eine offene Tür den Blick auf das türkisfarbene Meer freigab.

„Hier hinein bitte.“ Der Mann ließ der Ärztin und dem Sanitäter den Vortritt. Das Fenster des Raumes nahm fast die ganze Wand ein, gegenüber stand ein Bett mit einem dunkelblauen Überwurf, unter dem sich die Konturen einer liegenden Gestalt abzeichneten. Auf der Bettkante hockte in sich zusammengesunken ein Mann und hatte das Gesicht in den Händen vergraben. Ein zweiter Mann stand neben ihm und versuchte offenbar vergeblich, ihn zu trösten. Seitlich auf einem Diwan klammerten sich zwei Frauen aneinander, es war nicht klar, wer wen stützte.

Beim Eintreten der Ärztin hob der Mann auf dem Bett den Kopf. „Bitte helfen Sie“, schluchzte er, „als ich heute früh aufwachte, lag sie so neben mir. Sie atmet nicht.“

„Sie sind also der Ehemann der Patientin“, sagte Ebba Grambo.

„Verlobt, wir sind verlobt“, schluchzte er. Ebba Grambo fand seinen genauen Status im Moment relativ unwichtig. Sie wandte sich zu dem Mann um, der sie eingelassen hatte. „Und wer sind Sie?“

„Beck, Elias Beck. Dies ist mein Haus, meine Frau sitzt dort drüben.“ Er zeigte hinüber zum Diwan. „Alle anderen hier sind unsere Gäste.“

„Ich muss Sie jetzt alle bitten, kurz den Raum zu verlassen, während ich die Patientin untersuche.“ Während die Anwesenden zögernd ihrer Bitte nachkamen, beugte sich die Ärztin über die Frau. „Hier können wir nichts mehr tun, die Frau ist tot, vermutlich schon seit einigen Stunden", flüsterte sie ihrem Kollegen zu.

„Sie ist noch jung, da stirbt man doch nicht einfach so", sagte der. „Wir müssen uns nach Vorerkrankungen erkundigen."

Die Ärztin schien nicht zuzuhören, sie musterte eingehend den Hals der Frau. Dann schob sie das Nachthemd der Toten hoch und drehte den Körper auf die Seite. „Siehst du das?", fragte sie.

„Ausgeprägte Totenflecke", sagte er.

„Nicht nur das, achte mal auf die Farbe."

„Du hast recht, was machen wir jetzt?"

„Ich fürchte, wir können hier gar nichts weiter machen. Hier muss die Kriminalpolizei aus Göteborg ran."

2.

Zwei Tage zuvor

Die Frau stieß einen spitzen Schrei aus und bäumte sich vor Schmerz auf. Ihre Stirn war schweißbedeckt. Ilma drückte beruhigend ihre Hand.

„Ganz ruhig atmen“, sagte sie. „Wir haben es bald geschafft.“

Die Gebärende wirkte nicht überzeugt. „Ich kann nicht mehr“, stöhnte sie.

„Aber sicher doch, schön entspannen, dann wird es leichter.“ Ilma kontrollierte Puls und Blutdruck. „Alles bestens“, sagte sie lächelnd.

Die Frau war jung, noch keine neunzehn, es war ihr erstes Kind. Ilma versuchte, ihr die Angst zu nehmen, so gut es ging. Ausgerechnet jetzt sah sie, wie ihre Kollegin Milena ihr hektisch winkte. Was war da los? Gab es Komplikationen bei einer Kreißenden? Zum Glück eilte bereits Klara herbei, eine ältere erfahrene Hebamme. Ilmas Hilfe wurde nicht mehr benötigt, diesmal nicht. Aber es änderte nichts an der grundlegenden Situation. Es gab zu wenig Hebammen auf der Station, sie waren chronisch unterbesetzt. Die Urlaubszeit machte es noch schlimmer, sie hatten bereits Schwangere abweisen und in mehrere Stunden Fahrzeit entfernte Krankenhäuser schicken müssen, einige sogar nach Dänemark. Das war kein Zustand, schließlich war die Urlaubszeit keine Katastrophe, die alljährlich unvorhersehbar über die Station hereinbrach. Dann musste man eben mehr Kräfte einstellen. In Stockholm hatten die Hebammen gegen die unzumutbaren Arbeitsbedingungen öffentlich protestiert, vielleicht sollten sie das hier in Göteborg ebenfalls tun. Es gab Tage, an denen Ilma von morgens um sieben bis zweiundzwanzig Uhr durcharbeitete. Ihren Urlaub hatte sie in diesem Jahr bereits zweimal verschieben müssen. Es war in jedem Sommer das Gleiche, ohne dass sich etwas änderte.

„Hier ist es ja fast so weit." Klara stand plötzlich neben ihr. Ilma erschrak. Sie hielt noch immer die schweißnasse Hand der Kreißenden, war aber zu abgelenkt gewesen, um die einsetzenden Presswehen zu bemerken. Klara nahm entschlossen das Heft in die Hand. „Ich sehe schon das Köpfchen", sagte sie strahlend. „Jetzt kräftig pressen."

Plötzlich ging alles ganz schnell. Nach nur zwei weiteren Wehen hielt Klara das Kind in der Hand, das sogleich zu schreien begann. „Ein süßes kleines Mädchen, herzlichen Glückwunsch", sagte sie zu der erschöpften Mutter.

Nachdem sie die Vitalfunktionen des Kindes überprüft und es abgenabelt hatte, legte Ilma es der Mutter an die Brust. Das kleine Köpfchen pendelte zunächst unbeholfen hin und her, fand dann aber zielsicher die Brustwarze. Von hinten legte sich eine Hand auf Ilmas Schulter.

„Du kannst jetzt nach Hause gehen", sagte Klara. „Es war wohl alles ein bisschen viel in den letzten Tagen, du siehst ganz schön fertig aus. Fährst du mit Jörn übers Wochenende weg?"

Ilma nickte mechanisch.

„Das ist gut, versuch dich ein wenig zu erholen. Ich wünsche euch viel Spaß auf Styrsö."

„Danke." Ilma merkte selbst, wie wenig begeistert das klang. Vermutlich sah Klara den Grund dafür in ihrer Erschöpfung. Doch da war noch etwas anderes, worüber sie nicht sprechen konnte, obwohl es ihr keine Ruhe ließ. Es waren die unheimlichen Anrufe, die sie seit einigen Tagen bekam. Sie wünschte, ihr würde ein plausibler Grund einfallen, um den Trip auf die Insel platzen zu lassen.

Ilma zog sich um und packte einige Sachen aus ihrem Spind in eine geräumige Tasche. Dann ging sie hinunter zum Parkplatz, wo sie am Morgen ihren Saab abgestellt hatte. Normalerweise fuhr sie mit dem Rad oder den öffentlichen Verkehrsmitteln zur Arbeit. Die Strecke von ihrer im Zentrum gelegenen Wohnung zum Krankenhaus ließ sich so problemlos bewältigen. Wegen der paar Sachen, die sie heute aus dem Spind mit nach Hause nahm, hätte sie den Wagen nicht gebraucht. Es war die Angst, die sie umtrieb, die Angst, sich unter Menschen zu bewegen. Denn da waren nicht nur die Anrufe, sie fühlte sich auch beobachtet. Mehrmals war sie sich ganz sicher gewesen, Schritte hinter sich zu hören und einen eilig weghuschenden Schatten zu sehen, sobald sie sich umschaute. Gestern hatte ein Mann in der Straßenbahn sie versehentlich angestoßen. Ilma hatte daraufhin so laut aufgeschrien, dass sämtliche Fahrgäste sich nach ihr umgedreht hatten. Eine Frau war sogar auf sie zugeeilt, um zu fragen, ob der Herr sie belästigt habe. Es war eine furchtbar peinliche Situation gewesen, die sie nicht noch einmal erleben wollte.

Ilma entriegelte den Wagen und ließ sich auf den Sitz fallen. Sie atmete auf, hier fühlte sie sich sicher. Gerade wollte sie losfahren, als ihr Blick auf einen Fleck auf der Windschutzscheibe fiel. Einen Moment lang weigerte sich ihr Verstand, zu begreifen, um was es sich handelte. Dann begann sie zu zittern und sackte über dem Lenkrad zusammen.

3.

„Ilma! Ist alles in Ordnung, Ilma?“ Jemand klopfte auf ihrer Seite gegen das Autofenster. Ilma hob den Kopf und erkannte zu ihrer Erleichterung Knut. Er war Pfleger auf der Inneren und ein feiner Kerl. Jetzt wirkte sein rundes sommersprossiges Gesicht besorgt. Ilma ließ die Scheibe herunter.

„Ilma, was ist los? Geht es dir nicht gut, brauchst du Hilfe?“

„Da vorn“, brachte sie mühsam heraus und zeigte auf die Windschutzscheibe. Ihre Hand zitterte dabei.

Mit gerunzelter Stirn musterte Knut den blutigen Handabdruck. Dann griff er mit spitzen Fingern zu und kurz darauf schwebte die Horrorhand im Luftzug über die Kühlerhaube. Knut erhaschte sie und zeigte sie Ilma. „Das ist eine Plastikfolie, ein Scherzartikel. Jemand fand das offenbar witzig, bestimmt irgendwelche Kinder. Hat dich das so erschreckt? Soll ich die Bälger suchen und ihnen den Hintern versohlen?“ Knut legte den Kopf schräg und lächelte, wobei er eine Lücke zwischen den oberen Schneidezähnen entblößte.

Ilma versuchte sein Lächeln zu erwidern, obwohl sich ihr Herzschlag noch immer nicht beruhigt hatte. Sie und Knut waren seit Jahren befreundet. Er hatte auf mehr gehofft und einige Vorstöße unternommen, Ilmas taktvolle Zurückweisung jedoch klaglos akzeptiert. Ihre Freundschaft hatte darunter nicht gelitten, was Ilma ihm hoch anrechnete.

„Es tut mir leid, ich bin einfach überarbeitet und hundemüde“, sagte sie. „In dem Zustand sieht man schon mal Gespenster.“

„Dann solltest du jetzt nicht allein nach Hause fahren, sonst baust du noch einen Unfall. Weißt du was, rutsch mal rüber. Ich fahre dich.“

Ilma war für das Angebot dankbar, verspürte aber gleichzeitig einen Anflug von schlechtem Gewissen. „Du willst doch auch nach Hause“, sagte sie. „Ich halte dich nur auf.“

„Unsinn.“ Knut legte die Hand auf die Autotür. „Von deiner Wohnung bis zu mir ist es nicht weit, das Stück kann ich laufen. Meinen Drahtesel lasse ich hier stehen, das angerostete Teil klaut niemand. Nun komm schon.“

Ilma entriegelte die Tür und rutschte hinüber auf den Beifahrersitz. Knut quetschte sich hinter das Lenkrad. Der Sitz war für seine bärenhafte Statur zu hoch eingestellt, doch es schien ihn nicht zu stören. Für die kurze Strecke durch die Stadt lohnte es sich nicht, etwas daran zu ändern.

„Ich habe mitbekommen, was da bei euch auf der Geburtsstation gerade abgeht“, sagte er, als sie vom Parkplatz fuhren. „Wir auf der Inneren sind ja auch nicht gerade faul, aber das ist eine Zumutung. Wenn sich da nicht bald was ändert, werden einige Hebammen den Job hinschmeißen. Dann wird es noch schlimmer.“

„Das ist zu befürchten“, stimmte Ilma ihm zu. „Aber für mich kommt das nicht infrage. Jörn hat mir mehrfach angeboten, bei ihm in der Praxis mitzuarbeiten, aber das wäre nichts für mich. Hebamme war immer mein Traumberuf, den gebe ich nicht so leicht auf.“

„Das sehe ich genauso“, stimmte Knut ihr lebhaft zu. „Was hast du mit deiner Ausbildung und Berufserfahrung in einer Zahnarztpraxis verloren? Willst du da die Instrumente zureichen und den Sauger halten? Das würde dich nicht glücklich machen. Außerdem würde ich dich schrecklich vermissen.“

„Ich dich auch“, erwiderte Ilma. Sie waren vor dem mehrstöckigen Haus im Zentrum angekommen. Ilma atmete auf, als Knut den Wagen ungefragt in die Tiefgarage chauffierte und sie danach zum Fahrstuhl begleitete. Hier unten hatte sie sich von Anfang an unwohl gefühlt, durch die Ereignisse der vergangenen Tage war dieses Gefühl noch verstärkt worden. Oben im dritten Stock verabschiedeten sie sich vor der Wohnungstür. „Danke fürs Bringen“, sagte Ilma.

„Immer wieder gern. Wenn ich sonst noch etwas für dich tun kann, weißt du, wie du mich erreichst.“ Knut strahlte, als Ilma ihn spontan umarmte. „Pass auf dich auf“, sagte er.

Ilma betrat die Wohnung, in der sie nun seit einem Jahr lebte und noch immer nicht richtig heimisch war. Ursprünglich hatte Jörn hier allein gelebt und der Einrichtung seinen Stempel aufgedrückt. Jörn liebte es minimalistisch und funktional. Als Ilma bei ihm eingezogen war, hatten sie lediglich ein Doppelbett für das gemeinsame Schlafzimmer und einen neuen Schrank angeschafft. Ilmas Stil war eher gemütlich und verspielt, doch sie hatte es bisher nicht gewagt, etwas zu verändern.

Kaum hatte sie ihre Tasche im Flur abgestellt, klingelte ihr Handy. Die Nummer war unterdrückt, Ilma ahnte, was das bedeutete. Wie unter einem Zwang nahm sie das Gespräch trotzdem entgegen und lauschte der verzerrten Stimme, die nicht einmal erkennen ließ, ob sie einem Mann oder einer Frau gehörte. Die Botschaft, die sie diesmal verkündete, jagte eiskalte Schauer durch Ilmas Körper. Mit letzter Kraft schleppte sie sich ins Wohnzimmer und sank auf das Sofa. Dort fand Jörn sie vor, als er kurz darauf nach Hause kam.

4.

Ilma hatte eine Decke fest um ihren Körper gewickelt, fror aber dennoch. Jörn würde hoffentlich erkennen, wie schlecht es ihr ging. Dann hatte sie eine Chance, die Fahrt nach Styrsö abzusagen. Tatsächlich wirkte er besorgt, als er sie so zusammengekrümmt auf der Couch liegen sah.

„Frierst du etwa?“, fragte er. „Hier drinnen ist es ziemlich warm.“

„Ja, das mag sein, aber ich friere trotzdem. Es tut mir leid, aber ich glaube, ich werde krank.“ Ilma zog die Decke noch ein Stück höher unters Kinn. „Ich werde wohl nicht nach Styrsö mitkommen können.“

Jörn trat näher und legte ihr eine Hand auf die Stirn. Er hatte schöne schmale Hände, die ihr gleich zu Beginn ihrer Bekanntschaft aufgefallen waren.

„Fieber hast du nicht“, stellte er fest. „Zeig mal deine Zunge.“

Gehorsam streckte Ilma die Zunge heraus.

„Nicht belegt, alles in Ordnung. Tut dir etwas weh?“

„Ja, der Kopf“, log Ilma. „Mir ist auch schwindlig.“ Das zumindest war nicht gelogen. „Ich musste mich sogar nach Hause fahren lassen.“

„Kein Wunder bei dem Arbeitspensum, das du dir in den vergangenen Wochen zugemutet hast“, stellte Jörn fest. „Was du schilderst, sind typische Anzeichen von Überarbeitung. Du musst dringend entspannen, deshalb ist das Wochenende auf Styrsö genau das Richtige für dich.“

„Das sehe ich anders, wenn es mir nicht gut geht, falle ich dir und deinen Freunden nur zur Last.“

„Nein, garantiert nicht. Da wir privat unterkommen werden, kannst du dich jederzeit hinlegen und ausruhen. Sollte es gar nicht gehen, sind wir in gut einer Stunde wieder zu Hause. Styrsö liegt schließlich nicht auf dem Mond, sondern direkt vor unserer Haustür. Ich sehe da kein Problem."

Verzweifelt suchte Ilma nach weiteren Argumenten. „Mir ist einfach unwohl bei dem Gedanken, mich in diesem Zustand unter Menschen zu bewegen und mich mit ihnen unterhalten zu müssen", sagte sie schließlich.

Jörn musterte sie nun mit unverhohlenem Argwohn. „Redest du von Menschen allgemein oder betrifft deine Abneigung speziell meine Freunde?"

Ilma fühlte sich ertappt. Jörn war es bei ihrem letzten Zusammentreffen nicht entgangen, dass sie seine Freunde nicht mochte. Vor einem Jahr hatte er Ilma zum ersten Mal mitgenommen und bei der Gelegenheit mit den beiden Paaren bekannt gemacht.

„Hör zu", fuhr er fort, als Ilma nicht antwortete. „Du kennst sie kaum, das eine Treffen war zu kurz, um miteinander warm zu werden. Aber ich kenne drei von ihnen seit meiner Schulzeit und diese Treffen an einem Wochenende im Sommer sind seitdem eine feste Tradition. Lucas, der Freund von Svea, ist vor drei Jahren zu uns gestoßen. Anfangs hat er ebenfalls ein wenig gefremdelt, aber inzwischen fühlt es sich an, als würden wir uns schon ewig kennen. Du wirst das mit der Zeit ähnlich empfinden. Und wenn nicht", setzte Jörn hinzu, „sollte es auch kein Problem sein. Wir hängen schließlich nicht ständig zusammen rum, sondern haben nur dieses eine Treffen im Jahr. Das solltest du aushalten, schon mir zuliebe."

„Natürlich halte ich das aus", entgegnete Ilma schwach. Sie wollte auf keinen Fall als die zickige Freundin gelten, die ihren Partner von all seinen früheren Freunden isolierte. Elias und Tessa Beck, bei denen sie während des Aufenthaltes wohnen würden, waren ziemliche Angeber, die mit ihrem Geld protzten. Er tat das vermutlich, um seine Komplexe wegen seines gescheiterten Abiturs zu kompensieren. Nun betonte er stets, mit seinem Bauunternehmen mehr Geld zu machen als all die hungerleidenden Akademiker. Tessa, die er seit der Schulzeit kannte, zeigte er wie eine Trophäe vor. Sie war eine Schönheit mit seidigem Haar und Modelmaßen. Mit ihrem Beruf als Architektin passte sie perfekt in seine Firma. Tessa plante und entwarf, Elias baute. Und wenn sie sich diesmal auf Styrsö trafen, würden sie ihren Freunden ihr gerade fertiggestelltes Sommerhaus präsentieren. Lucas, der Freund von Svea, hatte sich den Becks sogleich als Unternehmensberater angeboten. Svea Helvig hatte sich wenig an den Gesprächen beteiligt, doch ihre verstohlenen Blicke waren immer wieder zu Jörn gehuscht. Das Wissen, dass Svea und Jörn früher einmal ein Paar gewesen waren, bereitete Ilma Unbehagen. Sicher war das albern, denn es lag lange zurück und Svea war schließlich in einer neuen Beziehung.

„Du schaust immer noch skeptisch." Die Bemerkung von Jörn riss Ilma aus ihren Gedanken.

„Es ist nur", erwiderte sie zögernd, „da waren wieder diese Anrufe. Diesmal wurde ich davor gewarnt, mit dir nach Styrsö zu fahren."

„So, wie du vor einem Jahr davor gewarnt wurdest, mit mir zusammenzuziehen?", fragte Jörn. „War es die gleiche verzerrte Stimme?"

Ilma nickte. Vor einem Jahr hatten sie deshalb Anzeige bei der Polizei erstattet. Doch die konnten die Anrufe nicht zurückverfolgen. Die Frage, ob sie eine Ahnung habe, wer dahinterstecken könne, hatte Ilma verneint. Leider hatte Jörn daraufhin einen Verdacht geäußert, den sie absolut nicht teilte.

„Wer hat dich heute nach Hause gefahren?", fragte Jörn ausgerechnet in diesem Moment. Ilma war versucht, zu lügen, unterließ es dann aber.

Sie wusste genau, was nun folgen würde, und hatte sich nicht getäuscht.

„Sieh an, Knut der edle Ritter", sagte Jörn höhnisch. „Er ist immer zur Stelle, wenn es dir schlecht geht. Ich wette, er steckt hinter den Anrufen, genau wie er garantiert auch vor einem Jahr dahintersteckte. Der ist immer noch in dich verknallt und zu allem bereit, um dich zu bekommen. Vor einem Jahr hat er dich mit anonymen Drohungen terrorisiert, es würde etwas Schreckliches geschehen, wenn du mit mir zusammenziehst. Wir haben uns davon nicht einschüchtern lassen und nichts ist passiert. Jetzt startet er offenbar eine neue Offensive."

„Jörn, hör auf." Ilma presste die Hände auf die Ohren. „Knut hat nichts damit zu tun, ich kenne ihn lange genug, um das zu wissen. Weshalb fängst du immer wieder davon an? Könnte es bei den Anrufen nicht viel eher um dich gehen? Eine ehemalige Freundin oder heimliche Verehrerin will mich offenbar nicht in deiner Nähe haben. Und warum soll ich ausgerechnet nicht mit dir nach Styrsö fahren? Wenn ich nicht mitkomme, hat Svea freie Bahn. Ich erinnere mich gut, wie sie dich beim letzten Treffen immerzu angeschmachtet hat."

Jörn hob zum Zeichen der Kapitulation beide Hände. „Okay, beenden wir das Thema, es macht keinen Sinn. Wir fahren morgen gemeinsam nach Styrsö und zeigen allen, wie glücklich wir miteinander sind. Das ist die beste Art, uns gegen solche Anfeindungen von außen zu wehren."

Ilma wusste nichts mehr zu erwidern. In der Nacht lag sie schlaflos neben Jörn und versuchte, sich für die bevorstehende Fahrt Mut zu machen. Vielleicht wurde es diesmal ganz nett. Sie würden sich das neue Sommerhaus der Becks ansehen, und sie könnte das zum Anlass nehmen, Jörn ebenfalls für diese Art des Urlaubs zu begeistern. Ihn zog es in die Welt hinaus, sie waren bereits gemeinsam in den USA, in Thailand und in Japan gewesen. Während Jörn diese Rastlosigkeit zu genießen schien, fand Ilma sie anstrengend. Sie träumte von einem rot gestrichenen Häuschen in den Schären mit einer weißen Bank davor. Dort wollte sie mit einem Buch in der Hand in der Sonne sitzen, den Wind im Gesicht spüren und das Meer riechen. Dieses friedliche Bild verdrängte die Gedanken an den letzten erschreckenden Anruf und ließ sie schließlich sanft einschlafen.

5.

„Tut mir leid, aber das Wochenende ist für uns erst mal gestrichen. Wir haben eine Leiche auf Styrsö.“ Mit dieser Ankündigung betrat Kriminalkommissar Rurik Stein das Büro, in dem Kriminalinspektorin Alva Claesson und Kriminalinspektor Sven Falk auf ihn warteten. Beide waren sie dem Anruf ihres Chefs gefolgt und soeben im Präsidium eingetroffen.

„Auf Styrsö? Eine Wasserleiche oder eine Schnapsleiche?“, fragte Sven. Er fuhr sich durch sein rotes Haar, das mal wieder nach allen Seiten abstand.

Rurik ging nicht auf seinen scherzhaften Ton ein. „Weder noch“, sagte er. „Eine Frau wurde tot in einem Sommerhaus gefunden. Eine Gruppe von Personen hatte sich dort übers Wochenende getroffen und gefeiert. Morgens lag die Frau angeblich regungslos in ihrem Bett. Die Ärztin konnte nur noch den Tod feststellen. Aber es soll da gewisse Auffälligkeiten geben, sonst hätte man uns nicht benachrichtigt.“

„Sind die anderen Gäste, die an der Feier beteiligt waren, noch dort?“, fragte Alva.

Rurik nickte. „Es hörte sich für mich so an.“

„Dann nichts wie hin, bevor sie abreisen“, sagte Alva. „Wenn da wirklich etwas nicht stimmt, müssen wir sie befragen.“

Rurik schaute auf die Uhr. „Wenn wir gleich eine Fähre erwischen, können wir in einer Stunde dort sein. Kommt ihr?“

Nur wenige Minuten später fuhren sie im Streifenwagen vom Parkplatz des Präsidiums. Am Hafen Saltholmen, wo die Personenfähren zu den Schären ablegen, gab es kaum Parkplätze. Rurik stellte den Wagen vorschriftswidrig ab, sie würden deshalb keinen Ärger bekommen. Manchmal war es von Vorteil, die Polizei zu sein. Die Fähre wollte gerade ablegen, sie schafften es buchstäblich in letzter Minute an Deck. Alva entging nicht, wie mehrere der mitreisenden Touristen sie und ihre Kollegen neugierig musterten. Zwar trug keiner von ihnen Uniform, doch man hatte sie wohl aus dem Streifenwagen steigen sehen.

„Und wie dann weiter auf der Insel?“, fragte Sven. „Hätten wir Fahrräder mitnehmen sollen?“

Rurik schüttelte den Kopf. „Das ist geregelt, wir werden von der Feuerwehr abgeholt.“

Tatsächlich sahen sie schon beim Einlaufen in den Hafen das wartende Einsatzfahrzeug. Der Fahrer, ein junger Mann in Jeans und T-Shirt, kam ihnen entgegen. „Willkommen auf Styrsö“, sagte er mit einer leichten Verbeugung. „So hohen Besuch von der Polizei hatten wir hier noch nie.“

„Dazu kann man nur gratulieren“, bemerkte Sven. „Wenn wir auftauchen, riecht es schließlich nach Ärger. Das ist bestimmt nicht gut für den Tourismus.“

Ihr Fahrer, der sich inzwischen hinters Lenkrad gesetzt hatte, winkte ab. „Ich glaube, es wird sich schnell aufklären. Vermutlich ist es viel Lärm um nichts. Die Ebba Grambow, die Ärztin, mag ja eine tüchtige Person sein. Aber es war ihr wohl auf Dauer zu langweilig, nur die Wehwehchen der Inselbewohner und die Mückenstiche der Touristen zu behandeln. Da ist der unklare Tod einer jungen Frau natürlich eine Abwechslung. Aber deshalb muss man doch nicht gleich die Mordkommission aus Göteborg rufen.“ Er schaute sich nach Zustimmung heischend zu Rurik um.

„Wir werden uns der Sache annehmen. Wenn es sich als harmlos aufklären sollte, sind wir nicht traurig“, sagte der. „Wir haben auch so genug zu tun.“

Der Fahrer war mit ihnen durch einige enge Straßen gekurvt, nun öffnete sich vor ihnen ein weiter Blick aufs Meer. „Hier ist es“, sagte er. „Der neue Prachtbau da vorn.“

„Aber wieso, die Rede war von einem Sommerhaus“, wunderte sich Sven. Auch Alva war auf den Anblick eines pittoresken Holzhäuschens gefasst gewesen, nicht auf dieses futuristische Glashaus, das wie ein Ufo halb über dem Wasser schwebte.

„Das ist das Sommerhaus von Familie Beck“, lachte der Fahrer. „Sie haben auch noch eine Villa in Askim und diverse Eigentumswohnungen, die über den halben Kontinent verstreut sind. Da ist das große Geld zu Hause.“

Und jetzt hat der Tod bei ihnen Einzug gehalten, dachte Alva. Noch wussten sie nicht, wer die Tote war. Ihre Ankunft war nicht unbemerkt geblieben, ein Mann öffnete ihnen die Tür. Rurik stellte sich und seine Kollegen vor. Dann schaute er den Mann abwartend an. „Und wer sind Sie?“

„Beck, Elias Beck“, erwiderte der zerstreut. „Entschuldigen Sie, die Situation überfordert mich gerade etwas. Den Frauen und dem Verlobten der Toten geht es ziemlich schlecht, die Ärztin kümmert sich um sie. Sie sind oben.“ Er zeigte auf eine Treppe, die im hinteren Teil der Eingangshalle nach oben führte.

Alva musterte den Mann unauffällig. Elias Beck war mittelgroß, muskulös und sehr braun gebrannt. Er trug Sportkleidung einer teuren Marke. An seinem Handgelenk blitzte eine protzige Uhr. Beck war ein Mann, der es darauf anlegte, Eindruck zu machen, das war Alva sofort klar. Trotz des dramatischen Vorfalls in seinem Haus überließ er nichts an seinem Erscheinungsbild dem Zufall.

„Wir möchten zuerst mit der Ärztin sprechen“, sagte Rurik. „Würden Sie uns zu ihr bringen?“

„Kommen Sie bitte.“ Beck forderte die Kriminalisten mit einer schwungvollen Handbewegung auf, ihm zu folgen. Die Treppe mündete auf eine Galerie, von der drei Türen abgingen, alle waren geschlossen. Beck öffnete die mittlere Tür, die in ein Schlafzimmer führte. Auf dem ungemachten Doppelbett lag eine Frau, sie hatte den angewinkelten rechten Arm übers Gesicht gelegt und rührte sich nicht. Ein Mann saß am Fußende des Bettes und streichelte ihre Beine. Gegenüber am Fenster saß ein weiterer Mann auf einem Stuhl, die Ärztin kontrollierte gerade seinen Blutdruck. Zwischen Bett und Fenster stand eine auffallend attraktive Frau in einem langen weinroten Abendkleid. Erst auf den zweiten Blick erkannte Alva, dass es sich um einen Hausmantel handelte. Die Frau schien sich nicht entscheiden zu können, ob sie zum Bett oder zum Fenster gehen und wem sie beistehen sollte. Als sie Elias Beck entdeckte, ging sie ihm entgegen. Sie schaute Rurik, Sven und Alva der Reihe nach an.

„Sind Sie von der Polizei?“, fragte sie. „Ich weiß nicht, warum es nötig war, Sie herzubemühen.“

„Tessa, lass gut sein“, beschwichtigte Elias Beck sie. „Das ist Tessa, meine Frau.“

Rurik ging zu der Ärztin, die gerade ihr Stethoskop zusammenklappte. „Frau Grambow?“, fragte er.

Ebba Grambow nickte. „Ich habe Sie rufen lassen.“

„Gut, dann wüssten wir gern mehr.“

Rurik konnte nicht weitersprechen, weil Tessa Beck ihn unterbrach. „Wir, mein Mann und ich, wüssten auch gern mehr. Vor allem, weshalb so ein Aufstand gemacht werden muss. Hier wurde schließlich niemand umgebracht. Wollen Sie uns mit Gewalt in Misskredit bringen?“ Sie funkelte die Ärztin wütend an.

„Tessa bitte“, wies ihr Mann sie erneut zurecht. „Die Leute hier machen nur ihre Arbeit. Wir sind doch auch daran interessiert, zu erfahren, was zum Tod unserer Freundin geführt hat. Alles wird sich ganz schnell aufklären. Es muss eine natürliche Ursache geben.“ Er schaute Beifall heischend in die Runde.

„Wo ist die Tote?“, fragte Rurik.

„Kommen Sie.“ Elias Beck wollte vorangehen, doch Sven hielt ihn zurück. „Sie bleiben bitte alle hier.“

„Sie ist nebenan“, sagte die Ärztin und übernahm es, den Kriminalisten den Weg zu zeigen. Als sie die Tür zu dem nächstgelegenen Zimmer öffnete, fiel ihnen zuerst die atemberaubende Aussicht auf. Auf dem Bett dem Fenster gegenüber lag eine verhüllte Gestalt. Jemand hatte pietätvoll ein Laken über die Tote gebreitet, das Ebba Grambow nun wegzog. Alva hatte während ihres Berufslebens schon viele Tote zu Gesicht bekommen, einige in einem schrecklichen Zustand. Diese Frau hingegen wirkte friedlich, als würde sie schlafen. Das halblange mittelblonde Haar umrahmte ihr Gesicht, die Augen waren geschlossen, der Mund stand leicht offen. Alva und Rurik waren dicht an das Bett herangetreten, während Sven an der Tür stehen blieb.

„Was hat Sie bewogen, uns zu rufen?“, fragte Rurik die junge Ärztin.

„Das hier.“ Sie deckte die Leiche vollständig auf, das Nachthemd war bis fast unter das Kinn nach oben geschoben.

zunächst die Namen aller Anwesenden und in welchem Verhältnis Sie zueinander stehen", forderte Rurik Beck auf.

Beck räusperte sich. „Meine Frau Tessa habe ich Ihnen bereits vorgestellt. Bei den anderen handelt es sich um zwei befreundete Paare. Svea Helvig und Jörn Olander kennen wir schon seit zwanzig Jahren. Wir waren bereits befreundet, als wir noch gemeinsam die Schulbank drückten. Seitdem treffen wir uns in jedem Sommer und verbringen ein Wochenende miteinander. Das ist eine feste Tradition, bisher haben wir dieses Treffen noch kein einziges Mal ausfallen lassen."

„Sie, Ihre Frau, Svea Helvig und Jörn Olander waren also Schulfreunde", fasste Rurik zusammen. „Und die Partner der beiden, kannten Sie die auch schon aus Schulzeiten?"

„Nein, Lucas Edman, der Verlobte von Svea, kam vor drei Jahren zum ersten Mal mit. Die beiden wollten im kommenden Jahr heiraten. Der arme Kerl ist völlig fertig, Sie haben ihn ja vorhin gesehen." Beck verzog das Gesicht zu einer Miene tiefer Betroffenheit. „Ich begreife das mit Svea einfach nicht. Sie ist, also sie war eine kerngesunde Frau und sehr sportlich."

„Was machte Svea Helvig beruflich?", fragte Alva.

„Sie war Tourismusmanagerin bei einem großen Reiseunternehmen und sehr engagiert. Durch ihren Beruf kam sie viel in der Welt herum."

„Und ihr Verlobter Lucas Edman, woher kannte sie ihn?"

„Sie haben sich im beruflichen Umfeld kennengelernt. Er ist Unternehmensberater und für eine Hotelkette tätig, mit der der Arbeitgeber von Svea zusammenarbeitet."

Rurik reichte das zunächst als Information, er erkundigte sich nach dem zweiten Paar.

„Jörn Olander ist Zahnarzt, er hat eine Praxis in Göteborg. Seine Freundin Ilma Sölberg arbeitet als Hebamme. Über sie kann ich wenig sagen, sie war gestern erst zum zweiten Mal dabei. In der Zeit zwischen den Treffen hatten wir keinen Kontakt."

Als Beck nun gebeten wurde, den Ablauf des gestrigen Tages zu schildern, wurde er unruhig. „Wollen Sie mir nicht sagen, was mit Svea passiert ist? Gibt es einen Verdacht gegen Lucas? Das kann ich mir beim besten Willen nicht vorstellen, die beiden waren sehr glücklich miteinander."

„Wir geben zum gegenwärtigen Zeitpunkt weder Details preis, noch äußern wir einen Verdacht. Beantworten Sie bitte meine Frage."

Wieder räusperte Beck sich. „Lucas und Svea kamen so gegen 10 Uhr an, Jörn und Ilma eine Viertelstunde später. Wir hatten ein Buffet auf der Terrasse vorbereitet. Bis gegen 13 Uhr haben wir zusammengesessen, gegessen und geredet, es gab viel zu erzählen. Danach sind wir zum Jachthafen gelaufen, wo unser Boot liegt. Wir haben eine Tour durch die Schären unternommen, zwischendurch geankert und sind schwimmen gegangen. Ilma, die Freundin von Jörn, war nicht dabei. Sie fühlte sich erschöpft und hat sich nach dem Essen oben hingelegt. Ein zierliches Persönchen ist sie, hält wohl nicht viel aus. Jedenfalls waren wir gegen 18 Uhr zurück, wir haben uns erst auf der Terrasse niedergelassen und sind später ins Haus umgezogen."

Was Beck über Ilma Sölberg gesagt hatte, klang fast, als würde es ihn verwundern, wieso nicht sie, sondern die sportliche Svea tot in dem Zimmer über ihnen lag.

„War Ilma Sölberg am Abend wieder dabei?", fragte Rurik.

„Ja, als wir zurückkamen, saß sie auf der Terrasse."

„Wann sind Sie schlafen gegangen?"

„So gegen ein Uhr. Nach dem Tag draußen auf dem Wasser und dem guten Essen waren wir alle ziemlich müde."

„Nur vom Essen?" Rurik runzelte die Stirn. Ihm war der gutbestückte Getränkewagen aufgefallen. Als sein Blick dorthin wanderte, grinste Beck schief.

„Natürlich haben wir auch das eine und andere getrunken, jedenfalls die Männer. Ich habe einen richtig guten Gin da, auch mehrere Sorten Whisky. Die Frauen sind bei Wein geblieben. Die Freundin von Jörn hat nur Wasser getrunken. Ich hab schon überlegt, ob sie eventuell schwanger sein könnte. Lucas war zum Schluss ziemlich abgefüllt. Jörn und ich haben ihn die Treppe rauf und in sein Bett gebracht. Svea musste ihm beim Ausziehen helfen. Der hat heute Nacht garantiert nichts gehört und gesehen."

„Und Sie, ist Ihnen etwas aufgefallen?"

Elias Beck schüttelte den Kopf. „So fest wie in der vergangenen Nacht habe ich lange nicht geschlafen. Wie ein Stein."

„Sie haben alle im Obergeschoss übernachtet?"

Elias Beck nickte. „Ja, es gibt dort drei Schlafzimmer. Aber wie gesagt, ich habe trotzdem nichts gehört. Was auch? Wie es aussieht, ist Svea im Schlaf gestorben."

Nachdem Elias Beck gehen durfte, befragten Alva und Rurik nacheinander die übrigen Anwesenden. In den Aussagen, was die zeitlichen Abläufe betraf, gab es keine Widersprüche. Alle betonten, in der Nacht fest geschlafen und nichts Ungewöhnliches wahrgenommen zu haben. Tessa Beck bestätigte, dass sie und Svea nur Wein getrunken hatten, Ilma Sölberg nur Wasser. Lucas Edman war kaum in der Lage zu reden. Er war durch den Tod seiner Verlobten sehr mitgenommen und darüber hinaus völlig verkatert. Immer wieder betonte er, wie glücklich er und Svea gewesen seien. Sein dunkles Haar war mit Gel verklebt und hing ihm strähnig ins Gesicht. Er schien jemand zu sein, der normalerweise auf sein Äußeres achtete, dem jetzt aber alles gleichgültig war. Daran, wie er am Abend ins Bett gekommen war, konnte er sich nicht erinnern. Die Frage, ob Svea irgendwelche Medikamente genommen habe, verneinte er entschieden. Wie zuvor schon Elias Beck betonte auch er, wie gesund und fit seine Verlobte gewesen sei.

Der anschließende Auftritt von Jörn Olander stand in einem scharfen Kontrast zum dem seines Vorgängers. Der große blonde Mann mit markanten Zügen und der randlosen Brille wirkte kühl und beherrscht. Er bestätigte, Lucas Edman gemeinsam mit Elias Beck ins Bett gebracht zu haben. Svea habe ihnen geholfen und keine Anzeichen von Unwohlsein gezeigt. Der Tag sei sehr harmonisch verlaufen, es habe keinerlei Unstimmigkeiten gegeben.

Die Vernehmung von Ilma Sölberg bildete den Abschluss. Die zarte Frau wirkte mit ihren großen bernsteinfarbenen Augen wie ein verschrecktes Reh. Sie erwähnte die Überarbeitung, unter der sie seit Wochen gelitten habe. Deshalb sei sie auch bei der Bootstour nicht dabei gewesen und habe sich lieber ausgeruht. Auch sie habe in der Nacht nichts Ungewöhnliches bemerkt und fest geschlafen.

„Und jetzt?", fragte Alva, nachdem sie Ilma Sölberg entlassen hatten.

Rurik kratzte sich am Kinn. „Schwierig, da wir keine genaue Todesursache haben. Aber da der Verdacht einer Vergiftung besteht, sollten wir die Getränke sicherstellen. Und außerdem in den Bädern und Schlafzimmern nachschauen, ob sich Spuren irgendwelcher Drogen finden lassen."

8.

Rurik eröffnete die Besprechung am Montag. Nur Alva und Sven waren anwesend, Jördis befand sich im Urlaub. Wegen ihres Alleinganges im letzten Fall hatte es einige Turbulenzen gegeben, aber Rurik war es am Ende gelungen, disziplinarische Maßnahmen gegen sie abzuwenden. „Dieser Todesfall im Sommerhaus stellt uns vor ein Rätsel, aber es gibt Hoffnung, der Lösung bald näherzukommen", sagte er. „Brigitte Wallenius von der Rechtsmedizin hat angerufen. Sie wird die Obduktion der Leiche von Svea Helvig wegen Dringlichkeit vorziehen. Wer fährt hin?"

„Ich mache das", sagte Alva sofort.

„Gut, dann halten Sven und ich hier die Stellung."

Im Institut für Rechtsmedizin wurde Alva bereits von Brigitte Wallenius erwartet. „Dachte ich mir, dass du es dir nicht nehmen lassen würdest, selbst zu kommen." Brigitte ging voraus in den Obduktionssaal. „Leider kein ganz ungewöhnlicher Fall, den ihr mir da gebracht habt. Ich kann nur die Umsicht der Ärztin loben, die den Totenschein ausgefüllt hat. Sie hat gründlich hingeschaut."

„Es handelt sich also um eine Vergiftung?", fragte Alva.

Brigitte nickte. „Auf die toxikologische Analyse werden wir noch eine Weile warten müssen. Ich schicke Proben an das NFZ." Das NFZ war das Nationale Forensische Zentrum in Linköping und für spezifische Fragestellungen zuständig. „Aber auch ohne deren Analyse kann ich bereits mit Sicherheit sagen, womit wir es hier zu tun haben." Sie ging zu einem der Stahltische hinüber, auf dem die Leiche von Svea Helvig lag. Ihr nackter Körper war muskulös, vom Kinn bis zum Schambein zog sich ein gerader Schnitt.

„Ich bin mit der Obduktion eigentlich durch, habe sie aber noch nicht wieder zunähen lassen, weil ich dir etwas zeigen will. Vorab gesagt: Sie war eine kerngesunde Frau. Und jetzt schau dir bitte das hier an." Mit dem Skalpell klappte Brigitte die Brustmuskulatur zur Seite. Alva schaute aufmerksam hin. „Die Farbe ist ungewöhnlich", sagte sie. „Nicht bräunlich, sondern leuchtend rot."

„Richtig", stimmte Brigitte ihr zu. „Sie ist genauso ungewöhnlich wie die hellrote Farbe der Leichenflecke, die der Ärztin vor Ort zum Glück aufgefallen ist. Neben der lachsroten Verfärbung der Muskulatur habe ich auch flüssiges kirschrotes Leichenblut gefunden. Und jetzt achte mal auf die Fingernagelbetten." Sie hob die rechte Hand der Toten an.

„Ebenfalls hellrosa", sagte Alva. Normalerweise waren die Nagelbetten bei Leichen bläulich verfärbt.

„All das sind Anzeichen für eine Kohlenmonoxidvergiftung", fasste Brigitte zusammen. „Darüber hinaus konnte ich ein Hirnödem feststellen, was den Befund ebenfalls stützt." Alva bemerkte ein Stück der Obduktionsnaht, die hinter dem Ohr der Toten zum Hinterkopf führte und unter deren Haaren verschwand.

„Wie kann sie sich diese Vergiftung zugezogen haben?", fragte sie.

„Kohlenmonoxid entsteht bei unzureichender Verbrennung kohlenstoffhaltiger Brennstoffe in Heizungsanlagen oder auch beim Grillen. Das muss ich dir sicher nicht erklären. Ihr müsst die Heizungsanlage des Hauses, in dem die Frau zu Tode kam, dringend überprüfen."

Alva winkte ab. „Das haben wir bereits getan. Als der Verdacht einer Kohlenmonoxidvergiftung im Raum stand, war das unsere erste Frage. Das ganze Haus, einschließlich des Kamins im Wohnzimmer, wird elektrisch beheizt. Gegrillt hat an besagtem Abend auch niemand. Am Nachmittag hat die ganze Gesellschaft einen Bootsausflug unternommen. Natürlich produzieren Bootsmotoren ebenfalls Kohlenmonoxid, aber wir konnten das Boot als Quelle ausschließen. Auch hat das spätere Opfer am Abend über keinerlei Symptome geklagt und ist erst in der Nacht verstorben. Der neben ihr schlafende Verlobte müsste ebenfalls betroffen sein, wenn das Gas sich irgendwo im Raum befunden hätte."

„Besonders Letzteres ist in der Tat seltsam", sagte Brigitte. „Ich fürchte, um diesen Fall aufzuklären, ist euer ganzer kriminalistischer Scharfsinn gefragt."

9.

„Wir können nicht mit Sicherheit sagen, ob hier überhaupt ein Tötungsdelikt vorliegt“, sagte Rurik. Er saß bei Sven auf der Schreibtischkante gegenüber von Alva. „Wenn es sich als Unfall herausstellen sollte, hätten wir nichts mehr mit der Sache zu tun, dann müssten sich andere darum kümmern. Handelt es sich bei Todesfällen durch Kohlenmonoxid nicht fast immer um Unfälle?“

„In den meisten Fällen schon“, stimmte Alva ihm zu. „Brigitte hat mir einen sehr tragischen Fall erzählt. Sie musste kürzlich ein junges Ehepaar obduzieren, beide waren an einer Kohlenmonoxidvergiftung durch einen defekten Holzofen gestorben. Dabei wäre ihr Tod zu verhindern gewesen. Kurz zuvor war nämlich zuerst die Mutter und wenige Tage später der Vater der Frau verstorben. Bei der Mutter stellte der Arzt einen Schlaganfall fest, bei dem Vater lautete der Befund Herzinfarkt. Da beide unter entsprechenden Vorerkrankungen gelitten hatten, wunderte sich niemand darüber. Die Tochter reiste mit ihrem Ehemann an, um die Beerdigung vorzubereiten und den Haushalt der Eltern aufzulösen. Sie schliefen während ihres Aufenthaltes im Schlafzimmer der Eltern. Dort wurden sie wenige Tage später beide tot aufgefunden. Wie schon bei den Eltern war auch bei ihnen die Todesursache eine Kohlenmonoxidvergiftung. Dieses Gas ist ein lautloser Killer, man kann es nicht sehen, nicht riechen und nicht schmecken.“

„Schlimm“, stimmte Sven zu. „Nur gibt es im Haus der Becks keine Heizquelle, die das Unglück verursacht haben könnte. Bleibt nur das Boot als Möglichkeit.“

Befragten haben alle von dem Alkohol getrunken, bis auf Ilma Sölberg, die nur Wasser trank."

Sven wischte Alvas Einwand mit einer Handbewegung beiseite. „Trinken kann man vortäuschen, indem man sein Glas ab und zu in den nächsten Blumenkübel entleert. So genau wird niemand darauf geachtet haben."

„Gut, demnach hat Edman also gewartet, bis alle schliefen. Dann hat er glimmende Holzkohle neben dem Bett seiner Verlobten platziert und sich außerhalb des Zimmers aufgehalten, bis er sicher war, dass sie tot ist. Danach hat er den Raum gründlich gelüftet, alle Spuren beseitigt und sich seelenruhig neben sie ins Bett gelegt."

„Wir wissen nicht mal, ob er sich wieder neben sie ins Bett gelegt hat", ergänzte Rurik. „Er hat am Morgen Alarm geschlagen, nur so viel ist sicher."

„Mir kommt das furchtbar weit hergeholt vor." Alva schüttelte den Kopf. „Wenn Edman tatsächlich seine Verlobte umbringen wollte, warum dann in einem Haus, in dem sich mehrere potenzielle Zeugen aufhielten? Sein Treiben hätte jederzeit entdeckt werden können. Mindestens eine der anwesenden Personen, Ilma Sölberg, hatte nichts von dem präparierten Alkohol getrunken. Was, wenn sie aufmerksam geworden wäre? Wie hätte Edman seine nächtliche Räucherei erklären sollen? Und überhaupt: Hätte man das nicht gerochen? Und gibt es in dem Haus keine Rauchmelder?"

„Allerdings gibt es die und ich wüsste keinen Grund, weshalb sie nicht funktioniert haben sollten." Rurik wirkte ratlos. „Es war nur ein Gedankenexperiment, aber das Ergebnis überzeugt nicht. Trotzdem ist in dem Haus etwas geschehen, das kein Zufall war. Der präparierte Alkohol ist der entscheidende Hinweis auf eine geplante Tat. Auch wenn wir bisher keine Ahnung haben, auf welche Art sie verübt wurde. Aber wir dürfen nicht lockerlassen und müssen uns dem Geschehen von einer anderen Seite nähern. Wo liegt das Motiv, wer hatte ein Interesse am Tod von Svea Helvig? Dazu werden wir die Beziehungen der einzelnen Personen zueinander gründlich unter die Lupe nehmen. Und falls es niemand von ihnen war, müssen wir herausfinden, wer es sonst gewesen sein könnte."

11.

„Die Polizei will nochmals mit uns sprechen. Weshalb wohl? Das kann doch nur bedeuten, mit dem Tod von Svea stimmt etwas nicht.“ Ilma knetete nervös ihre Hände. Sie saß auf dem Sofa in ihrer gemeinsamen Wohnung und wagte es nicht, Jörn anzusehen. Ihr Blick glitt über die Wand hinter ihm, deren steriles Weiß durch nichts unterbrochen wurde. Schon vor einiger Zeit hatte sie vorgeschlagen, ein hübsches Bild dafür auszusuchen, doch bisher war es bei dem Vorsatz geblieben.

„Das muss nichts zu bedeuten haben.“ Jörn goss sich einen zweiten Whisky ein. Seit dem verhängnisvollen Wochenende auf Styrsö trank er mehr als sonst. Ilma nippte an ihrem Wasser, trotzdem fühlte sich ihr Mund trocken an.

„Vermutlich ist die Todesursache noch immer unklar und sie suchen nach weiteren Hinweisen“, sagte Jörn. Doch er klang bei Weitem nicht so überzeugt, wie er sich den Anschein gab.

Ilma nahm ihren ganzen Mut zusammen. Sie mussten reden, bevor die Anspannung zwischen ihnen unerträglich wurde. „An dem Abend, bevor Svea starb, habe ich euch beide gehört“, sagte sie. „Du dachtest, ich würde schlafen, aber so war es nicht. Der Polizei habe ich nichts davon gesagt.“

Jörn setze sein Glas heftig ab, es gab einen klirrenden Laut auf der Tischplatte. Das Licht der Stehlampe spiegelte sich in seinen Brillengläsern, Ilma konnte den Ausdruck seiner Augen nicht erkennen. War er erschrocken? Oder wütend?

„Warum hast du mir das nicht gesagt?“ Seine Stimme war nur ein Flüstern.

mir zunehmend einen faden Geschmack, ich habe deshalb einen Schlussstrich gezogen. Svea schien sauer darüber zu sein, doch dann lernte sie Lucas kennen und es war kein Thema mehr zwischen uns."

Offenbar war sie doch nicht darüber hinweg, dachte Ilma, sagte es aber nicht laut. Es war besser, wenn sie jetzt schlafen gingen. Morgen war wieder ein anstrengender Tag. Während sie bald erschöpft einschlief, lag Jörn lange wach. Als der Schlaf endlich kam, war er unruhig und mit quälenden Träumen durchsetzt, Träumen, die sich allesamt um jenen verhängnisvollen Sommer auf Styrsö drehten, an dem alles seinen Anfang genommen hatte.

12.

Styrsö vor 18 Jahren

Jörn spürte die Wärme der Steine, die durch die Decke hindurch in seinen Körper drang, die Luft flirrte im Sonnenlicht und streichelte seine nackte Haut. Er sollte in den Schatten gehen, wenn er keinen Sonnenbrand riskieren wollte, konnte sich aber nicht entschließen, seinen Beobachtungsposten aufzugeben. Vom Wasser her drang das laute Kreischen von Svea zu ihm herüber. Er sah sie mit Elias rangeln, der sich ihrer kaum erwehren konnte. Immer wieder sprang sie ihn von hinten an, spritzte ihn nass und versuchte, ihn tiefer ins Wasser zu ziehen. Während er Svea zum wiederholten Mal abschüttelte, glitt der Blick von Elias zu Tessa hinüber, die aufrecht auf einem Felsen stand, schön und stolz wie eine antike Statue. In geradezu demonstrativer Weise ignorierte sie das Geschehen im Wasser. Tessa hatte es nicht nötig, sich auf alberne Spielchen einzulassen, sie musste erst recht nicht um die Aufmerksamkeit eines Jungen buhlen, da ihr diese von vornherein sicher war, ihr, der unangefochtenen Schönheitskönigin der Schule. Jörn beobachtete die Szene, die sich vor seinen Augen abspielte, mit zunehmendem Interesse. Wie immer war er nur Zuschauer, einer, der am Rande des Geschehens stand. Mit seiner schlaksigen Figur und der hellen Haut, die leicht verbrannte, war er alles andere als ein Mädchenschwarm. Zu allem Überfluss war er auch noch schüchtern und errötete in den unpassendsten Momenten. Elias war das völlige Gegenteil, sportlich, muskulös und braun gebrannt. Er bekam jedes Mädchen, das er haben wollte, entsprechend selbstbewusst gab er sich. Tessa zierte sich noch ein wenig, hielt ihn eine Armlänge auf Abstand. Doch damit wollte sie nur ihren Wert in die Höhe schrauben, dessen war sich Jörn sicher. Wie sie da auf dem Felsen stand, war sie sich der Blicke von Elias nur zu bewusst. Alles, was sich zwischen ihm und ihr abspielte, gehörte zu einem Vorspiel, bei dem man förmlich die Funken knistern hörte. Jörns Aufmerksamkeit entging das nicht, nur Svea schien es nicht begriffen zu haben. Mit der Verbissenheit eines Welpen, der sich um ein Spielzeug balgt, stürzte sie sich auf Elias, um ihn Tessa streitig zu machen. War ihr die Aussichtslosigkeit ihrer Bemühungen wirklich nicht bewusst? Oder lag es einfach in ihrer Natur, niemals aufzugeben? Svea war eine Sportskanone, die in verschiedenen Disziplinen brillierte. In ihrem Zimmer reihte sich ein Pokal an den anderen. Elias war der Preis, auf den sie es jetzt abgesehen hatte, doch diesen Pokal würde sie nicht erringen, da war sich Jörn sicher.

Tessa drehte sich um und balancierte vorsichtig zum Ufer zurück. Elias, der wohl gehofft hatte, sie würde ins Wasser kommen, verlor augenblicklich das Interesse am Schwimmen. Eilig strebte er ebenfalls an Land, Svea folgte ihm. Sie ließ sich neben Jörn auf die Decke plumpsen. Elias blieb stehen, um abzuwarten, was Tessa machen würde.

„Puh, ganz schön warm." Svea angelte nach ihrer Strandtasche, die neben der Decke stand und förderte eine Tube Sonnenschutzcreme zutage. „Elias, cremst du mir den Rücken ein?", flötete sie. Sie hielt ihm die Tube hin und streifte die Träger ihres Badeanzugs über die Schultern. Jörn wandte sich ab, als der Anzug bis zur Taille hinabglitt und ihre üppigen Brüste sichtbar wurden. Elias dagegen gab sich ungerührt, lustlos klatschte er ihr die Creme auf den Rücken.

„Aua, ein bisschen einfühlsamer, wenn ich bitten darf", beschwerte sie sich.

Tessa stand noch immer abwartend da, ein mokantes Lächeln auf den Lippen. Jörn rückte ein Stück zur Seite. „Hier ist noch Platz, Tessa", sagte er.

Sie schüttelte ihr langes honigblondes Haar und raffte es mit einem Gummiband zusammen. „Danke, aber ich gehe mich vorher kurz abkühlen." Ohne sich umzudrehen, strebte sie dem Wasser zu. Elias sprang auf, die Tube mit der Sonnencreme landete achtlos auf der Decke. Eilig folgte er Tessa. Svea zog die Träger ihres Badeanzugs nach oben und richtete sich auf. Jörn entging der innere Kampf, den sie in diesem Moment mit sich ausfocht, nicht. Sollte sie den beiden folgen? Elias hatte Tessa inzwischen eingeholt, nebeneinander schritten sie ins Wasser, das ihnen inzwischen bis zur Hüfte reichte. Elias schien etwas zu Tessa zu sagen, denn nun blieben sie stehen und schauten einander an. Unmittelbar darauf verschmolzen ihre Körper in einer Umarmung, die glitzernden Sonnenreflexe auf dem Wasser umgaben sie wie ein Feuerwerk und tanzten auf ihrer Haut. Es wirkte wie ein surrealistisches Gemälde: Liebespaar am Meer. Die Entscheidung war gefallen, das konnte auch Svea nicht mehr ignorieren. Sie drehte sich auf den Rücken und schloss scheinbar gleichgültig die Augen. Doch Jörn ließ sich nicht täuschen, er spürte, wie es in ihr arbeitete. Diese Niederlage traf sie tiefer, als sie es jemals zugeben würde.

13.

Als Elias und Tessa aus dem Wasser zurückkehrten, hielten sie sich an den Händen. Elias strahlte über das ganze Gesicht, während Tessa eine unbeteiligte Miene zur Schau trug. Überhaupt setzte sie ihre Mimik stets äußerst sparsam ein, wohl um die vollkommene Symmetrie ihrer Züge nicht durch das Verziehen eines Gesichtsmuskels zu zerstören.

„Was wollen wir heute noch unternehmen?“ Elias war bester Stimmung.

„Was können wir schon noch groß unternehmen?“ Svea drehte sich zu ihm um. „Es ist bereits ziemlich spät, und das liegt ausschließlich an dir. Zu blöd, wenn man in den Ferien Nachhilfestunden nehmen muss und der halbe Tag dafür draufgeht.“

Noch vor einer Stunde hätte Svea nicht so mit Elias geredet, ganz im Gegenteil. Sie hatte Mitgefühl mit ihm gezeigt und geduldig abgewartet, bis er sein tägliches Pensum hinter sich gebracht hatte. Davon war jetzt nichts mehr zu spüren. Elias ließ sich durch ihre Aggressivität nicht die Laune verderben. „Na und?“, sagte er. „Mathe ist nun mal nicht mein Ding. Damit bin ich nicht allein. Du könntest bestimmt auch die eine oder andere Nachhilfestunde gebrauchen. Wie wäre es mit *Flirten für Anfänger*?“ Er lachte über seinen eigenen Witz, während Svea noch säuerlicher dreinschaute.

Jörn fürchtete, die gereizte Stimmung könnte sich weiter aufheizen, doch am Abend war davon nichts mehr zu spüren. Sie hatten Pizza bestellt und köpften zwei Flaschen aus dem Weinvorrat des Vaters von Elias. „Was ist, wenn dein Vater das merkt?“, fragte Jörn.

„Ach was, wie sollte er. Der weiß nie so genau, wie viel er schon getrunken hat.“ Elias gab sich spendabel und überspielte so die unangenehme Situation, in der er sich befand. Statt ihn in den Ferien wie geplant in die USA reisen zu lassen, hatten seine Eltern ihn wegen seiner schlechten Mathenote zum Daheimbleiben und einem Intensiv-Nachhilfekurs verdonnert, während sie selbst auf Bali weilten. Immerhin konnte Elias erreichen, nicht in der Göteborger Stadtwohnung versauern zu müssen, sondern er durfte sich zumindest zeitweise im Sommerhaus auf Styrsö aufhalten. Jörn, Svea und Tessa leisteten ihm dabei Gesellschaft. Das Sommerhaus seiner Eltern war eher eine Strandvilla und bot eine Menge Komfort. Elias und Jörn schliefen jeder in einem separaten Zimmer, während sich Tessa und Svea ein Zimmer teilten. Jedenfalls war es bisher so gewesen. Doch als Elias an diesem Abend sein Weinglas geleert hatte, stand er auf und ergriff wortlos Tessas Hand.

„Schlaft gut.“ Er zwinkerte Svea und Jörn über die Schulter hinweg zu, bevor er mit Tessa in seinem Zimmer verschwand.

„Na dann gehen wir am besten auch schlafen.“ Jörn hatte keine Lust, sich Sveas Sticheleien anzuhören, die nun zwangsläufig folgen mussten. Geduscht hatte er schon bei der Rückkehr vom Strand, nun putzte er sich nur noch die Zähne und ließ sich dann zufrieden ins Bett sinken. Er hatte vielleicht zehn Minuten vor sich hin gedöst, als Svea plötzlich im Zimmer stand.

„Was ist?“, fragte er verdattert, bekam aber keine Antwort. Wortlos kletterte sie zu ihm ins Bett, setzte sich rittlings auf ihn und zog ihr Shirt über den Kopf. Darunter war sie nackt. Sie ergriff seine Hände und legte sie auf ihre vollen Brüste. Dann beugte sie sich vor und steckte ihm die Zunge in den Mund. Jörn ließ alles mit sich geschehen wie in einem fiebrigen Traum. Er hatte kaum Erfahrungen mit Mädchen, und das hier war so ganz anders, als er es sich ausgemalt hatte. Svea übernahm die Führung, sie manipulierte seinen Körper in einer routinierten Weise, während er zunehmend die Kontrolle darüber verlor. Es war erregend und beängstigend zugleich. Als Svea später erschöpft von ihm abließ und sich zur Seite rollte, konnte er lange nicht einschlafen. Das war nun also sein erstes Mal gewesen. Er hatte es sich anders vorgestellt, und vor allem nicht mit Svea. Irgendwann musste er dann eingeschlafen sein, denn

„Was machst du hier? Arbeitest du als Kindermädchen?“ Sveas honigsüßer Tonfall machte den dahinter verborgenen Spott noch beißender.

„Ich bin mit Bekannten hier. Deshalb habe ich keine Zeit, ich will sie gleich treffen. Viel Spaß noch. Komm Bamse.“ Sie strich dem Jungen, der die vier Freunde aus großen braunen Augen neugierig musterte, übers Haar.

Svea schaute den Davoneilenden hinterher. „Na die hat es ja eilig. Ich habe so eine Ahnung, was sie hier treibt. Es war ihr überhaupt nicht recht, uns zu treffen. Wenn ihr mich fragt, stinkt die Sache gewaltig. An den Gerüchten ist demnach was dran.“

Später würde Jörn sich für sein Verhalten in dieser Situation bittere Vorwürfe machen. Warum war er nicht aufgesprungen und Sirid gefolgt? Warum hatte er nicht in Ruhe mir ihr geredet? Vielleicht hätte sie sich ihm anvertraut und alles wäre ganz anders gekommen. Doch statt das einzig Richtige zu tun, blieb er regungslos liegen und ließ zu, dass Svea ihren Arm um ihn schlang.

Seine Hoffnung, auf eine weitere Gelegenheit, Sirid zu treffen, erfüllte sich nicht. Am Nachmittag schlug das Wetter um, eine Kaltfront brachte Abkühlung und Nieselregen. Sie gingen nicht mehr zum Strand. Seine nächste Begegnung mit Sirid sollte unter dramatischen Umständen stattfinden. Den Ausdruck tiefer Verzweiflung in ihren Augen würde er nie vergessen.

14.

Göteborg heute

Jörn erwachte aus seinen unruhigen Träumen, sein Körper war mit kaltem Schweiß bedeckt. Neben ihm atmete Ilma tief und gleichmäßig. Er lag ganz still, um sie nicht zu wecken. Er hätte mit der Wiederkehr der Albträume rechnen müssen, nach dem, was auf Styrsö mit Svea geschehen war. Nach jenem Sommer vor achtzehn Jahren hatten sie ihn eine Zeit lang fast jede Nacht heimgesucht, manchmal war er von seinen eigenen Schreien aufgewacht. Die Idee von Elias, sich weiterhin in jedem Sommer für ein Wochenende zu treffen, hatte er anfangs als unpassend empfunden. Doch Svea und Tessa hatten sich der Meinung von Elias angeschlossen und ihm am Ende keine Wahl gelassen. Dabei wollte er nichts lieber, als nach vorn schauen und vergessen. Fast hatte es ausgesehen, als würde es funktionieren, mit den Jahren war die Erinnerung verblasst. Doch Sveas Tod veränderte alles.

Ilma drehte sich auf die Seite und seufzte leise im Schlaf. Vieles an ihr erinnerte ihn an Sirid, ihre Zerbrechlichkeit und ihre sanfte Art. Er mochte es, ihr beim Aufwachen zuzuschauen, wenn sie sich erst wie eine Katze streckte und dann ganz langsam die Augen öffnete.

„Guten Morgen, wie spät ist es?“, flüsterte sie.

„Wir müssen gleich aufstehen. Hast du gut geschlafen?“

„Ja, ich war furchtbar müde. Und du?“

„Ich auch“, log er. „Ich stehe jetzt auf, dann schaffen wir es noch vor dem Termin, in Ruhe zu frühstücken.“

Bei der Erwähnung des Termins zuckte Ilma unwillkürlich zusammen. Richtig, sie waren bei der Polizei vorgeladen und sie hatte keine Ahnung, was man von ihnen wollte. Sie hatten doch bereits im ersten Gespräch mit den Beamten auf Styrsö alles gesagt. Der Gedanke ließ Ilma keine Ruhe, als sie beim Frühstück saßen, kam sie darauf zu sprechen.

„Was können sie noch von uns wollen?"

Jörn stellte seine Kaffeetasse ab und machte eine ratlose Geste. „Keine Ahnung. Falls sie immer noch nicht wissen, was mit Svea passiert ist, wie sollen wir es dann wissen?"

„Und wenn sie es wissen und uns verdächtigen?" Ilma legte die Brotscheibe, die sie gerade mit Butter bestrichen hatte, auf ihrem Teller ab. Der Gedanke schnürte ihr die Kehle zu. „Mit Sveas Tod stimmt etwas nicht, sonst wäre die Angelegenheit abgeschlossen."

„Ich kann mir nicht vorstellen, was da nicht stimmen soll." Jörn gab sich zuversichtlicher, als er sich fühlte. „Warten wir das Gespräch einfach ab."

„Glaubst du, wir werden zusammen befragt werden? Schließlich haben sie uns zur gleichen Zeit bestellt."

„Nein, ich glaube, das hat andere Gründe." Als Ilma ihn fragend anschaute, senkte Jörn den Blick. „Sie wollen verhindern, dass wir uns absprechen. Ich denke, man wird uns getrennt befragen und unsere Aussagen dann vergleichen. Sie werden nach Widersprüchen suchen."

„Aber was für Widersprüche, ich meine ..." Ilma stockte und spürte, wie ihr heiß wurde. „Dein Streit mit Svea, ich habe ihn nicht erwähnt."

„Ich auch nicht, Ilma." Jörn schaute sie ernst an. „Wir sollten es auch heute nicht tun. Es würde keinen guten Eindruck machen, jetzt etwas zu erzählen, das wir bei der ersten Befragung verschwiegen haben."

„Und wenn Elias oder Tessa es nun mitbekommen haben?"

„Das haben sie nicht. Die beiden waren schon im Bett. Sie hätten mich sonst am nächsten Tag darauf angesprochen." Jörn griff über den Tisch hinweg nach Ilmas Hand. „Ich kann mich doch auf dich verlassen?"

Ilma nickte stumm, fühlte sich aber unwohl dabei.

15.

Elias und Tessa Beck traten gerade aus dem Fahrstuhl des Polizeipräsidiums, als sie Jörn und Ilma durch die Eingangstür kommen sahen. In der Halle herrschte reger Betrieb. Uniformierte Polizisten standen in Gruppen beieinander, Anwälte in dunklen Anzügen sprachen eifrig in ihre Handys und durchschnittliche Bürger warteten vor dem Empfangsschalter darauf, an die Reihe zu kommen. Elias fasste Tessa am Ellenbogen und schleuste sie eilig hinter Jörn und Ilma, die sich vor dem Schalter eingereiht hatten, nach draußen.

„Wolltest du sie nicht treffen, weil du ein schlechtes Gewissen hast?“, fragte Tessa, als sie im Auto saßen.

„Unsinn, weshalb sollte ich das haben?“ Elias lenkte den Wagen vom Parkplatz. „Ich habe nur die Wahrheit gesagt.“

„Das habe ich auch getan, nur ist die Wahrheit für Jörn und seine Freundin nicht angenehm.“

„Die Wahrheit ist selten angenehm.“ Elias bremste, um eine Straßenbahn vorbeizulassen. „Aber es stimmt nun mal, dass Jörn mit Svea früher eine Beziehung hatte.“

Tessa nickte. „Die Polizei zeigt ein auffallendes Interesse daran, wie wir alle zueinander stehen. Hast du ihnen auch erzählt, in welch aufdringlicher Weise sich Svea am Wochenende an Jörn herangemacht hat? Ich habe es jedenfalls erwähnt.“

„Klar habe ich es ihnen gesagt, so ist es nun mal gewesen. Falls die Fragen der Suche nach einem Motiv dienten, macht das zwei Personen verdächtig: Lucas und die kleine Freundin von Jörn, diese Ilma. Lucas scheidet aus, so besoffen wie der an dem Abend war, konnte der nicht mal mehr in sein Bett finden, geschweige denn jemanden umbringen. Aber Ilma ist eine undurchschaubare Person. Das Theater zwischen Svea und Jörn ging ja gleich am Morgen nach der Ankunft los. Da könnte sie einen Plan gefasst haben. Ich fand es ziemlich verdächtig, als sie nicht mit auf den Bootsausflug kommen wollte. Sie war allein im Haus und hatte genügend Zeit, alles vorzubereiten. Die Sache mit dem Schlafmittel im Alkohol ist wirklich kaum zu fassen." Dieses Detail hatten die Kriminalisten ihnen mitgeteilt und ihre Reaktion beobachtet. Sowohl Elias als auch Tessa hatten sich total überrascht gezeigt.

„Das ärgert dich wohl besonders?", fragte Tessa jetzt mit einem ironischen Unterton. „Die ganzen edlen Spirituosen sind dadurch verloren, Alkohol im Wert von mehreren Tausend Kronen. Wer tut wohl so etwas?"

„Ilma hat Zugang zu Medikamenten, sie arbeitet schließlich im Gesundheitswesen", erwiderte Elias.

„Dann müsste sie bereits vorher geplant haben, Svea umzubringen", gab Tessa zu bedenken.

„Vielleicht wollte sie sie nicht umbringen, sondern nur außer Gefecht setzen", verfolgte Elias seine Idee weiter. „Um zu verhindern, dass Svea und Jörn in der Nacht aus Versehen im gleichen Bett landen. Aber am Ende war ihre Wut auf Svea größer als angenommen. Sie nutzte die Chance, ging nach nebenan und drückte ihr ein Kissen aufs Gesicht. Svea schlief fest und sie war betrunken, unter diesen Bedingungen soll das funktionieren. Ilma hatte als Einzige von uns allen nichts von dem Alkohol getrunken. Vermutlich, weil sie wusste, was damit los war."

„Ach hör schon auf." Tessa verlor die Lust an dem Gedankenspiel. „Ich hoffe, es klärt sich bald alles auf und es war kein Mord. Auch so ist es schon schlimm genug. Unser Haus ist gerade fertig geworden und jetzt ist mir der Raum, auf den ich mich am meisten gefreut habe, für immer verleidet. Warum hast du Lucas und Svea auch unser Schlafzimmer gegeben, während wir uns in ein Gästezimmer quetschen mussten? Nur weil du Lucas unbedingt mal wieder beeindrucken wolltest, habe ich recht?"

„Jetzt übertreibst du aber. Von Reinquetschen müssen, kann in unseren Gästezimmern wohl nicht die Rede sein, so komfortabel wie die sind. Für unser Schlafzimmer besorgen wie ein neues Bett. Wenn es nach mir ginge, wäre das nicht mal notwendig, mir würde es reichen, die Bettwäsche zu entsorgen."

„Es geht nicht immer nur nach dir", entgegnete Tessa schmallippig. Elias schaute sie überrascht von der Seite an. Hinter ihrer Bemerkung schien mehr zu stecken als die Frage nach der Anschaffung eines neuen Bettes. In letzter Zeit zeigte sie ihm gegenüber eine Aufmüpfigkeit, die er nicht von ihr gewohnt war.

„Soll ich dich ins Büro fahren?", fragte er.

„Ja sicher, was sonst? Ich habe zu arbeiten."

„Du arbeitest, wenn ganz Schweden Urlaub macht, und verzichtest dafür sogar auf eine Reise mit deinem Mann", konnte sich Elias nicht verkneifen zu sagen.

Tessa verdrehte die Augen. „Wie oft muss ich es dir noch erklären? Diese Ausschreibung ist wichtig und ich will sie auf jeden Fall gewinnen. Verreisen können wir schließlich im Winter, wenn es hier kalt ist und auf den Baustellen die Arbeit ruht."

Elias sagte darauf nichts mehr. Ihre Erklärung mochte einleuchtend klingen, doch er war sich sicher, dass noch etwas anderes dahintersteckte. Gerade war er dabei, herauszufinden, um was es sich handelte. Einen Elias Beck hinterging man nicht.

16.

Styrsö heute

Der ICA-Markt auf Styrsö war um diese nachmittägliche Stunde kaum besucht. Ingrid Oldman schlenderte unschlüssig zwischen den Regalen umher. Längst hatte sie alles, was sie brauchte, in ihrem Einkaufswagen verstaut. Ihre Hoffnung, hier auf Bekannte zu treffen, mit denen sie einen kleinen Plausch halten konnte, hatte sich nicht erfüllt. Das war ärgerlich, denn sie wüsste zu gern, ob es etwas Neues über die Tote in der Strandvilla der Becks gab. Das war kein gewöhnlicher Todesfall gewesen, so viel stand fest. Die Kripo aus Göteborg war hier aufgetaucht und die Leiche der Frau hatte man mit einem Polizeiboot aufs Festland gebracht. Ihre erste Vermutung, der Todesfall wäre auf übermäßigen Alkoholgenuss zurückzuführen, konnte demnach nicht stimmen. Wenn die Becks feierten, dann floss der Alkohol in Strömen, das war allgemein bekannt. Er vertrug so einiges, bei jemandem, der in der Baubranche tätig war, sicher kein Wunder. Aber eine junge Frau konnte das schon mal aus den Latschen hauen. Wenn sie tatsächlich nur an einer Alkoholvergiftung gestorben war, würde sicher nicht so ein Aufwand veranstaltet werden. Angeblich war die Villa sogar durchsucht worden von mehreren Männern in weißen Schutzanzügen. Aufregend war das, wie in einem Fernsehkrimi. Ansonsten war auf der Insel nicht viel los, jedenfalls nicht, wenn es um Kriminalität ging. Da verschwand höchstens mal ein Fahrrad und wurde am nächsten Tag am Strand wiedergefunden, weil es sich ein angetrunkener Tourist für eine Spritztour ausgeliehen hatte.

Ingrid ging langsam in Richtung Ausgang, konnte sich aber noch immer nicht entschließen, den Markt zu verlassen. Sie blieb am Regal mit den Pflanzen stehen. Ob sie einen Topf mit Rosen mitnehmen sollte? Nach einem letzten Blick auf die Eingangstür entschied sie sich dagegen. Heute würde sie hier niemanden zum Reden treffen, da konnte sie auch zahlen und gehen. Draußen lud sie ihre Einkäufe in den Fahrradkorb und radelte los. Nach ihrem Unfall vor drei Jahren hatte sie das Radfahren eine Zeit lang aufgegeben. Inzwischen ging es wieder recht gut. Im Nachhinein betrachtet war der Unfall sogar ein Glück gewesen. Nach dem komplizierten Bein- und Beckenbruch konnte sie ihren Beruf im Handel nicht mehr ausüben. So wurde sie berentet und durfte heute mit fünfundfünfzig Jahren und seit zwei Jahren verwitwet ihr Leben in Ruhe genießen. Das Sommerhaus auf Styrsö, in dem sie und ihr verstorbener Mann über dreißig Jahre lang viel Zeit im Urlaub verbracht hatten, bewohnte sie nun durchgehend vom Frühjahr bis zum Herbst. Nur den Winter verbrachte sie in ihrer kleinen Wohnung in Göteborg. Auf Styrsö hatte sie jede Menge Bekannte. Ihre engste Freundin war Grit, die ständig auf der Insel lebte. Zu dumm, dass sie ausgerechnet jetzt bei ihrem Enkel in Malmö zu Besuch weilte und dadurch die Sache mit der Toten im Haus der Becks nicht mitbekommen hatte. Mit Grit konnte sich Ingrid am besten über alles austauschen. Sie hielt sich beileibe nicht für klatschsüchtig, aber man musste wissen, mit wem man es zu tun hatte. Darum konnten ein paar Informationen über die Leute, die in der Nachbarschaft lebten, nicht schaden.

Ingrid bereitete ihr Abendessen zu und ließ den Tag auf der Bank vor dem Haus ausklingen. Von der Aussicht auf das Wasser und die vorgelagerten kleinen Schären konnte sie nie genug kriegen. An diesem Abend war der Sonnenuntergang besonders schön, der Himmel färbte sich erst tiefrot und dann beinahe violett. Noch gut eine Stunde bis zum Anbruch der Zeit des Dämmerlichts, bevor es gegen 2 Uhr morgens schon wieder allmählich hell werden würde. Um diese Jahreszeit gab es keine richtige Dunkelheit. Ingrid gähnte herzhaft, sie war müde und würde bestimmt gut schlafen. Früher hatten sie und ihr Mann in der oberen Etage des kleinen Holzhauses geschlafen. Nach ihrem Unfall war sie mit ihrem Bett nach unten gezogen. Heute war sie sogar zu müde, vor dem Schlafen noch ein paar Seiten zu lesen, und löschte sofort das Licht. Während sie in den Schlaf glitt, hörte sie die knackenden Geräusche, an die sie längst gewöhnt war. Das von Sonne und Wind ausgetrocknete Holz arbeitete, kein Grund zur Beunruhigung. Ingrid war kein furchtsamer Mensch. Etwas klapperte, das musste der Wind sein, der auffrischte. Was sie dann doch hochschrecken ließ, war kein ungewohnter Laut, sondern das Gefühl einer fremden Präsenz, die diffuse Ahnung, nicht mehr allein zu sein. Ingrid öffnete die Augen einen Spaltbreit. Der Raum war nicht vollständig dunkel, doch er war voller Schatten. Vermutlich hatte sie nur geträumt. Sie wollte die Augen schon wieder schließen, als sie eine schemenhafte Gestalt sich aus dem Dunkel lösen und näher kommen sah. Im ersten Moment dachte sie an eine optische Täuschung. Bewegte sich da etwas vor dem Fenster, das einen Schatten in den Raum warf? Doch im nächsten Moment war es neben ihr, groß und kompakt mit einem fremden Geruch, der Gefahr signalisierte. Ingrid kam nicht mehr dazu, zu schreien. Die Panik, die sie verspürte, als etwas auf ihr Gesicht gedrückt wurde, ließ ihren Atem schneller werden. Sie schlug mit beiden Armen um sich, doch ihre Hände trafen ins Leere, bevor sie kraftlos herabsanken. Jedes Gefühl war aus ihnen gewichen. Im nächsten Moment wich auch das Leben aus dem Körper von Ingrid.

17.

Göteborg heute

Das Klirren und Scheppern des Glases, das auf den Fliesen zerbarst, klang ohrenbetäubend laut durch den Raum.

„Lizzi, was ist los?“ Magda kam angelaufen mit dem Wischmopp in der Hand. Ihre Kollegin stand wie erstarrt da und schaute auf den zerbrochenen Schirm der Tischlampe auf dem Boden. „Ich weiß nicht, wie das passieren konnte. Sie ist mir plötzlich aus der Hand gerutscht.“

Der Blick von Magda schwankte zwischen vorwurfsvoll und mitleidig. „Ich werde das ins Protokoll schreiben. Wir müssen die Lampe ersetzen und ich ziehe es dir vom Lohn ab. Du musst dich zusammennehmen, Lizzi. Bei allem Verständnis für deine Probleme, so etwas darf nicht vorkommen. Im schlimmsten Fall könnten wir dadurch einen Kunden verlieren.“

Lizzi schluckte und nickte. „Ich werde aufpassen, bestimmt.“ Magda war in Ordnung und nahm sie in Schutz, so gut es ging. Doch auch ihr Verständnis hatte Grenzen. Lizzi wollte den Putzjob in Magdas Firma auf keinen Fall verlieren. Normalerweise kam sie gut zurecht, doch heute war einer ihrer schlechteren Tage. An solchen Tagen war sie ungeschickt und sie vergaß Dinge. Als es die ersten Male passiert war, hatte sie Magda anvertraut, woran es lag. Ein Schlaganfall im jugendlichen Alter unter zwanzig war etwas, woran zunächst niemand dachte. Inzwischen war Lizzi Mitte dreißig, doch unter den Spätfolgen litt sie noch immer. Magda hatte sich damals erkundigt, wie es dazu kommen konnte, und Lizzi hatte etwas von familiärer

Vorbelastung gemurmelt. Ihr Vater sei in jungen Jahren an einem Herzinfarkt gestorben. Die wahre Ursache hatte sie für sich behalten, denn ihr Schlaganfall war die Spätfolge einer Kohlenmonoxidvergiftung gewesen. Sie wäre gestorben, wenn Karl damals nicht aufmerksam geworden wäre und sie gerettet hätte. Da war sie bereits bewusstlos gewesen. An der frischen Luft war sie wieder zu sich gekommen und hatte gemeinsam mit Karl beschlossen, den Vorfall zu verschweigen. Kopfschmerzen und Benommenheit hatten sich nach wenigen Tagen gelegt und die immer wiederkehrenden Anfälle von Herzrasen hatte sie auf ihre angespannte Situation zurückgeführt. Inzwischen wusste sie es besser, Kohlenmonoxid beeinträchtigte die Herzfunktion, es war eine der gefährlichen Spätfolgen der Vergiftung. So konnte sich ein Blutgerinnsel bilden und eine Arterie in ihrem Gehirn verstopfen. Als sie wegen anhaltender Gleichgewichtsstörungen schließlich einen Arzt aufgesucht hatte, war der Schaden nicht mehr vollständig zu beheben gewesen. So geschah es noch heute manchmal, dass ihr etwas aus der Hand rutschte oder plötzliche Gedächtnislücken auftraten. Das kam besonders dann vor, wenn sie sich aufregte. Gegenwärtig gab es einiges, das sie in Unruhe versetzte, nur deshalb war ihr die Sache mit der Lampe passiert. Lizzi wrang den Wischmopp über dem Eimer aus und ließ ihn dann mit ausladenden Bewegungen über den Boden gleiten. Putzen konnte etwas Meditatives haben, oft gelang es ihr dabei, ihre innere Ruhe zurückzugewinnen. Heute wollte es leider nicht klappen. Sie dachte an den Moment, der ihre kleine Welt zum Einsturz gebracht hatte. Es war eine scheinbar harmlose Frage gewesen, die sie ganz unbefangen beantwortet hatte. Warum hatte ihr Gedächtnis ausgerechnet in dem Augenblick nicht versagt? Es war doch alles lange her und sie wollte sich eigentlich nicht an diese Zeit erinnern. Doch nun war eine schreckliche Wahrheit in ihr Leben getreten, die sich nicht wieder verdrängen ließ. Und sie würde weitere schlimme Ereignisse nach sich ziehen.

18.

Jördis war aus dem Urlaub zurück, erholt wirkte sie jedoch nicht. Sie hatte Brötchen und Zimtschnecken mitgebracht und berichtete von den Umgestaltungen im Haus ihrer Mutter. „Ich konnte sie überreden, einiges zu entsorgen und die Räume übersichtlicher zu gestalten“, sagte sie. „Mir ging es vor allem darum, mögliche Stolperfallen zu beseitigen. Anfangs zeigte sie sich wenig einsichtig, aber nachdem ich alles frisch gestrichen hatte, gefiel es ihr auch. Trotzdem wird sie dort nicht ewig allein wohnen können. Und ich kann unmöglich zu ihr ziehen, das ginge schon vom Platz her nicht. Ich hoffe, sie lässt sich irgendwann überzeugen, in eine kleine altersgerechte Wohnung zu ziehen.“

„Wenn sie eine findet“, sagte Sven und goss sich Kaffee nach. „Das ist hier in Göteborg alles andere als einfach.“

„Sag Bescheid, falls sie sich irgendwann zu einem Umzug entschließen sollte. Märta kann eventuell helfen“, schlug Rurik vor. Seine Lebensgefährtin leitete einen Pflegedienst und hatte schon einmal ihre Hilfe angeboten. Jördis war dankbar für die Unterstützung und wollte darauf zurückkommen. Jetzt ließ sie sich von ihren Kollegen erst einmal auf den neusten Ermittlungsstand im aktuellen Fall bringen. Gemeinsam werteten sie die letzten Befragungen der Personen aus, die sich zum Zeitpunkt des Todes von Svea Helvig in der Villa des Ehepaares Beck aufgehalten hatten.

„Da kamen ziemliche Spannungen zur Sprache“, sagte Sven. „Die Becks haben kein Blatt vor den Mund genommen, was das Verhalten von Svea Helvig anging. Offenbar hat sie sich gegenüber ihrem früheren Freund Jörn Olander sehr aufdringlich verhalten. Und das in Gegenwart von dessen Freundin Ilma Sölberg und ihres Verlobten Lucas Edman. Die werden beide nicht sonderlich erfreut darüber gewesen sein."

„Damit hatten zwei Personen ein Motiv, Svea Helvig Böses zu wollen", fasste Rurik zusammen. „Eifersucht ist ein häufiges Mordmotiv. Nach übereinstimmenden Aussagen aller Anwesenden scheidet der Verlobte aus, weil er an dem Abend sturzbetrunken war. Das Verhalten von Ilma Sölberg ist dagegen verdächtig. Sie blieb allein in der Villa zurück, als alle anderen einen Ausflug mit dem Boot unternahmen. Dadurch hätte sie alle Zeit der Welt gehabt, sämtliche alkoholischen Getränke mit dem Schlafmittel zu präparieren. Am Abend war sie dann die Einzige, die ausschließlich Wasser trank."

Alva wirkte nicht überzeugt. „Demnach müsste sie bereits mit dem Vorsatz, Svea Helvig umzubringen, nach Styrsö gefahren sein. Das kann man natürlich nicht ausschließen, wir wissen nicht, wie lange die Eifersucht auf die Ex-Freundin ihres Partners schon in ihr brodelte. Wir haben aber keine Ahnung, wie der Mord bewerkstelligt wurde. Womit wir wieder am Ausgangspunkt wären: Woher kam das Kohlenmonoxid und wie gelangte es in den Körper von Svea Helvig?"

„Kohlenmonoxid findet vielfach Verwendung in der chemischen Industrie", sagte Sven. „Es wird in Gasflaschen vertrieben, die man aber als Privatkunde nicht mal eben so käuflich erwerben kann. Wegen der Gefährlichkeit gelten da hohe Sicherheitsstandards. Wenn wir annehmen, dass kein Holzkohlegrill, sondern eine Gasflasche zum Einsatz gekommen ist, um Svea Helvig ins Jenseits zu befördern, dann müssen wir uns fragen, ob Ilma Sölberg Zugang dazu hatte."

Rurik kratzte sich am Kinn. „Eine Gasflasche könnte Sinn machen. Bei der hohen Dosis, die im Blut von Svea Helvig gefunden wurde, muss sie dem Kohlenmonoxid in einer sehr hohen Konzentration ausgesetzt gewesen sein. Wir sollten prüfen, ob Ilma Sölberg Verbindungen zu jemandem hat, der in einem Chemiebetrieb arbeitet. Ich kann auch versuchen, einen Durchsuchungsbeschluss für ihre Wohnung zu erwirken."

„Das halte ich nicht für sinnvoll", sagte Sven. „Sie wird die Gasflasche kaum aufbewahrt haben. Und wie hätte sie diese vor ihrem Freund verstecken sollen? Nein, ich bin sicher, dort werden wir nichts finden. Wir sollten lieber ihren Bekanntenkreis unter die Lupe nehmen."

Das Telefon klingelte, Rurik nahm das Gespräch entgegen. „Wer?", fragte er. „Ebba Grambow?" Am Tisch erstarben augenblicklich alle Gespräche. Ebba Grambow war die Notärztin, die den Tod von Svea Helvig festgestellt und die verdächtigen Leichenflecke bemerkt hatte. Weshalb rief sie jetzt an?

„Wir kommen sofort", beendete Rurik das Gespräch. Seine Miene war düster und unter seinem linken Auge begann ein Muskel zu zucken. „Wir haben eine Leiche auf Styrsö", sagte er. „Und wie es aussieht, sind die Todesumstände die gleichen wie bei Svea Helvig."

Alters waren geschlossen, ihr Mund stand halb offen. Es sah aus, als würde sie noch immer um Atem ringen. „Wie lange ist sie schon tot?“, fragte Alva.

„Nageln Sie mich nicht auf eine bestimmte Zeit fest, aber der Ausprägung der Leichenstarre und der Totenflecke nach mindestens acht Stunden.“

„Demnach starb sie mitten in der Nacht.“ Rurik schaute auf sein Smartphone, es war kurz nach 12 Uhr.

„Wie gesagt, ich kann mich unmöglich auf die Stunde genau festlegen. Aber irgendwann zwischen 2 und 4 Uhr nachts könnte es gewesen sein.“ Ebba Grambow zog die Decke von der Toten weg. „Nun zur Todesursache, weshalb ich Sie gerufen habe.“ Die Leiche lag auf dem Rücken und war nackt.

„Haben Sie sie so gefunden? Trug sie kein Nachthemd?“ Rurik schaute sich um und entdeckte ein zusammengelegtes Kleidungsstück auf dem Stuhl neben dem Bett.

„Ich habe es ihr ausgezogen“, sagte Ebba Grambow. „Das vollständige Entkleiden ist bei der Leichenschau vorgeschrieben.“

Wenn es nur auch immer gemacht würde, dachte Alva. Oft ersparten sich Ärzte diese Mühe und vertrauten auf die Angaben der Angehörigen zu Vorerkrankungen. Dadurch waren schon Schusswunden und Stichverletzungen übersehen worden. Ebba Grambow machte ihre Arbeit gewissenhaft und war durch die Erfahrung mit dem Tod von Svea Helvig vermutlich doppelt aufmerksam.

„Hier erkennt man wieder die für eine Kohlenmonoxidvergiftung typische Rotfärbung der Totenflecke“, sagte sie, indem sie die Tote auf die Seite drehte. Die großflächigen Verfärbungen waren deutlich zu sehen. „Sie starb in Rücklage und wurde danach nicht mehr bewegt. Andere Verletzungen konnte ich nicht feststellen, auch keine Abwehrverletzungen.“

„Was zur Hölle ist hier passiert?“, murmelte Rurik. „Die Freundin hat sie gefunden, indem sie ins Zimmer spazierte. Das Fenster war geschlossen, nehme ich an?“

Die Ärztin nickte. „Ich habe nichts verändert.“

„Grit Jensen hat nicht über Beschwerden geklagt, die mit Kohlenmonoxid im Zusammenhang stehen könnten?“

„Nein, überhaupt nicht. Sie steht lediglich unter Schock.“

„Es gab ein Versteck für den Hausschlüssel, das die Freundin kannte?“

„Nicht nur sie, ich zum Beispiel auch. Wissen Sie, man vertraut hier einander.“ Ebba Grambow zuckte mit den Schultern. „Der Schlüssel war auch nicht wirklich versteckt, der lag hinter dem Blumenkasten. Wenn man genau hinschaute, sah man ihn.“

„Es hätte demnach jeder, der es darauf anlegte, in der Nacht ins Haus gelangen können“, fasste Rurik zusammen. „Aber was hat er dann gemacht?“

„Er könnte ihr eine Maske aufs Gesicht gedrückt haben wie bei einer Narkose“, sagte Sven. „Nur war das verwendete Gas in diesem Falle ein tödliches. Bei einer entsprechenden Konzentration reichen wenige Atemzüge bis zum Tod. Bewusstlos wird das Opfer beinahe umgehend. Es hat keine Chance zum Widerstand.“

Ebba Grambow war blass geworden. „Das ist teuflisch. Heißt es, hier auf unserer Insel geht jemand um, der auf diese Weise Menschen umbringt?“

„Wir wissen es nicht mit Sicherheit“, sagte Rurik schnell. „Es kann auch ganz anders sein. Ich muss Sie dringend bitten, nichts verlauten zu lassen. Wir dürfen keine Panik erzeugen.“

Alva stimmte zwar prinzipiell zu, hatte aber ein mulmiges Gefühl dabei. Wenn das grausige Szenario, das Sven geschildert hatte, wirklich zutraf, musste man die Menschen dann nicht warnen?

Als sie wieder draußen standen, schaute Alva sich um. Das Haus lag wirklich abseits, doch jetzt bemerkte sie in etwa zwanzig Metern Entfernung ein Dach, das hinter dichtem Gestrüpp hervorlugte. „Wohnt dort jemand?“, fragte sie hoffnungsvoll. Eventuell hatten die Nachbarn etwas beobachtet.

Ebba Grambow, die ihr gefolgt war, schüttelte den Kopf. „Das Haus ist unbewohnt und verfällt allmählich. Ich hatte mich bereits früher danach erkundigt, aber niemand konnte oder wollte mir Auskunft über die Besitzverhältnisse geben. Eigentlich schade.“

„Sie sind nicht von hier?“, fragte Alva.

„Nein, ich stamme aus Malmö und bin erst seit vier Jahren auf Styrsö. Ich wohne zur Miete. Ein eigenes Sommerhaus hätte ich schon gern. Aber die eingeborenen Insulaner bleiben lieber unter sich."

„Wie machen wir jetzt weiter?", fragte Sven, indem er sich zu ihnen gesellte.

„Wie immer", erwiderte Rurik. „Die Spurensicherung muss anrücken, die Leiche kommt zur Obduktion in die Rechtsmedizin und wir werden Erkundigungen einholen, wer den Tod von Ingrid Oldman gewollt haben könnte. Das ganze Programm."

20.

Ilma zerknüllte das Taschentuch in ihrer Hand und schaute Jörn hilfesuchend an. „Glaubst du etwa auch, ich habe Svea umgebracht?“, fragte sie.

Jörn stellte ein Glas Wasser auf den Tisch und strich ihr übers Haar. „Jetzt trink erst einmal und beruhige dich. Niemand denkt das, es ist völlig absurd.“

Ilma trank gehorsam, wirkte jedoch nicht überzeugt. Die Befragung bei der Polizei hatte sie total aufgewühlt. Sie musste sich deshalb sogar für den Rest des Tages krankmelden, was ihr angesichts der angespannten Personalsituation zusätzlich ein schlechtes Gewissen bereitete. Auch Jörn hatte seine Sprechstunde kurzfristig abgesagt.

„Wie kommst du darauf, man würde dich verdächtigen?“, fragte Jörn, nachdem Ilma das Glas abgesetzt hatte. „Das hat doch niemand behauptet, oder?“

„Nein, nicht direkt. Aber sämtliche Fragen liefen darauf hinaus. Die alkoholischen Getränke im Haus der Becks waren mit einem Schlafmittel versetzt, das hat man dir doch auch gesagt.“

„Ja, das wurde erwähnt“, stimmte Jörn zu. „Aber niemand scheint zu wissen, wie das Zeug da hineingekommen ist.“

„Sie vermuten, ich wäre es gewesen“, schluchzte Ilma. „Sie haben mich zuerst nach dem Schlafmittel, einem Benzodiazepin-Präparat, gefragt, ob ich das kennen würde. Natürlich kenne ich es von meiner Tätigkeit her, wir verabreichen es in bestimmten Fällen an Patientinnen. Demzufolge habe ich auch Zugang dazu. Dann wollten sie minutiös wissen, was ich gemacht habe, während ihr mit dem Boot unterwegs wart. Ich habe erzählt, ich hätte zuerst geschlafen, sei dann irgendwann wach geworden und nach unten auf die Terrasse gegangen. Aber das genügte ihnen nicht, ich sollte genaue Zeitangaben machen und mich an Einzelheiten erinnern. Obwohl ich nichts zu verbergen habe, geriet ich immer stärker unter Druck, wurde unsicher, habe mich verhaspelt. Mein Gott, ich habe nicht alle zwei Minuten auf die Uhr geschaut, nachdem ich aufgestanden war. Sie haben regelrecht auf ein Geständnis gelauert, dass ich die Alkoholvorräte präpariert habe. Fast war ich so weit, es zuzugeben, damit endlich Ruhe ist. Ich verstehe jetzt, wie falsche Geständnisse zustande kommen."

„Ilma, das ist ja furchtbar." Jörn nahm sie tröstend in den Arm, er spürte, wie sie zitterte. „Hat man dich unter Druck gesetzt oder dir sogar gedroht? Das ist nicht zulässig, dagegen können wir uns wehren."

„Nein, so war es nicht." Ilma putzte sich geräuschvoll die Nase. „Sie waren sehr höflich und korrekt. Ich habe mir selbst Druck gemacht, weil ich einfach nicht zu derart präzisen Angaben in der Lage war, wie sie von mir verlangt wurden. Ich konnte nicht minutiös über die Zeit, die ich allein im Haus verbracht habe, Rechenschaft ablegen. Es fühlte sich an, als hätte ich Erinnerungslücken oder würde bewusst etwas verschweigen. Sie müssen meine zunehmende Unsicherheit bemerkt und sich einen Reim darauf gemacht haben."

„Das glaube ich nicht", versuchte Jörn sie zu beruhigen. „Vermutlich ist es eher die Regel, dass Menschen bei einer derartigen Befragung Unsicherheit zeigen. Unser Gehirn ist kein Computer, wir speichern nicht alles eins zu eins ab."

„Es ging aber noch weiter", sagte Ilma. „Sie wollten wissen, wie ich zu Svea stand. Sie wussten bereits genau Bescheid, was deine frühere Beziehung mit ihr betraf, das habe ich an ihren Fragen gemerkt. Alles lief darauf hinaus, ich müsste eifersüchtig auf Svea gewesen sein. Die Fragen danach, warum ich an dem Abend nur Wasser getrunken habe, wann ich eingeschlafen bin und ob ich das Zimmer in der Nacht verlassen habe, zielten alle in die gleiche Richtung. Ich bin ihre Hauptverdächtige, das wurde deutlich, obwohl niemand es direkt ausgesprochen hat. Und mit meinem Verhalten habe ich diesem Verdacht noch Nahrung gegeben. Bei meinen Antworten zum Ablauf des

Abends war ich völlig verkrampft. Natürlich habe ich nichts von deinem Streit mit Svea erzählt. Aber sie müssen mir die Lüge angesehen haben."

„Ilma, mein Schatz, jetzt überschätzt du die Fähigkeiten der Polizeibeamten aber. Sie mögen ihre Erfahrungen mit Vernehmungen haben, doch in den Kopf schauen können sie niemandem. Du hast alles richtiggemacht. Wenn wir jetzt meinen Streit mit Svea erwähnen, bringen wir sie nur auf eine falsche Spur. Schließlich habe ich Svea nichts getan, das wissen wir beide."

Ilma senkte den Kopf und schaute auf ihre Hände, die noch immer zitterten.

„Was ist, Ilma?", fragte Jörn. „Du glaubst mir doch hoffentlich?"

„Ja, natürlich glaube ich dir, doch da ist noch mehr, das ich verschwiegen habe." Sie schaute auf und holte tief Luft. „Kurz bevor wir nach Styrsö aufgebrochen sind, habe ich einen unheimlichen Anruf bekommen. Ich habe ihn nicht ernst genommen, aber nach dem, was mit Svea passiert ist, erscheint er nun in einem ganz anderen Licht."

„Von was für einem Anruf redest du, Ilma? Wir hatten doch bereits darüber gesprochen. Jemand wollte dich davon abhalten, mit mir nach Styrsö zu fahren. Es war das Gleiche wie vor einem Jahr, kurz bevor wir zusammengezogen sind."

„Es gab noch einen weiteren Anruf, den ich bisher nicht erwähnt habe. Die verzerrte Stimme sagte, auf Styrsö würde der Tod lauern."

Jörn starrte Ilma entgeistert an. „Was sagst du da? Weshalb hast du mir das verschwiegen?"

„Weil du sofort wieder Knut verdächtigt hättest, der garantiert nichts damit zu tun hat."

„Eine Todesdrohung, und darum handelte es sich ja wohl, ist kein Kavaliersdelikt, das geht entschieden zu weit." Auf dem Hals von Jörn bildeten sich rote Flecke, wie immer, wenn er aufgebracht war.

„Siehst du, genau das meine ich", erwiderte Ilma. „Jetzt bist du wütend. Du hättest Knut beschuldigt und unter Umständen sogar angezeigt. Um das zu verhindern, habe ich geschwiegen. Niemals hätte ich zugelassen, Knut einem derartigen Verdacht auszusetzen. Sogar du dürftest jetzt von seiner Unschuld überzeugt sein, denn er hat Svea garantiert nicht umgebracht."

Jörn stöhnte auf und fuhr sich mit beiden Händen durchs Haar, bis es nach allen Seiten abstand. „Müssen wir davon ausgehen, dass der Anrufer Svea umgebracht hat?" Er sprach leise und schien keine Antwort zu erwarten. „Logisch ist das nicht. Wer es auf dich abgesehen hat, müsste eher mich aus dem Weg räumen. Jemand versucht schon seit einer ganzen Weile, dich zu einer Trennung von mir zu bewegen. Weil er bisher keinen Erfolg damit hatte, erhöht er nun vielleicht den Druck. Dann war der Anruf eine leere Drohung, um dich in Panik zu versetzen. Mit Sveas Tod hat das nichts zu tun."

„Und wenn doch?", fragte Ilma.

„Dann würde es überhaupt nichts bringen, der Polizei erst jetzt davon zu erzählen." Jörn sprang auf und lief mit großen Schritten durch das Zimmer. „Überleg doch mal: Es war der gleiche Anrufer wie vor einem Jahr. Damals haben wir Anzeige erstattet und es ist nichts passiert. Die Anrufe ließen sich nicht zurückverfolgen. Diesmal wird es nicht anders sein. Wir machen uns nur verdächtig, wenn wir jetzt plötzlich damit herausrücken."

Ilma war Jörn dankbar für seine letzte Äußerung. *Wir* hatte er gesagt, wir machen uns verdächtig. Nicht du. Aber auch so wusste sie, wie es wirken musste, wenn sie nachträglich diese Aussage machte. Der Hinweis auf den großen Unbekannten, für dessen Existenz es keinerlei Beweise gab, würde wie der Versuch aussehen, die Schuld von sich abzuwälzen. Nein, sie musste weiterhin schweigen. Zum Glück war Jörn der gleichen Meinung und hielt zu ihr.

„Wenn wir Glück haben, meldet sich der Anrufer wieder", sagte er. „Dann musst du es mir sofort sagen, versprichst du mir das?"

„Ich verspreche es", sagte Ilma.

21.

Rurik hatte seine Kollegen im Besprechungsraum versammelt, eine Woche war seit dem Auffinden der Leiche von Ingrid Oldman vergangen. Birger Nyberg war ebenfalls anwesend. Während der Arbeit am letzten Fall hatte er die Anzahl der Sprechstunden in seiner Praxis reduziert, um mehr Zeit für die Zusammenarbeit mit der Polizei zu haben. Gerade als er die Stundenzahl wieder aufstocken wollte, war der neue Fall dazwischengekommen. Sven, der an diesem Morgen als Letzter den Raum betrat, begrüßte den Psychologen erfreut. „Schön dich zu sehen, willst du nicht ganz zu uns wechseln?“, fragte er und zog einen Stuhl für sich heran.

„Vorsicht“, warnte Birger ihn. Sven schaute nach unten und sprang erschrocken ein Stück zurück. „Huch, den hätte ich fast übersehen.“ Unter dem Tisch lag Veikko, der imposante Elchhund von Birger und Alva. „Was macht der denn hier?“

„Den haben wir extra mitgebracht, um dich zu desensibilisieren“, sagte Alva. „So allmählich solltest du deine Hundephobie in den Griff bekommen. Nun setz dich schon hin, er wird dich nicht fressen.“ Zögernd, um sich keine Blöße zu geben, ließ Sven sich neben Birger nieder, nicht ohne Veikko vorher noch einen misstrauischen Blick zuzuwerfen.

„So, dann sind wir vollzählig und können anfangen“, sagte Rurik. „Mit Kaffee sind hoffentlich auch alle versorgt?“

„Als Kaffee kann man das kaum bezeichnen, das Gesöff aus dem Automaten wird immer ungenießbarer“, murrte Sven. Seine Miene hellte sich schlagartig auf, als Alva ihm wortlos einen

Becher mit selbst gebrühtem Kaffee zuschob. Alva konnte den Automatenkaffee ebenfalls nicht ausstehen und hatte vorgesorgt.

„Wir fangen mit dem Obduktionsbericht von Ingrid Oldman an", fuhr Rurik fort. „Er enthält keine Überraschungen. Sie starb an einer Kohlenmonoxidvergiftung, genau wie Svea Helvig. Der Todeszeitpunkt lag zwischen ein und zwei Uhr nachts. Abwehrverletzungen waren nicht feststellbar. Es dürfte sich mit einiger Sicherheit um denselben Täter handeln."

„Das ist einfach gruselig." Jördis schüttelte sich unwillkürlich. „Da schleicht ein Phantom durch die Nacht und ermordet auf lautlose Weise arglose Frauen im Schlaf. Was ist, wenn Svea Helvig und Ingrid Oldman nicht seine ersten Opfer waren? Ebba Grambow ist eine gewissenhafte Ärztin, nur durch sie sind wir überhaupt auf die Fälle aufmerksam geworden. Andere Ärzte könnten die Leichenschau weniger sorgfältig durchgeführt und die Anzeichen übersehen haben."

„Das ist durchaus möglich", stimmte Alva ihr zu. „Brigitte hat mir von solchen Fällen erzählt."

„Natürlich ist es möglich, aber andererseits ist es reine Spekulation", sagte Rurik. „Wir sollten uns daher zunächst nur auf die beiden Fälle konzentrieren, die uns bekannt sind. Wie sieht es mit Verbindungen zwischen den Opfern aus? Was haben wir bisher dazu herausgefunden?"

Alva machte den Anfang. „Leider ist das Ergebnis mehr als mager. Lucas Edman, der Verlobte von Svea Helvig, konnte mit dem Namen Ingrid Oldman nichts anfangen. Auch das Foto der Frau sagte ihm nichts. Er gab an, die meisten Bekannten von Svea zu kennen, diese Frau sei nicht darunter gewesen. Auch die Becks kannten angeblich keine Ingrid Oldman."

„Wieso angeblich?", fragte Sven. „Nur weil sie ein Haus auf Styrsö besitzen? Die Insel hat ungefähr tausenddreihundert Bewohner, da kann man unmöglich jeden namentlich kennen. Außerdem hielten die Becks sich nicht ständig dort auf."

„Das stimmt natürlich." Alva strich sich eine Strähne ihres dunklen Haars aus dem Gesicht. „Ich habe ihnen ein Foto gezeigt, sie konnten sich nicht erinnern, die Frau auch nur zufällig gesehen zu haben. Das ist gut möglich. Ihre Kontakte und ihr Alltag spielten sich in unterschiedlichen Sphären ab. Da gab es keine Berührungspunkte."

„An der Stelle möchte ich gleich anknüpfen", meldete sich Sven zu Wort. „Die Bekannten von Ingrid Oldman, soweit wir sie bisher ausfindig machen konnten, wussten nichts von Kontakten, die sie zu einer der Personen in der Villa gehabt haben könnte. Ihre engste Freundin Grit Jensen, die Ingrid Oldman am Morgen nach deren Tod auch gefunden hat, schloss das sogar ganz kategorisch aus. Die Becks und deren Gäste, das seien nicht die Kreise gewesen, in denen Ingrid verkehrt habe, so drückte sie es aus."

„Bei Jörn Olander und seiner Freundin Ilma Sölberg sind wir zu dem gleichen Ergebnis gekommen. Sie kannten Ingrid Oldman nicht", ergänzte Alva. „Damit dürfte sich unser Verdacht gegen Ilma Sölberg relativiert, wenn nicht völlig erledigt haben. Sie hätte ein Motiv gehabt, Svea Helvig umzubringen, doch die andere Frau war eine völlig Unbekannte für sie. Außerdem hat sie für deren Todeszeitpunkt ein Alibi, sie war nicht auf Styrsö. Die Becks hielten sich in jener Nacht ebenfalls in ihrem Haus in Göteborg auf."

„Das heißt, wir haben keinen Verdächtigen und stehen ganz am Anfang unserer Ermittlungen", fasste Rurik zusammen. „Der Täter ist ein Phantom, der Ausdruck von Jördis trifft es ziemlich gut. Welche Beweggründe für seine Taten könnte er haben?"

Alle Köpfe drehten sich zu Birger um. Er wusste, was nun von ihm erwartet wurde, doch für die Erstellung eines Täterprofils standen zu wenig Informationen zur Verfügung. Trotzdem versuchte er, Antworten zu geben. „Rurik hat die Frage nach einem möglichen Motiv aufgeworfen", sagte er. „Um das zu beantworten, müssen wir bei dem ansetzen, was wir bisher über die Opfer wissen. Ihr habt keine Verbindung zwischen den beiden Frauen finden können, offenbar waren sie nicht einmal miteinander bekannt. Sie weisen auch keine Gemeinsamkeiten auf, im Gegenteil. Svea Helvig war eine erfolgreiche junge Managerin, Ingrid Oldman eine Rentnerin im fortgeschrittenen Alter. Man könnte daher annehmen, der Täter wählt seine Opfer willkürlich aus. Sollte das so sein, ginge es ihm nur um das Töten an sich und um das Verbreiten von Panik."

„Du meinst, da sieht sich jemand in der Nachfolge berühmter Serienmörder und möchte an deren Ruhm anknüpfen?", fragte Sven.

Birger nickte. „Das können wir zumindest nicht ausschließen. Sollte dem so sein, sitzt er jetzt zu Hause und verfolgt aufmerksam die Nachrichten."

„Diesen Triumph dürfen wir ihm auf keinen Fall verschaffen." Rurik schlug zur Bekräftigung seiner Worte mehrmals mit der flachen Hand auf den Tisch. „Wir geben keine Mitteilung zu Einzelheiten der beiden Todesfälle heraus."

„Hoffentlich gelingt uns das." Alva hatte so ihre Zweifel. „Die Gerüchteküche auf der Insel brodelt bereits. Unser wiederholtes Auftauchen dort hat zu einer Menge Spekulationen geführt. Außerdem müssen wir befürchten, dass der Täter weitermacht, falls Birger mit seiner Vermutung richtigliegt."

„Es ist, wie du sagst, nur eine Vermutung, ich möchte mich da nicht festlegen", fuhr Birger fort. „Es gibt nämlich noch eine zweite Möglichkeit, die mir wahrscheinlicher erscheint. Der Täter wollte ursprünglich unentdeckt bleiben. Bei dem Mord an Ingrid Oldman könnte es sich um eine Tat zur Verdeckung des eigentlichen Motivs gehandelt haben. Denn es ist doch merkwürdig, wie unterschiedlich groß das vom Täter eingegangene Risiko in den beiden Fällen war. Ingrid Oldman lebte allein in einem abseits gelegenen Haus. Dort unbeobachtet einzudringen, war kein Problem. Bei dem Mord an Svea Helvig war die Situation eine völlig andere. Das Haus war voller Gäste und sie wurde getötet, während ihr Verlobter neben ihr lag und schlief. Die Gefahr einer Entdeckung war für den Täter demzufolge groß. Somit erscheint es wahrscheinlich, dass Svea Helvig das eigentliche Ziel war. Der Täter, und ich verwende hier durchgängig die männliche Form, obwohl es sich durchaus auch um eine Frau handeln kann, hatte gehofft, ihr Tod würde als Kreislaufversagen nach einem durchzechten Abend durchgehen."

„Klingt einleuchtend", sagte Sven. „Das kommt häufiger vor, als man glaubt. Aber der Plan ging nicht auf, weil die Inselärztin ihren Job gründlich machte und die Zeichen richtig deutete. Daraufhin sah sich der Täter veranlasst, durch einen zweiten, ähnlich gearteten Mord von seinem Motiv abzulenken. Diesmal wählte er mit Ingrid Oldman ein leichtes Opfer."

Rurik hatte während der Ausführungen von Birger mehrmals genickt. „Die zweite Variante klingt nicht nur einleuchtend, sie ist auch die wesentlich angenehmere. Wenn es um Svea Helvig ging, muss es nicht notwendig weitere Taten geben. Wir brauchen dann nicht einem Phantom hinterherzujagen, das blindwütig mordend durch Styrsö zieht. Außerdem bringt es uns dem Täter näher, er muss im Umfeld von Svea Helvig zu finden sein."

„Unsere erste Verdächtige, Ilma Sölberg, hat für den Mord an Ingrid Oldman ein Alibi", sagte Jördis.

„Von jedem Verdacht freisprechen würde ich sie trotzdem nicht." Rurik nestelte an seinem Hemdkragen, ihm war heiß, was nicht nur an der Temperatur im Raum lag. „Sie könnte einen Helfer haben. Dieser Fall gibt gleich mehrere Rätsel auf. Warum werde ich das Gefühl nicht los, alle Personen, die bei den Becks zu Gast waren, verheimlichen etwas?"

„Mit dem Gefühl bist du nicht allein", stimmte Alva ihm zu. „Wir werden gründlich nachforschen müssen, was es sein könnte."

22.

„Wir müssen unseren Urlaub verschieben“, sagte Alva. Sie stand in der Küche und schnippelte Gemüse für das Abendessen. Birger, der gerade Veikko gefüttert hatte, nickte gleichmütig. „Ich habe damit gerechnet. Was wird Sven machen?“

„Um ihn geht es mir dabei auch.“ Alva füllte die Gemüsestücke in eine Salatschüssel und fügte Olivenöl hinzu. „Sven soll seinen Urlaub auf jeden Fall antreten, damit Gundel und er die Chance haben, sich wieder näherzukommen. Zum Glück sieht Rurik das auch so. Wenn Svens Ehe jetzt endgültig in die Brüche geht, verlieren wir ihn unter Umständen ganz. Das wollen wir nicht riskieren. Sven ist ein guter Polizist und er gehört einfach ins Team.“

„Es ist natürlich schön, wenn ihr ihm den Rücken freihaltet.“ Birger schnitt Brot auf. „Aber das wird nicht immer funktionieren. Mit einem geordneten Familienleben ist euer Job nur schwer zu vereinbaren. Hinzu kommt die psychische Belastung.“

Alva drehte sich um und musterte Birger aus zusammengekniffenen Augen. „Was wird das jetzt? Der Auftakt zu einem Trennungsgespräch? Willst du mich verlassen?“

„Ich werde mich hüten, so was wie dich finde ich doch nie wieder.“

„Das kann man jetzt unterschiedlich verstehen.“ Alva drohte Birger mit dem Salatlöffel, bevor sie ihn in die Schüssel tauchte und umrührte.

„Zum Glück haben wir nichts Besonderes geplant und in unser Sommerhaus auf Orust können wir auch später noch fahren.“ Birger nahm es entspannt.

„Sonst hast du aber auch immer im Juli Urlaub gemacht", sagte Alva.

„Klar, das bot sich an, weil meine Patienten um diese Zeit ebenfalls verreist oder in ihren Sommerhäusern sind."

„Heißt das, im Juli werden alle plötzlich gesund?"

„Sie bemühen sich zumindest, gesund zu werden. Ein ordentlicher Schwede ist im Sommer nicht krank."

Alva grinste zustimmend. Da das allgemeine Recht auf Sommerurlaub auch für Beschäftigte im Gesundheitswesen galt, sollte man Erkrankungen am besten im Frühjahr auskurieren oder sie auf den Herbst verschieben. Sie musste an Jördis denken, die mal den ganzen Sommer über mit einem gebrochenen Zeh herumgelaufen war, den sie notdürftig mit Pflaster ruhiggestellt hatte. Als sie dann im Herbst einen Arzt aufsuchte, war dessen Behandlung nicht viel anders ausgefallen.

„Ich denke, ich werde trotzdem einiges zu tun bekommen", schloss Birger das Thema ab. „Meine Kollegen werden mir die Fälle überstellen, die sie über den Sommer nicht ohne Betreuung lassen wollen."

„Werden das dann besonders schwierige Fälle sein?", fragte Alva und runzelte die Stirn. „Hoffentlich nicht, wir brauchen dich ebenfalls."

„Es wird schon nicht so schlimm werden", wiegelte Birger ab. „Aber wenn ich in der Urlaubszeit schon da bin, muss ich natürlich zur Verfügung stehen, so sind die Regeln."

Birger sollte sich nicht getäuscht haben. Bereits am nächsten Tag legte ihm eine seiner Kolleginnen eine Patientin ans Herz, die sich gerade in einer kritischen Situation befand. Zu dem Zeitpunkt hatte er noch keine Ahnung, wie sehr ihn dieser Fall beschäftigen sollte.

23.

Die Patientin hieß Elisabeth Andersson. Sie war vierunddreißig Jahre alt, sah aber jünger aus. Das rotblonde Haar trug sie zu einem kurzen Bob frisiert und eine große Brille verdeckte ihr schmales blasses Gesicht beinahe zur Hälfte. Birgers Kollegin hatte bei ihr eine Depression diagnostiziert und von einer möglichen Suizidgefährdung gesprochen. Die Patientin hatte in der Vergangenheit wohl schon einen Versuch unternommen, ganz klar war das nicht geworden. Birger würde sie nicht darauf ansprechen und er hatte von seiner Kollegin auch keine näheren Angaben verlangt. Psychotherapie basiert auf einem Vertrauensverhältnis, er durfte mit der Patientin nur über die Dinge sprechen, die sie ihm freiwillig anvertraute. Da er lediglich eine Vertretung übernahm, würde nicht genügend Zeit sein, um in die Tiefe zu gehen. Er musste vor allem versuchen, die junge Frau in ihrer aktuellen Situation zu stabilisieren.

Elisabeth Andersson wirkte bei ihrem ersten Termin unsicher und verkrampft. Sie umklammerte die Lehnen des Sessels, als wollte sie sich daran festhalten, und sie schaute Birger nicht an. Birger eröffnete das Gespräch mit einer Standardfrage: „Frau Andersson, wie fühlen Sie sich heute?“

Sie runzelte die Stirn und schien die Antwort gründlich abzuwägen. „Nicht gut“, sagte sie dann.

„Können Sie das näher beschreiben? Haben Sie körperliche Beschwerden? Oder fühlen Sie sich einfach bedrückt?“

Wieder antwortete sie nur zögernd. „Ich fühle mich traurig und ängstlich. Außerdem schlafe ich sehr schlecht. Dadurch bin ich tagsüber bei der Arbeit unkonzentriert und mache Fehler.“

„Was genau arbeiten Sie?“
„Ich bin bei einer Reinigungsfirma angestellt.“ Sie sprach leise und senkte den Kopf noch tiefer, als wäre es ihr peinlich.
„Das ist sicher körperlich anstrengend“, sagte Birger. Elisabeth Andersson war zierlich und wirkte beinahe zerbrechlich, wie sie da zusammengekauert vor ihm saß. Sie zuckte mit den Schultern.
„Ich bin an diese Arbeit gewöhnt. Wenn ich ausgeschlafen bin und mich konzentrieren kann, läuft es ganz gut.“
„Dann lassen Sie uns darüber sprechen, was Ihnen momentan den Schlaf raubt. Können Sie es benennen oder ist es eher ein diffuses Gefühl?“
„Wenn ich nachts wach liege, geht mir alles Mögliche durch den Kopf. Die Gedanken lassen sich einfach nicht abstellen. Sie quälen mich.“ Ihre Mundwinkel begannen verräterisch zu zucken.
„Gibt es etwas, das Sie besonders quält?“ Birger wollte nicht zu forsch vorgehen, doch er musste sich ein Bild von den Problemen seiner Patientin machen, und das möglichst schnell. Wenn sie sich ihm nicht gleich öffnete, würde sie es vermutlich auch in den kommenden Sitzungen nicht tun.
„Ich habe jemanden verloren, der mir sehr wichtig war.“ Birger musste sich vorbeugen, um sie zu verstehen, so leise sprach sie jetzt. „Eine Freundin, wir standen uns sehr nah. Sie ist gestorben.“
„Verständlich, dass es Sie traurig macht. Wann ist das passiert?“
„Es ist jetzt über fünfzehn Jahre her. Sie starb bei einem Autounfall. Ich habe mit im Wagen gesessen und wurde schwer am Kopf verletzt. Seitdem habe ich oft Kopfschmerzen und Konzentrationsstörungen. Ich habe überlebt, aber Nora war sofort tot.“ Elisabeth begann heftig zu weinen, die Tränen tropften von ihrer Nase und bildeten kleine Rinnsale auf ihren Wangen. Birger schob ihr stumm die Schachtel mit den Taschentüchern über den Tisch. Wie eine Blinde tastete sie danach.
Birger sah in ihrem Weinen ein gutes Zeichen. Richtig gefährlich wurde es erst, wenn Menschen keine Tränen mehr hatten und in ihrem Schmerz geradezu versteinert wirkten. Er ließ ihr Zeit und stellte keine Fragen. Nach einer Weile schnäuzte sie sich geräuschvoll. Sie nahm sich ein weiteres Taschentuch,

setzte ihre Brille ab und putzte sie umständlich. Sie hatte feine, regelmäßige Züge, Birger fiel auf, wie hübsch sie war. Eine Schönheit, die sich versteckte. Was mochte der Grund dafür sein?

„Entschuldigen Sie." Elisabeth setzte sich gerade hin.

„Sie müssen sich nicht entschuldigen, es ist völlig in Ordnung, Gefühle zu zeigen. Sie sagten, der Unfall liegt mehr als fünfzehn Jahre zurück. Ihr Schmerz dagegen scheint ganz frisch zu sein. Natürlich heilt Zeit nicht alle Wunden, das ist ein Spruch, der nicht unbedingt zutrifft. Doch muss es in Ihrem Fall etwas geben, das es Ihnen zusätzlich schwer macht, über den Verlust hinwegzukommen."

Birger sah, wie eine flüchtige Röte im Gesicht seiner Patientin aufflammte und sich bis auf die zarte Haut ihres Halses ausbreitete. Er hatte mit seiner Bemerkung ins Schwarze getroffen.

„Man hat mir die Schuld gegeben", sagte sie. Birger erkannte das Funkeln in ihren Augen, es waren jetzt keine Tränen mehr, es war Empörung. „Nora war gefahren, wir kamen von einer Feier. Ich hatte getrunken, sie nicht. Der Unfall passierte auf einer geraden Straße, weil plötzlich ein Geländewagen von hinten kam und uns abdrängte. Es ging alles sehr schnell. Wir kamen von der Straße ab und der Wagen überschlug sich mehrfach. Noch im Krankenhaus wurde ich von der Polizei befragt, sie konnten nicht verstehen, wie es auf der geraden Straße zu dem Unfall gekommen war. Ich habe ihnen von dem Geländewagen erzählt, aber sie glaubten mir nicht. Für sie stand fest, dass ich betrunken am Steuer gesessen und den Unfall verursacht hatte."

„Ließ sich im Anschluss nicht feststellen, wer wo gesessen hatte?", fragte Birger.

Elisabeth schüttelte den Kopf. „Nora war nach draußen geschleudert worden und mich fand man in dem Wrack auf der Fahrerseite. Ich muss wohl bei dem Versuch, mich daraus zu befreien, hinübergekrochen sein. Erinnern kann ich mich nicht daran. Können Sie sich vorstellen, wie schrecklich das für mich war? Erst zu erfahren, dass Nora tot war und dann auch noch für ihren Tod verantwortlich gemacht zu werden?"

Sie schluchzte laut auf, brach aber nicht erneut in Tränen aus.

„Natürlich kann ich mir das vorstellen“, sagte Birger. „Wurde es nie aufgeklärt?“

„Nicht wirklich. Es gab Zweifel an meiner Version, aber man konnte mir keine Schuld nachweisen. Für die Öffentlichkeit, für Noras Eltern und ihre Freunde war ich aber schuldig. Man hat es mich spüren lassen, wie eine Aussätzige wurde ich behandelt.“

Sie näherten sich dem Ende der Stunde, Birger musste zu einem vorläufigen Abschluss kommen. „Wir werden das in der kommenden Sitzung weiter vertiefen“, sagte er. „Nur eine Frage noch: Warum erleben Sie diese Gefühle gerade jetzt wieder so intensiv? Haben Sie selbst eine Erklärung dafür?“

Sie nickte. „Weil jetzt Juli ist. Der Unfall ereignete sich im Juli.“

Das klang einleuchtend. Nachdem Elisabeth Andersson gegangen war, machte Birger sich Notizen: Verlust der Freundin, Trauer, Schuld. Hinter das Wort Schuld setzte er ein Fragezeichen. War Elisabeth Andersson etwa doch schuld an dem Unfall und fielen ihre Gefühle deshalb so heftig aus? Er musste versuchen, mehr darüber herauszufinden.

24.

Ilma wälzte sich unruhig im Bett hin und her. Seit Stunden war sie bereits wach. Dabei war Sonntag und da sie frei hatte, eine wunderbare Gelegenheit, endlich versäumten Schlaf nachzuholen. Doch ihre Gedanken kamen einfach nicht zur Ruhe. Jörn schien ihre Unruhe zu bemerken, schließlich wurde er ebenfalls wach. Er streckte die Hand aus und berührte ihre Schulter. „Was ist los Ilma? Kannst du nicht schlafen?“

„Ich versuche es, schlaf wenigstens du weiter“, sagte sie.

Jörn war jetzt richtig wach, er knipste die Nachttischlampe an. Draußen musste es um diese Zeit bereits vollständig hell sein, doch die dichten Vorhänge ließen kein Licht ins Zimmer. „Ich kann nicht schlafen, wenn ich merke, dass es dir nicht gut geht“, sagte er. „Was ist los?“

„Ach Jörn, wieso fragst du? Du weißt es doch. Diese Gespräche mit der Polizei machen mich einfach fertig. Svea ist offenbar keines natürlichen Todes gestorben, sonst würden sie nicht so einen Aufwand betreiben. Dabei sagen sie uns nicht einmal, woran sie gestorben ist.“

„Das machen sie in solchen Fällen nie, weil es sich um Täterwissen handelt. Ich denke, ihr Tod muss durch eine Kombination aus Alkohol und dem darin enthaltenen Schlafmittel verursacht worden sein. Zwar haben wir anderen auch davon getrunken und es überlebt, doch Svea könnte eine besondere Empfindlichkeit dagegen gehabt haben, wer weiß?“

Jörn erwähnte absichtlich nicht die wiederholten Fragen danach, ob sie an dem Abend einen Holzkohlegrill benutzt hatten, und schwieg auch über die Untersuchungen am Bootsmotor. Er hoffte, Ilma würde nicht daran denken. Leider stürzte seine ausweichende Antwort sie in noch tiefere Verzweiflung.

„Du konntest es wissen, falls sie eine solche Unverträglichkeit hatte, weil du früher mit ihr zusammen warst", sagte sie. „Und ich hatte die Gelegenheit, das Schlafmittel in den Alkohol zu mischen, als ich allein im Haus war. Dass ich später nur Wasser getrunken habe, verstärkt den Verdacht gegen mich noch. Die Polizei wühlt in unserer Vergangenheit, sie interessieren sich für unsere Beziehung, für unsere Freundschaften und für Probleme im Beruf. Wozu das alles? Es gibt nur eine Antwort: Sie verdächtigen mich. Und jetzt suchen sie nach Bestätigungen für ihre Vermutung. Außerdem wollen sie herausfinden, ob ich in der Vergangenheit schon auffällig geworden bin. Vielleicht war Svea ja nicht die erste Frau, die ich aus Eifersucht ermordet habe. Es könnte doch sein, dass mein Weg mit toten Konkurrentinnen gepflastert ist." Ilma begann zu weinen.

Jörn rückte näher an sie heran und nahm sie in den Arm. „Nicht weinen, Ilma. Es ist ganz bestimmt nicht so, wie du denkst. Diese Befragungen zeigen, wie ahnungslos die Polizei ist. Weil sie keinen konkreten Verdacht haben, stochern sie nun im Nebel herum in der Hoffnung, irgendetwas zu finden. Sie haben nicht nur uns beide im Visier, auch Tessa und Elias wurden schon mehrmals vernommen. Tessa hat sich unglaublich aufgeregt, weil sie bei ihr in der Firma waren und auch ihren Geschäftspartner befragt haben. Du weißt ja, wie sie ist. Ihr guter Ruf geht ihr über alles, und den sieht sie ernsthaft gefährdet. Sie hat sogar schon ihren Anwalt in Bewegung gesetzt."

„Tessa ist nicht verdächtig", schluchzte Ilma. „Sie war die ganze Zeit mit Elias zusammen und nicht wie ich allein im Haus. Einen Grund, auf Svea eifersüchtig zu sein, hatte sie ebenfalls nicht."

„Den hattest du auch nicht." Jörn streichelte ihr tränennasses Gesicht. „Ich habe der Polizei ausführlich erklärt, wie belanglos meine Affäre mit Svea war. Das ist doch alles längst Geschichte. Was die Sache mit dem Schlafmittel angeht, kann niemand sagen, wann es in die Flaschen geraten ist. Das kann eine ganz andere Person getan haben, die sich Zugang zum Haus verschafft hatte. Elias ist nicht gerade zimperlich, wenn es um seine Geschäfte geht, er dürfte sich einige Feinde gemacht haben.

Irgendjemand wollte ihm vielleicht schaden. Oder derjenige hatte vor, ihn auszurauben, während er und Tessa fest schliefen. Die Anwesenheit von mehreren Gästen, mit der er nicht rechnen konnte, hat seinen Plan durchkreuzt. Die Polizei muss so ein Szenario ebenfalls in Betracht ziehen und wird auch in diese Richtung ermitteln. Du machst dir völlig unnütze Gedanken. Versuch noch ein wenig zu schlafen, es ist erst vier Uhr."

Diesmal hatte er den richtigen Ton getroffen. Ilma beruhigte sich und nach einer Weile wurden ihre Atemzüge tiefer und gleichmäßiger. Als er sicher war, dass sie schlief, rutschte Jörn vorsichtig wieder auf seine Bettseite hinüber. Er kam sich wie ein Schwein vor, weil er ihr nichts von dem neuerlichen Todesfall auf Styrsö erzählt hatte. Offiziell war nichts darüber verlautbart worden, doch der Buschfunk auf der Insel funktionierte bestens. Tessa hatte ihn angerufen und ihm davon erzählt. Etwas Genaues wusste sie nicht, nur dass die Mordkommission aus Göteborg erneut da gewesen war. Das Echo darauf fiel unterschiedlich aus. Ein Teil der Inselbewohner machte sich über den Eifer der Ärztin lustig, die hinter jedem Todesfall einen Mord zu wittern schien. Andere waren besorgt und fragten sich, was eigentlich vorging. Als Jörn den Namen des Opfers gehört hatte, war die Panik wie ein Tsunami über ihn hereingebrochen. Konnte es wirklich sein, nach so vielen Jahren? Es war ihm unmöglich, mit Ilma darüber zu reden. Falls Ingrid Oldman auf die gleiche Art gestorben war wie Svea, entlastete das Ilma von jedem Verdacht. Doch die Erleichterung darüber war nichts gegen die Angst, die ihm beinahe die Luft zum Atmen nahm. Einmal war er kurz davor gewesen, reinen Tisch zu machen. Es war Svea gewesen, die ihn daran gehindert hatte. Wenn er daran dachte, fühlte er erneut den Hass auf seine eigene Schwäche. Er wollte nicht daran denken, doch die Erinnerung überfiel ihn mit voller Wucht.

25.

Styrsö vor acht Jahren

Er hatte nicht herkommen wollen. Jörn hasste diese jährlichen Treffen inzwischen von ganzem Herzen. Sie hatten sich nicht wirklich etwas zu sagen, sie mochten einander nicht einmal sonderlich. Sie waren wie Sträflinge, die man aneinandergekettet hatte, Gefangene ihrer gemeinsamen Vergangenheit. Öfter als einmal hatte Jörn daran gedacht, diese Ketten zu sprengen, war aber zu feige gewesen. Er konnte das seiner Mutter nicht antun, die so stolz auf ihren tüchtigen Sohn war, der bald Arzt sein würde. Zahnarzt zwar, aber immerhin. Allen Bekannten und Freunden schwärmte sie davon vor. Nun endlich hatte er seinen Abschluss in der Tasche und geplant, diesen Sommer zu genießen und eine längere Reise zu unternehmen, möglichst weit weg. Doch dann war die Einladung von Elias gekommen mit diesem leise drohenden Unterton, den er so gut beherrschte.

„Wir treffen uns diesmal auf Styrsö in unserem Sommerhaus", sagte Elias.

„Warum ausgerechnet dort?", fragte Jörn. Er ahnte die Antwort. Der Vater von Elias war im vergangenen Herbst verstorben, Elias hatte die Villa am Strand geerbt und renovieren lassen. Offenbar störte es ihn nicht im Geringsten, mit welchen Erinnerungen dieser Ort verbunden war. Jörn hingegen hatte in den letzten zehn Jahren keinen Fuß auf Styrsö gesetzt, und das auch künftig nicht vorgehabt. Ihre früheren Treffen hatten stets an anderen Orten stattgefunden, doch nun ließ Elias ihm keine Wahl.

Nur nicht bei Männern, dachte Jörn und goss sich einen weiteren Whisky ein. Elias hatte sich in den letzten zehn Jahren zu seinem Nachteil verändert, innerlich und äußerlich. Der Alkohol, dem er reichlich zusprach, hatte sein Gesicht und seinen Körper aufgeschwemmt und der raue Ton, der auf den Baustellen herrschte, auf seine Umgangsformen abgefärbt. Tessas kultivierte Art und ihr makelloses Aussehen standen in einem deutlichen Kontrast dazu. An diesem Tag trug sie ein langes türkisfarbenes Strandkleid, das die Schultern freiließ und im Nacken geknotet war. Ihr goldblondes Haar hatte sie zu einem lockeren Knoten aufgesteckt. Sie wäre in dieser Aufmachung problemlos in jede Bar gekommen. Jörn fragte sich, was sie plötzlich wieder an Elias fand. War es nur sein Geld? Nach dem Tod seines Vaters gehörte ihm die Firma allein. Oder war es ihre gemeinsame Vergangenheit? Schnell spülte er diesen unangenehmen Gedanken mit dem letzten Schluck aus seinem Glas hinunter.

„Tessa hat auch bei der Neugestaltung dieses Strandhauses ganze Arbeit geleistet", schwärmte Elias weiter. „Wir haben jetzt ein großes Bad mit Whirlpool in der oberen Etage, einfach mega. Da kann man im warmen Wasser sitzen und das Panorama genießen. Die Scheibe ist nur nach einer Seite durchsichtig."

„Heute ist nun wirklich nicht das richtige Wetter für ein warmes Bad im Whirlpool", sagte Svea mit säuerlicher Miene.

„Ansehen solltet ihr es euch trotzdem gleich mal, kommt ihr?"

Elias stand auf und nahm die Hand von Tessa. Svea und Jörn folgten ihnen notgedrungen ins Haus. Svea ging vor Jörn her, das T-Shirt klebte ihr feucht am Körper und er erkannte darunter das Spiel ihrer Muskeln. Sie schien noch immer viel zu trainieren. Auf der Treppe nach oben wandte sie sich zu ihm um und zwinkerte ihm zu. Sie machte eine Kopfbewegung zu Elias hin und verdrehte die Augen. Jörn konnte einen Anflug von Grinsen nicht unterdrücken. Es tröstete ihn, dass Svea von der ganzen Veranstaltung genauso genervt zu sein schien wie er. Nach einer ausgiebigen Besichtigungstour durch das Haus ging es zurück auf die Terrasse. Später konnte sich Jörn an den weiteren Verlauf des Tages nicht mehr genau erinnern. Er hatte mehr getrunken, als ihm guttat. Am nächsten Morgen erwachte er mit einem gewaltigen Kater. Als er Svea neben sich im Bett erblickte, hielt er es im ersten Moment für einen Albtraum. Er lag im gleichen

Gästezimmer wie vor zehn Jahren, hier war kaum etwas verändert worden. Auch Svea hatte sich kaum verändert, im Schlaf wirkte sie jünger, der bittere Zug, der sonst um ihren Mund spielte, war verschwunden. Sie erwachte, als Jörn laut aufstöhnte. Es war eine von Sveas Eigenschaften, morgens sofort hellwach zu sein, egal wie spät es am Abend zuvor geworden und wie reichlich der Alkohol geflossen war.

„Hast du Kopfschmerzen?“, fragte sie mitfühlend. „Warte, ich hole dir eine Tablette.“

„Wie schön, dass ihr unserem Beispiel folgt und euch auch wieder gefunden habt“, sagte Elias beim Frühstück und zwinkerte anzüglich. „Alte Liebe rostet nicht und die Entscheidungen, die man in jungen Jahren trifft, sind die besten. Da ist das Hirn noch frisch.“

Das Hirn von Jörn fühlte sich wie ein nasser Brei an, der unter seiner Schädeldecke hin und her schwappte. Svea umsorgte ihn, goss ihm Kaffee ein und gab sich demonstrativ glücklich. Wieder fühlte sich Jörn an früher erinnert. Sah sich Svea noch immer mit Tessa in Konkurrenz um Elias? Musste er wieder mal als Ersatzmann herhalten? Trotz des schalen Geschmacks, den dieser Gedanke bei ihm erzeugte, stimmte er zu, als Svea ihm nach dem Wochenende sogleich einen Termin für ein Wiedersehen vorschlug. Drei Jahre lang trafen sie sich danach immer wieder mal in größeren Abständen, bis die Beziehung, die eigentlich keine war, im Sande verlief.

26.

Göteborg heute

Tessa zog ihre Bluse in den Rock und strich sie glatt. Sie hob ihren Slip vom Fußboden auf und schlüpfte hinein, danach in die Strumpfhose. Arvid war bereits nach nebenan gegangen, sie hörte ihn telefonieren. Tessa ging in den Waschraum und schloss die Tür hinter sich ab. Prüfend betrachtete sie sich im Spiegel. Ihre Stirn, mit der sie über das raue Polster der Liege geschrammt war, während sich Arvid mit heruntergelassener Hose hinter ihr zu schaffen gemacht hatte, wies eine unschöne Rötung auf. Tessa tupfte hellen Puder darauf, zog die Lippen nach und kämmte anschließend ihr Haar. Sie war diesen schnellen Bürosex leid und Arvid ging zunehmend rücksichtsloser mit ihr um. Von den romantischen Gesten, mit denen er sie zu Beginn ihrer Beziehung verwöhnt hatte, war nicht mehr viel übrig. Da konnte sie auch gleich bei Elias bleiben, der ihr abends im Bett seinen nach Alkohol stinkenden Atem ins Gesicht pustete.

Wann hatte Arvid angefangen, sich zu verändern? Hing es mit den Besuchen der Polizei zusammen? Arvid war ein gerissener Fuchs, er spürte ihre Unsicherheit und legte sie als Schwäche aus. Natürlich befand sie sich in einer blöden Situation. Erst die Sache mit Svea und jetzt plötzlich diese Frau Oldman, die sie überhaupt nicht mehr auf dem Schirm gehabt hatte. Dafür hatte Jörn sofort den Zusammenhang hergestellt. Jörn war immer das schwächste Glied in der Kette gewesen, Elias, Svea und auch sie selbst hatten oft gefürchtet, er könnte zusammenbrechen und auspacken. Während seiner Beziehung mit Svea war vorübergehend Ruhe eingekehrt, sie hatte ihn unter Kontrolle gehabt. Aber jetzt war Svea tot. Mit ihr waren auch Tessas Pläne gestorben. Das Zusammenleben mit Elias empfand sie schon lange als Zumutung, daran konnte auch sein Geld nichts ändern. Es hatte eine Zeit gegeben, in der sie Bewunderung für seine Tatkraft empfand. Sie mochte starke Männer, die es im Leben zu etwas brachten. Außerdem hatte Elias sie gefördert, es war nicht einfach, als junge unbekannte Architektin in der Branche Fuß zu fassen. Über die Aufträge, die er ihr verschafft hatte, waren sie einander wieder nähergekommen. Doch nach ihrer Heirat war die Entfremdung zwischen ihnen immer weiter fortgeschritten. Ausgerechnet jetzt, wo sich mit Arvid eine Alternative auftat, ging alles den Bach runter. Sie konnte Elias nicht verlassen, bevor sie nicht herausgefunden hatte, was eigentlich gespielt wurde und wer dahintersteckte. Das dumpfe Gefühl einer drohenden Gefahr lähmte sie geradezu. Wenn jemand sie beschützen konnte, dann nur Elias, weil er die Wahrheit kannte. Mit Arvid drüber zu reden, wäre geradezu tödlich. Vermutlich wäre es das Ende sowohl ihrer privaten als auch ihrer beruflichen Beziehung. Tessa verfluchte jenen Sommer auf Styrsö, an dem alles angefangen hatte. All die Jahre war sie die Starke gewesen und hatte ausgeblendet, was damals geschehen war. Eine schicksalhafte Verkettung von Umständen, daraus konnte ihnen niemand einen Vorwurf machen. Doch seit man Svea im Leichensack aus dem Strandhaus getragen hatte, war alles anders. Zum ersten Mal empfand sie Angst. Am liebsten würde sie ganz woanders neu anfangen, sie musste Elias überreden, das neue Haus auf Styrsö zu verkaufen, so wie er es bereits mit der Strandvilla seiner Eltern getan hatte. Sie wollte nie mehr auf die Insel zurück. Nur wer in ihrem neuen Leben an ihrer Seite sein sollte, das hatte sie noch nicht endgültig entschieden.

27.

Alva runzelte die Stirn, als sie Birger nach der Hundeleine greifen sah. „Willst du Veikko etwa mitnehmen?“, fragte sie. „Wir könnten ihn bei Pia abgeben.“

Pia, eine alleinstehende Frührentnerin, die nebenan wohnte, liebte es, den Hund zu verwöhnen. Veikko ließ sich das gern gefallen und Alva hatte den Verdacht, Birger war deshalb eifersüchtig.

„Ach weißt du, ich habe heute nur eine Patientin, danach erledige ich Schreibkram“, sagte Birger. „Da kann Veikko bei mir bleiben. Während die Patientin da ist, lasse ich ihn in der Wohnung, danach kann er zu mir ins Sprechzimmer kommen.“

Obwohl Alva und Birger nun schon seit einem Jahr gemeinsam in Alvas gemütlicher Wohnung in Haga lebten, hatte Birger seine Wohnung über der Praxis am Brunnsparken bisher nicht aufgegeben. Manchmal erwies sich das als praktisch, aber ein Luxus war es schon, sich zwei Wohnungen in Göteborg zu halten.

„Ist die Patientin ein schwieriger Fall?“, fragte Alva.

„Nicht unbedingt. Sie ist depressiv, aber sie teilt sich mit und lässt Gefühle zu, das ist positiv. Ich weiß noch nicht genug über sie, um mir eine endgültige Meinung zu bilden. Sie leidet unter dem Tod einer guten Freundin und noch mehr unter der Tatsache, dass man ihr die Schuld daran gibt.“

„Das ist sicher nicht leicht für sie“, sagte Alva. Manchmal fragte sie sich, wie Birger es aushielt, sich all diese Geschichten anzuhören, besonders solche, die an sein eigenes Trauma rührten. Auch er hatte einen geliebten Menschen verloren und seine Ex-Frau Charlotte gab ihm die Schuld daran. Doch wie hätte er ahnen können, was geschehen würde, nachdem man seine Tochter Mila zur Lucia von Göteborg gewählt hatte? Sie war das erste Opfer des Lucia-Mörders geworden. Birger sprach nicht oft darüber, doch Alva wusste, wie tief der Schmerz bei ihm saß. Diese Wunde würde niemals ganz verheilen.

„Und wie geht es heute bei euch weiter?“, fragte er.

„Mit dem Üblichen, Befragungen über Befragungen. Wir hoffen, irgendwann auf ein Goldkörnchen in all dem Geröll zu stoßen, das wir dabei umwälzen müssen. Auf den einen entscheidenden Hinweis darauf, welches Motiv der Täter haben könnte.“

„Dann viel Glück. Ich komme später vorbei und hole dich ab. Wir können vorher telefonieren.“

Alva schwang sich auf ihr Fahrrad und machte sich auf den Weg ins Präsidium. Birger nahm mit Veikko den Bus, der sie in zehn Minuten ans Ziel brachte. Er hätte den Weg bei dem schönen Wetter gern zu Fuß zurückgelegt und dem Hund so gleich Bewegung verschafft, doch dazu reichte die Zeit heute nicht aus. Als er in der Praxis ankam, blieb ihm bis zum Termin mit Elisabeth Andersson noch eine Viertelstunde, die er nutzte, um Veikko nach oben in die Wohnung zu bringen und ihm frisches Wasser hinzustellen. Der Elchhund legte sich brav auf die ihm zugewiesene Decke, er war mit den Abläufen vertraut. „Bis bald, Kumpel“, sagte Birger und strich ihm über das dichte Fell.

Elisabeth Andersson erschien auf die Minute pünktlich, was Birger zufrieden registrierte. Manche Patienten kamen regelmäßig zu spät oder vergaßen Termine, worin sich ihr innerer Widerstand gegen die Behandlung ausdrückte. Doch Elisabeth Andersson wollte sich offenbar helfen lassen. Birger hatte sich vorgenommen, heute mehr über ihren familiären Hintergrund und über ihre aktuelle Situation herauszufinden. Gerade für depressive Patienten war es wichtig, über ein Netzwerk zu verfügen, das ihnen Halt gab.

Die junge Frau war diesmal mit einer dunkelblauen Leinenhose und einem T-Shirt in der gleichen Farbe bekleidet. Beides war ihr zu weit und wieder entstand bei Birger der Eindruck, sie wolle sich am liebsten unsichtbar machen. Wie in der ersten

Sitzung wich sie auch diesmal seinem Blick aus. Die Frage nach ihren Eltern schien ihr nicht zu behagen, beinahe widerstrebend setzte sie zu einer Erklärung an.

„Ich bin in einer Pflegefamilie aufgewachsen. Sie mochten mich nicht, dem Ehepaar, das mich aufgenommen hatte, ging es nur ums Geld, das sie dafür bekamen. Insgesamt hatten sie fünf Pflegekinder, zwei Jungen und drei Mädchen, ich war die Jüngste. Wir mussten uns alle ein winziges Zimmer in einem Anbau teilen, der eher ein Stall war. Wenn jemand vom Jugendamt kam, zeigten sie drei schöne Zimmer vor und behaupteten, dort wären jeweils zwei Kinder untergebracht und ich hätte ein Zimmer für mich allein. Dabei vermieteten sie diese Zimmer an Urlaubsgäste, wir durften sie nicht einmal betreten."

„Kamen diese Besuche vom Jugendamt nicht unangemeldet?", fragte Birger.

Elisabeth verzog das Gesicht. „So sollte es wohl sein, aber das war nie der Fall. Wenn überhaupt, kamen sie nach Anmeldung. Ich habe so eine Kontrolle nur ein einziges Mal erlebt. Wir wurden genau instruiert, was wir sagen sollten, und haben aus Angst alle gespurt."

„Aus Angst vor den Pflegeeltern?", fragte Birger. „Wurden Sie geschlagen?"

„Auch das kam vor, doch es gab noch andere Strafen. Stundenlanges Einsperren im dunklen Keller zum Beispiel, das hinterließ keine sichtbaren Spuren. Außerdem gab es ein System der Unterdrückung untereinander. Die beiden Jungen waren die Ältesten, sie gaben unter uns Kindern den Ton an. Die beiden mittleren Mädchen hielten sich dafür an mir schadlos. Es fing schon beim Essen an. Morgens bekam ich nie Kakao, den tranken sie mir weg. Süßigkeiten, wenn es überhaupt mal welche gab, wurden mir sofort abgenommen. Sie machten mich für Dinge verantwortlich, die sie selbst angestellt hatten, und ich kassierte dann die Strafen."

„Die Pflegeeltern müssen das doch bemerkt haben", sagte Birger.

Elisabeth gab ein trockenes Lachen von sich. „Natürlich wussten sie es, aber es war ihnen ganz recht. So bewachten und unterdrückten sich die Kinder gegenseitig, das ersparte ihnen

Arbeit. Wenn wir uns gemeinsam gegen sie gestellt hätten, wäre es für sie sehr problematisch gewesen."

„Haben Sie nie versucht, sich jemandem anzuvertrauen? Zum Beispiel einem Lehrer in der Schule?"

Unvermittelt begann Elisabeth an dieser Stelle zu weinen. Birger schob ihr die Taschentücher hin und wartete, bis sie sich beruhigte. „Man hat mir nicht geglaubt", brachte sie mühsam unter Schluchzen hervor. „Als verdorbenes und verlogenes Kind wurde ich von allen bezeichnet."

„Sie müssen sich sehr hilflos gefühlt haben." Das Trauma, zu Unrecht beschuldigt worden zu sein, schien sich wie ein roter Faden durch das Leben von Elisabeth zu ziehen. Und es löste starke Gefühle bei ihr aus.

Birger suchte nach einem ruhigen Abschluss, da sich die Stunde dem Ende zuneigte. Er fragte Elisabeth, was sie heute noch vorhabe. Ihre Schicht begann am Nachmittag. Sie wollte die Zeit bis dahin für Einkäufe nutzen.

„Vielleicht schaffen Sie es, ein wenig spazieren zu gehen", ermunterte Birger sie. „Die Sonne tut gut, auch der Seele. Wir müssen die helle Zeit nutzen, sie ist nun mal kurz in unserer Region."

Elisabeth zuckte mit den Schultern. „Wie ich schon erwähnte, mag ich den Juli nicht. Am liebsten würde ich in dieser Zeit ganz in der Wohnung bleiben und die Vorhänge zuziehen. Aber leider geht das nicht, weil ich arbeiten muss."

28.

Alva saß gerade mal seit einer halben Stunde hinter ihrem Schreibtisch, als der Anruf zu ihr durchgestellt wurde. Ein Kollege von der Streife meldete sich. „Wir haben einen Toten in einer Tiefgarage in der Lundgrensgatan. Er saß regungslos hinter dem Steuer seines Wagens, ein anderer Autofahrer, der hier parkte, hat das bemerkt und den Notarzt gerufen. Der konnte nur noch den Tod des Mannes feststellen."

„Hat er etwas zur Todesursache gesagt?", fragte Alva. „Falls der Mann einen Infarkt erlitten hat oder eines anderen natürlichen Todes gestorben sein sollte, ist das kein Fall für uns."

„Der Arzt konnte zur Todesursache nichts sagen. Aber der Mann hat Papiere bei sich und konnte identifiziert werden. Sein Name ist Elias Beck, seines Zeichens Bauunternehmer. Klingelt da was bei dir?"

Alva sprang so abrupt auf, dass ihr Stuhl zurückrollte und gegen einen Schrank knallte. Sie achtete nicht darauf. „Und ob da bei mir was klingelt, zum Glück war das bei euch ebenfalls der Fall", sagte sie. „Bitte verändert nichts und sperrt rund um den Wagen alles ab, so gut es geht. Wir kommen sofort."

„Was ist denn los?", fragte Jördis verwundert. Sie schob den Stuhl von Alva an seinen ursprünglichen Platz zurück.

„Elias Beck wurde tot aufgefunden. In seinem Wagen. Wir müssen sofort hin, ist Rurik schon da?"

„Der ist noch bei der Staatsanwaltschaft", sagte Sven.

„Wir können nicht warten, bis er zurück ist. Wenn Elias Beck keines natürlichen Todes gestorben sein sollte, müssen wir alle Spuren sichern, bevor es zu spät ist."

„Oh Mann, der Tag fängt ja richtig gut an“, stöhnte Sven. Vermutlich fürchtete er um seinen Urlaub, den er in wenigen Tagen antreten wollte. Alva hielt sich nicht damit auf, ihn zu beruhigen. Sie war bereits dabei, einen Dienstwagen zu organisieren.

„Wo genau müssen wir hin?“, fragte Jördis, als sie zu dritt losfuhren.

„Lundgrensgatan 34, das ist Johanneberg, nicht weit von der Universitätsbibliothek.“

„Was hat Beck dort gemacht, er wohnt doch in Askim und hat sein Büro in Nordstaden?“, fragte Sven.

„Das werden wir hoffentlich herausfinden, jetzt geht es erst einmal darum, wie er gestorben ist.“

Sven seufzte. „Haltet mich bitte nicht für pietätlos, aber ich hoffe, er hatte einen Herzinfarkt. Verwunderlich wäre das nicht, er führt ein stressiges Leben und der Todesfall in seiner Strandvilla auf Styrsö wird auch nicht gerade zu seiner Entspannung beigetragen haben. Da kann die Pumpe schon mal schlappmachen.“

„Wir hoffen alle, nicht den nächsten mysteriösen Mord auf den Tisch zu bekommen, aber ich habe kein gutes Gefühl“, erwiderte Alva. Schon von Weitem sahen sie den Notarztwagen und einen Streifenwagen vor einem Geschäftshaus in der Lundgrensgatan stehen. Sie parkten direkt dahinter, Alva stieg aus und wurde von einem uniformierten Kollegen begrüßt.

„Danke, dass ihr uns informiert habt“, sagte sie.

Er schob die Mütze ein Stück aus der Stirn und kratzte sich am Kopf. „Ich hoffe für euch, es wird sich als blinder Alarm herausstellen. Aber sicher ist sicher.“

Alva schaute an der roten Backsteinfassade des Gebäudes hinauf. „Was ist hier untergebracht?“, fragte sie. „Hatte Beck in dem Haus ein zweites Büro oder arbeitet hier ein Geschäftspartner von ihm?“

Sven studierte die Schilder im Eingangsbereich. „Hier ist alles Mögliche untergebracht“, sagte er. „Ein Immobilienmakler, ein Steuerberater, gleich zwei Anwaltskanzleien und eine Detektei.“

„Immobilienmakler würde passen“, meinte Alva. „Dort könnte er gewesen sein.“

„Anwaltskanzlei passt auch, er soll Ärger wegen einiger nicht ganz legaler Geschäfte gehabt haben.“ Jördis tippte zur Bekräftigung mit dem Finger auf das entsprechende Schild.

„Na schön, das werden wir anschließend klären. Jetzt schauen wir uns erst einmal in der Tiefgarage um.“

Sie gingen nach unten, der Kollege von der Streife wies ihnen den Weg. Er nahm ein Absperrband beiseite, das anderen Autofahrern die Einfahrt verwehrte. Alva mochte keine Tiefgaragen, diese war jedoch erstaunlich hoch und geräumig, der Hall ihrer Schritte wurde von den Wänden zurückgeworfen. Ein schwarzer Mercedes der S-Klasse stand einsam auf dem glatten Beton, daneben auf dem Boden zeichneten sich unter einem weißen Laken die Umrisse einer liegenden Person ab. Das kalte Licht der Neonröhren beleuchtete die Szene erbarmungslos.

Alva schaute sich um. Ein Stück entfernt parkte ein roter Saab, an dem ein Mann mittleren Alters lehnte. Er sprach mit einem anderen Mann, den seine Kleidung als Notarzt auswies. „Ist das dort drüben der Mann, der Beck gefunden hat?“, fragte sie.

Der Kollege nickte. „Er hatte ursprünglich direkt neben Beck geparkt. Als er losfahren wollte, stellte er fest, dass der Motor von Becks Wagen lief, Beck aber vornübergesunken mit dem Kopf auf dem Lenkrad lag. Er hat an die Scheibe geklopft und als er keine Reaktion bekam, die Tür geöffnet und Beck geschüttelt, der daraufhin seitlich auf den Sitz fiel. Der Zeuge hat dann die 112 gewählt.“

„Danke, dass ihr ihn gebeten habt, zu warten“, sagte Alva. „Ich rede gleich mal mit ihm.“

Der Zeuge hieß Axel Möllerström und gab an, das Auto von Beck habe noch nicht hier gestanden, als er vor zwei Stunden angekommen sei. Er habe einen Termin bei einem Immobilienmakler wahrgenommen und Beck danach bei laufendem Motor regungslos in seinem Wagen vorgefunden. Seine übrigen Angaben deckten sich mit dem, was er dem Kollegen von Alva bereits erzählt hatte.

Alva fragte ihn, ob bei seiner Ankunft noch weitere Wagen hier unten gestanden hätten. Möllerström glaubte, einen Wagen gesehen zu haben, konnte sich aber nicht an den Typ erinnern. „Ich habe nicht darauf geachtet. Diese Garage hier wird wenig genutzt“, sagte er. „Die meisten Leute, die einen Termin im Haus haben, wissen nichts von dieser Parkmöglichkeit und lassen ihr Auto im Parkhaus zwei Straßen weiter stehen."

„Und wo parken die Leute, die hier arbeiten?", fragte Alva. Der Streifenbeamte wusste Bescheid.

„In der Tiefgarage nebenan, zu der nur sie mit einer App Zugang haben."

Das klang einleuchtend. Alva wandte sich nun dem Notarzt zu, er wirkte leicht ungehalten. „Muss das hier sein? Ich hätte zwischendurch schon wieder einen Einsatz gehabt, wir sind nicht gerade mit Personal gesegnet." Er war um die vierzig, korpulent und hatte einen Bürstenhaarschnitt. „Was wollen Sie von mir wissen?"

„Wenn es möglich ist, Todeszeitpunkt und Todesursache."

„Der Mann ist nicht viel länger als eine Stunde tot, es muss gerade erst passiert sein. Ich vermute einen Herzinfarkt, auf die Schnelle kann ich unmöglich mehr sagen."

Alva war inzwischen an die Plane herangetreten und hob sie an. Beck lag auf dem Rücken, seine Augen waren geschlossen, der Mund stand offen. Alva streifte Einweghandschuhe über und hob Becks rechte Hand an. Der Arm war voll beweglich, die Leichenstarre würde erst Stunden später eintreten. Die Fingernägel schimmerten rosa.

„Sehen Sie das? Ich meine die Farbe", fragte Alva den Arzt. Der zuckte mit den Schultern.

„Ich kann nichts Besonderes erkennen, worauf wollen Sie hinaus?"

„Halten Sie eine Vergiftung mit Kohlenmonoxid für möglich?", fragte sie.

Der Blick des Arztes wurde herablassend. „Technik ist wohl nicht Ihre Stärke? Glauben Sie, nur weil der Motor lief, wurde der Mann vergiftet? Einfach so? Seit der Einführung geregelter Katalysatoren ist das praktisch nicht mehr möglich, selbst dann nicht, wenn Sie es darauf anlegen und die Abgase mit einem Schlauch ins Wageninnere leiten. Was dieser Mann nachweislich nicht getan hat, er saß nur hinter dem Steuer und wollte gerade losfahren."

Alva verkniff sich ihre zweite Frage, ob Beck eventuell woanders gestorben sein könnte. Sie ging neben ihm in die Knie und musterte den Toten eingehend. Am Hals erkannte sie zum

Nacken hin die ersten Totenflecke. Doch es war zu früh, aus ihrer Beschaffenheit Schlussfolgerungen abzuleiten. Sie musste Geduld haben und die Obduktion abwarten. Vorher würden sie noch klären, was Beck in diesem Gebäude zu erledigen gehabt hatte.

29.

Der Hinweis darauf, was Elias Beck in dem Gebäude über der Tiefgarage gesucht hatte, fand sich in seiner Tasche. Dort entdeckten Alva und ihre Kollegen die Visitenkarte der im Haus ansässigen Detektei. Im Fußraum des Wagens lagen einige grobkörnige Ausdrucke von kompromittierenden Fotos. Diese waren offenbar durch eine Fensterscheibe aufgenommen worden und zeigten ein Paar in eindeutigen Situationen.

„Sieh an", sagte Sven, während er die Aufnahmen betrachtete. „Die Blondine, die sich da so sportlich verrenkt, könnte Becks Frau Tessa sein. Der Mann ist nicht zu identifizieren, von ihm sieht man leider nur das nackte Hinterteil. Beck dürfte angesichts dieser Offenbarungen wenig erfreut gewesen sein. Die Ausdrucke lagen vor dem Fahrersitz am Boden. Beck muss dort gesessen und sie gründlich studiert haben. Vielleicht war es ja doch kein Mord, sondern ihn hat vor Empörung der Schlag getroffen."

„Das können wir nicht ausschließen, doch ich fürchte, es ist Wunschdenken." Alva dachte an die Fingernägel von Beck, auch sein Gesicht hatte eine ungewöhnlich rosige Farbe aufgewiesen. Allerdings konnte sie sich nicht vorstellen, wie die Tat in dieser Tiefgarage konkret abgelaufen sein sollte. „Wir brauchen so schnell wie möglich Gewissheit über die Todesursache", sagte sie. „Brigitte muss die Obduktion wegen der Dringlichkeit vorziehen. Wenn das hier ein weiterer Mord mit Kohlenmonoxid war, dann haben wir keine Zeit zu verlieren. Mit jeder Stunde, die nach der Tat verstreicht, werden alle Spuren kälter."

Alva nahm es auf ihre Verantwortung, sofort Ermittlungen einzuleiten. Sie bestellte die Spurensicherung und ließ die

30.

Rurik rief zunächst auf der Arbeitsstelle von Tessa Beck an.

„Architekturbüro Beck & Stolt“, meldete sich eine weibliche Stimme. „Nein, Frau Beck ist nicht im Hause, sie hat sich für heute krankgemeldet.“

Rurik bedankte sich für die Auskunft. „Dann sollten wir sie zu Hause antreffen“, sagte er.

„Falls sie nicht gerade beim Arzt ist“, überlegte Alva „Wollen wir vorher anrufen?“

Rurik schüttelte den Kopf. „Nein, lieber nicht. Sie könnte wissen wollen, was los ist. Am Telefon möchte ich nun wirklich nichts sagen. Fahren wir lieber auf gut Glück hin.“

Rurik war mit einem der zivilen Fahrzeuge gekommen, was Alva der Situation angemessen empfand. Sie wäre ungern im Streifenwagen vorgefahren, um eine Todesnachricht zu überbringen. Die Fahrt führte in südwestliche Richtung nach Askim, wo die Becks eine Villa in Strandnähe bewohnten. Es handelte sich um ein beeindruckendes Anwesen, das in den Hang hineingebaut war und über drei stufenförmig angeordnete Terrassen verfügte. Der Eingang war von Säulen und kunstvoll geschnittenen Koniferen gesäumt. Auf ihr Klingeln rührte sich zunächst nichts, doch nach dem zweiten Versuch gab die Sprechanlage einen sirrenden Ton von sich. „Wer ist da bitte?“, fragte eine weibliche Stimme.

„Polizei. Wir möchten Frau Beck sprechen.“ Darauf herrschte erst einmal Stille.

„In welcher Angelegenheit?“, folgte dann die zweite Frage.

Alva erkannte die Stimme jetzt wieder. Der affektierte Tonfall war unverkennbar. „Frau Beck, öffnen Sie bitte. Weshalb wir hier sind, das sollten wir im Haus und nicht draußen besprechen."

Alvas Worte zeigten Wirkung, kurz darauf wurde die Tür geöffnet. Tessa Beck trug eine weite weiße Hose, ein hellblaues Seidenoberteil und ein breites Goldarmband am rechten Handgelenk. Sie war perfekt geschminkt und sorgfältig frisiert. Krank sah sie jedenfalls nicht aus, eher so, als würde sie Besuch erwarten, nur nicht den der Polizei. Sie verschränkte die Arme vor der Brust und blieb in der Tür stehen.

„Können wir bitte ins Haus gehen?", fragte Rurik.

Tessa Beck trat wortlos beiseite und ging voraus in einen geräumigen Wintergarten, dessen Zentrum eine ausladende weiße Polstergarnitur bildete. Der Blick durch die bodentiefen Fensterscheiben über den Fjord war atemberaubend. Alva und Rurik warteten, bis sich Tessa in einem der Sessel niedergelassen hatte und nahmen dann ihr gegenüber Platz.

Rurik räusperte sich. „Frau Beck, wir müssen Ihnen leider eine traurige Nachricht überbringen. Ihr Mann wurde heute Morgen tot aufgefunden."

Das maskenhaft schöne Gesicht der Frau ließ keine Regung erkennen.

„Wie?", fragte sie nur und schaute die Kriminalisten mit offenem Mund an. Ihre Lippen waren zu voluminös, um natürlich zu wirken.

„Wir wissen noch nicht genau, woran er gestorben ist. Er wurde in einer Tiefgarage tot in seinem Wagen gefunden."

„Mein Gott, wie schrecklich." Eine Träne lief über ihre Wange, dann eine zweite. Noch nie hatte Alva einen Menschen so kontrolliert weinen sehen. Wenn sie heulte, lief ihr der Rotz aus der Nase und ihre Augen waren hinterher geschwollen. Tessa Beck dagegen wirkte wie eine Madonnenstatue aus Wachs, die durch ein Wunder Tränen absonderte. Da sie keine weiteren Fragen stellte, musste Rurik den heikelsten Punkt ansprechen. Tessa Beck ging vermutlich davon aus, ihr Mann sei in der Garage seiner Firma gefunden worden.

„Frau Beck, die Tiefgarage, in der Ihr Mann gefunden wurde, befindet sich in Johanneberg in der Lundgrensgatan 34. Sagt Ihnen diese Anschrift etwas?"

Sie wirkte weder erstaunt noch beunruhigt. „Nein, das sagt mir nichts. Mein Mann wird geschäftlich dort unterwegs gewesen sein."

„Wir wissen, dass er dort eine Detektei aufgesucht hat."

Tessa Beck zuckte mit den Schultern. „Möglich", sagte sie. „Er hatte früher schon mal Probleme mit einem seiner Bauleiter und hat ihn überprüfen lassen. Manchmal ist das der einzige Weg, um Unregelmäßigkeiten aufzudecken. Es könnte diesmal um etwas Ähnliches gegangen sein."

Sie schien wirklich völlig ahnungslos zu sein. Rurik warf Alva einen hilflosen Blick zu, den sie richtig deutete. Jetzt kam der heikelste Teil und sie sollte übernehmen. „Frau Beck, es tut uns leid, in dieser für Sie belastenden Situation einen unangenehmen Punkt ansprechen zu müssen. Aber wir haben sichere Anhaltspunkte dafür, dass Sie es waren, die Ihr Mann überwachen ließ."

Alva ließ ihr Zeit, diese Nachricht zu verarbeiten. Im Gesicht von Tessa Beck zuckte noch immer kein Muskel, doch eine flüchtige Röte kroch ihren Hals hinauf.

„Ihr Mann wusste offenbar von Ihrer außerehelichen Affäre oder er ahnte es zumindest", fuhr Alva fort. „Der Detektiv hat ihm Beweisfotos geliefert, die wir bei der Leiche Ihres Mannes gefunden haben. Eindeutige Fotos."

Jetzt erreichte die Röte auch die Wangen von Tessa Beck und breitete sich bis auf die Stirn aus. „Wie können Sie es wagen?", fauchte sie. „Soeben haben Sie mich mit dem Tod meines Mannes konfrontiert. Und dann besitzen Sie im gleichen Atemzug die Geschmacklosigkeit, in unserer Ehe herumzuschnüffeln. Das ist einfach unerhört."

Sie erhob sich halb aus ihrem Sessel und wies mit der ausgesteckten Hand in Richtung Tür. „Verlassen Sie sofort mein Haus."

Alva machte eine beschwichtigende Geste. „Setzen Sie sich wieder, Frau Beck. Wir sind uns der Situation durchaus bewusst und würden Ihnen dieses Gespräch gern ersparen. Doch das ist leider nicht möglich. Die Todesursache Ihres Mannes ist noch ungeklärt, wir können ein Tötungsdelikt nicht ausschließen.

Deshalb gehört es zu unseren Aufgaben, sämtliche Begleitumstände zu untersuchen. Wir werden selbstverständlich so diskret wie möglich vorgehen."

Sie sah, wie es in Tessa Beck arbeitete und sie offenbar eins und eins zusammenzählte. Dumm war die Frau nicht, sie wusste, um was es jetzt ging. Ihr nächster Satz machte das deutlich.

„Was Sie da andeuten, ist ganz schrecklich. Ich wüsste nicht, wer Elias etwas angetan haben könnte. Aber eines kann ich Ihnen versichern: Mit der Schnüffelei dieses Detektivs hat das nichts zu tun. Elias und ich führten eine glückliche Ehe und konnten uns aufeinander verlassen. Dazu gehörte, uns gegenseitig gewisse Freiheiten einzuräumen."

„Das macht es für uns leichter, Sie danach zu fragen, wer der Mann auf den Fotos ist", sagte Alva. „Wir würden Ihnen gern ersparen, sich die Aufnahmen anzusehen, doch es könnte wichtig sein."

„Da bin ich anderer Meinung." Tessa Beck versteifte sich, ihre ganze Haltung drückte Abwehr aus. „Ich sagte bereits, der Grund für den Tod meines Mannes ist auf keinen Fall in unserer Ehe zu suchen. Wenn ich Sie richtig verstanden habe, ist nicht einmal sicher, ob er von fremder Hand starb. Also gibt es noch keine Ermittlung und ich muss auf keine Fragen antworten." Nein, dumm war sie wirklich nicht.

„Natürlich sind Sie nicht dazu verpflichtet", stimmte Alva ihr zu. „Wir werden es ohnehin herausfinden, da wir auch den Detektiv befragen müssen. Schließlich ist Ihr Mann unmittelbar nach seinem Termin bei ihm verstorben."

„Was ist überhaupt passiert? War Elias verletzt? Wie kommen Sie darauf, er könnte getötet worden sein?" Endlich stellte sie diese naheliegende Frage. Alva hatte die ganze Zeit darauf gewartet. Sie war unsicher, wie viel sie preisgeben durfte, und schaute zu Rurik. Er übernahm es, zu antworten.

„Wir vermuten eine Vergiftung", sagte er. „Die Anzeichen sind die gleichen wie bei Svea Helvig."

Täuschte Alva sich oder wurde Tessa Beck einen Schein bleicher? Jedenfalls hatte sie sich gut im Griff, die Selbstbeherrschung dieser Frau war beinahe schon unheimlich. Nachdem sie sich verabschiedet hatten und wieder draußen standen, atmete

Alva tief durch. Das Wasser des Fjords schimmerte türkis. „Jetzt müsste man Urlaub haben“, sagte sie sehnsüchtig.

Rurik gab ein Schnauben von sich. „Daraus wird leider so schnell nichts werden. Ist dir aufgefallen, wie wenig interessiert Tessa Beck an den Todesumständen ihres Gatten war? Dabei ist es doch naheliegend, sofort zu fragen, was passiert ist.“

„Natürlich ist mir das aufgefallen“, stimmte Alva ihm zu. „Sie hat nicht gefragt, weil sie wusste, was ihm zugestoßen ist.“

Rurik nickte. „Es bestätigt sich wieder, was ich die ganze Zeit vermutet habe. Sie verschweigt uns etwas. Alle haben sie bei den Vernehmungen zum Tod von Svea Helvig gemauert, auch Elias Beck. Er ist jetzt tot. Tessa Beck und Jörn Olander leben noch.“

„Hoffen wir mal, sie bleiben am Leben“, sagte Alva düster.

31.

„So schnell sieht man sich wieder.“ Brigitte Wallenius begrüßte Alva im Vorraum der Rechtsmedizin. „Wenn ihr mit eurer Vermutung richtigliegt, dann wäre das jetzt schon der dritte Todesfall durch Kohlenmonoxidintoxikation.“

„Es ist toll, dass du die Obduktion vorziehen kannst“, sagte Alva.

Brigitte lächelte. „Meine Patienten sind zum Glück geduldig, sie beschweren sich nicht, wenn sie warten müssen. Außerdem bin ich selbst neugierig, womit wir es hier zu tun haben. Falls es eine Serie ist, dann hat das etwas Unheimliches. Also gehen wir es an.“

Alva folgte der Rechtsmedizinerin in den Sektionsraum. Irgendetwas an Brigitte irritierte sie, doch sie kam nicht darauf, was es war. Brigitte sah aus wie immer, sie trug ihr blondes Haar hochgesteckt und strahlte mit ihren klassischen Gesichtszügen und der wohlproportionierten Figur etwas Hoheitsvolles aus. Erst als sie bereits zwischen den Stahltischen stand und die typische Geruchsmischung aus Verwesung und Desinfektionsmittel wahrnahm, wusste Alva plötzlich, was anders war.

„Du rauchst nicht mehr?“, fragte sie verblüfft.

Brigitte lachte. „Ist das so offensichtlich? Ja, diesmal mache ich ernst mit dem Aufhören. Ich habe eine von Krebs zerfressene Lunge zu viel seziert, es reicht jetzt.“

Sonst war Brigitte stets von dem Geruch nach Zigarettenrauch umweht gewesen. Wenn der Verwesungsgestank bei einer Obduktion zu heftig wurde, hatte sich Alva auf das Zigarettenaroma konzentriert wie ein Hund, der unter vielen Düften nur

32.

„Neunundvierzig Prozent!“ Sven wiederholte die Zahl immer wieder, als könne er es nicht begreifen. „Neunundvierzig Prozent Kohlenmonoxid hatte Elias Beck im Blut. Das gibt es doch nicht.“

Brigitte hatte Wort gehalten und das Ergebnis der Blutanalyse zügig geliefert. Nun saß das Kernteam der Abteilung zusammen und beriet darüber, was das für die weiteren Ermittlungen bedeutete. „Brigitte ist sich sicher, dass Elias das Gas eingeatmet haben muss, als er im Auto saß“, sagte Alva. „Mit diesem Befund hätte er keinen Schritt mehr laufen können und seinen Wagen niemals erreicht. Es kann also nicht irgendwo im Haus passiert sein.“

„Zum Glück haben wir den Wagen gleich beschlagnahmt und können ihn nun von den Technikern gründlich untersuchen lassen“, sagte Rurik. „Sie müssen nach einer Stelle suchen, durch die das Gas eingedrungen ist.“

„Eingedrungen?“, Sven runzelte die Stirn. „Du meinst wohl, wo es eingeleitet wurde. Das war kein Unfall, so viel steht fest. Elias Beck wurde umgebracht wie die beiden Opfer vor ihm und wir haben es nun mit einer Serie zu tun.“

„Mit einer Serie, bei der wir den roten Faden noch nicht erkennen können“, ergänzte Alva. „Das Vorgehen des Täters ist äußerst perfide und folgt ebenfalls keinem erkennbaren Muster. Die ersten beiden Taten spielten sich in Sommerhäusern ab, diesmal wurde das Opfer in seinem Wagen getötet. Ich stelle mir den Ablauf so vor: Die Tiefgarage wurde wenig genutzt, nur Stammkunden war diese Parkmöglichkeit bekannt. Der Zeuge

Möllerström, der Beck entdeckt hat, gab an, ein Fahrzeug gesehen zu haben, konnte sich aber leider an keine Einzelheiten erinnern, weder an den Fahrzeugtyp noch an die Farbe. Es sei ein dunkler Wagen gewesen, war alles, was ihm dazu einfiel. In diesem Wagen könnte der Täter gesessen und gewartet haben. Nachdem Beck seinen Mercedes abgestellt hatte und keine weiteren Personen anwesend waren, leitete der Täter das Gas in den Wagen von Beck. Wie er das gemacht hat, werden uns die Techniker hoffentlich sagen. Als Beck zurückkam, setzte er sich ahnungslos auf den Fahrersitz und nahm sich die ausgedruckten Fotos des Detektivs noch einmal vor, um sie in Ruhe anzuschauen. Aber bereits nach wenigen Atemzügen verlor er das Bewusstsein. Die Kohlenmonoxidkonzentration im Wagen war absolut tödlich. Er hatte keine Chance."

„Das ist beängstigend", sagte Jördis. „Ursprünglich sah es so aus, als würde ein Phantom in Sommerhäusern seine Opfer suchen. Das war schlimm genug, doch nun scheint es so, als könnte es einen an jedem beliebigen Ort treffen. Im eigenen Auto oder vielleicht sogar abends in einer einsamen Straße. Man wird zu Boden gerissen, festgehalten, bekommt eine Maske auf das Gesicht gedrückt ..."

„Langsam Jördis." Rurik hob die Hand. „Wir wissen nicht genau, wie er vorgeht."

„Mit der Maske hat Jördis nicht unrecht", sagte Alva. „Bei Svea Helvig und Ingrid Oldman muss es so ähnlich gewesen sein. Da kann er unmöglich den ganzen Raum mit Kohlenmonoxid geflutet haben. Zumal neben Svea Helvig ihr Verlobter schlief und keinen Schaden erlitt."

„Das ist genau der Punkt." Sven strich sich durchs Haar und nickte eifrig. „Die Opfer waren in allen Fällen völlig wehr- und arglos. Die beiden Frauen wurden im Schlaf getötet. Beck stieg ahnungslos in seinen Wagen. Kohlenmonoxid ist geruchlos und geschmacklos. Es ist ein heimtückisches Gift, so heimtückisch wie der Täter selbst. Er wird kein Risiko eingehen und jemanden auf der Straße überfallen. In dem Punkt stimme ich Jördis nicht zu. Außerdem glaube ich, die Auswahl seiner Opfer ist keine zufällige."

Rurik klopfte mit dem Kugelschreiber auf den Tisch. „Wir sortieren das Ganze jetzt mal und fangen bei den Opfern an." Er stand auf und ging zum Whiteboard hinüber, auf dem ganz oben bereits die Namen von Svea Helvig, Ingrid Oldman und Elias Beck standen. „Zwei dieser beiden Opfer haben eine Verbindung zueinander, nämlich Helvig und Beck. Wie Oldman da hineinpasst, ist nach wie vor völlig unklar“, fuhr er fort. „Kommen wir zu möglichen Verdächtigen. Was ist mit Möllerström, der Beck gefunden hat?“

Sven winkte ab. „Der Mann wurde überprüft und hat nachweislich nichts damit zu tun“, sagte er. „Seit einem dreiviertel Jahr spricht er regelmäßig bei einem der im Haus ansässigen Immobilienmakler vor, weil er auf der Suche nach einer passenden Wohnung in Göteborg ist. Den können wir von der Liste streichen. Wäre auch unwahrscheinlich gewesen, schließlich hat er den Notarzt und die Polizei informiert.“

„Es ist durchaus schon vorgekommen, dass sich Täter als Zeugen ausgegeben haben“, meinte Rurik. „Aber in diesem Falle trifft das wohl nicht zu. Fragen wir uns also, wer ein Interesse am Tod von Helvig und Beck gehabt haben könnte. Als ein mögliches Motiv bei Svea Helvig hatten wir Eifersucht vermutet. Hier käme Ilma Sölberg als Täterin infrage, die auch Zugang zu Schlafmitteln und die Gelegenheit hatte, die alkoholischen Getränke im Hause der Becks damit zu präparieren. Außerdem machte es sie verdächtig, dass sie als Einzige nicht davon trank.“ Rurik verband Ilmas Namen mit dem von Svea durch einen Strich. „Aber was ist mit Beck?“, fuhr er fort. „Wer profitiert von seinem Tod?“

„Zunächst einmal die Ehefrau, die nun vermutlich alles erbt und die einen Liebhaber hat“, sagte Alva. „Das Einvernehmen zwischen den Ehepartnern in diesem Punkt ist anzuzweifeln, Beck hätte sie sonst wohl kaum durch einen Detektiv überwachen lassen.“

„Stimmt, und den Namen des Liebhabers kannst du gleich dazuschreiben“, ergänzte Sven. „Es handelt sich um Arvid Stolt, mit dem sie gemeinsam ein Architekturbüro betreibt.“

„Hat der Detektiv dir das einfach so gesagt?“, wunderte sich Jördis.

Sven grinste. „Erst wollte er nicht, aber ich habe ein bisschen Druck gemacht. Wir könnten auch mit einem richterlichen

Beschluss kommen und sein ganzes Büro auf den Kopf stellen. Da ist er eingeknickt."

„Gut, dann wissen wir, was wir zu tun haben", fasste Rurik zusammen. „Starten wir die nächste Runde der Vernehmungen. Neben den üblichen Verdächtigen nehmen wir diesmal auch Arvid Stolt dazu." Es klang nicht enthusiastisch, sondern eher resignierend, wie Rurik das sagte. Er schien selbst nicht an den Erfolg zu glauben. Seinen Kollegen ging es ähnlich.

„Was ist eigentlich mit Birger?", fragte Sven und schaute Alva an. „Könnte er sich nicht doch an einem Täterprofil versuchen, wo wir jetzt die dritte Leiche haben."

„Ich richte es ihm aus und er kommt sicher beim nächsten Mal wieder dazu", sagte sie. „Heute ging es nicht, er hat eine Patientin übernommen, die nicht einfach ist."

„Was ist im Moment schon einfach?", stöhnte Sven.

33.

„Hast du das gesehen? Der ist mindestens zehn Jahre jünger als sie.“ Tilde stieß Alice an und kicherte anzüglich. „Und wie sie den erst angeschaut und sich ihm dann an den Hals geworfen, ihn regelrecht umklammert hat.“

„Kein Wunder.“ Alice grinste. „Der ist ein heißer Typ, könnte mir auch gefallen. Was will der mit einer wie Lizzi? Ich frage mich, woher sie den überhaupt kennt.“

„Wahrscheinlich hat sie ihn sich mit einem geklauten Foto und falschen Angaben auf Tinder geangelt“, mutmaßte Tilde. „Nun hat er sie gesehen und da hat ihn das kalte Grauen gepackt.“

„Könnte sein.“ Alice konnte dem Gedanken etwas abgewinnen. „Aber traust du ihr das zu?“

„Der traue ich alles zu, so notgeil wie die ist.“ Sie brachen gemeinsam in lautes Gelächter aus, das jäh in Kreischen überging, als der Eimer auf sie zugeflogen kam. Das Schmutzwasser spritzte an ihren Beinen hoch, Tilde hielt sich jammernd den Fuß. „Aua, was soll das? Bist du total verrückt geworden?“, schrie sie die im Gesicht vor Wut krebsrote Lizzi an, die plötzlich wie aus dem Nichts hinter ihnen aufgetaucht war. „Das reicht jetzt allmählich mit dir, das sage ich Magda und dann fliegst du.“

„Was ist hier los? Müsst ihr so ein Geschrei machen? Das hier ist ein Krankenhaus und die Patienten brauchen Ruhe.“ Knut Jacobson, der als Pfleger auf der Inneren arbeitete, zog die Tür des Zimmers hinter sich zu und trat auf den Flur hinaus. Er musterte den umgekippten Eimer, die Wasserpfütze auf dem Flur und die drei Putzfrauen, die sich wie Kampfhähne sichtlich aufgebracht gegenüberstanden.

„Die ist völlig durchgeknallt, sie hat mit dem Eimer nach uns geworfen“, sagte Tilde und zeigte auf Lizzi. „Hier, guck dir das an, alles nass.“ Sie deutete auf die Wasserflecken auf ihrer Hose. „Außerdem habe ich den Eimer auf den Fuß bekommen.“

„Ich lasse mich nicht von euch beleidigen“, schluchzte Lizzi. Ihr Kopftuch war verrutscht und ihre Brille beschlagen. Man konnte nicht erkennen, ob sie weinte.

„Wir haben uns nur unterhalten, das ging dich überhaupt nichts an.“ Alice, eine kleine korpulente Blondine, stemmte die Hände in die Hüften. „Aber du musstest uns belauschen, anstatt deine Arbeit zu machen. Diesmal wird Magda kein Auge zudrücken, wenn wir ihr sagen, was du gemacht hast.“ Sie ging einen Schritt auf Lizzi zu, doch Knut schob sich dazwischen. Mit seiner bärenhaften Statur überragte er Alice um Kopflänge. „Niemand verpfeift hier jemanden, hast du mich verstanden?“, sagte er in einem drohenden Ton. Er bückte sich nach dem leeren Eimer, hob ihn auf und drückte ihn Lizzi in die Hand. „Hol frisches Wasser und arbeite weiter. Ich regele das hier.“

Lizzi gehorchte wortlos und verschwand um die Ecke. Tilde schaute Knut mit offenem Mund an. „Du regelst das? Wie kommst du dazu? Was geht dich das überhaupt an?“

„Ich lasse nicht zu, dass jemand fertiggemacht wird. Lizzi hat es schwer genug. Sie ist nicht gesund, das sollte euch bekannt sein. Weshalb könnt ihr nicht etwas Rücksicht darauf nehmen?“

„Wir sollen Rücksicht auf die nehmen?“, kreischte Tilde. „Sie ist tollpatschig, erst neulich hat sie eine Tischlampe zu Bruch gehen lassen. Kann ja mal passieren, aber das eben ging zu weit. Das war ein körperlicher Angriff auf uns. Die Spuren sind wohl nicht zu übersehen. Sollen wir jetzt in den nassen Klamotten weiterarbeiten? Ganz zu schweigen von meinem Fuß, der tut weh.“

„Jetzt macht euch wegen der paar Wasserspritzer nicht ins Hemd. Die trocknen ganz schnell wieder. Und mit deinem Fuß kann es auch nicht so schlimm sein, der muss mit Sicherheit nicht amputiert werden. Falls doch, kann ich das erledigen, ich habe schon in der Chirurgie assistiert und weiß, wie es geht.“

„Versuch das nicht ins Lächerliche zu ziehen“, schnaubte Tilde wütend. „Ich habe keine Ahnung, weshalb du die durchgeknallte Tussi verteidigst. Magda wird das anders sehen.“

„Jetzt hör mir mal gut zu.“ Knut trat einen Schritt weiter auf Tilde zu und senkte die Stimme. „Du weißt genau, was mit Lizzi los ist. Ein Schlaganfall im jugendlichen Alter, so etwas wünscht man niemandem. Sie leidet noch immer unter den Folgen. Ja, sie ist manchmal ungeschickt und sie ist oft unbeherrscht. Aber das muss man ihr nachsehen. Seid dankbar, gesund zu sein. Lizzi braucht die Arbeit hier und sie erledigt sie gewissenhaft. Das kann man von euch nicht immer sagen. Neulich, als eure Chefin nicht da war, habt ihr die letzten beiden Zimmer auf der Station einfach ausgelassen und euch vorzeitig aus dem Staub gemacht. Ich werde das nicht weitermelden, aber nur unter der Voraussetzung, dass ihr ebenfalls die Klappe haltet.“

Kaum hatte Knut den letzten Satz ausgesprochen, kam Magda, die Chefin des Reinigungsdienstes, um die Ecke gerauscht. „Was ist das hier, eine Konferenz?“, fragte sie. „Und wie kommt das ganze Wasser auf den Boden?“

„Tut mir leid, das war ich“, sagte Knut. „Ich war etwas zu eilig unterwegs und habe dabei einen Eimer umgestoßen. Aber ich wische das sofort auf.“ Er schaute Magda mit seinem unwiderstehlichen jungenhaften Lächeln an, wobei er eine Lücke zwischen den oberen Schneidezähnen entblößte.

Magda konnte nicht anders, sie erwiderte sein Lächeln. „Das müssen Sie nicht, dafür sind wir schließlich da.“ Sie warf Tilde und Alice einen strengen Blick zu. „Na los, an die Arbeit, worauf wartet ihr? Wenn ich wiederkomme, ist hier alles blitzblank.“

Tilde und Alice senkten die Köpfe und machten sich wortlos ans Aufwischen. Knut verschwand in einem Patientenzimmer, Magda entfernte sich mit eiligen Schritten.

„Verstehst du das?“, flüsterte Tilde Alice zu. „Wieso setzt sich der Jacobson derart für die Lizzi ein? Ist der etwa in die verknallt?“

„Quatsch“, entgegnete Alice. „Das ist einfach seine Rolle, die er immer spielt. Er ist der gute Samariter, der Beschützer der Armen und Entrechteten. Verknallt ist er übrigens in Ilma Sölberg, die hübsche Hebamme von der Entbindungsstation. Das weiß doch jeder hier. Nur kann er bei der leider nicht landen, da nützt ihm sein ganzes Samaritertum nichts.“

34.

„Danke, dass du mir geholfen hast. Aber du hättest es nicht tun müssen.“ Lizzi passte Knut am Ausgang ab.

„Nicht der Rede wert. Aber du musst vorsichtig sein, Lizzi. Tilde und Alice können ganz schön gehässig sein. Ich habe das Gefühl, sie wollen dich loswerden. Die beiden drücken sich gern vor der Arbeit, wenn niemand hinschaut. Du bist gewissenhaft, das gefällt ihnen nicht.“

„Ich weiß, wie sie sind, aber ich würde sie niemals bei Magda verpetzten.“

„Nein, du machst so etwas nicht, aber die beiden sind umso schneller dabei. Du darfst ihnen keinen Anlass bieten. Was war denn eigentlich los?“

Lizzi errötete bis zu den Haarwurzeln. „Sie haben mich als notgeile Schlampe beschimpft. Nur weil sie gesehen haben, wie ich unten auf dem Parkplatz mit jemandem geredet habe. Ich kannte den Mann überhaupt nicht, der wollte nur eine Auskunft haben.“

„Das ist natürlich übel, aber musstest du deshalb mit dem Eimer nach ihnen werfen?“

Lizzi senkte den Kopf. „In dem Moment war ich so wütend, ich konnte überhaupt nicht nachdenken. Wenn über mich getratscht wird, dann raste ich aus. Der Eimer ist mir wie von selbst aus der Hand geflogen. Natürlich war das nicht richtig.“

„Nein, das war es nicht“, sagte Knut streng. „Hier wird viel getratscht, niemand bleibt davon verschont. Über mich reden sie auch. Wenn ich da jedes Mal derart ausgerastet wäre, hätte es schon Tote gegeben.“

„Ich weiß." Lizzi trat verlegen von einem Fuß auf den anderen. „Sie reden über dich und Ilma Sölberg. Dabei seid ihr nur gute Freunde. Ich habe ihnen das schon mehrmals gesagt, aber sie hören nicht auf zu sticheln."

„Lass sie reden", entgegnete Knut. Es sollte gelassen klingen, so richtig gelang es ihm aber nicht. „Ich lasse mich davon nicht beeindrucken und schon gar nicht werde ich mich deshalb von Ilma fernhalten. Sie macht gerade eine schwere Zeit durch und braucht jetzt jede Unterstützung."

Lizzi nickte. „Ich habe davon gehört. Sie war zur gleichen Zeit in dem Haus auf Styrsö, als dort ein Mord passierte. Die Polizei hat sie deshalb mehrmals vernommen. Schrecklich."

„Ja, das ist schrecklich für sie. Das sind wirkliche Probleme, das solltest du dir vor Augen halten. Ein bisschen Tratsch unter den Kollegen ist dagegen weniger als ein Mückenschiss. Versprichst du mir, dich in Zukunft zusammenzureißen?"

„Ich verspreche es dir."

„Gehst du eigentlich noch zu deiner Psychologin?"

„Im Moment macht sie Urlaub, aber sie hat mich zu ihrer Vertretung geschickt, einem Mann. Er ist ganz in Ordnung. Deshalb muss ich jetzt auch los, ich habe gleich einen Termin bei ihm."

„Na dann will ich dich nicht aufhalten. Mach's gut." Knut bog um die Ecke zum Parkplatz, wo er sein Fahrrad abgestellt hatte. Lizzi schaute sich suchend um und entdeckte den Mann, der auf sie zu warten schien. Nein, nicht schon wieder und vor allem nicht hier! Sie gab ihm mit der Hand ein Zeichen, er solle verschwinden. Dann ging sie eilig in die entgegengesetzte Richtung davon. Er verstand ihren Wink und entfernte sich. Doch als sie bei ihrem Haus ankam, wartete er dort bereits auf sie. Elisabeth Andersson atmete tief durch und ging auf ihn zu. „Wir müssen reden", sagte sie.

35.

Birger bemerkte die Veränderung im Verhalten seiner Patientin sofort. Elisabeth Andersson wirkte verstört, ihre Apathie hatte einer nervösen Unruhe Platz gemacht. Irgendetwas musste geschehen sein. Er beschloss, sie direkt darauf anzusprechen.

„Sie scheinen mit Ihren Gedanken woanders zu sein. Ist heute etwas passiert, worüber wir reden sollten?“

Auf seine Frage reagierte sie, als hätte er sie bei etwas Verbotenem ertappt. Sie richtete den Blick auf den Boden und schien nicht zu wissen, wohin mit ihren Händen. Birger bereute seinen Vorstoß schon und fürchtete, sie könnte sich zurückziehen. Dann begann sie aber doch zu sprechen. „Es gab Ärger auf der Arbeit“, sagte sie. „Zwei Kolleginnen von mir haben schlecht über mich geredet. Da bin ich ausgerastet.“

Der Vorfall schien ihr peinlich zu sein, doch auf Birgers Nachfrage gab sie stockend die Einzelheiten preis. „Wenn die beiden das meiner Chefin gemeldet hätten, wäre ich vermutlich gefeuert worden“, schloss sie ihren Bericht. „Zum Glück hat sich ein Pfleger für mich eingesetzt und das verhindert. Das war wirklich nett von ihm.“ Bei der Erinnerung daran huschte die Andeutung eines Lächelns über ihre Lippen. Es war die erste positive Gefühlsregung, die Birger an ihr beobachten konnte. Auch er war erleichtert, eine Kündigung wäre für Elisabeth in ihrem jetzigen labilen Zustand höchst fatal gewesen. Der Verlust ihrer Arbeit hätte sie noch tiefer in die Isolation getrieben.

„Was genau hat Sie so wütend gemacht?“, fragte er. So richtig konnte er sich Elisabeth in der Situation nicht vorstellen. Er hatte sie bisher als schüchtern, depressiv und zerbrechlich erlebt. Aber offenbar hatte sie auch eine andere Seite, die sie volle Putzeimer auf andere Personen werfen ließ.

„Sie haben Gemeinheiten über mich gesagt, ich möchte das nicht wiederholen.“ Sie krümmte sich zusammen, wollte sich in ihr Schneckenhaus zurückziehen. Birger ließ nicht locker. „Sie müssen das natürlich nicht wörtlich wiederholen, wenn es Ihnen peinlich ist“, sagte er. „Ich will nicht einmal wissen, um was es ging. Mir geht es nur darum, herauszufinden, wodurch ihr Wutanfall ausgelöst wurde. Es sollte Ihnen bewusst werden, damit Sie sich später in ähnlichen Situationen besser unter Kontrolle haben.“

„Es war einfach gelogen, was sie gesagt haben, das hat mich wütend gemacht“, brach es aus Elisabeth heraus. „Sie haben behauptet, ich hätte mich an einen Mann herangemacht, mich ihm aufgedrängt. Dabei stimmt das überhaupt nicht, es war ein normales Gespräch, das ich mit ihm geführt habe.“

„Sie wurden demnach zu Unrecht beschuldigt“, sagte Birger. Das Muster, das sich durch das Leben von Elisabeth zog, war für ihn deutlich erkennbar. Anfangs waren da die falschen Beschuldigungen durch ihre Pflegeeltern und die anderen Kinder in der Pflegefamilie gewesen. Später hatte man ihr die Schuld am Tod der Freundin gegeben. Zu Unrecht, wie sie beteuerte. Damals hatte sie sich nicht dagegen wehren können, jetzt brach sich ihre angestaute Wut bei den geringsten Anlässen Bahn.

„Ja, es ist die Ungerechtigkeit, die mich wütend macht“, stimmte sie ihm zu.

„Es ist wie in Ihrer Kindheit, Sie haben solche Situationen oft erlebt, nicht wahr?“

Elisabeth nickte, Tränen tropften auf ihre Hose und hinterließen dort dunkle Flecke. Birger schob ihr die Box mit den Taschentüchern über den Tisch, sprach aber gleichzeitig weiter. Auf keinen Fall sollte seine Patientin jetzt in Selbstmitleid versinken, damit wäre ihr nicht geholfen. „Als Kind waren Sie in einer hilflosen Situation. Jetzt sind Sie eine erwachsene Frau, aber noch immer fühlen Sie die Hilflosigkeit des Kindes tief in Ihrem Inneren. Dadurch lassen Sie sich zu unangemessenen Reaktionen hinreißen. Weil das aber zu Problemen mit anderen Menschen führt, sollten wir daran arbeiten, einen neuen Umgang mit Konfliktsituationen zu finden. Manches lässt sich leichter lösen, als Sie denken."

„Aber nicht alles", flüsterte sie. Ihre Unterlippe zitterte und ihre Augen hinter den Brillengläsern wirkten riesig. Darin spiegelte sich die nackte Angst. Sie knüllte das Taschentuch mit beiden Händen zu einem winzigen Ball zusammen. Es schien da noch etwas zu geben, das sie bisher nicht erwähnt hatte. Birger ließ ihr Zeit, sich zu sammeln.

„Was lässt sich nicht lösen?", fragte er dann.

„Dieser Mann ..."

„Ja, was war mit dem Mann? War es der, mit dem Sie gesprochen haben?"

Elisabeth nickte.

„Kannten Sie ihn?"

„Nein, ich kannte ihn nicht. Er war es, der mich angesprochen hat. Er behauptete, ein Freund von Nora zu sein."

„War damit Ihre Freundin Nora gemeint, die bei dem Autounfall ums Leben kam?"

Wieder nickte Elisabeth, jetzt bebte ihr ganzer Körper.

„Ganz ruhig", sagte Birger. „Sie sind hier in Sicherheit, niemand kann Ihnen etwas tun. Was wollte dieser Mann?"

Die Worte kamen unter großer Anstrengung und nur stoßweise aus ihrem Mund.

„Er will ..." Sie schluckte und musste erneut ansetzen. „Er will die Wahrheit."

„Was meint er damit? Die Wahrheit über Noras Tod? Gibt auch er Ihnen die Schuld an dem Unfall?"

„Ich habe nicht begriffen, was er wollte. Ich habe es einfach nicht begriffen. Und jetzt ist es zu spät." Sie sank förmlich in sich zusammen.

Die Stunde war um, doch Birger wollte sie so nicht gehen lassen. „Elisabeth, fühlen Sie sich bedroht?"

Sie schüttelte den Kopf und stand auf.

„Warten Sie." Birger gab ihr eine Karte mit seiner Notfallnummer. „Falls der Mann Sie erneut ansprechen sollte oder irgendetwas passiert, was Ihnen Angst macht, dann rufen Sie mich bitte an. Versprechen Sie mir das?"

Sie nickte und steckte die Karte ein, ohne einen Blick darauf zu werfen. Birger war sich nicht sicher, ob sie seinen Rat befolgen würde. Doch mehr konnte er nicht tun.

Sven winkte ab. „Weißt du, wie vielfältig der Einsatz von Kohlenmonoxid in der Industrie ist? Wir müssten nicht nur sämtliche Chemiebetriebe überprüfen, es wird zum Beispiel auch in der Lebensmittelindustrie eingesetzt, um eine intensive rote Fleischfarbe zu erzeugen und dadurch Frische vorzutäuschen."

Alva hatte augenblicklich das Bild des geöffneten Brustkorbs von Elias Beck vor Augen. Sie würde in den nächsten Tagen ganz bestimmt kein Fleisch essen.

„Außerdem verwendet man es auf Nerzfarmen zum Einschläfern der Tiere, damit der Pelz keinen Schaden nimmt", fuhr Sven fort.

„Hör auf, das ist ekelhaft." Jördis schüttelte sich. „Das sollte man verbieten und überhaupt alle Pelztierfarmen schließen." Dieser Meinung war Alva ebenfalls, nur mussten sie sich jetzt auf andere Fragen konzentrieren.

„Es wird uns also nicht weiterbringen, nach der Herkunft der Gasflaschen zu suchen", sagte sie. „Das ist die Nadel im Heuhaufen. Wir müssen uns wieder auf das mögliche Motiv konzentrieren. Svea Helvig und Elias Beck hatten eine Verbindung, wie weit die tatsächlich ging, sollten wir herausfinden."

„Könnte Tessa Beck hinter allem stecken?", schlug Sven vor. „In Verbindung mit ihrem Liebhaber? Sie profitiert zweifellos vom Tod ihres Mannes, jetzt ist sie frei und gleichzeitig die Erbin eines beachtlichen Vermögens. Was meinst du Birger? Passen die Taten zu einer Frau?"

Der Psychologe hatte sich bisher nicht geäußert, er wirkte nicht recht bei der Sache. „Durchaus könnten sie von einer Frau ausgeführt worden sein, wenn sie sich die nötigen Mittel besorgt hat", sagte er. „Auffällig ist das Heimtückische des Vorgehens, die Ausnutzung der Wehr- und Ahnungslosigkeit der Opfer. Auch die Mitwirkung eines Komplizen ist denkbar. Tessa Beck hätte zweifellos ein Motiv, falls sie sich von ihrem Ehemann trennen und mit ihrem Liebhaber leben wollte. Aber der Mord an Svea Helvig passt dann nicht ins Bild. Und der an Ingrid Oldman erst recht nicht. Es sei denn, damit sollte vom eigentlichen Opfer abgelenkt werden. Wir haben diese Möglichkeit zwar erwogen, aber ehrlich gesagt erscheint mir dieser Gedanke zu abenteuerlich und weit hergeholt. Wir sehen die Verbindung zwischen Helvig und Beck, weil sie eindeutig ist. Ingrid Oldman schieben wir beiseite, weil sie überhaupt nicht ins Bild passen will. Ich denke, damit machen wir einen Fehler, sie könnte der Schlüssel zu allem sein. Wenn wir ihre Rolle herausfinden, können wir den Fall lösen."

„Gut gesagt, da ist unter Umständen was dran." Rurik kratzte sich am Kinn. „Mir lässt diese Frau ebenfalls keine Ruhe. Wir werden uns ihre Lebensumstände und ihr Umfeld genau ansehen. Aber vorher nehmen wir uns Tessa Beck und ihren Liebhaber Arvid Stolt vor. Einverstanden?"

Von allen Seiten kam zustimmendes Gemurmel, nur Birger war schon wieder in Gedanken versunken. Die letzte Sitzung mit Elisabeth Andersson ging ihm einfach nicht aus dem Kopf. Was hatte es nur mit diesem Mann auf sich, der ihr solche Angst einjagte?

37.

Der Junge

Es war einer jener erschreckend realen Träume, die ihn in Abständen immer wieder heimsuchten. Er war wieder ein Kind, einsam, hilflos und verwirrt, gefangen an einem schrecklichen Ort.

Es war kalt und dunkel, und der Gestank, der aus dem Eimer aufstieg, war widerlich. Wie lange war er schon hier unten? Der Junge hatte jedes Zeitgefühl verloren. Der Kellerraum war klein, feucht und muffig. Er hatte keine Fenster und war mit einer schweren Eisentür gesichert. Als sie ihn zum ersten Mal hier unten eingesperrt hatten, hatte er stundenlang mit den Fäusten gegen diese Tür geschlagen und laut geschrien. Noch Tage später waren seine Hände verschorft und er komplett heiser gewesen. Inzwischen wusste er, wie sinnlos es war, niemand konnte ihn hier hören. Er kauerte sich in einer Ecke zusammen und lehnte sich mit dem Rücken an die Wand, bis ihm die Kälte, die von ihr ausging, in die Glieder kroch. Nicht einmal eine Decke, auf die er sich legen konnte, gab es hier. Der Boden bestand aus festgestampftem Lehm. Bestimmt würde er sich erkälten, aber das war ihm egal. Der Gedanke, krank zu werden und zu sterben, hatte etwas Verlockendes. Dann wäre es vorbei mit den Schlägen und Demütigungen und er wäre wieder bei dem Menschen, den er über alles geliebt hatte. Das Bild seines Vaters stieg in ihm auf und seine Augen füllten sich mit Tränen. Mit ihm hatte er eine wunderbare Zeit erlebt, die ihm in seinem jetzigen Elend als geradezu paradiesisch erschien. Sein Vater war nie schlecht gelaunt gewesen, ganz anders als die mürrische Frau mit den kalten Augen und der herrischen Stimme, die Mama zu nennen er sich hartnäckig geweigert hatte. Als sie allmählich aus ihrer beider Leben verschwand, schien alles sich zum Besseren zu wenden. Neue Menschen traten in ihr Leben, das Lachen seines Vaters wurde fröhlicher und einen herrlichen Sommer lang gab es nur sonnige Tage. Bis das Unbegreifliche geschah, das alles zerstörte. War sie es gewesen, die er bereits als seine große Schwester betrachtet und an der er mit kindlicher Liebe gehangen hatte? Hatte sie ihm das Liebste genommen und ihn in die tiefste Dunkelheit gestoßen? Seine Gefühle drohten ihn zu zerreißen, der Hass auf sie flammte erneut in ihm auf. Stimmte es, was man über sie erzählte? War sie eine Mörderin? Wenn es so war, durfte er noch nicht sterben, dann musste er sie finden und Rache an ihr nehmen. *Ich schwöre es, ich schwöre es, ich schwöre es,* murmelte er vor sich hin.

Er erwachte mit diesen Worten seines kindlichen Schwures auf den Lippen. Die Sonne schien hell durch die Lamellen der Jalousie ins Schlafzimmer und das Laken war nass von seinem Schweiß. Würden diese Träume niemals aufhören? Damals hatte er Dinge erfahren, die seine junge Seele nicht verkraften konnte. Heute wusste er, dass alles noch viel schlimmer gewesen war, als er angenommen hatte.

38.

Tessa Beck trommelte ungeduldig mit den Fingern auf der Glasplatte des Tisches herum, während sie auf das Freizeichen lauschte.

„Geh schon ran, du dumme Gans“, murmelte sie ärgerlich. Endlich meldete sich eine weibliche Stimme: Architekturbüro Stolt & Beck.

„Miriam, hier ist Tessa. Richte Arvid aus, ich werde heute nicht kommen. Sag ihm, er soll mich anrufen, sobald er da ist.“

Sie beendete das Gespräch, bevor Miriam neugierige Fragen stellen konnte. Bestimmt hatte sie den Artikel im *Aftonbladet* auch schon gelesen. Arvid dürfte ihn ebenfalls zur Kenntnis genommen haben. Wieso meldete er sich dann nicht und hatte sein Handy ausgeschaltet? Sein Verhalten machte ihr in letzter Zeit zunehmend Sorgen, doch darüber würde sie später mit ihm reden. Zunächst einmal brauchte sie einen Plan für sich selbst. Wenn es stimmte, was in dem Artikel stand und die Polizei den Fall nun als geklärt zu den Akten legte, dann wäre das ein unglaublicher Glücksfall für sie. Sie war jung genug, um ein ganz neues Leben zu beginnen, sie war schön und sie war reich. Letzteres war nicht immer so gewesen. Sie hatte keine schlechte Kindheit gehabt, doch sie stammte aus einfachen Verhältnissen. Der Vater war ein kleiner Finanzbeamter, die Mutter Sekretärin mit einer Halbtagsstelle. Sie waren eine typische schwedische Durchschnittsfamilie gewesen, die das Prinzip des Jantelag in vollkommener Weise verkörperte: Sich niemals über andere erheben, sich nicht für etwas Besseres halten. Tessa hatte sich früh dagegen aufgelehnt, sie wollte es im Leben zu etwas bringen. Sie war schöner und klüger als andere, warum sollte sie keinen Profit daraus schlagen dürfen? Außerdem imponierte ihr der Lebensstil, den die Eltern ihres Klassenkameraden Elias Beck pflegten, die in einer komfortablen Villa wohnten, teure Reisen unternahmen und rauschende Feste feierten. Nachdem sie mit sechzehn seinem unermüdlichen Werben nachgegeben hatte und die Freundin von Elias geworden war, lernte sie diese Welt noch gründlicher kennen. Ihre Eltern, die in Elias einen arroganten Angeber sahen und ihn deshalb ablehnten, waren einfach naiv. Wollten sie nicht sehen, dass die viel gepriesene Gleichheit in der schwedischen Gesellschaft längst nicht mehr existierte? Die Becks kümmerten sich nicht um Vorschriften, sie lebten nach ihren eigenen Regeln. Auf Styrsö besaßen sie ein Sommerhaus mit einem eigenen Bootssteg, der fünfzig Meter ins Meer hineinragte.

Doch auch Tessa war letztendlich naiv gewesen. Ihre feste Überzeugung, es aus eigener Kraft ganz nach oben schaffen zu können, war an der Realität gescheitert. Nachdem Elias sein Abi in den Sand gesetzt hatte, während sie ihres mit Bestnoten abschloss und die Zulassung zum Architekturstudium bekam, glaubte sie ihn nicht mehr zu brauchen. Ihre Beziehung schlief allmählich ein, machte einem Zweckbündnis Platz, das aus gelegentlichen Treffen bestand. Doch nach ihrem erfolgreichen Studienabschluss musste sie zu der bitteren Erkenntnis gelangen, dass man eine frischgebackene Architektin nirgends mit offenen Armen empfing. Während sie sich mit kleinen unbedeutenden Aufträgen über Wasser zu halten versuchte, baute Elias, der in die Baufirma seines Vaters eingestiegen war, nach und nach ein Imperium auf. Altes Geld und Beziehungen bewirkten mehr als Können und Ehrgeiz. Und so war sie schließlich zu ihm zurückgekehrt und Elias hatte ihr nicht nur ein Leben in Wohlstand geboten, er hatte ihr auch beruflich den Weg geebnet. Lange war ihr das als ein fairer Tausch erschienen, ihre Schönheit und Begabung gegen sein Geld und seine Beziehungen. Doch in letzter Zeit war sie es zunehmend leid geworden. Elias hatte sich verändert, und das nicht zu seinem Vorteil. Seine Trinkerei war ihr ebenso auf die Nerven gegangen wie der laute ordinäre Ton, den er dann anzuschlagen pflegte. Der Gedanke, sich von ihm zu trennen, war ihr in solchen Situationen schon oft gekommen.

ihre Anteilnahme bekunden sollte. Da blieb sie lieber im Schlafzimmer und wartete darauf, dass Tessa wieder ging. Ewig konnte sich dieser Besuch schließlich nicht hinziehen. Das Gespräch im Wohnzimmer wurde zunehmend erregter geführt, Ilma konnte verstehen, was geredet wurde. Sie hasste es, zu lauschen, doch irgendetwas, das stärker war als sie, hielt sie auf ihrem Posten hinter der Tür fest.

„Es ist die beste Lösung", hörte sie Tessa jetzt sagen. „Sie gehen davon aus, Elias hat sich selbst umgebracht. Also werden sie nicht weiter ermitteln und haben folglich keinen Grund, noch länger in unserem Leben herumzuschnüffeln. Das kann dir doch auch nur recht sein."

„Sicher ist mir das ebenfalls lieber, aber ich möchte dafür nicht lügen", sagte Jörn.

„Niemand verlangt von dir, zu lügen. Du sollst nur keine schlafenden Hunde wecken. Das tun wir aber, wenn wir die Selbstmordtheorie anzweifeln. Statt das zu tun, sollten wir sie bekräftigen. Elias tut es nicht mehr weh, er ist tot und wird nicht wieder lebendig."

„Und wie stellst du dir das vor? Willst du einen Grund erfinden? Hatte er Probleme mit seiner Firma?"

Das genervte Seufzen von Tessa war sogar durch die Tür zu vernehmen. „Mein Gott Jörn, du hast den Artikel doch auch gelesen. Wir müssen überhaupt nichts erfinden, der Grund wird uns darin auf dem Silbertablett serviert. Elias hatte ein Verhältnis mit Svea und sie hat ihn erpresst. Deshalb hat er sie umgebracht und aus Angst vor der Aufdeckung der Tat nun auch sich selbst. Alles, was wir tun müssen, ist diese Sichtweise bestätigen."

„Und das soll man uns abnehmen, nachdem wir in den ersten Vernehmungen zu Sveas Tod etwas ganz anderes erzählt haben?"

Ilma hörte, wie ein Stuhl über den Boden scharrte, dann Schritte. Jörn schien aufgestanden zu sein und nun im Zimmer hin und her zu laufen. Das machte er immer, wenn er aufgeregt war.

„Wir müssen unsere erste Aussage nur ein wenig anpassen, das ist gar nicht so schwer." Tessas Tonfall war der einer Lehrerin, die einem begriffsstutzigen Schüler etwas klarzumachen versuchte. „Svea war immer hinter Elias her, das ist eine Tatsache. Schon damals in dem Sommer, als Elias und ich zusammenkamen, wollte sie ihn unbedingt für sich. Als das nicht klappte, hat sie sich auf dich gestürzt, das war typisch für sie. Ich denke, mit ihrer Niederlage ist sie nie fertiggeworden. Du weißt, wie Svea war, sie konnte nicht verlieren. Denk mal an unsere früheren Treffen, sie hat Elias stets ihre Verfügbarkeit signalisiert. Nur war der überhaupt nicht interessiert."

„Genau", stimmte Jörn zu. „Trotzdem willst du jetzt behaupten, sie und Elias hätten was miteinander gehabt?"

„Ja, das will ich, weil es uns nützt und Elias und Svea nicht mehr schaden kann."

„Denkst du dabei auch mal an Lucas? Er war mit Svea verlobt."

„Na und? Wenn er hört, sie hat ihn betrogen, macht es ihm das umso leichter, über ihren Verlust hinwegzukommen." Ilma überlief ein Schauer, als sie das hörte. Diese Frau war kalt wie eine Hundeschnauze.

„Wir müssen unsere früheren Aussagen nicht ändern", fuhr Tessa fort. „Svea hat sich dir bei unserem letzten Treffen an den Hals geworfen, das passt durchaus ins Bild. So hat sie sich immer verhalten, wenn es ihr in Wirklichkeit um Elias ging. Ihn wollte sie dadurch provozieren. Wir müssen nur sagen, wir hätten beide von der Beziehung zwischen Elias und Svea gewusst."

„Reicht es nicht, wenn du das sagst?", fragte Jörn.

„Nein, es wird glaubwürdiger, wenn wir es beide behaupten. Jetzt stell dich nicht so an Jörn, es ist auch in deinem Interesse. Du hast dich schon auf ganz andere Sachen eingelassen, das solltest du nicht vergessen."

Das Schweigen, das sich daraufhin nebenan ausbreitete, war schwer wie Blei. Ilma hielt automatisch den Atem an. Wovon sprach Tessa da? Worauf hatte sich Jörn eingelassen?

„Ich frage mich nur, was wirklich mit Elias passiert ist", erwiderte Jörn schließlich ausweichend. „Willst du das nicht wissen?"

„Nein, will ich nicht. Ich will nur, dass es aufhört. Sind wir uns also einig? Kann ich mich auf dich verlassen?"

„Ja, kannst du." Ilma hörte die Resignation in seiner Stimme. Worauf ließ er sich da gerade ein? Und was sollte aufhören?

Ilma fragte sich, wie gut sie den Mann, mit dem sie zusammenlebte, eigentlich kannte.

40.

„Sie sind also der Ansicht, Ihr Mann hat sich tatsächlich umgebracht.“ Rurik musterte die Frau, die in sehr aufrechter Haltung vor ihm saß. Sie war zweifellos schön, doch es war eine Schönheit, die nicht berührte. Von ihr ging eine Kälte aus, die ihn eher abstieß.

„Davon gehen Sie doch wohl auch aus“, sagte Tessa Beck überrascht.

„Das habe ich nicht gesagt.“

„Aber in dem Artikel stand ...“

„Sie meinen der Artikel im *Aftonbladet*? Dabei handelt es sich um keine polizeiliche Verlautbarung, sondern um die haltlosen Mutmaßungen einer Journalistin. Darauf sollten Sie nichts geben. Bei Ihrem Mann lag definitiv keine Selbsttötung vor. Er wurde umgebracht.“

Zum ersten Mal verlor Tessa Beck die Fassung. „Wieso haben Sie mir das nicht gleich gesagt?“

„Ich wollte Ihre unvoreingenommene Meinung hören, was passiert sein könnte“, sagte Rurik völlig ungerührt.

„Sie wollten mich aufs Glatteis führen“, empörte sich Tessa. Auf ihrer makellosen Haut erschienen verräterische rote Flecke. „Ich will sofort wissen, was meinem Mann zugestoßen ist. Darauf habe ich ein Recht als seine Ehefrau.“

„Es liegt eine Vergiftung vor. Welcher Art sie ist und wie sie herbeigeführt wurde, dazu können wir aus ermittlungstaktischen Gründen nichts sagen.“

Tessa konnte erst einmal nichts erwidern. Das Wort Ermittlung flammte vor ihrem geistigen Auge auf wie ein drohendes Fanal.

Sie rang mühsam um Fassung und hatte Mühe, sich auf die nächsten Fragen von Rurik zu konzentrieren.

„Ihrer Aussage nach hatten Ihr Mann und Svea Helvig also ein Verhältnis, und Ihr Mann fürchtete, Svea wollte das öffentlich machen."

„So habe ich das nicht gesagt. Da war mal was zwischen Svea und Elias gewesen. Sie hat sich ihm immer wieder aufgedrängt und er ist wohl kurzzeitig darauf eingegangen. Aber meines Wissens war das beendet. Nur schien es deshalb Spannungen zwischen Elias und Svea zu geben."

„Spannungen, die so erheblich waren, dass er sich gezwungen sah, Svea zu ermorden und sich anschließend selbst umzubringen?"

Mit Tessas Beherrschung war es endgültig vorbei. „Hören Sie auf, mir etwas in den Mund zu legen. Ich weiß es nicht. Aber nachdem ich das in der Zeitung gelesen hatte, hielt ich es für möglich. Mein Mann trank sehr stark, man kann sagen, er war Alkoholiker. Wenn er betrunken war, hatte er sich manchmal nicht unter Kontrolle. Ich habe keine Ahnung, was in der Nacht möglicherweise zwischen ihm und Svea vorgefallen ist, ich habe geschlafen. Mehr werde ich dazu jetzt nicht sagen." Sie verschränkte die Arme vor der Brust und lehnte sich zurück.

„Gut, dann beenden wir das Gespräch für heute", sagte Rurik. „Halten Sie sich aber bitte weiter zu unserer Verfügung."

„Was soll das heißen?", herrschte Tessa ihn an. „Verdächtigen Sie mich etwa? Darf ich mich nicht mehr frei bewegen?"

„Wir verdächtigen Sie nicht und erlegen Ihnen keinerlei Einschränkungen auf. Benachrichtigen Sie uns aber, falls Sie vorhaben, das Land zu verlassen. Wir möchten, dass Sie für Rückfragen erreichbar bleiben."

„Ich habe nicht die Absicht zu verreisen." Tessa warf den Kopf zurück und strich ihr langes Haar mit einer Hand nach hinten über die Schulter. „Schließlich muss ich mich nun um vieles kümmern, zum Beispiel um die Beisetzung meines Mannes. Wann wird seine Leiche freigegeben?"

„Dazu kann ich Ihnen im Moment nichts sagen, Sie werden aber informiert."

„Diesmal erfahre ich es hoffentlich vor der Presse“, konnte sich Tessa nicht verkneifen zu sagen, bevor sie hoheitsvoll wie eine Königin davonrauschte.

Rurik schaute Alva an, die schweigend zugehört hatte. „Was hältst du davon?“, fragte er.

„Du hast sie kalt erwischt“, sagte Alva anerkennend. „Sie hat sich an dem Presseartikel orientiert und ist in aller Eile auf diesen Zug aufgesprungen. Es kam ihr sehr gelegen, ihren Mann als Täter hinzustellen.“

„So sehe ich das auch“, stimmte Rurik zu. „Sie hat nicht den geringsten Versuch unternommen, ihn in Schutz zu nehmen, sondern ihn mit wahrem Eifer ans Messer geliefert. Wer sich so verhält, hat etwas zu verbergen.“

„Du meinst, sie und ihr Liebhaber könnten hinter den Morden stecken?“

„Das vermute ich jetzt fast. Aber noch haben wir nicht den geringsten Beweis. Hören wir uns erst einmal an, was Sven uns über die Befragung von Jörn Olander zu berichten hat.“

Sie trafen ihn auf dem Flur, wo er sich Kaffee aus dem Automaten holte. „Wir sind auch gerade mit Olander fertig geworden“, sagte er. Jördis saß bereits am Besprechungstisch, sie nahmen ebenfalls dort Platz. Der Abgleich der Vernehmungen von Tessa Beck und Jörn Olander ergab eine erstaunliche Übereinstimmung.

„Die haben sich abgesprochen“, war sich Sven sicher. „Elias Beck als Täter hinzustellen, kam ihnen sehr gelegen. Dafür dürften sie ihre Gründe haben.“

„Die haben sie mit Sicherheit“, sagte Alva. „Ich fand es geradezu erschreckend, wie sie plötzlich umgeschwenkt sind und versucht haben, den Verdacht auf Elias Beck zu lenken. Fast noch schlimmer finde ich ihre früheren Versuche, Ilma Sölberg, der Freundin von Olander, ein Tatmotiv unterzuschieben. Tessa Beck ist eine völlig skrupellose Person.“

„Aber ist sie auch die Täterin?“ Jördis drehte ihren Kaffeebecher in den Händen hin und her. „Sie hätte theoretisch die Möglichkeit gehabt, Svea Helvig umzubringen, aber für die Morde an Ingrid Oldman und Elias Beck hat sie jeweils ein Alibi. Das trifft auf Jörn Olander genauso zu.“

„Und was ist mit ihrem Liebhaber Arvid Stolt?“, fragte Sven.

„Ja, die Statistik ist vollständig."

„Das ist merkwürdig." Birger sah die Szene, die Elisabeth ihm geschildert hatte, deutlich vor sich. Wie sie mit letzter Kraft versucht hatte, aus dem Fahrzeug zu kommen und auf die Fahrerseite hinübergekrochen war. Wie sie bewusstlos hinter dem Lenkrad zusammengebrochen war. Er dachte an ihre Tränen über den Tod ihrer Freundin Nora. Sollte sie all das nur erfunden haben? Ihr Schmerz und ihre Verzweiflung hatten absolut echt gewirkt.

„Warum beschäftigt dich dieser Unfall so?", fragte Alva. Sie schaltete den Computer aus und drehte sich zu Birger um.

„Ich mache mir Sorgen um meine Patientin." Er ging zum Sofa hinüber und forderte Alva mit einer Geste auf, sich zu ihm zu setzen.

Alva kuschelte sich in seinen Arm. „Weil sie dir nicht die Wahrheit sagt?", fragte sie.

„Das wäre nicht weiter schlimm, so etwas kommt öfter vor. Aber sie sprach von einem Mann, durch den sie sich bedroht fühlen würde. Da war so viel Angst in ihren Augen, das war nicht gespielt. Angeblich kennt sie diesen Mann nicht, doch er soll behauptet haben, ein Freund jener Nora zu sein, die bei dem Unfall ums Leben kam. Wenn ich meine Patientin richtig verstanden habe, hält auch er sie für schuldig an deren Tod und will sich nun rächen."

„Falls er sie ernsthaft bedroht, ist das ein Fall für die Polizei. Hast du ihr geraten, ihn anzuzeigen?"

„Aus irgendeinem Grunde wollte sie das nicht. Sie hat sich merkwürdig ausgedrückt, dieser Mann wolle die Wahrheit wissen. Von einer direkten Drohung war nicht die Rede. Ich würde mir weniger Sorgen machen, wenn da nicht die Panik gewesen wäre, in die sie der Vorfall versetzt hat. Ich habe ihr meine Notfallnummer gegeben, bis jetzt hat sie sich nicht gemeldet."

Alva rückte ein Stück von Birger weg, damit sie ihm direkt ins Gesicht schauen konnte. „Und jetzt stellt sich heraus, dass es diesen Unfall überhaupt nicht gegeben hat? Das ist doch seltsam. Gab es vielleicht auch keine Freundin Nora und gibt es demnach auch keinen Freund, der ihren Tod rächen möchte? Ich will mich nicht in dein Fachgebiet einmischen, du kennst dich damit besser aus. Aber spielt sich das alles eventuell nur im Kopf deiner Patientin ab? Leidet sie unter einer Psychose?“

„Manchmal ist es tatsächlich nicht ganz einfach, so eine Erkrankung zu erkennen.“ Birger strich sich mit dem Zeigefinger über die Nasenwurzel, was er oft tat, wenn er angestrengt nachdachte. „Aber bei dieser Patientin bin ich mir ziemlich sicher, sie ist weder psychotisch noch eine pathologische Lügnerin.“

„Aber weshalb erzählt sie dann Dinge, die nicht stimmen?“

„Weil sie die Wahrheit aus irgendeinem Grunde nicht sagen kann. Das kommt gar nicht so selten vor. Manche Patienten haben ein Problem, über das sie nicht zu reden wagen, weil es mit zu großer Scham oder Angst besetzt ist. Wenn der innere Druck sie trotzdem zwingt, Hilfe zu suchen, reden sie über etwas anderes. Sie stecken ihr Problem gewissermaßen in eine Verkleidung und versuchen, es so zu bearbeiten.“

„Puh, das klingt anstrengend, das wäre nichts für mich“, sagte Alva.

Birger lachte. „Das musst du gerade sagen. Erzählen bei euren Vernehmungen alle immer nur die Wahrheit?“

„Erinnere mich nicht daran, heute war es wieder besonders schlimm, was wir uns anhören mussten. Aber das erzähle ich dir später, jetzt habe ich Hunger. Lass uns Abendessen machen und dann Veikko von Pia abholen. Der wartet bestimmt schon sehnsüchtig auf seine Abendrunde mit uns.“

42.

Am nächsten Morgen nahm Birger an der Teambesprechung teil. Alva hatte ihn am Vorabend auf den neuesten Stand gebracht, indem sie ihn über die Aussagen von Tessa Beck und Jörn Olander informiert hatte.

„Tessa Beck zu observieren ist sicher eine gute Idee“, sagte Birger. „Überwacht ihr auch ihre Telefongespräche?“

„Der Antrag auf eine Überwachung läuft, ich hoffe, er wird schnell bewilligt. Die Hürden sind bekanntlich hoch“, erwiderte Rurik. Er schaute Birger prüfend an. „Du sagtest, es ist eine gute Idee, doch ich meine da ein *Aber* vernommen zu haben. Kann das sein?“

Birger schob den Zettel, auf dem er sich gestern schnell ein paar Notizen gemacht hatte, zur Seite. „Ich wollte diese Observierung nicht infrage stellen, das ist ein guter Ansatz. Nur ist es nicht die Lösung des Problems, weil ich Tessa Beck nicht für die Täterin halte.“

„Das ist interessant.“ Sven, der zwei Plätze entfernt saß, beugte sich vor, um Birger besser zu sehen. „Heißt das, du bist inzwischen mit dem Täterprofil vorangekommen und schließt Tessa Beck aus? Wen vermutest du dann dahinter?“

„Ich habe ein vorläufiges Profil erstellt. Es enthält jedoch einige Schwachstellen.“ Birger war für seine Vorsicht in diesen Dingen bekannt. Aber genau das war es, was alle an ihm schätzten. Rurik war früher strikt dagegen gewesen, einen Psychologen ins Team zu holen, und er hatte nichts von der Erstellung von Täterprofilen gehalten. Tatsächlich gab es Beispiele von Ermittlungen, die durch unzutreffende Profile in eine völlig falsche

Richtung gelenkt worden waren. Doch Birger hatte sich durch seine Beiträge in der Vergangenheit die Achtung des gesamten Teams erarbeitet, Rurik nicht ausgenommen. Ihm war jede Eitelkeit fremd, er spielte sich nicht in den Vordergrund und gab nur dann ein Urteil ab, wenn er sich seiner Sache sicher war. Irrtümer und Unsicherheiten pflegte er unumwunden zuzugeben.

„Ich gehe von einem männlichen Täter zwischen Mitte zwanzig und Mitte vierzig aus“, sagte er jetzt. „Er ist alleinstehend, führt ein zurückgezogenes Leben und hat kaum soziale Kontakte. In seinem Leben dürfte einiges schiefgelaufen sein, er hat entweder eine schwierige Kindheit gehabt oder ein schweres Trauma erlitten. Wenn er berufstätig ist, wählt er Tätigkeiten, die er weitgehend allein ausüben kann, er ist kein Teamplayer. Dabei ist er durchaus intelligent, kann gut planen und strategisch denken. Er ist gesund, sportlich und ein eher unauffälliger Typ.“

Birger warf einen Blick in die Runde. „Das alles trifft auf eine Menge Männer zu und hilft uns dadurch nicht weiter. Deshalb möchte ich nun auf die Besonderheiten eingehen, die ihn uns eventuell näherbringen können.“ Er räusperte sich, bevor er weitersprach. „Obwohl wir nach drei Morden von einer Serie sprechen müssen, ist er kein typischer Serientäter. Er tötet nicht aus einem inneren Impuls heraus, weder hat er ein sexuelles Motiv noch ergötzt er sich an den Qualen seiner Opfer. Auch nimmt er keine Trophäen mit, um sich später an seine Taten zu erinnern und sie erneut zu durchleben. Die Methode, mit der er seine Opfer umbringt, ist schnell, effektiv und lautlos. Sie hat etwas geradezu Klinisches.“

„Was ist deiner Meinung nach sein Motiv?“, fragte Sven.

„Rache“, erwiderte Birger. „Er rächt sich für etwas, das man ihm angetan hat. Die Auswahl seiner Opfer ist nicht zufällig, er muss zu allen einen Bezug haben, auch zu Ingrid Oldman, die so gar nicht ins Bild zu passen scheint.“

„Rache.“ Rurik schien das Wort im Munde hin und her zu drehen. „Passt sein Vorgehen, bei dem die Opfer sterben, bevor sie überhaupt realisieren können, was gerade mit ihnen geschieht, zu so einem Motiv? Würde er sie nicht wissen lassen wollen, weshalb sie sterben müssen? Und ihr Leiden ein wenig auskosten?“

Birger nickte. „Da gebe ich dir recht. Wenn man Fälle vergleicht, in denen Rache das Motiv war, übermittelten die Täter in der Regel eine Botschaft. Sie stellten ihre Opfer so zur Schau, dass die Nachwelt von deren Schandtaten erfuhr. Das ist hier nicht der Fall, sein Vorgehen gibt Rätsel auf. Das ist eine der Schwachstellen meiner Analyse, die ich einräumen muss. Mir ist nicht klar, weshalb er diese Mordmethode wählt."

„Weil sie schnell und sicher ist?", schlug Jördis vor. „Und weil er Zugang zu Kohlenmonoxid hat."

Birger schien nicht überzeugt zu sein. „Was den Zugang zu Kohlenmonoxid betrifft, gebe ich dir recht", sagte er. „Sicher ist die Methode insofern, dass das Opfer garantiert stirbt. Aber die Ausführung ist nicht einfach und er geht unglaublich hohe Risiken dabei ein. Lucas Edman, der Verlobte von Svea Helvig, lag neben ihr im Bett, als sie umgebracht wurde. Vier weitere Personen befanden sich ebenfalls im Haus. Was, wenn jemand ihn entdeckt hätte?"

„Er glaubte, das ausschließen zu können, weil er Schlafmittel in den Alkohol gemischt hatte", sagte Jördis.

„Er konnte es unmöglich ausschließen", widersprach Birger. „Ilma Sölberg trank keinen Alkohol, was er nicht wissen konnte. Und noch etwas: Nachdem er es unentdeckt ins Schlafzimmer von Svea Helvig geschafft hatte, warum erstickte er sie nicht einfach mit einem Kissen? Warum die umständlichere Prozedur mit dem Kohlenmonoxid?" Birger beantwortete die Frage selbst. „Weil diese Art des Tötens eine Bedeutung für ihn hat."

„Und welche?" Alva sagte es mehr zu sich selbst. „Wir haben uns neulich darüber unterhalten, zu welchen Zwecken Kohlenmonoxid eingesetzt wird. Zum Beispiel tötet man auf Nerzfarmen die Tiere damit. Wollte der Täter seine Opfer wie Tiere töten und so seine Verachtung für sie ausdrücken?"

„Etwas in dieser Richtung könnte es sein", stimmte Birger ihr zu. „Was ich dabei für ganz entscheidend halte: Ich glaube, seine Opfer könnten uns die Frage nach dem Grund für die Wahl seiner Mittel beantworten. Tessa Beck und Jörn Olander ebenfalls."

„Du meinst, Sie wissen, wer er ist und weshalb er tötet?", fragte Rurik ungläubig.

„Nein, das nicht. Sie wissen nicht, wer er ist, sie haben nicht einmal eine Vermutung. Aber vielleicht sollte ich meine Aussage, er würde keine Botschaft übermitteln wollen, präzisieren." Birger stand auf und stellte sich neben das Whiteboard, auf dem noch immer die Namen der Opfer standen. Er setzte die Namen von Tessa Beck und Jörn Olander hinzu. „Der Täter übermittelte keine Botschaft an die Umwelt, indem er die Opfer in Szene setzte", sagte er. „Doch er wählte eine Methode, mit der einige Personen etwas anfangen können, die sie möglicherweise an etwas erinnert. Seine Art des Tötens ist eine Botschaft, die sich nur an diesen Personenkreis richtet."

„Du willst damit sagen, Tessa Beck und Jörn Olander haben das ebenfalls verstanden?", fragte Sven. „Warum reden sie dann nicht und wollen die Ermittlungen am liebsten abgeschlossen sehen?"

„Weil sie glauben, die Serie ist mit dem Tod von Elias Beck zu Ende."

„Glaubst du das auch?"

„Ich weiß es nicht", sagte Birger, während er langsam zu seinem Platz zurückging. „Die Unsicherheit über diesen Punkt ist die größte Schwachstelle in meiner Analyse. Und die gefährlichste."

„Glaubst du, das würden sie bewusst verschweigen?“ Elsa gab einen quengelnden Laut von sich und Caroline versetzte den Kinderwagen in sanfte Schaukelbewegungen.

„Das halte ich für möglich. Tessa Beck habe ich in der Vernehmung erlebt, die Frau ist derart kalt und berechnend, in ihrer Gegenwart verkühlt man sich das Gemüt. Sie würde über Leichen gehen.“

„Klingt nicht gut.“ Caroline ließ den Kinderwagen los, Elsa hatte sich wieder beruhigt. „Es wäre schlimm, wenn ein weiterer Mord nach dem gleichen Muster geschieht. Könnt ihr euch dem Täter nicht auf einem anderen Wege nähern? Was ist mit dem Kohlenmonoxid? Das kann man doch nicht mal eben so im Supermarkt kaufen.“

Alva winkte ab. „Die Anwendungen in der Industrie sind zu vielfältig, wollte man herausfinden, wer alles Zugang dazu hat, gliche das der Suche nach einer Nadel im Heuhaufen.“

„Ja, da hast du sicher recht.“ Caroline schien über etwas nachzudenken. „Ich hatte mal einen Bekannten, der arbeitete bei einer Firma, die unter anderem Warnmelder für Kohlenmonoxid herstellte und vertrieb. Die bezogen Kohlenmonoxid für die Kalibrierung ihrer Messgeräte. Ich hoffe, ihr findet bald eine Spur, dieser Fall ist einfach gruselig. Wir sollten jetzt von etwas anderem reden. Wann gehst du in Urlaub?“

Alva zuckte mit den Schultern. „Das ist nicht abzusehen. Birger und ich hatten ohnehin nichts Besonderes vor, wir wollten den Sommer auf Orust verbringen. Aber jetzt geht das erst mal nicht, denn Sven soll auf jeden Fall freinehmen. Er und Gundel haben gemeinsam mit den beiden Kindern einen Abenteuerurlaub in Värmland geplant, den soll er auf jeden Fall antreten. Für Erik fängt Mitte August die Schule wieder an, deshalb ist jetzt der letztmögliche Zeitpunkt dafür.“

„Finde ich super, dass ihr Sven trotz der angespannten Situation diese Möglichkeit gebt. Glaubst du, er und Gundel finden wieder zueinander?“

„Ich hoffe es“, sagte Alva.

„Ich hoffe es auch, schon für seine beiden Söhne. Sven ist ein toller Vater.“ Caroline schaute versonnen auf ihre kleine schlafende Tochter, die ohne Vater aufwachsen würde.

44.

Tessa war nach dem Streit mit Arvid total aufgewühlt. Was für ein Egoist und ein Arschloch er doch war. Die ganze Zeit hatte er von ihren Verbindungen profitiert, doch seit er von der Polizei vernommen worden war, wollte er sich am liebsten von ihr distanzieren. Das sollte ihm noch leidtun, sobald sie die Firma von Elias übernommen hatte, würde sie dafür sorgen, dass er keinen einzigen Auftrag mehr bekam. Sie würde ihr eigenes Architekturbüro eröffnen und er könnte seins dichtmachen. Oder sollte sie lieber anderswo ein neues, sorgenfreies Leben beginnen? Über die nötigen Mittel verfügte sie nun.

Tessa schenkte sich einen Cognac ein und trank ihn in einem Zug aus. Eigentlich mochte sie keine starken Sachen, doch der Alkohol beruhigte ihre gereizten Nerven. Vor allem sollte sie jetzt einen kühlen Kopf behalten und die Probleme der Reihe nach angehen. Sie musste sicherstellen, dass ihr keine Gefahr drohte. Falls doch, musste sie etwas dagegen unternehmen. Jörn befand sich in der gleichen Situation wie sie, leider war von ihm keine vernünftige Idee zu erwarten, sondern eher das Gegenteil. In seiner Schwäche und Wankelmütigkeit wäre er imstande, Dinge auszuplaudern, die besser nicht ans Licht kommen sollten. Sie musste jetzt die Initiative ergreifen und einen Plan entwickeln. Ein Gedanke, den sie schon mit Elias besprochen hatte, drängte sich wieder in den Vordergrund. Leider war er nicht darauf eingegangen, sondern hatte seine Energie stattdessen darauf verschwendet, sie bespitzeln zu lassen. Was für ein Idiot war er doch gewesen. Er hatte dafür mit seinem Leben bezahlt, was sie nur als gerecht empfand. Zum Glück war sie klüger als er gewesen und würde die richtigen Schlussfolgerungen ziehen. Nach einer weiteren Stunde intensiven Nachdenkens stand ihr Plan fest. Ein einziges Mal nur wollte sie sich die alten Beziehungen von Elias zunutze machen. Er hatte Kontakte ins kriminelle Milieu gehabt und es gab da jemanden, der für Geld zu allem bereit war. Bevor sie der Mut verließ, wählte sie seine Nummer. Das Gespräch verlief kurz und geschäftsmäßig, so wie sie es sich vorgestellt hatte. Jetzt musste sie nur noch Jörn mit ins Boot holen, an ihm konnte sonst alles scheitern. Seine naive Freundin Ilma würde sie ebenfalls in Kauf nehmen müssen, das war leider nicht zu vermeiden. Je schneller sie ihren Plan umsetzte, desto besser. Sie wählte die Nummer von Jörns Praxis. Erst einmal ließ man sie in der Warteschleife hängen, das war typisch. Als sich nach einer gefühlten Ewigkeit endlich jemand meldete, hatte die Gereiztheit von Tessa ihren Höhepunkt erreicht.

„Stomatologische Praxis ...“ Tessa ließ die Sprechstundenhilfe nicht ausreden.

„Ich weiß, wen ich angerufen habe. Ich möchte Dr. Olander sprechen, und zwar sofort.“

„Das geht nicht, er ist mitten in einer Behandlung. Ich kann Ihnen einen Termin geben.“

„Ich will keinen Termin, ich muss ihn unverzüglich sprechen. Er soll die Behandlung unterbrechen.“

„Also das geht nun wirklich nicht.“

„Sagen Sie ihm, Tessa Beck will ihn sofort sprechen. Sie können sich darauf verlassen, es wird gehen. Und beeilen Sie sich, es ist dringend.“

Ihr bestimmter Ton zeigte Wirkung, kurz darauf kam Jörn ans Telefon. Er klang gehetzt. „Tessa, was ist los? Ist etwas passiert?“

„Was soll denn noch passiert sein?“, fragte sie sarkastisch. „Reicht es dir nicht, dass Svea und Elias tot sind? Ermordet? Wir müssen reden, sofort.“

„Tessa, das geht jetzt nicht.“

„Das muss gehen. Schließ gefälligst deine Praxis ab und komm zu mir. Ich will Ilma nicht dabeihaben.“

Jörn antwortete nicht, Tessa glaubte schon, das Gespräch sei unterbrochen worden.

„Hallo, hast du mich verstanden?“

„Ja, ich komme, so schnell ich kann.“

„Beeil dich.“ Zufrieden drückte Tessa das Gespräch weg. Na also, es ging doch. Jörn war eingeknickt, so wie er immer einknickte. Sie musste nur aufpassen, dass er es nicht an der falschen Stelle tat.

45.

Was war das nur für ein Geräusch, Ilma lauschte angestrengt in die Dunkelheit. Erst glaubte sie, Wasser rauschen zu hören, dann wieder klang es eher wie das Zischen von hundert Schlangen. Ob Jörn das auch hörte? Sie tastete zu seiner Seite hinüber, doch ihre Hand griff ins Leere. Wieso war er nicht in seinem Bett, wo konnte er mitten in der Nacht sein? War er irgendwo im Haus und suchte nach der Ursache der unheimlichen Geräusche, weil er sie ebenfalls wahrgenommen hatte? Ich muss nachschauen, muss ihn suchen, dachte Ilma. Sie wollte die Beine über die Bettkante schwingen, doch es gelang ihr nicht. Es fühlte sich an, als würden sie in einem Schraubstock stecken. Immerhin konnte sie die Arme bewegen, mit beiden Händen tastete sie sich unter der Bettdecke an ihrem Körper entlang nach unten. Ihre Oberschenkel, die Beine und die Füße waren eiskalt, als wäre ihr Körper von der Hüfte an komplett abgestorben. Ein erneuter Versuch, sich zu bewegen, misslang kläglich. Das Zischen wurde lauter und lenkte Ilma für einen Moment von ihrem beängstigenden körperlichen Zustand ab. Jetzt konnte sie deutlich lokalisieren, woher das Geräusch kam, die Quelle befand sich dem Bett gegenüber im angrenzenden Zimmer. Während sie angestrengt in die Richtung starrte, sah sie plötzlich einen weißen Nebel unter der Tür hervorquellen. Er stieg langsam auf und verdichtete sich zu einer Walze, die mit drehenden Bewegungen direkt auf sie zukam. Ilma wollte schreien, doch es kam kein Ton aus ihrer Kehle. Ein widerwärtiger Geschmack breitete sich in ihrem Mund aus und ließ sie würgen. Die Nebelwalze hüllte sie ein, drohte sie zu ersticken. Mit letzter

Kraft warf Ilma sich zur Seite, doch Hände streckten sich aus dem Nebel, packten sie, hielten sie fest ...

„Ilma, was ist los? Wach auf!“ Es war die Stimme von Jörn. Benommen öffnete Ilma die Augen und schaute in sein besorgtes Gesicht. Sie lag in ihrem Bett, die Nachttischlampe brannte und Jörn beugte sich über sie.

„Du hast geträumt, Ilma.“ Sie wollte etwas sagen, doch die Übelkeit war jetzt übermächtig. Ohne ein Wort sprang sie mit einem Satz aus dem Bett und stürzte ins Bad. Sie schaffte es gerade noch, den Deckel der Toilette zu öffnen, bevor sie sich übergeben musste. Das Nachthemd klebte an ihrem Körper, der mit kaltem Schweiß bedeckt war.

„Ilma, kann ich dir helfen?“ Jörn stand in der Badtür.

„Ich brauche ein frisches Nachthemd“, krächzte sie. Ihr Hals fühlte sich rau und wund an. „Links im Schrank, bringst du es mir bitte.“

Er zögerte, sie allein zu lassen, brachte ihr dann aber das Gewünschte. Die Uhr im Bad zeigte erst die zweite Stunde. Ilma putzte sich gründlich die Zähne und duschte danach kurz. Jörn reichte ihr ein Badetuch und stützte sie, als sie aus der Dusche stieg. Ilma zog das frische Nachthemd über und fühlte sich danach besser, aber völlig erschöpft.

„Du bist krank, morgen solltest du zu Hause bleiben.“ Jörn wirkte besorgt.

Ilma winkte ab. „Lass uns erst mal schlafen, ich werde sehen, wie es mir morgen geht“, sagte sie.

Tatsächlich gelang es ihr, sofort wieder einzuschlafen. Am nächsten Morgen fühlte sie sich sogar einigermaßen ausgeruht.

„Es ist nichts weiter“, sagte sie, als sie mit Jörn beim Frühstück saß. Der heiße Kaffee weckte ihre Lebensgeister und sie aß anschließend mit Appetit ihr Müsli. „Ich bin in den letzten Tagen nie pünktlich dazu gekommen, etwas zu essen, und wenn doch, dann habe ich es nur schnell in mich hineingeschlungen. Das kann der Magen schon mal übel nehmen.“

„Du machst dich kaputt in dem Job.“ Jörn runzelte die Stirn. „Bei mir in der Praxis hättest du es leichter.“

„Nein Jörn, diese Diskussion haben wir oft genug geführt und du kennst meine Meinung dazu. Ich liebe meine Arbeit und könnte mir nichts anderes vorstellen. Nur die Sommermonate sind derart stressig. Aber bald kommen die ersten Kolleginnen aus dem Urlaub zurück und dann wird es wieder entspannter."

Jörn schaute sie über seine Kaffeetasse hinweg an. „Urlaub ist das Stichwort. Wir brauchen beide dringend eine Auszeit und sollten das so schnell wie möglich in Angriff nehmen." Ihre ursprünglich geplante Reise auf die Balearen hatten sie aufgrund der Ereignisse stornieren müssen. Neue Pläne gab es noch nicht.

„Aber wir können doch nicht verreisen, weil du dich für die Polizei zur Verfügung halten musst", sagte Ilma.

„Ich soll mich zur Verfügung halten, aber ich muss mich weder ans Haus ketten noch eine Fußfessel tragen. Innerhalb von Schweden dürfen wir durchaus reisen, solange wir erreichbar bleiben. Nach allem, was passiert ist, brauchen wir dringend Erholung, vor allem du. Ich habe schon eine Idee, was wir unternehmen können."

Ilma schaute auf die Uhr. „Fein, dann lass uns das heute Abend besprechen. Jetzt muss ich erst mal los." Sie gab Jörn einen flüchtigen Kuss, bevor sie sich auf den Weg machte.

46.

Ilma eilte über den Flur in Richtung Entbindungsstation. Zwei Putzfrauen standen an der Seite und steckten die Köpfe zusammen. Als Ilma an ihnen vorbeikam, unterbrachen sie ihr Gespräch und erwiderten Ilmas Gruß.

„Das war die Flamme von Knut“, sagte Tilde leise und grinste. „Aber bei der hat er keine Chance, die soll mit einem Zahnarzt zusammenleben, habe ich gehört.“

„Dann kann er sich ja immer noch mit Lizzi trösten, die nimmt doch alles, was sie kriegen kann.“ Alice schaute sich vorsichtshalber um, ob jemand sie hören konnte. „Gestern wurde sie wieder von dem alten Kerl abgeholt, den ich hier schon öfter gesehen habe.“

„Meinst du den mit dem silberfarbenen BMW?“

Alice nickte. „Ja, genau den. Er war mit dem Auto da und hat ihr beim Einsteigen sogar die Tür aufgehalten.“

„Ich weiß, wen du meinst, diesen Grauhaarigen. Das soll ein Verwandter von ihr sein, ein Onkel oder so. Eltern hat sie ja nicht mehr.“

„Wer‘s glaubt.“ Alice verzog spöttisch das Gesicht. „Die kann mir nichts vormachen, wer weiß, was da wirklich läuft. Übrigens habe ich inzwischen herausgefunden, wer der gut aussehende Typ ist, an den sie sich neulich derart rangeschmissen hat. Der ist Kurierfahrer bei Pharmalogistik. Knut kennt den wohl ganz gut, sie standen neulich beide zusammen draußen und haben miteinander gequatscht. Er heißt Mats.“

„Sieh an, du scheinst dich ja mächtig für ihn zu interessieren.“ Tilde wollte noch etwas hinzufügen, doch in dem Moment kam ihre Chefin Magda um die Ecke. Tilde schnappte sich ihren Eimer und huschte in den gegenüberliegenden Waschraum. Magda baute sich vor Alice auf. „Wieso seid ihr hier noch nicht fertig? Lizzi ist mit dem Flur oben schon fast durch. Ihr werdet nicht fürs Tratschen bezahlt."

Tilde tauchte mit ihrem frisch gefüllten Eimer und gesenktem Kopf wieder auf. „Wir beeilen uns jetzt", murmelte sie.

„Das will ich hoffen", entgegnete Magda streng.

Ilma war inzwischen auf der Station angekommen, wo sie von Klara in Empfang genommen wurde. „Gut, dass du kommst", sagte sie. „Emelie ist da, diesmal ist es tatsächlich so weit. Sie hat die ganze Zeit nach dir gefragt."

Emelie war eine Zwanzigjährige, die ihr erstes Kind erwartete und große Angst vor der Geburt hatte. Zweimal hatte sie schon voller Panik angerufen, doch in beiden Fällen waren es nur Vorwehen gewesen. Ilma war es jedes Mal gelungen, sie zu beruhigen.

„Ilma, Gott sei Dank." Emelie richtete sich in ihrem Bett auf, ihre Stirn war schweißbedeckt und die Augen angstvoll aufgerissen. Ilma schob sie sanft auf das Kissen zurück. „Alles gut, nun lass mich erst einmal nachschauen, wie es deinem kleinen Mädchen geht." Emelie hatte beim Ultraschall das Geschlecht des Kindes wissen wollen, bei einigen Eltern gab es inzwischen die Tendenz, sich davon überraschen zu lassen.

Ilma überprüfte die Vitalfunktionen des Kindes und stellte danach fest, dass der Muttermund bei Emelie bereits mehrere Zentimeter geöffnet war. „Es ist alles, wie es sein soll", sagte sie, während sie Puls und Blutdruck von Emelie überprüfte. Beides war deutlich erhöht und die junge Frau atmete hektisch.

„Jetzt schau mich mal an und versuch, genauso zu atmen wie ich", sagte Ilma. „Ein und nun ganz tief aus. Wieder ein und dann ganz tief aus. Sehr gut machst du das."

Emelie beruhigte sich allmählich, griff aber ängstlich nach Ilmas Hand. „Du darfst nicht weggehen, bleib bei mir", sagte sie.

„Ich bin immer in deiner Nähe." Ilma machte sich behutsam los, sie musste sich noch um drei weitere Gebärende kümmern. Sie lief zwischen den Betten hin und her und versuchte, alles im Blick zu behalten. Als um die Mittagszeit drei Kinder, darunter die Tochter von Emelie, komplikationslos zur Welt gekommen waren, atmete sie erleichtert auf. Bei einer der Frauen würde es voraussichtlich noch mindestens zwei Stunden dauern.

„Zeit für einen Kaffee“, sagte Klara. Ilma nickte und folgte ihr in die kleine Küche. Klara hatte bereits die Kaffeemaschine eingeschaltet, als Ilma das zischende Geräusch vernahm, wurde ihr plötzlich schwindlig. Wie in ihrem nächtlichen Traum sah sie Nebelschwaden auf sich zu wallen. Ihr Blickfeld schrumpfte in Windeseile auf einen winzigen Punkt zusammen, unmittelbar darauf wurde es dunkel um sie her.

„Ilma, Ilma, was ist los?“ Klaras Stimme schien von weither zu kommen. Ilma öffnete die Augen, sie sah die Leuchtstoffröhren an der Decke über sich. Unter ihren Händen spürte sie die Fliesen des Bodens, auf dem sie lag. Ihr war entsetzlich kalt.

„Es ist nichts weiter“, wollte Ilma sagen, doch die Worte waren kaum zu verstehen, ihre Zähne schlugen klappernd aufeinander.

Klara half ihr, sich aufzurichten. „Kannst du stehen? Schön langsam.“ Sie zog einen Stuhl heran. „Setz dich erst mal hin und atme tief durch.“

Klara überzeugte sich, dass Ilma sicher saß, dann füllte sie Wasser in ein Glas und reichte es ihr. Dankbar nahm Ilma es entgegen und leerte es in einem Zug.

„Wie geht es dir jetzt?“, fragte Klara.

„Alles wieder in Ordnung.“ Ilma versuchte zu lächeln.

„Das glaubst du ja wohl selbst nicht. Man klappt nicht ohne jeden Grund einfach zusammen. Wir gehen jetzt gemeinsam rüber auf die Innere und du lässt dich durchchecken. Danach sehen wir weiter.“

Gegen Klaras resolute Art hatte Ilma keine Chance. Wenigstens konnte sie durchsetzen, sich nicht auf einer Trage, sondern auf ihren eigenen Füßen dorthin zu begeben. Klara stützte und beobachtete sie auf dem gesamten Weg mit Argusaugen. Ergeben ließ Ilma danach sämtliche Untersuchungen über sich ergehen. Dr. Wilander, ein älterer Arzt, der sich ihrer sofort angenommen hatte, machte seine Sache gründlich. Ilma schätzte ihn wegen seiner gelassenen und humorvollen Art.

„Kein Grund zur Beunruhigung“, sagte er jetzt und steckte das Stethoskop zurück in seine Kitteltasche. „Das sieht nach Überarbeitung in Verbindung mit einem beginnenden Infekt aus.“

„Ich musste mich heute Nacht übergeben.“ Ilma streifte ihr T-Shirt über. „Aber danach schien alles wieder in Ordnung zu sein.“

„Da kann man sich täuschen. Dein Körper ist offenbar noch nicht fertig damit und verlangt nach Ruhe. Du solltest jetzt nach Hause gehen und dich hinlegen. Kann dich jemand begleiten?“

„Ich bin mit dem Auto hier, das schaffe ich schon allein.“

„Das solltest du besser nicht versuchen“, hörte sie die Stimme von Knut und wunderte sich, wo er plötzlich herkam. Klara, die sich zurück auf die Entbindungsstation begeben hatte, musste ihn beauftragt haben, sich um sie zu kümmern.

Knut wandte sich an Dr. Wilander. „Ich habe gleich Mittagspause, da ist es doch sicher in Ordnung, wenn ich Ilma schnell nach Hause fahre. Darf ich?“

Der Arzt schmunzelte. „Du darfst das nicht nur, ich beauftrage dich ausdrücklich damit. Und dich Ilma, will ich für den Rest der Woche hier nicht mehr sehen. Erhole dich erst mal richtig.“

47.

Zu Hause legte sich Ilma im Wohnzimmer auf das Sofa. Sie schob sich ein Kissen unter den Kopf und deckte sich mit einer leichten Wolldecke zu. Auch wenn sie es nicht wahrhaben wollte, spürte sie eine tiefe Erschöpfung. Knut hatte es sich nicht nehmen lassen, sie bis in die Wohnung zu begleiten und ihr sogar noch Tee gekocht. Danach musste er zurück in die Klinik, doch auf der Schwelle hatte er gezögert. „Wenn du Hilfe brauchst oder einfach reden möchtest, ich habe immer für dich Zeit." Ein warmes Gefühl durchströmte Ilma, wenn sie daran dachte. Es tat gut, so einen Freund zu haben. Gern hätte sie tatsächlich mit ihm geredet, denn vieles, was in letzter Zeit geschehen war, verwirrte und verunsicherte sie zutiefst. Auch das Verhalten von Jörn gab ihr Rätsel auf. Verschwieg er ihr bewusst etwas, oder kämpfte er nur mit seinen eigenen Zweifeln und Ängsten und wollte sie nicht damit belasten? Irgendwann schlief sie über diesen Gedanken ein und schreckte hoch, als Jörn plötzlich vor ihr stand und sie ansprach.

„Ilma? Wieso bist du schon hier und liegst auf dem Sofa? Bist du krank? Ich habe dir doch heute Morgen gesagt, du sollst besser zu Hause bleiben."

Ilma blinzelte verschlafen. „Wie spät ist es eigentlich?"

„Gleich drei." Demnach hatte er heute ebenfalls früher Schluss gemacht. Ilma kam nicht dazu, ihn nach dem Grund zu fragen, denn er redete sofort weiter. „Warst du bei einem Arzt? Hast du dich krankschreiben lassen?"

Ilma berichtete von der Untersuchung durch Dr. Wilander, spielte ihren Zusammenbruch aber herunter. „Mir war wieder übel und weil es zeitlich gerade passte, habe ich mich kurz durchchecken lassen. Wilander meinte, ich hätte mir einen Virusinfekt eingefangen, der gerade umgehen würde. Ich bin für den Rest der Woche krankgeschrieben. Das ist ärgerlich, aber natürlich auch vernünftig, schließlich will ich niemanden anstecken."

„Das ist gut, das ist sehr gut." Jörn setzte sich zu Ilma auf die Sofakante, sah sie aber nicht an, sein Blick ging ins Leere. Ilma wollte ihn fragen, ob er sich auch krank fühle und deshalb früher Schluss gemacht habe, doch wieder kam sie nicht dazu. Er drückte ihre Hand und als er nun weitersprach, tat er das mit großer Eindringlichkeit.

„Du wirst nicht nur für den Rest der Woche zu Hause bleiben, sondern sofort im Anschluss deinen Urlaub antreten, den du schon mehrfach verschoben hast. Das kann man dir jetzt unmöglich verweigern. Ich mache die Praxis ebenfalls zu. Und spätestens am Wochenende treten wir eine Reise an, auf der du dich richtig erholen kannst. Vielleicht können wir sogar früher losfahren. "

„Geht es um den Urlaubsplan, den du schon heute beim Frühstück angedeutet hast?" Ilma setzte sich ein wenig auf.

„So ist es. Ich hatte ohnehin vor, das mit dir zu besprechen. Wir machen diesmal genau das, was du dir immer gewünscht hast, wir nehmen eine ruhige Auszeit mitten in der Natur. Nach den Ereignissen der vergangenen Wochen brauchen wir das beide, vor allem du. Mir ist nicht entgangen, wie erschöpft du bist."

Auch Jörn wirkte abgekämpft, er war blass und hatte an Gewicht verloren. Im hellen Licht, das vom Fenster hereinfiel, traten die Züge seines schmalen Gesichts schärfer als sonst hervor. Die grauen Augen hinter den Brillengläsern lagen tief in den Höhlen. Ilma fand, er habe Erholung nicht weniger nötig als sie.

„Und wo wollen wir hinfahren?", fragte sie. „Wir müssen doch im Land bleiben, wegen der Erreichbarkeit für die Polizei."

„Das haben wir auch vor. Wir fahren nicht mal allzu weit weg, nur nach Värmland. Es ist ein Vorteil, die urwüchsige Natur fast vor der Haustür zu haben."

Nun war das schon immer die Meinung von Ilma gewesen, nur hatte Jörn diese bisher nicht geteilt. Stets hatte es ihn im Urlaub in die Ferne gezogen, je weiter weg und je exotischer das Reiseziel war, umso besser. Vermutlich war sein Meinungsumschwung nur den Umständen geschuldet und würde nicht von Dauer sein.

„Wir werden direkt im Wald in einer Jagdhütte wohnen“, fuhr Jörn fort. „Hütte ist eigentlich untertrieben, das Haus verfügt über jede Menge Komfort. Es gibt dort eine moderne Sauna, einen Whirlpool und einen See direkt vor der Tür. Es wird uns an nichts fehlen.“

Jörn klang wie der Mitarbeiter eines Tourismusunternehmens, der einem zögerlichen Kunden etwas aufzuschwatzen versuchte. Ilma begann sich angesichts seiner Schwärmerei zu fragen, ob es irgendeinen Haken gab.

„Wo genau befindet sich das Haus?“, fragte sie, um Zeit zu gewinnen.

„Der nächste größere Ort ist Ekshärad, bis dahin sind es etwa zehn Kilometer.“

„Das Haus liegt demnach recht einsam.“ Es war nur eine Feststellung von Ilma. Eigentlich war ihr das ganz recht, nur schien Jörn es anders aufzufassen.

„Wir werden nicht völlig allein sein“, sagte er. „Tessa wird ebenfalls dort wohnen.“

Die darauffolgende Stille schien den ganzen Raum zu füllen. Jörn wartete sichtlich angespannt auf eine Reaktion von Ilma, die nicht fassen konnte, was sie gerade gehört hatte. Wollte Jörn ihr das allen Ernstes vorschlagen?

„Heißt das, wir verbringen unseren Urlaub gemeinsam mit Tessa in einer Hütte?“, fragte sie mühsam beherrscht.

„Nein, natürlich nicht.“ Jörn holte tief Luft und setzte zu einer Erklärung an, in die er erneut seine ganze Überzeugungskraft legte. „Das Haus gehört Tessa. Sie hat uns angeboten, unentgeltlich dort zu wohnen.“

Ilma konnte ein verwundertes Schnauben nicht unterdrücken. Seit wann waren die Kosten für Jörn ein Kriterium bei der Auswahl seiner Urlaubsziele? Sonst konnten die von ihm ausgewählten Reisen doch nicht exklusiv und teuer genug sein. Er merkte wohl selbst, wie unpassend das Argument war, und

schränkte die Arme vor der Brust und schaute ihn herausfordernd an.

Er lachte verlegen. „Ich finde einfach, es geht niemanden etwas an. Deinem Verehrer Knut traue ich übrigens tatsächlich zu, mal eben in der Nähe vorbeizuschauen, um einen Blick auf dich zu erhaschen.“

Ilma schüttelte verärgert den Kopf. „Hör auf, mich für dumm zu verkaufen, Jörn. Du und Tessa, ihr habt diesen Ort nicht der Ruhe wegen ausgewählt. Ihr wollt euch verstecken und ihr wisst auch vor wem. Nur ich soll wie ein ahnungsloses Gänschen hinter euch herwatscheln. Aber dieses Spiel mache ich nicht mit. Entweder du schenkst mir reinen Wein ein oder du kannst allein mit Tessa verreisen. Ich bleibe hier.“

„Ilma, um Himmels willen, was unterstellst du mir da? Hältst du mich für derart unehrlich und hintertrieben?“ Seine Bestürzung wirkte so echt, dass Ilma unsicher wurde. Doch sie wollte nicht zu schnell nachgeben. Sie hielt seinem Blick stand, bis er laut seufzte, den Kopf senkte, seine Brille abnahm und sie umständlich putzte. Als er sie wieder aufsetzte, wirkte er verletzlich.

„Es ist nicht so, wie du denkst“, sagte er. „Natürlich sind Tessa und ich verunsichert. Wir waren vier Freunde, die sich jedes Jahr trafen. Zwei von uns wurden innerhalb kurzer Zeit umgebracht, das sieht nicht gerade nach einem Zufall aus. Die Polizei hat keine Ahnung, wer dahintersteckt, und bevor der Täter nicht gefasst ist, müssen Tessa und ich uns fragen, ob wir ebenfalls auf irgendeiner Todesliste stehen.“

„Ihr habt wirklich keine Vermutung, wer es auf euch abgesehen haben könnte?“

„Nicht im Geringsten, das musst du mir glauben. Wenn wir es wüssten, weshalb sollten wir es dann verschweigen? Das macht doch keinen Sinn. Je eher die Polizei den Täter fasst, umso besser für uns. Im Moment leiden wir genug unter der Situation. Nicht nur, dass wir selbst um unsere Sicherheit fürchten müssen, man hat uns sogar verdächtigt und tut es immer noch.“

Ilma nickte. Sie dachte an die unangenehmen Fragen, denen sie sich stellen musste, an den Verdacht, sie wäre eifersüchtig auf Svea gewesen. Man hatte ihr sogar unterstellt, das Schlafmittel in die Getränke gemischt zu haben, nur weil sie bei ihrer Arbeit

Zugang zu dem Medikament hatte. Erst durch den Tod von Elias Beck, mit dem sie nachweislich nichts zu tun hatte, war sie aus dem Fokus der Ermittlungen gerückt. Dafür schien sich das Interesse der Polizei nun auf Tessa zu konzentrieren.

„Die Polizei verdächtigt uns beide nicht mehr“, sagte sie. „Zwar hätten wir rein theoretisch die Möglichkeit gehabt, Svea umzubringen, nicht aber Elias. Und wie es aussieht, hängen die Fälle zusammen.“

Jörn griff erneut nach ihrer Hand, diesmal zog Ilma sie nicht weg. „Es geht nicht nur darum, was die Polizei denkt, Ilma. Die Spekulationen und Gerüchte, die inzwischen in Umlauf sind, setzen uns ebenfalls zu. Der Partner, mit dem Tessa schon seit Jahren ein Architekturbüro betreibt, will sich plötzlich von ihr trennen, weil er sich um seinen Ruf sorgt. Mir sagen Patienten unter fadenscheinigen Gründen ab. Eine Frau wollte sich neulich keine Betäubungsspritze von mir geben lassen. Eine andere erkundigte sich ganz ungeniert, ob es stimmen würde, dass ein Patient unmittelbar nach der Behandlung bei mir verstorben sei. Wenn das so weitergeht, kann ich die Praxis bald dichtmachen. Die Leute fürchten, von mir umgebracht zu werden. Daran ist auch die schwammige Informationspolitik der Polizei schuld. Wir wissen nicht mal, woran Svea und Elias eigentlich gestorben sind. Nur von einer Vergiftung ist nebulös die Rede. Darunter kann man sich vieles vorstellen.“

„Das wusste ich nicht, warum hast du mir nichts davon gesagt?“

„Weil ich dich nicht noch mehr aufregen und beunruhigen wollte. Aber nun verstehst du vielleicht, warum ich von all dem so weit wie möglich weg sein möchte, wenigstens für einige Zeit. Wenn wir Glück haben, findet die Polizei währenddessen eine Spur zum Täter und wir können unser unbeschwertes Leben wieder aufnehmen.“

Nichts wünschte Ilma sich sehnlicher, nur eine Frage quälte sie immer noch. „Wenn der Grund für die Taten in der gemeinsamen Vergangenheit von Svea, Tessa, Elias und dir zu suchen sein könnte, dann müsst ihr doch wenigstens eine Vermutung haben.“

„Glaubst du, wir haben nicht schon darüber nachgedacht?“ Jörn ließ seinen Blick weg von Ilma aus dem Fenster wandern. „Irgendwo da draußen ist ein Verrückter. Wahrscheinlich spielt sich das alles nur in seinem Kopf ab. Das ist wie mit den Amokschützen, die eines Tages mit einem Schnellfeuergewehr in ihre alte Schule eindringen und alles zusammenschießen, was sich ihnen in den Weg stellt. Wie soll man als normal denkender Mensch auf so etwas kommen? Alles, was wir im Moment tun können, ist gut auf uns achtgeben und die Polizei ihre Arbeit machen lassen. Das Grübeln bringt uns nicht weiter. Außerdem sollten wir jetzt losfahren."

Ilma nickte. Jörns Argumentation klang vernünftig und vielleicht würde der Urlaub ganz erholsam werden. Mit der Anwesenheit von Tessa musste sie sich irgendwie arrangieren, schließlich wollte Ilma nicht herzlos sein.

49.

Es lief einfacher als gedacht, Ilmas Urlaubsantrag wurde sofort bewilligt und ihre Kolleginnen redeten ihr zu.

„Wenn du heute nicht gekommen wärst, hätte ich dich angerufen und dir genau das vorgeschlagen“, sagte Klara. „Anfang der nächsten Woche kehren zwei Kolleginnen aus dem Urlaub zurück, dann geht es hier wieder etwas entspannter zu. Für dich wird es höchste Zeit, wenn du noch einen Hauch von Sommer genießen willst, schon bald dürfte es damit vorbei sein. Außerdem brauchst du dringend Erholung. Habt ihr schon etwas geplant?“

„Jörn will ein Sommerhaus mieten, wo, das haben wir noch nicht entschieden.“

„Ihr werdet schon das Passende finden, einen schönen Urlaub wünsche ich dir.“

Eigentlich hätte Ilma nun zu Jörn zurückkehren können, der unten auf dem Parkplatz auf sie wartete. Doch sie wollte nicht für mehrere Wochen verschwinden, ohne sich von Knut verabschiedet zu haben, der sich erst neulich wieder so rührend um sie gekümmert hatte. Zum Glück wusste Jörn nichts davon, es hätte nur wieder zu Diskussionen mit ihm geführt. Sie ging hinüber zur Inneren, wo sie Knut auf dem Gang mit einer der Reinigungskräfte in ein Gespräch vertieft antraf. Als er Ilma sah, verzog er das Gesicht zu einem erfreuten Lächeln. Die Frau, die einen blauen Kittel und ein buntes Kopftuch trug, drehte sich ebenfalls um, ihre Augen hinter den großen Brillengläsern schauten erschrocken. Hastig griff sie nach ihrem Putzwagen und

schlecht über die beiden riesigen Kühlboxen, die er in die Küche stellte und die sie noch nie zuvor gesehen hatte.

„Was hast du denn da alles drin?“, fragte sie.

„Lauter leckere Sachen für unsere Verpflegung. Wir wollen schließlich auch im Urlaub gut leben.“

„Aber wir können doch zwischendurch sicher in Ekshärad einkaufen?“

„Nicht, wenn es sich vermeiden lässt. Das wäre vergeudete Urlaubszeit.“ Jörn wollte locker klingen, doch seine Hände, die fahrig an seiner Jacke nestelten, verrieten seine Nervosität. Ilma kam plötzlich alles entsetzlich falsch vor, warum tat Jörn noch immer so, als würden sie einen ganz normalen Urlaub antreten? Sein Plan musste schon lange festgestanden haben und ihre Einwilligung hatte er stillschweigend vorausgesetzt. Die Kühlboxen sprachen für eine sorgfältige Vorbereitung.

„Müssen wir der Polizei nicht mitteilen, wohin wir fahren werden?“, fragte sie.

„Das ist nicht nötig, schließlich wollen wir das Land nicht verlassen und sind telefonisch erreichbar. Wenigstens diesen Rest an Normalität kann man uns nicht nehmen.“

Ilma fand, die Situation war alles andere als normal. Nur Knut wusste, wohin sie fahren wollten. Plötzlich bekam dieser Gedanke etwas Tröstliches für sie.

50.

Värmland heute

Sie waren am frühen Morgen losgefahren und seit gut drei Stunden unterwegs. Weit konnte es bis zu ihrem Ziel nicht mehr sein. Der Schotterweg, auf dem sie jetzt fuhren, war uneben und kleine Steinchen spritzen gegen die Windschutzscheibe. Jörn fluchte leise und nahm den Fuß vom Gaspedal. „Irgendwo hier links muss die Abzweigung sein“, sagte er. „Die dürfen wir nicht verpassen. Tessa sagte, wir sollen auf den Wegweiser achten, der auf die Langlaufstrecke hinweist. Gleich dahinter wäre es dann.“ Links und rechts des Weges wucherte dichtes Gebüsch, unmittelbar dahinter erstreckte sich ein ausgedehntes Waldgebiet. Der Weg stieg jetzt ziemlich steil an, Ilma spähte angestrengt nach links.

„Da ist der Wegweiser“, sagte sie. „Dahinter scheint eine Lücke zwischen den Büschen zu sein, die kommt mir aber recht schmal vor“, sagte sie. „Es gibt auch keinen Hinweis auf einen Weg.“

„Trotzdem, das könnte die Abzweigung sein.“ Jörn lenkte den Wagen scharf nach links und zwängte ihn durch die Lücke. Mit einem kreischenden Geräusch, das Ilma durch Mark und Bein ging, kratzten Zweige über den Lack. Auch auf den nächsten Metern wurde der Weg nicht besser, als Ilma schon vorschlagen wollte umzukehren, sah sie ein Dach hinter den Bäumen auftauchen.

„Na also, wir haben es gefunden“, murmelte Jörn zufrieden. Er schlug das Lenkrad nach rechts ein und kurz darauf hielten sie vor einem aus drei Gebäuden bestehenden Ensemble. Alle drei Häuser waren in einem dunklen Grauton gestrichen, was ihnen ein düsteres Aussehen verlieh. Direkt dahinter erhob sich die undurchdringliche Wand des Waldes, die hohen Bäume warfen ihre Schatten über den Platz und schienen alles Licht aus der Umgebung aufzusaugen. Das Wasser des kleinen Sees, an den die Anlage seitlich grenzte, schimmerte tiefschwarz. Ein Frösteln überlief Ilma.

Eine schlanke Gestalt trat aus dem mittleren Haus und kam eifrig gestikulierend auf sie zugelaufen. Tessa Beck trug einen olivgrünen Overall und hatte ihr Haar zu einem Knoten frisiert. Beinahe hätte Ilma sie nicht erkannt. Jörn ließ das Fenster auf seiner Seite herunter und Tessa beugte sich zu ihm herab. „Du kannst da drüben parken, hinter dem Schuppen“, sagte sie.

Jörn nickte und fuhr zu dem ihm zugewiesenen Platz, wo bereits ein schwerer Jeep stand.

„Wem gehört der denn?“, fragte Ilma verwundert.

„Das ist einer der Wagen von Elias, Tessa wird damit hierhergekommen sein.“ Gleich darauf bekamen sie von Tessa die Bestätigung. Sie reichte Jörn eine Plane. „Wenn ihr ausgepackt habt, kannst du deinen Wagen damit abdecken“, sagte sie. „Das Wetter schlägt schnell um, es kann auch mal Hagel geben.“ So einleuchtend die Erklärung klang, keimte in Ilma doch die Vermutung auf, es ging Tessa eher darum, den Wagen zu tarnen. Doch wer um alles in der Welt sollte sie hier suchen und finden? Die Abgeschiedenheit, nach der sie sich gesehnt hatte, wirkte jetzt erdrückend auf Ilma. Schweigend machte sie sich mit Jörn daran, das Gepäck auszuladen. „Ihr habt die rechte Hütte“, sagte Tessa. „Die Lebensmittel kommen ins Haupthaus, in der Küche gibt es eine Tiefkühltruhe und einen großen Kühlschrank.“

Jörn griff nach den Kühlboxen und überließ es Ilma und Tessa, die Koffer in die Hütte zu bringen. Tessa ging voran und stieß die Tür auf. Durch die kleinen Sprossenfenster fiel kaum Licht, es war schummrig wie in einer Höhle. Ilma erkannte ein großes Doppelbett, einen Schrank und einen kleinen Tisch mit zwei Stühlen. „Das Bad ist hier.“ Tessa öffnete seitlich eine Tür und Ilma war überrascht von der Geräumigkeit und Ausstattung des Raumes. Neben einer Dusche und einem Waschbecken gab es eine großzügig dimensionierte Wanne. Die Toilette war durch eine halbhohe Wand vom Rest des Raumes abgetrennt. Weitere Zimmer existierten nicht, die Hütte bestand offensichtlich nur aus dem Schlafraum und dem Bad.

„Gibt es hier irgendwo einen Wasserkocher oder eine Kaffeemaschine?“, fragte Ilma.

„Das findest du alles im Haupthaus, dort ist die Küche.“

Ilma seufzte innerlich. Es sah ganz danach aus, als würde es mit dem privaten Rückzug doch nicht klappen wie gedacht. Man würde die Mahlzeiten wohl gemeinsam einnehmen. Oder sich bei der Zubereitung zumindest ständig über den Weg laufen.

„So, alles verstaut.“ Jörn steckte den Kopf zur Tür herein. „Gleich ist Mittagszeit, wollen wir uns was zum Essen machen?“ Er schien im Gegensatz zu Ilma bereits völlig auf das gemeinsame Arrangement eingestellt zu sein.

„Klar, gehen wir es an.“ Tessa folgte Jörn und Ilma blieb nichts weiter übrig, als sich ihnen anzuschließen. Das Haupthaus betrat man durch einen Windfang, der in einen relativ großen Raum führte.

„Das hier ist das Jagdzimmer, wie man unschwer erkennt.“ In Tessas Tonfall schwang eine gehörige Portion Ironie mit. Die Zimmerwände waren mit dunklem Holz getäfelt. Darauf reihten sich dicht an dicht Trophäen aneinander. Die präparierten Köpfe von Hirschen, Rehen, Dachsen und mehreren Elchen starrten aus glasigen Augen auf die Betrachter hinab. Sogar ein Wolf war darunter, den Rachen wie zu einem letzten stummen Schrei weit aufgerissen. Ilma musterte die geschmacklose Zurschaustellung von Tierleichen mit Schaudern.

„Beachtlich, da fehlt nur ein Bär.“ Jörn gab sich beeindruckt.

Tessa machte eine wegwerfende Handbewegung. „So groß war der weidmännische Ehrgeiz von Elias gar nicht. Das meiste von dem Zeug hier hat er wohl einfach gekauft. Er und seine Freunde sind vor allem zum Feiern und Saufen hergefahren. Ich war nie dabei.“

Sie zeigte Ilma und Jörn den Rest des Hauses, die moderne Küche, die Sauna und den Whirlpool. Im Obergeschoss gab es zwei Schlafzimmer, in einem der beiden war das Bett bezogen. „Ich habe mich hier einquartiert“, sagte Tessa. „Wenn es euch lieber ist, könnt ihr gern das zweite Zimmer nebenan beziehen, nur müssten wir uns in dem Falle das Bad teilen.“

„Nein, es ist in Ordnung so, wir bleiben in der Gästehütte“, sagte Jörn. Ilma nickte zustimmend. Es würde ihr nicht gefallen, noch näher mit Tessa zusammenzurücken.

Gemeinsam bereiteten sie danach das Essen zu und deckten den Tisch im Jagdzimmer. Das Kartoffelpüree kam praktischerweise aus der Tüte, die Fleischklößchen wurden in der Mikrowelle aufgewärmt, nur das Preiselbeerkompott war frisch zubereitet. Ilma verspürte nicht den geringsten Appetit. Von ihrem Platz schaute sie direkt in die toten vorwurfsvollen Augen einer Hirschkuh und plötzlich glaubte sie, einen leichten Verwesungsgeruch wahrzunehmen. Sie sprang auf und presste die Hand auf den Mund. Einen Moment schwankte sie und fürchtete zu fallen, doch Jörn war bereits neben ihr und stützte sie.

„Was hast du, ist dir schlecht?“

Ilma hielt sich an ihm fest. „Entschuldigt, ich habe einen Infekt, der ist wohl noch nicht vorbei. Ich lege mich besser hin.“

Jörn begleitete sie in ihre Hütte und wartete, bis sie im Bett lag. Er deckte sie sorgsam zu und versprach, ihr gleich Tee zu bringen. Doch bevor er damit zurückkam, war Ilma bereits eingeschlafen. In ihrem Traum sah sie zahllose Augen, die sie durch die Wände hindurch beobachteten.

51.

Göteborg heute

Sven hatte Zimtschnecken mitgebracht. Es war sein letzter Arbeitstag vor dem Urlaub.

„Ich werde es erst richtig glauben, wenn wir dort angekommen sind“, sagte er gerade. „Eigentlich rechne ich stündlich damit, es könnte noch etwas dazwischenkommen.“

„Unsinn, du fährst auf jeden Fall“, sagte Rurik. „Hier versäumst du nichts. Wir ackern uns mit aller Verstärkung, die uns zur Verfügung steht, durch das Umfeld von Ingrid Oldman, Svea Helvig und Elias Beck. Irgendwo müssen wir doch auf einen Hinweis stoßen, wer ein Interesse am Tod der drei Personen gehabt haben könnte.“

„Na ja, Hinweise gibt es eine Menge“, gab Alva zu bedenken, „nur passt leider keiner zu der Komplexität des Falles. Sie betreffen vor allem Beck, nicht aber Helvig. Beck hatte keine weiße Weste, er ging bei seinen Geschäften sehr skrupellos vor und hat manchen Konkurrenten auf geradezu kriminelle Weise ausgeschaltet.“

„Man muss sich wundern, wie er damit durchkommen konnte.“ Jördis rührte nachdenklich in ihrem Kaffee. Sie hatte alle Diätpläne über Bord geworfen und trank ihn wie früher mit reichlich Zucker.

„Beck hatte einflussreiche Freunde und er hat es verstanden, sie mit Gefälligkeiten an sich zu binden. Da dürfte eine Menge Schmiergeld geflossen sein und es gab sogenannte Herrenabende mit kleinen Extras.“

„Koks und Nutten“, ergänzte Sven trocken. „Nennen wir das Kind ruhig beim Namen.“

„Gehörte Lucas Edman, der Verlobte von Svea Helvig, auch zu diesem illustren Kreis?“, fragte Jördis.

Alva schüttelte energisch den Kopf. „Nein, definitiv nicht. Das haben wir gründlich überprüft. Edman stand unter der Fuchtel seiner Verlobten, die hätte keine Eskapaden geduldet. Ganz anders Tessa Beck, der scheint es so ziemlich egal gewesen zu sein, was ihr Mann trieb. Ihre kühle Reaktion auf seinen Tod ist bezeichnend dafür.“

„Sie wäre die ideale Täterin“, sagte Sven fast wehmütig. „Schade, dass ihr nichts nachzuweisen ist. Die Observierung hat keine Anhaltspunkte ergeben.“

Rurik nickte und zog ein bekümmertes Gesicht. „Wir mussten sie einstellen, unsere personellen Möglichkeiten gaben es einfach nicht mehr her. Und die Telefonüberwachung wurde nicht genehmigt, weil unsere Verdachtsmomente gegen sie nicht ausreichen.“

Sven seufzte. „Ich würde entspannter in den Urlaub fahren, wenn wir den Fall vorher gelöst hätten.“

„Sieh es positiv, die Arbeit wartet hier auf dich, bis du zurückkommst.“ Rurik nutzte die Gunst der Stunde und angelte sich seine dritte Zimtschnecke vom Teller. Seine Lebensgefährtin Märta wachte daheim streng über eine gesunde Ernährung. „Wir werden vermutlich kein Stück weiter sein, wenn du aus dem Urlaub zurückkommst. Dann kannst du dich erholt und mit frischem Elan auf den Fall stürzen.“ Wie zur Bekräftigung biss Rurik genussvoll in das Gebäckstück.

„Aber nur, wenn in der Zwischenzeit nicht schon wieder etwas Neues passiert.“

„Nun male den Teufel nicht an die Wand.“ Rurik winkte ab. „Irgendwie scheinen im Moment sogar die Banden Rücksicht auf uns zu nehmen und machen keinen Stress. Keine Schießerei in den letzten Wochen, man könnte fast annehmen, die sind auch gerade alle im Urlaub.“

„In Malmö gab es einen Vorfall“, sagte Alva, „das kam vorhin gerade rein. Ein älterer Mann wurde auf offener Straße aus einem Hinterhalt niedergeschossen. Es gibt keine Zeugen. Aber man vermutet, er könnte ein Zufallsopfer sein und der Schuss hatte in Wirklichkeit jemand anderem gegolten."

Rurik stieß einen leisen Fluch aus. Immer wieder gerieten Unbeteiligte zwischen die Fronten brutal ausgetragener Bandenkriege. Ein Junge war gestorben, als jemand eine Handgranate durch das Fenster einer Wohnung im Erdgeschoss geworfen hatte. Mehrere Personen waren durch Schüsse verletzt worden, weil sie sich zufällig am falschen Ort aufgehalten hatten.

„Zum Glück müssen wir uns nicht darum kümmern, das ist Sache der Kollegen in Malmö", sagte Jördis. „Hoffen wir, dass es bei uns noch eine Weile ruhig bleibt. Lasst uns jetzt mal das Thema wechseln und über den Urlaub von Sven reden. Freuen sich deine beiden Jungen schon?"

„Und wie." Sven fuhr sich mit der Hand über den Mund, um die Zuckerkrümel abzuwischen. „Die sind richtig heiß darauf. Vor allem seit sie gehört haben, da oben soll es in den Wäldern Bären, Wölfe und Luchse geben. Gundel ist davon weniger begeistert, wie ihr euch sicher vorstellen könnt."

„Ihr werdet garantiert keinen von denen zu Gesicht bekommen." Rurik winkte ab. „Die sind extrem scheu und gehen Menschen aus dem Weg. Besonders dann, wenn diese in Rudeln laut schnatternd und singend durch die Gegend wandern. Aber mit etwas Glück könnt ihr Elche in freier Wildbahn beobachten. Um den anschließenden Aufenthalt am Rattsjön beneide ich euch richtig. Das ist ein derart fischreicher See, da springen die Fische nach dem Köder, noch bevor du ihn ins Wasser getaucht hast." Rurik klang wehmütig, wegen der aktuellen Mordfälle hatte er seinen geplanten Angelurlaub in Norwegen absagen müssen.

„Du kannst uns ja da oben besuchen kommen", schlug Sven vor.

„Das werde ich schön bleiben lassen, du sollst alles, was mit der Arbeit zu tun hat, mal komplett ausblenden." Rurik schaute auf sein Handy. „Übrigens hast du schon seit einer Stunde Feierabend, also jetzt ab nach Hause und einen schönen Urlaub."

„Auf den gleich hinter dem Haus, die ganze Gegend hier ist hügelig."

Ilma nickte. Das Haus lag im Schatten der dicht bewachsenen Hügelkuppe, deshalb wirkte der Wald so gewaltig und bedrohlich, die Bäume schienen bis in den Himmel zu wachsen und die Gebäude davor zu erdrücken.

„Übrigens finde ich es ganz praktisch, mal nicht ständig erreichbar zu sein", sagte Jörn. „Für dich ist das ebenfalls wichtig, sonst schaffst du es nicht, richtig abzuschalten."

„Aber sollten wir nicht für die Polizei erreichbar sein?"

„Ich glaube nicht, dass sie uns noch einmal behelligen werden. Wir haben alles gesagt, was wir wussten, und sie haben das inzwischen garantiert überprüft. Und falls sie doch mit uns reden wollen, sehen wir die Nachricht immer noch rechtzeitig. Wir sind nicht verdächtig, da müssen wir nicht gleich springen, wenn man uns ruft. Wenigstens im Urlaub dürfen wir doch wohl unsere Ruhe haben."

Jörn warf die Bettdecke zur Seite und sprang aus dem Bett. Ilma folgte ihm ins Bad, während er duschte, putzte sie sich die Zähne. Sie hatte einen bitteren Geschmack im Mund und ihre Zunge fühlte sich pelzig an. Jörn war vor ihr fertig und kündigte an, schon mal nachschauen zu wollen, ob Tessa aufgestanden war. Er kam nicht zurück und Ilma ließ sich mit ihrer Morgentoilette Zeit. Als sie schließlich die Jagdhütte betrat, waren Tessa und Jörn mit dem Decken des Frühstückstisches fast fertig. Tessa trug an diesem Morgen eine weite dunkle Hose und eine cremefarbene Bluse. Sie musterte Ilma mit einem kritischen Blick. „Geht es dir besser?"

„Ja, alles in Ordnung", sagte Ilma munterer, als sie sich fühlte. Bei der Aussicht, die Mahlzeit erneut in diesem Leichenschauhaus einnehmen zu müssen, zog sich ihr Magen zusammen. Sie musste versuchen, für die kommenden Tage eine andere Lösung zu finden. Zunächst einmal riss sie sich jedoch zusammen und vermied es, den Blick beim Essen auf die toten Tiere an den Wänden zu richten. Es funktionierte besser als gedacht.

„Wir können heute Nachmittag die Sauna anheizen", schlug Tessa vor.

„Ja, das ist eine gute Idee“, stimmte Jörn sofort zu. Ilma ärgerte sich über den Eifer, mit dem er jeden Vorschlag von Tessa aufgriff.

„Ich glaube, ich habe heute keine Lust darauf“, sagte sie. „Viel lieber würde ich einen Spaziergang unternehmen, um die Gegend ein wenig zu erkunden.“

Tessa runzelte die Stirn. „Davon würde ich dir abraten. Das ist hier keins von den ausgewiesenen Wandergebieten, wo du an jedem zweiten Baum eine Wegmarkierung findest. Hier kann man sich ganz schnell verlaufen.“

„Außerdem würden ein paar Saunagänge dir sicher guttun“, sekundierte Jörn eifrig. „Nichts kann einen beginnenden Infekt besser ausbremsen.“

„Ich fühle mich zu angeschlagen, um in die Sauna zu gehen.“ Ilma goss sich Kaffee nach. Die innere Anspannung bewirkte, dass ihre Hand leicht zitterte. Zum Glück schien es niemandem aufzufallen.

„Gerade sagtest du noch, du würdest dich gut fühlen“, bemerkte Tessa spitz. „Aber wie du meinst, du musst es selbst wissen. Bist du dabei, Jörn? Wir können anschließend in den See springen.“

„Natürlich bin ich dabei. Wie heißt dieser See eigentlich?“

Tessa lachte. „Der hat keinen Namen. Bekanntlich gibt es hier in Värmland über 11 000 Seen, man kann unmöglich alle kennen. Viele der kleinen Seen sind namenlos. Und dieser See hier ist ein ganz kleiner, eher ein Wasserloch. Dafür ist er sehr tief, Elias pflegte zu behaupten, er habe keinen Grund. Das Wasser ist jedenfalls eiskalt und hervorragend zum Erfrischen nach einem Saunagang geeignet.“

Ilma unterdrückte ein Frösteln. Sie war eine gute Schwimmerin, mochte aber keine Gewässer, bei denen sie nicht wusste, was sich auf deren Grund befand. So bald würde sie sich nicht zum Saunieren überreden lassen.

„Jörn sagte, du kannst uns zeigen, wo man hier Handyempfang hat“, wechselte sie das Thema.

„Ja, später vielleicht.“

„Können wir das nicht gleich nach dem Frühstück machen?“

Tessa warf ihr einen vorwurfsvollen Blick zu. „Weshalb diese Eile? Wir müssen dazu auf einem ganz schmalen Pfad durch den

Wald laufen, mit jeder Menge Unterholz rechts und links des Weges. In der Nacht hat es geregnet, ich habe keine Lust, klatschnass da oben anzukommen."

„Ich finde auch, es hat überhaupt keine Eile." Jörn griff nach Ilmas Hand. „Du musst endlich abschalten. Was für Nachrichten kannst du schon verpassen? Am Ende versucht man noch, dich aus dem Urlaub zurückzurufen, weil auf der Station wieder Not am Mann ist. Das solltest du besser gar nicht erst zur Kenntnis nehmen, schließlich hast du dich schon zweimal überreden lassen, deinen Urlaub zu verschieben. Ein drittes Mal wird es nicht geben und wenn ich dich hier festbinden muss."

Weder Jörn noch Tessa schienen ein Problem mit der Situation zu haben. „Wie ist Elias eigentlich damit klargekommen, hier in der Hütte kein Netz zu haben?", fragte Ilma. „Du sagtest, er hat hier Geschäftsfreunde getroffen. Das waren doch sicher Leute, die ebenfalls ständig erreichbar sein wollten."

Tessa verzog das Gesicht zu einem ironischen Lächeln. „Die waren im Gegenteil sehr froh darüber, mal nicht erreichbar zu sein. Vor allem nicht für ihre Ehefrauen. Und was das Geschäftliche anging, dafür hatten sie ihre Leute, die sich in der Zwischenzeit kümmerten. Wer wirklich wichtig ist, muss nicht ständig Gewehr bei Fuß stehen, das ist der wahre Luxus."

„Genau diesen Luxus leisten wir uns jetzt auch", sagte Jörn. Seine aufgesetzte Fröhlichkeit ging Ilma allmählich auf die Nerven, er schien die ganze Zeit eine Rolle zu spielen, die Rolle des unbekümmerten Urlaubers. Am liebsten hätte sie ihn angeschrien, er solle damit aufhören. Sie fragte sich, wie sie mehrere Wochen an diesem bedrückenden Ort aushalten sollte. Schweigend half sie Tessa anschließend, das Geschirr in die Küche zu räumen.

54.

Es gibt kein schlechtes Wetter, nur unpassende Kleidung. Das war schon immer die Maxime von Ilma gewesen. Trotz des anhaltenden Regens war es ihr gelungen, Jörn zu einer Wanderung zu überreden. Er, den es im Urlaub sonst regelmäßig in warme, sonnige Gefilde zog, hatte schließlich zugestimmt. Also waren sie in ihre Regenkleidung geschlüpft und liefen nun den Weg entlang, auf dem sie gestern mit dem Auto angekommen waren. Die Zweige der Büsche rechts und links hingen regenschwer herab, immer wieder mussten sie sie zur Seite schieben.

„Ich verstehe nicht, weshalb der Weg überhaupt nicht gepflegt ist. Nicht mal zu Fuß kommt man hier gut durch“, sagte Ilma. „Das muss Elias und seine Freunde doch auch gestört haben.“

„Ich denke, sie wollten es nicht anders haben“, erwiderte Jörn. „Niemand sollte sie hier so leicht finden. Das waren alles gestresste Leute, für sie war diese Abgeschiedenheit der pure Luxus.“

Sie waren inzwischen an dem Schotterweg angelangt, auf den der schmale Pfad mündete. Ilma zögerte. „Wollen wir wirklich auf dieser Straße langlaufen?“

„Das als Straße zu bezeichnen, ist ja nun wohl stark übertrieben“, murrte Jörn. „Wo willst du überhaupt hin?“

„Lass uns ein Stück zurückgehen, wenn ich mich nicht täusche, habe ich eine Abzweigung in den Wald gesehen.“

„Ich halte es für keine gute Idee, zwischen den Bäumen herumzukriechen. Weißt du nicht, was Tessa gesagt hat? Das ist hier kein ausgewiesenes Wandergebiet, man kann sich verlaufen.

„Das ist mir jetzt echt zu blöd, hör sofort auf." Sie riss ihre Hand gewaltsam aus seiner, dabei streifte sie das Handy mit dem Arm und wischte es vom Tisch. Als sie es aufhob, war das Display von einem Spinnennetz aus feinen Rissen überzogen.

„Das tut mir leid, das wollte ich nicht", stammelte Jörn. „Ich habe das doch nicht böse gemeint, ehrlich nicht. Es ist nur, weil du in letzter Zeit überhaupt nicht mehr du selbst bist. Es ist einfach nur beängstigend, mitansehen zu müssen, wie du dich kaputtarbeitest. Und dann dein Zusammenbruch, ich mache mir große Sorgen um dich. Du musst versuchen abzuschalten, richtig abzuschalten Ilma. Ich will dir nur helfen."

Ilma hörte kaum zu. Ihr Magen rebellierte, sie kämpfte mühsam gegen die aufsteigende Übelkeit an. Nein, das war kein Infekt, der ihr zu schaffen machte. Sie drohte die Kontrolle über ihr Leben zu verlieren, sie wusste nicht mehr, was sie glauben sollte. Wollte Jörn sie tatsächlich nur schützen? Und ging es dabei lediglich um ihre Arbeit oder um sehr viel mehr? Ilma versuchte, ruhig und gleichmäßig zu atmen. Jörn entging ihr Zustand nicht. „Was ist los, ist dir wieder schlecht? Ich habe doch gesagt, es könnte zu anstrengend für dich werden. Was machen wir jetzt?"

„Kein Grund zur Panik, wir gehen jetzt ganz entspannt zurück. Mir geht es gut." Ilma hatte sich wieder gefangen. Sie wollte zurück in ihre Hütte und in Ruhe über alles nachdenken. Sollte Jörn Tessa ruhig in der Sauna Gesellschaft leisten, ihr war es recht. Wenn sie allein war, hatte sie die besten Ideen, das war schon immer so gewesen.

55.

Jetzt sprangen sie schon zum dritten Mal in den See. Ilma hatte das Fenster einen Spaltbreit geöffnet, sie hörte das Platschen und die Stimmen von Tessa und Jörn. Wie viele Saunagänge sie wohl noch machen würden?

„Das war herrlich erfrischend." Tessa schien das Wasser schon wieder verlassen zu haben. „Ilma hat was versäumt. Was macht sie überhaupt?"

„Sie schläft, die Wanderung hat sie ziemlich angestrengt." Jörn senkte die Stimme, doch Ilma verstand ihn trotzdem. Die Akustik war hervorragend, als würde der Schall durch den umgebenden Wald zurückgeworfen werden. Die absolute Stille, die hier herrschte, trug ihr Übriges dazu bei.

„Was glaubst du, wie lange es dauern wird?", fragte Jörn.

„Schwer zu sagen, ich hoffe, es geht schnell. Die Polizei weiß jetzt zumindest Bescheid und wird ihre Arbeit machen. Wie lange es dauern wird, bis sie mit Ergebnissen an die Öffentlichkeit gehen, kann man nicht abschätzen. Aber irgendwas wird schon durchsickern, und das bekommen wir dann mit. Ich halte uns auf dem Laufenden."

„Und wenn sie nichts finden? Wenn er es nicht gewesen ist?"

Wenn wer was nicht gewesen ist? Ilma hielt unwillkürlich den Atem an. Was zum Teufel redeten die beiden da? Sie stand leise auf und schlich zum Fenster. Tessa und Jörn saßen nebeneinander auf dem Steg am See. Tessa hatte sich in einen Bademantel gewickelt, Jörn trug eine Jogginghose und einen Pullover. Als Tessa den Kopf bewegte und in ihre Richtung schaute, duckte Ilma sich schnell.

„Wer soll es sonst gewesen sein?“, sagte Tessa jetzt. „Niemand sonst kann ein Interesse daran haben. Schon damals hat er sich eingemischt und für die kleine Schlampe gelogen.“

„Hör auf, nenn sie nicht Schlampe!“ Jörn sprach sehr laut, worauf Tessa ein zorniges Zischen ausstieß.

„Mach nicht solchen Lärm und reg dich gefälligst ab. Natürlich war an den Gerüchten was dran. Wie sagt man so schön: Kein Rauch ohne Feuer. Wäre sie nicht mit älteren Kerlen ins Bett gegangen, wäre alles andere danach nicht passiert.“

„Willst du ihr jetzt etwa die Schuld geben?“ Jörn klang immer noch wütend.

„Sie selbst hat sich schuldig gefühlt, sonst hätte sie wohl nicht versucht, sich umzubringen. Eines steht zumindest fest: Sie kann nicht dahinterstecken. Ich nehme sogar an, sie ist nicht mehr am Leben. Hast du mal versucht, sie zu finden?“

Von Jörn war keine Antwort zu vernehmen, so angestrengt Ilma auch lauschte.

„Das kannst du mir nicht weismachen. Garantiert hast du nach ihr gesucht“, stichelte Tessa. „Du warst damals ganz schön in sie verknallt, gib es ruhig zu. Aber leider warst du nicht in der Altersgruppe, auf die sie nun mal stand. Ich habe versucht, sie ausfindig zu machen, doch es gibt nicht die geringste Spur von ihr.“

„Warum hast du nach ihr gesucht?“

„Warum? Das liegt ja wohl auf der Hand.“

„Sie wusste nichts.“

„Natürlich wusste sie nichts, sonst hätte sie es kaum für sich behalten. Weißt du, dass wir uns damals deinetwegen Sorgen gemacht haben? Dass du ihr gegenüber nicht dichthalten würdest? Elias und Svea haben das nicht für möglich gehalten, aber ich habe dich schon immer durchschaut. Zum Glück hattest du keine Gelegenheit dazu.“

„Wenn sie nichts wusste, woher sollte Karl es dann wissen?“, fragte Jörn.

„Schwierige Frage.“ Tessas Stimme kam jetzt ganz aus der Nähe, sie mussten auf dem Weg zurück zum Haus sein. „Möglicherweise hat die Oldman damals mehr gesehen, als sie zunächst erzählt hat. Karl hat gelogen, um die Kleine zu schützen, aber er muss geahnt haben, dass es anders gewesen ist. Er könnte später nachgeforscht haben und die Oldman hat schließlich geplaudert. Lass uns einfach abwarten. Die Polizei wird herausfinden, wie es zusammenhängt."

56.

„Ilma, was tust du da?“ Jörn stand in der Tür. Er starrte auf den offenen Koffer auf dem Bett und auf die rundherum verstreuten Sachen.

„Das siehst du doch, ich packe. Noch heute werde ich zurückfahren, ohne dich.“

„Ilma, um Himmels willen, was ist passiert? Bist du jetzt völlig übergeschnappt? Was habe ich dir getan? Ist es wegen des Handys? Ich habe doch gesagt, es tut mir leid. Ich will dich nicht bevormunden, du kannst tun, was du willst. Und sobald wir zurück sind, kaufe ich dir ein neues.“

„Es geht nicht um das Handy, ich möchte einfach nicht länger von dir belogen werden.“ Ilma warf einen Stapel T-Shirts in den Koffer.

Jörn machte eine Bewegung auf sie zu, wagte es aber nicht, sie zu berühren.

„Erkläre mir doch wenigstens, was los ist. Wieso denkst du, ich könnte dich belügen?“

„Du tust es gerade schon wieder. Ich habe dein Gespräch mit Tessa am See mit angehört, jedes Wort. Ihr teilt Geheimnisse und verfolgt einen Plan, aber ich soll von all dem nichts wissen. Mir spielt ihr die heile Urlaubswelt vor, das ist zum Kotzen. Für wie blöd haltet ihr mich eigentlich? Ich bleibe keine Stunde länger hier.“

„Ilma, sei doch bitte vernünftig. Wie willst du von hier wegkommen?“

„Wenn du mich nicht bis zum nächsten Bahnhof fährst, laufe ich bis dahin. Irgendeine Möglichkeit wird sich schon ergeben.“

Jörn stöhnte laut auf. „Ich habe einen Fehler gemacht, das gebe ich zu. Aber gib mir bitte wenigstens die Gelegenheit zu einer Erklärung. Wenn du dann immer noch wegwillst, fahren wir noch heute zurück, das verspreche ich dir."

Ilma setzte sich auf die Bettkante, rückte aber ein Stück von Jörn weg. „Also ich höre", sagte sie.

Jörn stellte sich ihr gegenüber mit dem Rücken zum Fenster und stützte sich auf dem Fensterbrett ab. „Tessa hat mich auch erst gestern eingeweiht, als du schon im Bett lagst", sagte er. „Sie hat einen Verdacht, wer hinter den Morden an Svea und Elias stecken könnte. Ich teile ihre Vermutung nicht, sie erscheint mir weit hergeholt. Andererseits kann ich Tessa verstehen, sie klammert sich an jeden Strohhalm. Schließlich wird sie verdächtigt, selbst etwas mit der Ermordung ihres Mannes zu tun zu haben. Deshalb hat sie der Polizei durch einen Bekannten einen anonymen Hinweis auf den Mann, den sie verdächtigt, zukommen lassen. Und nun hofft sie, man wird diesem Hinweis nachgehen und den Fall aufklären."

„Wenn sie einen Verdacht hat, warum ist sie dann nicht direkt damit zur Polizei gegangen?"

„Weil sie sich nicht sicher ist. Falls ihre Vermutung falsch ist, möchte sie nicht damit in Verbindung gebracht werden. Es würde so aussehen, als wollte sie von sich ablenken. Das würde sie nur noch verdächtiger machen."

Ilma schüttelte unwillig den Kopf. „Das stimmt doch alles hinten und vorn nicht. Du kannst dir deine Erklärungen sparen, wenn du mir nicht die ganze Wahrheit sagen willst. Wer ist dieser Mann? Was für ein Motiv soll er haben? Und was ist mit der jungen Frau, in die du angeblich verliebt warst? Hast du sie auch belogen? Wollte sie sich deshalb umbringen? Allmählich habe ich das Gefühl, sehr wenig über dich zu wissen."

Jörn sog scharf die Luft ein. Ilma konnte sein Gesicht im Gegenlicht nicht erkennen. Er hatte wohl nicht damit gerechnet, wie viel von dem Gespräch sie mitbekommen hatte. Sie griff nach einer Hose, die neben ihr lag, und machte Anstalten, mit dem Packen fortzufahren.

„Ilma warte", sagte Jörn in einem beschwörenden Ton. „Das sind alte Geschichten ohne Bedeutung, nichts, wovon ich dir unbedingt erzählen musste. Und wenn ich jetzt darüber nachdenke, bin ich ganz sicher, dass Tessa sich irrt. Das alles hat nichts mit dem zu tun, was mit Svea und Elias passiert ist. Aber gut, der Reihe nach: Damals waren Elias, Tessa, Svea und ich sechzehn und haben den Sommer auf Styrsö verbracht. Das Mädchen, von dem die Rede war, heißt Sirid und sie besuchte die gleiche Schule wie wir. Ich habe ein wenig für sie geschwärmt, war aber viel zu schüchtern, um mich ihr zu nähern. In dem Sommer tauchte sie ebenfalls auf Styrsö auf, sie besuchte dort häufig einen Mann namens Karl Hoffner, der Ornithologe ist und Vogelbeobachtungen durchführte. Er galt als Sonderling, war meistens für sich und auch schon älter, so um die fünfzig, in unseren Augen uralt. Na ja, und irgendwie brachte Elias das Gerücht auf, zwischen Sirid und Karl würde was laufen. Ich habe das nie geglaubt, aber Elias ließ nicht locker und Svea machte fleißig mit. Sie wollte Elias unbedingt gefallen und ging auf jeden Blödsinn ein, den er sich ausdachte. Die beiden haben das Gerücht nicht nur am Kochen gehalten, sie haben es munter verbreitet. Sirid geriet dadurch ins Gerede und da sie sehr sensibel war, hat sie einen Selbstmordversuch unternommen. Sie wusste nicht, wer das Gerücht aufgebracht hatte und es meines Wissens auch nicht herausgefunden. Sie kehrte nach dem Sommer nicht an unsere Schule zurück, ich habe nie wieder etwas von ihr gehört. Jener Karl Hoffner hat äußerst bestürzt auf den Vorfall reagiert, er hat Sirid wohl wirklich sehr gern gehabt. Aber weshalb er sich nach so vielen Jahren dafür an Elias und Svea rächen sollte, erschließt sich mir nicht."

„Du warst in dem Sommer ebenfalls dabei. Wie hast du auf das Verhalten von Elias und Svea reagiert? Hast du mitgemacht?"

„Nein, habe ich nicht, aber ich bin dem auch nicht energisch entgegengetreten. Elias war ein Anführertyp und ich einer, der froh war, wenn er dazugehören durfte. Ich bin nicht stolz darauf, kann es aber heute nicht mehr ändern. Lange habe ich deshalb Schuldgefühle mit mir herumgetragen. Ich habe mir vorgenommen, einen derartigen Fehler nie wieder zu machen."

„Ich habe nicht das Gefühl, du hast viel daraus gelernt." Ilma legte die Hose oben auf den Koffer. „Ehrlichkeit ist das Mindeste, das ich von dir erwartet hätte."

„Ilma, ich hatte nie vor, dich zu belügen. Irgendwie hat mein Verhalten dir gegenüber tatsächlich mit den Vorfällen von damals zu tun. Der Selbstmordversuch von Sirid hat mich tief erschüttert. Sie soll nur ganz knapp überlebt haben, hieß es. Ich war erschrocken, wie sensibel so ein Mädchen reagieren kann. Ich hätte verstanden, wenn sie wütend über die Gerüchte gewesen wäre, aber deshalb nicht mehr leben zu wollen, das hätte ich nicht für möglich gehalten. Vielleicht hat das mein Frauenbild geprägt, ich bin zu der Meinung gelangt, Frauen muss man beschützen und Aufregungen von ihnen fernhalten. Auf jeden Fall sollte man es bei der Frau tun, die man liebt. Sirid habe ich damals nicht beschützt, ich will bei dir nicht den gleichen Fehler machen. "

Er streckte die Hand nach ihr aus, Ilma ignorierte die Geste.

„Dann solltest du dein Frauenbild schleunigst korrigieren, wenn du eine Zukunft mit mir haben möchtest", sagte sie. „Ich erwarte von einer Partnerschaft, dass man sich auf Augenhöhe begegnet und keine Geheimnisse voreinander hat."

„Ich habe es begriffen Ilma, wirklich. Ich verspreche dir, mich von nun an daran zu halten. Ich war doch selbst überrascht, als Tessa mir gestern sagte, was sie unternommen hat. Das musste ich erst mal verarbeiten. Ich hätte auf jeden Fall mit dir darüber gesprochen, ich wollte nur nicht gleich damit herausplatzen, weil es dir offensichtlich gerade nicht gut ging. Verzeihst du mir?"

„Gehst du mit mir auf den Berg, um die Stelle zu suchen, an der man hier ein Netz hat?", antwortete Ilma mit einer Gegenfrage.

„Selbstverständlich mache ich das. Nachher lassen wir uns von Tessa gleich erklären, wo das ist. Darf ich dir jetzt helfen, die Sachen wieder in den Schrank zu räumen?"

„Das schaffe ich schon allein."

Während Ilma die Kleidungsstücke in den Schrank zurückräumte, überlegte sie, ob sie eventuell überreagiert hatte. Musste sie gleich mit ihrer Abreise drohen? Aber hätte sich Jörn ihr ohne diese Drohung wirklich geöffnet? Es war nicht immer einfach für sie, ihn zu verstehen. In mancher Hinsicht war er schüchtern, geradezu gehemmt. Seine Erfahrungen mit Frauen beschränkten sich auf die eher unglückliche Beziehung mit Svea, in der er von ihr dominiert worden war. Jetzt wollte er das Heft in die Hand nehmen und schoss dabei über das Ziel hinaus. Seine Sorge um sie glaubte ihm Ilma ohne Einschränkung und sie liebte ihn für seine behutsame, fürsorgliche Art. Sie würden schon noch den richtigen Weg finden, miteinander umzugehen. Wenn nur endlich dieser schreckliche Druck von ihnen genommen würde. Fast hoffte sie jetzt, Tessa könnte mit ihrer Vermutung richtigliegen und der Polizei den entscheidenden Tipp gegeben haben.

57.

Jörn konnte an diesem Abend lange nicht einschlafen, der Streit mit Ilma belastete ihn. Zwar schien sie ihm verziehen zu haben, doch ihr Misstrauen war nicht völlig verschwunden. Wie recht sie doch hatte, ihm zu misstrauen! Jede Lüge zog zehn weitere nach sich, diese Erfahrung hatte er schmerzlich am eigenen Leib machen müssen. Wie viele Lügen hatten sich inzwischen wohl auf seinem Konto angehäuft? Es waren jedenfalls genug, um ihn wie eine Lawine unter sich zu begraben und in einen Abgrund zu schleudern. Auch das Zurechtbiegen der Wahrheit, das Vornehmen kleiner Korrekturen war eine Lüge. Nein, Sirid hatte niemals eine Affäre mit Karl Hoffner gehabt. Sie hatte sich tatsächlich für seine Forschungen interessiert, weil sie anders war als andere Mädchen ihres Alters, ernster, reifer. Sie kümmerte sich nicht darum, was gerade angesagt war, hing nicht stundenlang mit Freundinnen in Einkaufspassagen oder Cafés ab und beteiligte sich nie an irgendwelchem Klatsch und Tratsch. Dafür brachte sie es fertig, stundenlang neben Karl auf den Felsen zu hocken, geduldig durch das Fernglas zu spähen und seinen Erklärungen über das Brutverhalten der Vögel zu lauschen. Es war eine unschuldige Freundschaft zwischen zwei Außenseitern gewesen. Das böse Gerücht hatte sich um ihre Beziehung zu einem anderen Mann gerankt. Und nicht deshalb hatte Sirid sterben wollen, es war alles viel schlimmer gewesen. Jörn fürchtete sich vor dem Tag, an dem er Ilma die ganze Wahrheit offenbaren musste. Er hoffte, dieser Tag würde nie kommen. Und er verfluchte Tessa, die die Aufmerksamkeit der Polizei auf Karl Hoffner gelenkt hatte. Wie hatte sie, die sonst so kühl und planmäßig handelte, einen derartigen Fehler begehen können? Was, wenn die Polizei stärker nachbohrte und sich dafür zu interessieren begann, was vor achtzehn Jahren auf Styrsö geschehen war? Bei dem Gedanken an diese Möglichkeit brach Jörn der Schweiß aus.

Styrsö vor achtzehn Jahren

Der Sommer schien sich endgültig verabschiedet zu haben. Es regnete nun täglich von morgens bis abends und vom Meer wehte ein kühler Wind. Mit dem Wetter kippte auch die Stimmung in der Strandvilla. Elias, Tessa, Jörn und Svea hingen lustlos in der Küche herum und wussten nichts mit sich anzufangen. Niemand verspürte die geringste Neigung, den Frühstückstisch abzuräumen, in der Spüle stapelte sich noch das schmutzige Geschirr vom Vortag. Elias hatte bereits die zweite Flasche Bier geleert und rülpste laut, was ihm einen missbilligenden Blick von Tessa einbrachte.

„Wenn Steensen deine Fahne riecht und es deinen Eltern steckt, bekommst du Ärger“, sagte sie.

„Steensen kann mich mal, der ist mein Arbeitssklave“, grölte Elias.

Jörn trat ans Fenster und schaute hinaus in den strömenden Regen. „Das Baden können wir für dieses Jahr vergessen, fürchte ich“, sagte er.

Svea verzog spöttisch das Gesicht. „Sei nicht so ein Weichei, das bisschen Wasser von oben ist ja wohl kein Problem. Ich springe nachher rein, wer ist dabei?“

„Ich jedenfalls nicht.“ Tessa lehnte sich auf ihrem Stuhl nach hinten und schaute zur Decke. „Ich werde spätestens morgen aufbrechen. Eine Freundin hat mich nach Stockholm eingeladen, da ist mehr los als hier.“

„Du willst weg? Aber das kannst du doch nicht machen, du brichst mir das Herz.“ Elias griff sich theatralisch an die Brust. Es sollte lustig aussehen, doch in seinen Augen stand die nackte Panik. Ihm musste bewusst sein, wie schwer es war, jemanden wie Tessa an sich zu binden. Nach so kurzer Zeit schnöde von ihr abserviert zu werden, war mehr, als sein Stolz ertragen konnte.

„Jetzt lasst euch doch von dem bisschen Regen nicht die Laune verhageln. Ich habe eine Idee, wir machen heute Abend richtig Party.“ Er schaute Beifall heischend in die Runde, niemand reagierte. Elias gab nicht auf. Wenn Tessa und die anderen sich tatsächlich zum Aufbruch entschließen sollten, bliebe er allein hier zurück, dazu verdammt, seine Nachhilfestunden bei Steensen bis zum Ende der Ferien zu absolvieren. Die Aussicht war mehr als bitter.

„Wisst ihr was, wir gehen erst mal einkaufen“, schlug er vor. „Alkohol ist noch genug im Haus, wir brauchen nur was Essbares dazu, Lachs, Hering, Kaviar, Eier und solche Sachen. Also los, wer kommt mit?“

Er schielte zu Tessa, die ihre Haltung nicht veränderte und völlig desinteressiert wirkte.

„Also gut, ich opfere mich.“ Svea stand auf. „Damit du auch das Richtige kaufst.“

Tessa und Jörn blieben allein zurück. „Wollen wir inzwischen ein bisschen Ordnung machen?“, fragte er.

Tessa gähnte. „Von mir aus. Aber morgen haue ich ab, das wird mir hier zu öde.“

„Keine schlechte Idee. Dann wird das heute Abend eine Abschlussparty.“ Jörn hatte ebenfalls keine Lust, noch länger zu bleiben. Er hatte genug von dem sinnlosen Abhängen, den Alkoholexzessen und auch von Svea, die ihn nur benutzte, um Elias ihre Unabhängigkeit zu demonstrieren. Dabei war unverkennbar, wie wütend es sie machte, dass Elias Tessa ihr vorgezogen hatte. Sie nutzte jede Gelegenheit, mit ihm allein zu sein, und wenn es nur der Gang zum Supermarkt war.

Als die beiden mit Tüten bepackt zurückkamen, strahlte Elias über das ganze Gesicht. „Wir müssen euch was erzählen, ihr werdet es kaum glauben.“ Er ließ die Tüten auf den Küchentisch fallen, den Tessa gerade abgewischt hatte. Eine kippte dabei um und ihr Inhalt verteilte sich auf dem Boden. Elias achtete nicht darauf, er war viel zu sehr mit seiner Neuigkeit beschäftigt.

„Der Steensen fickt die Aland“, platzte er heraus. „Die beiden treiben es hier in seiner Hütte.“

„Sirid Aland?“, fragte Jörn ungläubig. „Das kann ich mir nicht vorstellen.“

letzten Termin ferngeblieben ist und ich sie nicht erreichen kann."

Eva seufzte. „Das ist leider ihr Stil. Entweder meldet sie sich irgendwann von sich aus, oder sie taucht nie wieder auf und sucht sich stattdessen einen neuen Therapeuten. Ich weiß nicht, wie oft sie dieses Spiel schon veranstaltet hat. Du solltest dir darüber nicht zu viele Gedanken machen."

Birger griff nach der Serviette neben seiner Tasse und drehte sie zwischen den Fingern hin und her. „Ich mache mir aber Gedanken um sie. Bei unserem letzten Termin erwähnte sie einen rätselhaften Mann, von dem sie sich irgendwie bedroht fühlen würde. Zur Polizei zu gehen, lehnte sie ab. Ich habe ihr meine Notfallnummer gegeben, doch sie hat sich nicht gemeldet."

„Erstaunlich." Eva zog ironisch die Augenbrauen in die Höhe. „Es hätte besser zu ihr gepasst, wenn sie sich gemeldet hätte, bevorzugt mitten in der Nacht. Sie sucht Aufmerksamkeit, Birger, deshalb erfindet sie Gefahren. Wenn man darauf eingeht, hat sie ihr Ziel erreicht."

Birger schüttelte den Kopf. „Das mag in der Vergangenheit vorgekommen sein, aber diesmal war es anders. Sie hatte Angst, Eva, große Angst. Das war nicht gespielt. Natürlich schließt das eine das andere nicht aus. Sie hatte eine schwere Kindheit ohne Liebe in einer Pflegefamilie. Man hat sie dort sogar misshandelt, geschlagen und eingesperrt. Weil sie das jüngste unter den Pflegekindern war, beteiligten sich die älteren Kinder an den Schikanen gegen sie. Da ist es nicht verwunderlich, dass sie nun nach Geborgenheit und Zuwendung sucht und sich dabei auch mal unlauterer Mittel bedient."

„Moment mal, was sagst du da?" Eva beugte sich ein Stück näher zu Birger über den Tisch und musterte ihn ungläubig. „Sie hat behauptet, sie wäre in einer Pflegefamilie aufgewachsen? Das trifft nicht zu, sie hat bis zu deren Tod bei ihrer Mutter gelebt und das Verhältnis soll sehr innig gewesen sein."

Jetzt war es an Birger, verdutzt zu reagieren. „Weißt du das sicher? Könnte das nicht erfunden sein, weil sie sich nach einer Mutter sehnte?"

„Nein, es stimmt. Es ging aus dem Entlassungsbericht der Klinik hervor, in der sie zwischen ihrem siebzehnten und neunzehnten Lebensjahr nach einem Suizidversuch und wegen weiterhin bestehender schwerer Depressionen stationär behandelt wurde. Auslöser soll der Tod ihrer Mutter gewesen sein."

„Warum hast du mir diesen Bericht nicht zukommen lassen?"

„Birger, es tut mir leid." Eva wirkte betreten. „Es handelte sich schließlich um keine reguläre Überweisung, sondern nur um das Angebot an die Patientin, sich bei dir zu melden, falls sie während meiner Abwesenheit Hilfe brauchen sollte. Ich habe ehrlich gesagt nicht geglaubt, sie würde tatsächlich Gebrauch davon machen. Es diente mehr oder weniger nur zu meiner Beruhigung."

Birger seufzte. „Das ist wirklich nicht gut gelaufen. Sie hat meine Unwissenheit ausgenutzt, um mir einen Bären aufzubinden. Natürlich ist mir ihre Neigung, erfundene Geschichten zu erzählen, nicht entgangen. So hat sie beispielsweise über einen Unfall berichtet, bei dem ihre beste Freundin ums Leben gekommen wäre und an dem man ihr die Schuld gegeben hätte. Offenbar hat sich dieser Unfall nie ereignet. Dabei war ihre Schilderung des Geschehens sehr plastisch und mit vielen Einzelheiten ausgeschmückt. Auf die Beschreibung ihres Leidens in der Pflegefamilie und der dort erlittenen Misshandlungen trifft das ebenfalls zu. Trotzdem will ich in ihr nicht nur eine pathologische Lügnerin sehen. Sie leidet erheblich unter etwas, das sich in ihrer Vergangenheit abgespielt haben muss. Weil sie aber nicht darüber sprechen kann, kleidet sie ihre Gefühle in Fantasiegeschichten. Ich hatte einfach zu wenig Zeit mit ihr, um zum Kern vorzudringen."

„Falls es dich beruhigt, mir ist es ebenfalls nicht gelungen." Eva hob ihre Tasse zum Mund und stellte fest, dass sie leer war. „Wir können nun mal nur mit dem arbeiten, was uns die Patienten freiwillig anvertrauen. Ich doktere auch nur an ihren aktuellen Symptomen herum, von denen es einige gibt. Sie leidet nicht nur regelmäßig unter depressiven Schüben, sondern auch unter unklaren körperlichen Symptomen und Konzentrationsproblemen. Einiges davon könnte sogar noch auf ihren Suizidversuch zurückzuführen sein, in dem Bericht war von einer schweren Intoxikation die Rede. Ich nehme an, sie hatte Tabletten geschluckt."

„Demnach sind ihre Probleme nicht auf eine schwere Kopfverletzung bei einem Unfall zurückzuführen, wie sie angab." Birger rieb sich nachdenklich mit dem Zeigefinger über den Nasenrücken. „Sie hat den Unfall auch deshalb erfunden, um nicht über ihren Suizidversuch reden zu müssen. Aber was ist mit ihren Schuldgefühlen? Fühlte sie sich für den Tod der Mutter verantwortlich?"

Eva hob die Schultern. „Darüber ist mir nichts bekannt. Die Mutter ist wohl eines natürlichen Todes gestorben. Aber etwas anderes ist mir bei deiner Schilderung aufgefallen. Was Elisabeth über die Pflegefamilie erzählt hat, das beruht auf einem tatsächlichen Fall, der auch durch die Presse ging. Die Pflegeeltern haben die Kinder hart bestraft, sie beim geringsten Anlass geschlagen und sie tagelang in einen dunklen Kellerverschlag gesperrt. Unter den Pflegekindern herrschte eine von den Eltern geduldete Hierarchie, bei der die älteren Kinder die jüngeren unterdrückt und schikaniert haben. Da weißt du, woher sie den Stoff für ihre Geschichten nimmt."

„Bist du näher mit diesem Fall vertraut?", fragte Birger. Er deutete auf die leere Tasse von Eva. „Ich gehe dir erst mal frischen Kaffee holen."

„Danke, das ist nett, einen trinke ich gern noch, aber dann muss ich los. Über die Vorgänge in der Pflegefamilie weiß ich leider auch nur das, was darüber berichtet wurde. Es ist schon eine Reihe von Jahren her, aber es gab wohl einen Prozess und die Pflegeeltern wurden wegen Misshandlung Schutzbefohlener bestraft. Lebst du nicht mit einer Polizistin zusammen? Sie kann dir vielleicht mehr darüber sagen. Aber noch besser wäre es, wenn du dich nicht weiter in diese Sache vergräbst."

Birger nickte zustimmend, wusste aber genau, dass er diesen Rat nicht befolgen würde.

60.

Alva hatte einen langen Tag hinter sich. Als sie zu Hause ankam, saß Birger am Computer.

„Du siehst müde aus“, sagte er, nachdem sie sich begrüßt hatten. „Soll ich dir was zu essen machen?“

„Nein danke, wir haben uns vorhin im Büro Pizza bringen lassen. Jetzt bin ich erst mal satt. Ich hoffe, du hast schon gegessen?“

„Ja, ich war auch schon mit Veikko draußen, der konnte es nicht mehr abwarten. Aber ich gehe gern noch eine Runde mit dir raus. Er hat bestimmt nichts dagegen, uns zu begleiten.“ Er machte eine Kopfbewegung zu Veikko hin, der zusammengerollt unter dem Tisch lag.

„Nein, heute nicht mehr, ich bin froh, zu Hause zu sein. Wie ich sehe, bist du noch am Arbeiten.“ Alva zeigte auf den Computer, den Birger nicht ausgeschaltet hatte.

„Ich versuche nur gerade, etwas zu recherchieren.“

„Geht es wieder um deine schwierige Patientin?“

„Eigentlich ist sie nicht mehr meine Patientin, Eva ist aus dem Urlaub zurück und könnte ihre Behandlung fortsetzen. Das Problem ist nur, dass wir nicht wissen, ob sie überhaupt wieder auftauchen wird. Ich habe mich deshalb heute mit Eva getroffen und sie hat versucht, mich zu beruhigen. Es sei typisch für die Patientin, einfach ohne Entschuldigung wegzubleiben. Damit könnte ich mich zufriedengeben, aber es lässt mir einfach keine Ruhe.“

„Und was hat deine Recherche damit zu tun? Welche Informationen hoffst du über sie zu finden?“

Birger schaltete den Computer aus und setzte sich Alva gegenüber in einen Sessel. „Es hängt mit ihrer Vergangenheit zusammen“, sagte er. „Nicht nur der Unfall, bei dem ihre Freundin ums Leben kam, war offenbar erfunden, sondern auch ihre schwere Kindheit in einer Pflegefamilie. Dabei hatte sie mir ihr Leiden dort sehr anschaulich und emotional geschildert, sie war völlig in Tränen aufgelöst, als sie darüber sprach.“

„Kenne ich.“ Alva unterdrückte ein Gähnen.

„Was kennst du?“, fragte Birger irritiert.

„Solche gefühlsduseligen Schilderungen einer schweren Kindheit. Bei so mancher Gerichtsverhandlung kannst du oskarreife schauspielerische Leistungen erleben. Da hat dann der Täter seinem Opfer nur deshalb den Schädel eingeschlagen, weil seine Mutter früher immer so streng zu ihm war. Ich kann das manchmal nicht mehr hören. Meiner Meinung nach ist man ab einem bestimmten Alter für seine Taten selbst verantwortlich und kann die Schuld nicht auf andere abwälzen. Aber natürlich trifft das auf deine Patientin nicht zu, sie hat schließlich niemandem etwas getan.“

„Da bin ich mir nicht so sicher.“ Birger fuhr sich mit der Hand durch die Haare. „Irgendwie dreht sich bei ihr alles um Schuld. Um Taten, die man ihr anlastet, die sie aber nicht begangen hat. Der Autounfall war erfunden, aber es kann etwas anderes passiert sein, worüber sie nicht reden will. Gleichzeitig versucht sie mit einer erfundenen schweren Kindheit, Mitleid zu schinden. Das heißt, frei erfunden ist die Geschichte nicht. Diese Pflegeeltern, die ihre Zöglinge geschlagen und in den Keller gesperrt haben, die gab es wirklich. Ich habe Artikel über den Prozess gegen sie ausgegraben. Doch in keinem sind die Geschehnisse so plastisch geschildert, wie die Patientin sie wiedergegeben hat. Man hat damals zum Schutze der Kinder auf reißerische Details verzichtet. Einige der Misshandlungen gingen von den älteren Pflegekindern aus, die damals noch minderjährig waren.“

„Sie hat eine lebhafte Fantasie und Dinge hinzuerfunden“, vermutete Alva.

„Das kann man nicht ausschließen. Aber sie könnte auch jemanden kennen, der all das wirklich erlebt hat. Denn zumindest eines ging aus den Artikeln hervor: Das jüngste der Kinder, mit dem sich meine Patientin so stark identifizierte, das war kein

Mädchen, sondern ein Junge." Birger hatte lange über diese Möglichkeit nachgedacht, er war sich inzwischen fast sicher. „Leider lässt es sich schwer nachprüfen, in der Presse wurden keine Namen genannt", fügte er hinzu und hob mit einem Ausdruck des Bedauerns die Schultern.

„Soll ich versuchen, die Namen herauszufinden?", fragte Alva. Birger lehnte das entschieden ab.

„Nein, das ginge zu weit. Meine Aufgabe ist es, dir bei der Aufklärung der Mordfälle zu helfen. Leider haben wir da immer noch nichts Greifbares, das ist schlimm genug. Ich kann dich jetzt nicht auch noch mit Aufträgen für mich, die überhaupt nichts damit zu tun haben, von der Arbeit abhalten. Eva hat vermutlich recht, ich verrenne mich da in etwas und sollte es besser lassen. Wahrscheinlich sind es meine eigenen Schuldgefühle, die mich antreiben. Ich habe das Gefühl, bei der Patientin versagt zu haben. Und jetzt kein Wort mehr davon, lass uns darüber reden, wie dein Tag war."

Beschreibung von Birger würde sie sie rechtzeitig erkennen: zierlich, rotblondes kinnlanges Haar, große Brille. Es wäre die einfachste und beste Variante, die Frau wohlbehalten bei ihrer Arbeit zu sehen. In dem Falle würde Alva einfach umkehren und Birger, der darüber hoffentlich erleichtert sein würde, das Ergebnis ihrer Erkundigung mitteilen. Mit diesem Vorsatz machte Alva sich auf den Weg durch die langen Gänge des Krankenhauses, die die einzelnen Stationen miteinander verbanden. Sie musterte jeden, der ihr entgegenkam, möglichst unauffällig. Als sie an der Abteilung für Innere Medizin vorbeikam, sah sie durch die Glastür zwei Frauen in blauen Kitteln mit einem Putzwagen auf dem Flur stehen, eine kleine blonde und eine hagere dunkelhaarige. Keine von den beiden war Elisabeth Andersson, so viel war sicher. Alva konnte die Frauen gefahrlos nach ihr fragen. Sie drückte auf den Türöffner und die Glastüren schwangen vor ihr auf. Zielgerichtet ging sie auf die beiden Frauen zu. „Entschuldigung, ich suche eine Bekannte, Elisabeth Andersson. Sie soll hier arbeiten, kennen Sie sie zufällig?"

„Ja, aber sie ist nicht da." Es war die Dunkelhaarige, die antwortete, sie wirkte mürrisch. Alva setzte ihr strahlendstes Lächeln auf. „Ach, wie schade. Können Sie mir zufällig sagen, wo ich sie finde?"

„Keine Ahnung." Die Dunkelhaarige schob den Putzwagen ein Stück vor, Alva musste zurückweichen. „Sie hat freigenommen."

„Sie ist in Malmö und besucht dort einen kranken Verwandten", mischte sich die Blonde ein. Alva verstand ihr Grinsen und den anzüglichen Blick nicht, den sie bei dieser Bemerkung mit ihrer Kollegin austauschte. Zweifelten sie daran? Glaubten sie, Elisabeth Andersson könnte ganz andere Gründe haben?

„Ist sie die ganze Zeit in Malmö?", fragte Alva.

Die Blonde zuckte mit den Schultern. „Wenn Sie es genau wissen wollen, müssen Sie Knut Jacobson fragen. Der ist hier Pfleger. Da hinten kommt er übrigens gerade." Sie zeigte auf einen großen kräftigen Mann mit leuchtend rotem Haar, der ein Bett über den Flur schob.

Alva bedankte sich und folgte dem Mann. Er verschwand mit dem Bett in einem Krankenzimmer und Alva zögerte, es ebenfalls zu betreten. Das würde dann doch zu viel Aufsehen erregen. Die Auskunft, die sie erhalten hatte, genügte ihr erst einmal.

Elisabeth Andersson hatte offenbar einen plausiblen Grund für ihr Nichterscheinen bei Birger. Natürlich hätte sie sich melden und absagen können, doch vielleicht war ihre Sorge um den erkrankten Angehörigen so groß, dass sie alles andere in den Hintergrund gedrängt hatte. Schließlich handelte es sich bei Elisabeth Andersson um eine labile und wenig belastbare Person. Alva verließ die Station und beschloss, Birger gleich anzurufen.

Die beiden Frauen wandten sich ihrem Putzwagen zu, als sich die Glastüren hinter Alva schlossen.

Tilde, die Dunkelhaarige, schaute ihre Kollegin Alice fragend an. „Wieso weiß Knut mehr? Hat der etwa tatsächlich was mit der Andersson?“

„Quatsch. Der hat sie nur nach Malmö gebracht, weil sie kein Auto hat. Und allein mit dem Zug fahren wollte sie auch nicht.“

„Hat er überhaupt ein Auto? Er kommt doch immer mit dem Fahrrad zur Arbeit.“

„Ja, einen alten Volvo Kombi, er benutzt ihn nur für weite Strecken, und das auch eher selten.“

„Aber für die Andersson macht er sich die Mühe, das finde ich bemerkenswert.“

Alice zuckte mit den Schultern. „Du weißt doch, wie Knut tickt, er ist der gute Samariter und immer zur Stelle, wenn jemand in Not ist. Das hängt wohl mit seiner eigenen schweren Kindheit zusammen.“

„Was du alles über ihn weißt, wirklich erstaunlich“, sagte Tilde spöttisch.

Alice bückte sich nach dem Putzeimer. „Genau weiß ich es nicht, ich habe nur mal eine Bemerkung am Rande aufgeschnappt. Wir sollten jetzt lieber weitermachen, bevor Magda aufkreuzt und meckert, weil wir noch nicht fertig sind.“

62.

Jördis war allein im Büro, als Alva eintraf. „Schön, dass du kommst“, sagte sie. „Es ist reichlich einsam hier, seit Caroline im Elternurlaub und Sven nun glücklich verreist ist.“

Alva stellte ihre Tasche auf dem Stuhl ab. „Unsere Unterbesetzung ist wirklich ein Problem, ich hoffe, wir bekommen bald jemanden zur Verstärkung zugeteilt.“

„Nein, bitte nicht noch mal, lieber arbeite ich für zwei.“ Jördis verdrehte die Augen. Sie war offenbar noch nicht über ihr Trauma hinweg.

„Ach komm“, sagte Alva, „so ein Pech wie mit Magnus Rasmussen hat man kein zweites Mal.“ Sie hätte den Namen besser nicht aussprechen sollen, Jördis reagierte darauf, als würde sie einen Geist sehen. Mit einem langen Seufzer drehte sie ihren Stuhl in Alvas Richtung. „Die Sache wird wohl ewig an mir kleben bleiben. Ich habe mich wie eine dumme Gans benommen.“

„Hast du nicht“, widersprach Alva. „Wir alle machen Fehler, wenn wir verliebt sind.“ Sie dachte daran, wie sie Sven nachts betrunken und randalierend vor dem Haus seines Rivalen aufgegabelt hatte. Es war ihr Geheimnis geblieben, sie hatte keinem ihrer Kollegen davon erzählt und würde es auch künftig nicht tun.

Jördis wollte etwas erwidern, kam aber nicht dazu, weil Rurik in diesem Moment zur Tür hereinkam. „Wir haben eine Anfrage der Kollegen aus Malmö, die den Fall des auf der Straße angeschossenen Mannes bearbeiten. Sie bitten uns um Unterstützung bei den Ermittlungen.“

„Wieso das denn?“, fragte Alva entgeistert. „Was haben wir damit zu tun?“

„Moment, nicht so voreilig“, sagte Rurik. „Der Mann hat in Malmö nur Bekannte besucht, er lebt aber ständig auf Styrsö und somit in unserem Zuständigkeitsbereich.“

„Das dürfte nicht ausschlaggebend sein, da sich die Tat in Malmö ereignet hat.“ Alva verspürte nicht die geringste Neigung, sich damit zu befassen. Sie hatten genug mit ihren drei Mordfällen zu tun, bei denen sie keinen Schritt weiterkamen.

„War der Mann nicht ein Zufallsopfer rivalisierenden Banden?“, fügte sie hinzu.

Rurik schüttelte den Kopf. „Danach sieht es nach dem aktuellen Ermittlungsstand nicht aus. Der Mann war das Ziel des Anschlags, ihm wurde aufgelauert. Der Schuss wurde aus einem unbewohnten Haus abgegeben, an dem das Opfer auf dem Weg von seinen Bekannten zu der Pension, in der es während seines Aufenthaltes wohnte, täglich vorbeiging. Der Täter muss eine Waffe mit Schalldämpfer benutzt haben. Niemand hat etwas gehört, es sah zunächst aus, als wäre der Mann auf der Straße einfach zusammengebrochen. Als klar wurde, was passiert war, hatte sich der Täter längst abgesetzt.“

„Und der Mann lebt auf Styrsö, sagst du?“ Alva begriff, worauf Rurik hinauswollte. „Unsere drei anderen Opfer haben ebenfalls eine Beziehung zu der Insel. Ingrid Oldman lebte ständig dort, Svea Helvig starb auf Styrsö und Elias Beck kam zwar in einer Garage in Göteborg zu Tode, doch ihm gehörte das Sommerhaus, in dem der erste Mord passierte. Trotzdem sehe ich nicht unbedingt einen Zusammenhang mit dem Fall in Malmö. Schließlich wurde das Opfer dort nicht mit Kohlenmonoxid vergiftet wie die anderen, sondern sollte erschossen werden. Ist der Mann vernehmungsfähig?“

„Leider nicht“, sagte Rurik. „Aber natürlich wäre es wichtig, herauszufinden, wer hinter dem Anschlag auf ihn stecken könnte. Wer ein Interesse daran hatte, ihn umzubringen.“

„Das wäre in der Tat nicht uninteressant. Eine Verbindung mit den anderen Opfern sollten wir auch nicht ganz ausschließen. Hat der Mann Verwandte auf Styrsö, mit denen wir reden können?“

„Leider nicht.“ Rurik hatte bereits Erkundigungen eingezogen. „Er heißt Karl Hoffner, ist vierundsiebzig Jahre alt, war nie verheiratet und lebt schon immer allein. Sein ganzes Leben hat er der Erforschung der Vogelwelt und dem Naturschutz gewidmet. Er soll ein Eigenbrötler sein und kaum soziale Kontakte haben. Das macht unsere Aufgabe nicht leichter.“

„Was ist mit den Bekannten, die er in Malmö besucht hat?“, fragte Alva. „Die müssten ihn doch näher kennen.“

Rurik winkte ab. „Das ist ein Ehepaar, beide sind ebenfalls Ornithologen. Mit denen hat er sich ausschließlich über seine Vogelbeobachtungen ausgetauscht. Privat wissen sie so gut wie nichts über ihn.“

„Na schön, da kann man nichts machen“, sagte Alva. „Aber irgendwie müssen wir versuchen, Licht ins Dunkel zu bringen.“

63.

Värmland heute

Ilma betrachtete den tiefen Kratzer auf ihrer rechten Wange, der sich vom Ohr bis zum Mundwinkel hinabzog. Sie schmierte Creme darauf, was bewirkte, dass der Riss knallrot aufleuchtete. Es sah aus, als hätte ihr jemand mit einem Florett ins Gesicht geschlagen. Auch ihre Arme wiesen einige Striemen auf, und ihr linker Knöchel war geschwollen und juckte. Dort war sie gleich von mehreren Mücken gestochen worden, während die anderen Blessuren von Brombeerranken und in den Weg hängenden Zweigen herrührten. Na schön, diesen Preis hatte sie zahlen müssen. Tessa war überhaupt nicht von Ilmas Forderung erbaut gewesen, ihr endlich die Stelle zu zeigen, wo man hier Handyempfang hatte. Doch Jörn, den offenbar immer noch sein schlechtes Gewissen plagte, hatte ebenfalls darauf bestanden, und so war Tessa widerwillig mit ihnen den Berg hinaufgekraxelt. Ein Weg war nicht zu erkennen gewesen, sie waren durch dichtes Unterholz gekrochen und Ilma wurde den Verdacht nicht los, von Tessa absichtlich in die Irre geführt worden zu sein. Zwar erreichten sie nach zehn Minuten ein Plateau mit einer kleinen Lichtung, wo sie tatsächlich ein Netz hatten, doch Ilma zweifelte, ob sie den richtigen Weg dorthin genommen hatten. Jedenfalls hatte sie beruhigt feststellen können, dass es keinerlei wichtige E-Mails für sie gab. Auf ihrer Mailbox war eine Sprachnachricht von Knut gewesen, der ihr einen schönen Urlaub und gute Erholung wünschte. Zum Glück hatte Jörn das nicht mitbekommen, weil er ein Stück von ihr entfernt gestanden hatte und mit seinem eigenen Smartphone beschäftigt gewesen war. Ilma hatte die Nachricht schnell gelöscht. Auf dem Rückweg waren sie dann durch einen plötzlichen Regenguss ziemlich nass geworden. Tessa wirkte verstimmt und zog sich rasch zum Umziehen in ihr Zimmer zurück. Ilma fand, der Ausflug auf den Berg hatte sich trotzdem gelohnt. Irgendwie hatte sie unterbewusst gefürchtet, auf ihrer Mailbox anonyme Warnungen vorzufinden. Doch keine verzerrte Stimme hatte sie vor dem lauernden Tod gewarnt, wie es vor ihrer Reise nach Styrsö der Fall gewesen war. Vielleicht war das hier ja tatsächlich ein sicherer Ort.

Jörn klopfte von außen an die Badtür. „Alles in Ordnung?“

„Ja, ich bin fertig.“ Sie öffnete die Tür. „Nur leicht lädiert, aber das heilt wieder. Ich frage mich, ob Tessa uns absichtlich durchs Unterholz gejagt hat. Elias und seine Freunde werden hier nicht die ganze Zeit gehockt haben, ohne ein einziges Mal ihre Nachrichten zu checken. Es muss entweder einen bequemeren Weg auf diesen Berg oder noch einen anderen Ort geben, an dem man Empfang hat. Und was ist, wenn man Hilfe braucht? Eventuell mitten in der Nacht? Muss man dann bei Dunkelheit durch den Wald robben, nur um den Notruf wählen zu können?“

Jörn legte den Arm um sie. „Kein Grund zur Panik, wir sind hier nicht aus der Welt. Vor dem Haus stehen zwei Autos und im Ernstfall sind wir ganz schnell an der Straße und haben Empfang. Und jetzt komm, es ist Zeit für das Abendessen. Tessa wartet bestimmt schon auf uns.“

Es sah überhaupt nicht so aus, als ob Tessa auf sie gewartet hätte. Sie war nirgends zu sehen und so machten sich Ilma und Jörn allein daran, den Tisch im Jagdzimmer zu decken. Als sie damit fertig waren und von Tessa immer noch nichts zu sehen war, begab sich Jörn in die obere Etage und klopfte an Tessas Schlafzimmertür. Von drinnen war das Brummen eines Föhns zu hören, er musste es ein zweites Mal versuchen. Diesmal öffnete Tessa ihm, sie hatte den eingeschalteten Föhn noch in der Hand.

„Bist du so weit?“, fragte Jörn. „Wir haben Abendessen vorbereitet.“

„Ich komme“, erwiderte sie knapp und schloss die Tür wieder. Als sie kurz darauf die Treppe herunterkam, war sie perfekt gestylt, doch ihr Gesichtsausdruck war verkniffen. Sie setzte sich an den Tisch und schaute niemanden an. Während Jörn und Ilma ihre Brote belegten, spielte sie gedankenverloren mit dem Messer.

„Hast du keinen Hunger?“, fragte Jörn sie.

„Nein, ich bin satt, aber ich habe Lust auf ein Glas Wein“, sagte sie und stand auf. „Möchtest du auch?“ Bei dieser Frage schaute sie nur Jörn an, Ilma hatte bereits am Vortag zu verstehen gegeben, keinen Alkohol zu wollen.

„Ja, ich trinke ein Glas zur Gesellschaft mit. Ilmas Tee müsste inzwischen durchgezogen sein, ich hole ihn.“ Jörn wollte aufstehen, doch Tessa hielt ihn zurück. „Bleib sitzen, ich bringe ihn mit.“ Sie verschwand in der Küche und kehrte mit einem Tablett zurück, auf dem eine Flasche, zwei Weingläser und ein dampfender Krug mit Tee standen.

Tessa goss Jörn und sich Rotwein ein und kippte das erste Glas in einem Zug hinunter. Ilma nippte von ihrem Tee, er war bitterer als sonst, vermutlich hätte er früher abgegossen werden müssen. Doch sie beschwerte sich nicht darüber. Tessa hatte inzwischen bereits das zweite Glas Wein geleert. Da niemand redete und das Schweigen am Tisch allmählich drückend wurde, machte Ilma einen Vorschlag.

„Wir können doch schon mal unsere Wanderung für morgen planen“, sagte sie. „Ich erinnere mich, dass es hier irgendwo in der Nähe einen Wasserfall geben muss. Unterhalb davon kann man sogar baden.“

„Du meinst bestimmt den Bratfallett“, sagte Tessa. „So nah ist das gar nicht. Das Gelände dort ist außerdem schwierig und es geht steil bergauf. Das solltest du dir bei deiner mangelnden Fitness lieber nicht zumuten.“ Tessa warf Ilma einen abschätzigen Blick zu.

„Wieso zweifelst du an meiner Fitness?“, fragte Ilma verblüfft.

„Wie sollte ich das nicht? Du hast vorhin schon bei dem kurzen Aufstieg auf den Hügel hinter dem Haus ziemlich geschnauft. Kann ja sein, es liegt nur an deinem Infekt, aber bevor du dir irgendwelche Gewalttouren vornimmst, solltest du erst mal was für deine Gesundheit tun. Ein paar Saunagänge wären für den Anfang nicht schlecht.“

Der Blick, den Tessa ihr zuwarf, war noch galliger als der Tee, den Ilma tapfer hinunterschluckte. Sie fragte sich, woher Tessas plötzliche Wut kam. War sie sauer, weil Ilma es durchgesetzt hatte, den Hügel zu erklimmen? Glaubte sie, nur weil ihr die Hütte gehörte, hier allein den Ton angeben zu können? Ilma war entschlossen, sich das nicht gefallen zu lassen. Sie befanden sich inmitten einer der schönsten Gegenden Schwedens. Die von hohem Wald eingeschlossene Hütte mittendrin wirkte dagegen wie ein schwarzes Loch, das alle Helligkeit rundum aufsaugte und auch ihr die Kraft zu rauben drohte. Sie wollte diesem Ort so oft und so weit wie möglich entkommen.

„Jörn, was hältst du von dem Vorschlag, morgen zum Bratfallett zu wandern?“, fragte sie, als hätte es Tessas Einwände nicht gegeben.

„Wir können es versuchen, wenn du dich wirklich fit genug fühlst“, erwiderte er zögernd. „Was hältst du von Tessas Vorschlag, nachher mit uns in die Sauna zu kommen?“

Das war typisch für Jörn, er wollte es mal wieder allen recht machen, weshalb er sowohl ihren als auch Tessas Vorschlag unterstützte. Gegen einen Saunagang hätte Ilma auch nichts einzuwenden gehabt, wäre er nicht mit der Notwendigkeit verbunden, hinterher in das gruselige schwarze Wasserloch zu springen. Darauf hatte sie weder Lust, noch wollte sie sich vor Tessa die Blöße geben, es nicht zu tun.

„Ich glaube, heute bin ich zu müde. Ihr solltet es euch auch überlegen, wenn man vorher Alkohol getrunken hat, ist es nicht zu empfehlen.“

„So ein Quatsch, den Alkohol schwitzt man in der Sauna aus.“ Tessa leerte ihr Glas demonstrativ in einem Zug. Die Flasche war jetzt leer und bis auf ein Glas, das Jörn getrunken hatte, ging das ganz allein auf Tessas Konto. Ilma hatte keine Lust, sich mit ihr zu streiten. Sie wäre auch gar nicht dazu in der Lage, denn plötzlich verspürte sie eine bleierne Müdigkeit.

„Entschuldigt ihr mich, ich gehe schon mal schlafen“, sagte sie und erhob sich mühsam.

„Soll ich dich bringen?“ Jörn sprang auf, ihm war ihr Zustand nicht entgangen.

„Nein, die paar Schritte schaffe ich schon, bleib du bei Tessa.“ Ilma schleppte sich mühsam hinüber in ihre Hütte. Was war nur plötzlich mit ihr los? Sie legte sich im Schlafzimmer angezogen auf ihr Bett. *Nur einen Moment verschnaufen*, dachte sie. Da war sie auch schon eingeschlafen.

64.

„Guten Morgen, du Schlafmütze.“ Ilma öffnete die Augen einen Spaltbreit und blinzelte irritiert. Im Zimmer war es bereits hell. Jörn saß vollständig angezogen neben ihr auf der Bettkante und streichelte ihr Haar.

„Wie spät ist es?“, fragte sie.

„Gleich halb neun.“

„So spät schon? Warum hast du mich nicht geweckt?“

„Ilma entspann dich, wir haben Urlaub. Außerdem hast du den Schlaf offenbar dringend gebraucht.“

Letzteres musste wohl der Fall sein, Ilma konnte sich beim besten Willen nicht erinnern, wie sie am Vorabend ins Bett gekommen war. Sie sah sich mit Tessa und Jörn beim Abendessen sitzen, Tessa hatte ziemlich viel Wein getrunken und darauf bestanden, anschließend in die Sauna zu gehen.

„Warst du gestern noch mit Tessa in der Sauna?“, fragte sie vorsichtig. „Ich habe wohl schon geschlafen, als du kamst.“

Jörn lachte leise. „Und wie du geschlafen hast, wie ein Murmeltier. Nicht mal ausgezogen und zugedeckt hattest du dich. Das musste ich erledigen.“

Ilma schaute an sich herunter, sie trug ihr Schlafshirt. Jörn hatte sie umgezogen und sie war nicht aufgewacht? Das konnte sie sich nicht vorstellen. Er schien den Zweifel von ihrem Gesicht abzulesen. „Du bist nur halb wach geworden und hast irgendwas gemurmelt. Danach hast du gleich weitergeschlafen. Mach dir deshalb keine Gedanken. Ich gehe jetzt rüber und helfe Tessa beim Frühstückmachen und du kannst inzwischen in aller Ruhe aufstehen.“

Ilma trottete ins Bad und betrachtete ihr Gesicht im Spiegel. Die Schramme auf der rechten Wange leuchtete feuerrot, ihre Haut war fahl und die Augen verklebt. Noch immer fühlte sie sich leicht benommen. Erst nachdem sie sich mit beiden Händen kaltes Wasser ins Gesicht geschaufelt hatte, wurde es ein wenig besser. Was war nur mit ihr los? Infekt und Schlafmangel hin oder her, ihr Zustand in der vergangenen Nacht erinnerte eher an eine Bewusstlosigkeit als an einen erholsamen Schlummer. Plötzlich musste sie an den Tee denken, der so merkwürdig bitter geschmeckt hatte. Hatte Tessa ihn etwa präpariert? Der Verdacht erschien ihr so ungeheuerlich, dass sie über sich selbst den Kopf schüttelte. Doch ein kleiner nagender Zweifel ließ sich nicht vertreiben. Was, wenn Tessa hinter allem steckte, wenn sie erst Svea umgebracht und sich dann ihres Mannes entledigt hatte? Ilma schüttete sich erneut Wasser ins Gesicht. Dieser Ort machte sie verrückt, sie wurde schon paranoid. Es wurde Zeit, hier wegzukommen, und sei es nur für einige Stunden. Sie beeilte sich jetzt mit dem Waschen und Anziehen. Als sie schließlich ins Jagdzimmer kam, wo Jörn und Tessa bereits am gedeckten Tisch saßen, fühlte sie sich einigermaßen für den Tag gewappnet.

„Hast du gut geschlafen?“, fragte Tessa mit scheinheiliger Miene.

„Fantastisch“, erwiderte Ilma. „Die frische Luft und die Bewegung tun mir richtig gut. Ich freue mich schon auf unsere heutige Wanderung zum Bratfallett.“ Sie tat, als wäre es beschlossene Sache. Sollte Tessa sagen, was sie wollte, sie würde sich nicht von ihrem Plan abbringen lassen.

Tessa sagte überhaupt nichts, sie starrte missmutig in ihre Kaffeetasse. Ihre Laune war noch genauso schlecht wie am gestrigen Abend.

„Möchtest du uns vielleicht begleiten?“, fragte Jörn.

Tessas Kopf schnellte in die Höhe, es lag etwas Aggressives in ihrer Geste und den darauffolgenden Worten. „Auf keinen Fall. Ich finde es unpassend, wie ihr in der Gegend umherlauft. Wir sind hierher gefahren, um uns sicher fühlen zu können. Aber ihr scheint es geradezu darauf anzulegen, euch in Gefahr zu begeben.“

„Jetzt übertreibst du aber“, erwiderte Jörn in einem beschwichtigenden Ton. „Man kann hier stundenlang wandern, ohne auf andere Menschen zu treffen. Das ist ein großer Vorteil der Gegend, den wir ruhig genießen sollten."

„Macht was ihr wollt, ich bleibe jedenfalls hier." Tessa verschränkte die Arme vor der Brust. Mit giftigen Blicken beobachtete sie, wie Ilma seelenruhig Brote zum Mitnehmen zurechtmachte.

„Du kannst uns vielleicht sagen, in welche Richtung wir gehen müssen, wenn wir zum Bratfallett wollen", sagte Ilma freundlich, als würde sie Tessas schlechte Stimmung überhaupt nicht bemerken. Sie bekam die Antwort von ihr, mit der sie fast schon gerechnet hatte.

„Keine Ahnung, ich war selten hier und schon gar nicht zum Wandern. Im Übrigen habe ich euch gewarnt, man kann sich in dieser Gegend leicht verlaufen."

„So schlimm wird es schon nicht sein", versuchte Jörn, sie zu beruhigen. „Wir haben gestern bereits einen markierten Wanderweg gefunden. Wenn man sich an die Hinweise hält, geht man nicht verloren."

Nachdem sie gemeinsam den Frühstückstisch abgeräumt hatten, brachen Ilma und Jörn auf. Diesmal regnete es nicht und sie trugen ihre Regenkleidung in den Rucksäcken verstaut bei sich. Sie liefen auf dem gleichen Weg wie am Vortag, der Ilma diesmal viel kürzer vorkam. Nachdem sie von der Schotterstraße auf den Waldweg eingebogen waren, blieb Jörn stehen und holte sein Smartphone hervor.

„Warte mal, ich versuche herauszufinden, wo wir sind." Er rief eine Karte auf und studierte sie lange und gründlich. „Wenn ich mich nicht täusche, müssen wir diesem Weg nur folgen, um ans Ziel zu kommen. Die Richtung stimmt jedenfalls."

Ilma schaute ihm über die Schulter. „Das sehe ich auch so. Ich kann mir nicht vorstellen, dass Tessa es nicht gewusst hat. Sie hat seit gestern Abend eine fürchterliche Laune, weißt du, was mit ihr los ist?"

Jörn zuckte mit den Schultern. „Keine Ahnung, es ist einfach ihr Charakter. Wir sollten ihr das nicht ankreiden, die Situation ist für uns alle nicht einfach. Da darf man nicht jedes Wort auf die Goldwaage legen."

„Da ist was dran, ich hoffe nur, sie fängt sich wieder. Sonst wird die gemeinsame Zeit hier nicht einfach", sagte Ilma und nahm sich vor, jeden Tag so viele Stunden wie möglich außerhalb der Jagdhütte zu verbringen. Schweigend liefen sie weiter. Bald hatten sie den Bohlenweg durch das Sumpfgebiet erreicht. Jörn zeigte auf den Unterstand, in dem sie gestern Rast gemacht hatten. „Wollen wir eine Pause einlegen?“, fragte er.

Ilma schüttelte den Kopf. „Lass uns noch ein Stück weiterlaufen.“ Die Schutzhütte erinnerte sie an ihren gestrigen Streit, den sie gern vergessen wollte. Jörn hatte sich entschuldigt und ihren Forderungen nachgegeben, sie wollte nicht mehr daran denken. Der Weg machte eine kleine Biegung und plötzlich öffnete sich der Wald vor ihnen und gab den Blick auf einen ruhig dahinfließenden Fluss frei.

„Schau mal, wir sind richtig“, rief Jörn erfreut aus. „Da vorn ist eine Brücke, über die müssen wir rüber.“ Es handelte sich um eine hölzerne Hängebrücke, die beim Betreten unter ihren Füßen schwankte. Jörn griff nach der Hand von Ilma.

„Geht es?“

„Ja, alles in Ordnung“, sagte sie, atmete aber erleichtert auf, als sie auf der anderen Seite angekommen waren. „Hast du herausgefunden, wie dieser Fluss heißt?“

„Ja, das muss der Fämtan sein. Der fließt nicht an allen Stellen so ruhig wie hier, es gibt an einer Stelle sogar einen Wasserfall. Diese Wanderung können wir uns für später vornehmen, heute wollen wir ja dem Bratfallett einen Besuch abstatten.“

Ilma freute sich insgeheim, wie selbstverständlich Jörn auf ihre Linie einschwenkte und bereits weitere Wanderungen plante. Hinter der Brücke führte ein Weg bergauf, doch Jörn schüttelte den Kopf, als Ilma darauf zu lief.

„Wir müssen dem Fluss folgen“, sagte er. Der eingeschlagene Weg erwies sich als abwechslungsreich, mal liefen sie direkt am Flussufer entlang, dann ging es wieder steil nach oben und in den Wald hinein. Sie fanden einen idealen Rastplatz unter hohen Fichten, saftig grünes Moos bedeckte den Boden wie ein luxuriöser Teppich. Ilma jubelte laut auf, als sie ganz in der Nähe dichte Blaubeerpolster entdeckte. „Unser Nachtisch, wie toll ist das denn! Wir können liegen bleiben und müssen nur die Hände danach ausstrecken.“ Am Ende waren sowohl ihre Finger als auch ihre Zähne blau, doch Ilma hatte sich lange nicht so wohlgefühlt.

„Ich will hierbleiben, wir hätten ein Zelt mitnehmen sollen“, sagte sie verträumt.

Jörn lachte. „Nichts da, jetzt wird weitergewandert.“ Er zog Ilma auf die Füße. Der Weg führte sie nun aus dem Wald hinaus durch offenes Gelände. Sie liefen unter Hochspannungsleitungen hindurch, tauchten erneut in den Wald ein, überquerten eine Schotterstraße und eine weitere Brücke. Das Gelände war hügelig und wies einige ziemlich steile Aufstiege und Abstiege auf. Da die Wege mit Wurzeln und großen Gesteinsbrocken durchsetzt waren, mussten sie aufpassen, wo sie hintraten. Dann endlich hörten sie das Rauschen und folgten einem Weg abwärts zum Fuß des Wasserfalls. Der Anblick war überwältigend. Zwar ist der Bratfallett nur zehn Meter hoch, dafür aber sehr breit und seine Wasser rauschen in einem hohen Tempo durch die schmale Schlucht, die links und rechts von hohen Fichten gesäumt wird.

„Fantastisch“, sagte Ilma ehrlich begeistert. „So schön hatte ich es gar nicht in Erinnerung.“ In dem Becken unterhalb des Wasserfalls bemerkte sie einige Badende. „Wir hätten Badesachen mitnehmen sollen.“

Jörn schaute sie erstaunt an. „Mit dem Vorschlag habe ich jetzt nicht gerechnet“, sagte er. „Ich dachte, du bist neuerdings wasserscheu.“

„Wieso das denn? Nur weil ich abends nicht in den Tümpel neben der Jagdhütte springen will? Das werde ich auch in Zukunft nicht tun, dieses schwarze Wasserloch ist mir unheimlich.“

„Weil Tessa gesagt hat, der See hat keinen Grund?“ Jörn zog fragend die Augenbrauen hoch. „Das war nur ein Spruch, darauf kann man nichts geben. Kalt ist das Wasser allerdings schon. Und Baden ist für deinen Infekt vielleicht wirklich noch nicht das Richtige.“

Ilma schaute sich suchend um. „Wir müssen hier auch nicht baden. Suchen wir uns einen Platz, genießen wir die tolle Aussicht auf den Wasserfall und nehmen wir unsere Hauptmahlzeit ein.“ Sie setzten sich auf einen der großen Steine, die überall zwischen den Bäumen lagen, wie von der Hand eines Riesen zufällig verstreut.

„Bist du müde?“, fragte Jörn.

Ilma schüttelte den Kopf. „Nicht wirklich. Aber wir sollten uns Zeit lassen, bevor wir den Rückweg antreten. Ich will vor dem Abendessen nicht zurück sein. Bei allem Verständnis für sie habe ich keine Lust, die schlechte Laune von Tessa zu ertragen."

Die Sonne schien warm, das Wetter meinte es an diesem Tag ausnahmsweise gut mit ihnen. Ilma zog ihre Jacke aus dem Rucksack, breitete sie auf dem Boden aus und legte sich darauf. Sie döste vor sich hin, während Jörn mit seinem Smartphone beschäftigt war. Als er gar nicht damit aufhörte, richtete Ilma sich auf.

„Du bist gut, mir machst du deshalb Vorwürfe, aber du hängst jetzt schon seit einer halben Stunde mit der Nase auf deinem Handy. Was gibt es denn so Wichtiges?"

Jörn drehte sich zu ihr um und drückte dabei das Handy an seine Brust wie ein Kind, das bei etwas Verbotenem ertappt worden war. „Wie, was hast du gesagt?", stammelte er.

„Du sollst dich entspannen und das Ding ausschalten. Mir hast du das geraten, also halte du dich ebenfalls daran." Ilma griff spielerisch nach seiner Hand, doch er zog sie hastig weg.

„Was ist los?", fragte sie, durch seine Reaktion alarmiert. „Gibt es schlechte Nachrichten?"

„Nein, überhaupt nicht", versicherte er etwas zu eifrig. „Aber wir sollten jetzt den Rückweg antreten."

„Ich denke nicht daran." Ilma rekelte sich genüsslich. „Hier ist es herrlich, ich werde keine Minute früher als unbedingt notwendig in das Mausoleum von Jagdhaus zurückkehren."

65.

Als Jörn und Ilma zum Jagdhaus zurückkamen, war Tessa nicht dort.

„Sie wird irgendwo in der Nähe spazieren gehen, schließlich kann auch sie nicht die ganze Zeit im Haus sitzen“, meinte Ilma. „Wir sollten erst mal in Ruhe duschen und uns umziehen.“

Jörn wirkte jedoch ernsthaft beunruhigt, er lief mehrmals um die Hütten herum und rief nach Tessa.

„Sie wird schon wieder auftauchen“, sagte Ilma, die es nicht eilig hatte, Tessa wiederzusehen. Jörn verhielt sich seit ihrer Rast am Wasserfall eigenartig. Immer wieder hatte er zum Aufbruch gedrängt und auf dem Rückweg ein Tempo vorgelegt, bei dem Ilma ihm kaum folgen konnte.

Da Tessa nirgends zu sehen war, ging er schließlich voran in die Hütte und duschte als Erster, während Ilma die Rucksäcke auspackte. Die Regenkleidung hatten sie zum Glück nicht gebraucht.

Jörn kam aus der Dusche, er hatte ein Handtuch um die Hüften gewickelt und kleidete sich eilig an. „Ich gehe schon mal voraus und bereite das Abendessen vor, nach der Wanderung habe ich einen Bärenhunger“, sagte er. „Lass du dir ruhig Zeit.“

Ilma hatte den Verdacht, er wolle vor allem weiter nach Tessa suchen. Seine Unruhe begann auf sie abzufärben. Vermutete er vielleicht, Tessa könnte etwas zugestoßen sein? War deren morgendliche Bemerkung, sie würden sich in Gefahr befinden, nicht nur so dahergeredet gewesen? Und war ihre Verstimmung nicht einfach schlechte Laune, sondern Angst gewesen?

Ilma beeilte sich nun auch mit dem Duschen und Anziehen, sie wollte so schnell wie möglich wieder in der Nähe von Jörn sein. Nervös lauschte sie auf jedes Geräusch. Als sie anschließend aus der Hütte trat, hatte sich der Himmel zugezogen. Mit jedem Tag brach die Dämmerung nun früher herein, doch hier, eingeschlossen zwischen den hohen Bäumen, schien sie sich besonders zeitig herabzusenken und alles in einen grauen Schleier zu hüllen. Ilma fröstelte und betrat eilig das Jagdhaus. Bereits im Vorbau hörte sie zwei Stimmen, Tessa war demnach zurück und diskutierte lebhaft mit Jörn. Bei Ilmas Eintreten drehten beide die Köpfe ruckartig zu ihr um und verstummten abrupt. Tessa verzog den Mund zu einem breiten Lächeln, das ihre Augen nicht erreichte. „Hallo Ilma, wie war die Wanderung? Du musst ganz schön erschöpft sein."

„Nein, überhaupt nicht, es war toll. Eventuell werde ich morgen ein wenig Muskelkater in den Beinen haben, doch das war es wert." Schon jetzt spürte Ilma ein leichtes Ziehen in den Waden.

Jörn verschwand in der Küche und kam mit einer Pfanne zurück, in der sich gebratene Kartoffeln, Zwiebeln, Rote Beete und Speck befanden. Bei dem Anblick und Duft lief Ilma das Wasser im Mund zusammen, zum ersten Mal seit Tagen verspürte sie wieder Appetit. Die Wanderung hatte ihr definitiv gutgetan. Tessa entkorkte eine Flasche Wein. „Ich bringe dir gleich deinen Tee", sagte sie an Ilma gerichtet.

„Nein, heute keinen Tee", entschied Ilma spontan. „Ich brauche einen großen Kaffee, und den mache ich mir selbst." Ehe Tessa widersprechen konnte, verschwand sie in der Küche, wo tatsächlich schon der Krug mit Tee stand. Sie tauchte einen Teelöffel hinein und kostete vorsichtig. Es war der gleiche bittere Geschmack wie gestern. Während sie ihren Kaffee zubereitete, hörte sie Jörn und Tessa im Jagdzimmer nebenan leise flüstern. Versuchsweise legte sie das Ohr an die Tür, verstand aber kein Wort. Sie schnappte sich ihren Kaffeebecher und kehrte zu den beiden zurück. Jörn räusperte sich.

„Das mit dem Kaffee ist vielleicht keine so gute Idee, Ilma", sagte er. „Dein Magen ist erst wieder halbwegs in Ordnung, Tee wäre sicher besser."

„Kaffee ist besser für meinen Kreislauf", erwiderte Ilma ungerührt und nahm einen großen Schluck. Danach tat sie sich von dem Pfannengericht auf und schaute Jörn fragend an. „Möchtest du auch?“

„Nein, lass mal“, erwiderte er und legte eine Scheibe Brot auf seinen Teller. Tessa nahm sich ein wenig Gebratenes, stocherte aber nur lustlos darin herum. Dafür sprach sie dem Wein umso eifriger zu. Die Einzige, die an diesem Abend mit Appetit aß, war Ilma. Sie war es auch, die für die Unterhaltung sorgte.

„Wir haben auf unserer Wanderung Blaubeeren gefunden“, sagte sie. „Leider hatten wir keine Behältnisse dabei, sonst hätten wir welche mitgebracht. Aber morgen würde ich gern Beeren sammeln gehen. Hast du zufällig Beerenkämme da?“ Sie schaute Tessa fragend an, die ein verächtliches Schnauben ausstieß.

„Wie kommst du denn darauf? Glaubst du, Elias und seine Jagdfreunde wären hier Beerensammeln gegangen?“

„Na schön, aber irgendwelche Behältnisse wird es ja wenigstens geben.“ Ilma erwärmte sich zunehmend für ihre Idee, während Tessa die Stirn runzelte und Jörn dumpf vor sich hin brütete. Die Stimmung am Tisch war merkwürdig aufgeladen. Jörn zerkrümelte sein Brot und warf Tessa immer wieder Blicke zu, die Ilma nicht deuten konnte. Von seinem angeblichen Bärenhunger war nichts mehr zu merken. Tessa wiederum trank noch mehr als am Vorabend, sie öffnete bereits die zweite Flasche.

„Willst du nachher noch in die Sauna gehen?“, fragte Ilma und konnte sich dabei einen anzüglichen Blick auf die Flasche nicht verkneifen.

„Ja sicher, und Jörn kommt mit.“ Es war eine Feststellung und keine Frage. Genauso wie es feststand, dass Ilma sich nicht am Saunagang beteiligen würde. Es war alles wie immer und doch ganz anders. Irgendetwas stimmte an diesem Abend nicht, eine unterschwellige Spannung lag in der Luft, als würde sich eine drohende Wolke von der Decke auf ihre Köpfe herabsenken.

66.

Ilma lag auf dem Bett und versuchte, einen Entschluss zu fassen. Etwas ging zwischen Jörn und Tessa vor, etwas, wovon sie ausgeschlossen war. Noch widerstand sie dem Drang, hinüberzugehen und an der Tür der Sauna zu lauschen. Man lauscht nicht an Türen, das gehört sich nicht, hatte ihre Mutter ihr eingeschärft. Doch nicht deren mahnende Worte waren es, die Ilma zurückhielten. Es war vor allem die Angst vor ihrem eigenen Misstrauen. Gerade hatten Jörn und sie sich das Versprechen gegeben, keine Geheimnisse mehr voreinander zu haben. Wenn sie ihn jetzt belauschte, war das ein Eingeständnis ihres Scheiterns, vor dem sie sich fürchtete. Was war eine Beziehung wert, in der man den anderen heimlich ausspionierte?

Ihr Durst meldete sich nachdrücklich, sie hatte vergessen, eine frische Flasche Wasser mitzunehmen. Wenn sie nun hinüber in die Küche des Jagdhauses ging, wo sich der Wassersprudler befand, war das dann ein Grund oder ein Vorwand? Natürlich könnte sie zur Not einfach Wasser aus der Leitung trinken, aber das mochte sie nicht. Ilma schwang die Beine vom Bett. Schluss mit dem Grübeln, sie würde sich Wasser holen und auf dem kürzesten Wege zurückgehen. Weder konnte man ihr deshalb einen Vorwurf machen, noch musste sie ein schlechtes Gewissen haben. Draußen war es jetzt fast dunkel, sie legte die Schritte zum Haupthaus schnell und mit einem mulmigen Gefühl zurück. Überall in der Dunkelheit schienen Schatten zu lauern. Vom Wald her drangen undefinierbare Laute an ihr Ohr. Sie atmete auf, als sie das Haus erreicht hatte und die Tür hinter sich zuzog. Über dem Esstisch im Jagdzimmer leuchte die Lampe, ein geschmackloses Ding aus künstlichen Geweihen, auf denen ausgestopfte Vögel hockten. Immer wenn Ilma darunter saß, befürchtete sie, der Staub aus deren Gefieder würde auf die Speisen rieseln. Sie bog in den Gang ein, der zur Küche und von dort weiter zum Bad und zur Sauna führte, und stutzte. Hier war alles dunkel. Waren Jörn und Tessa gar nicht in der Sauna? Jetzt hörte sie Stimmen, doch sie kamen nicht aus dem Gang, sondern von oben aus dem Schlafzimmer von Tessa. Unwillkürlich hielt Ilma den Atem an. Sollte Jörn mit Tessa ...? Der Gedanke erschien ihr so absurd, dass es sie schüttelte. Sie schlich ganz nah an den Fuß der Treppe heran und lauschte. Das Gespräch dort oben wurde mit einiger Erregung und nicht gerade leise geführt.

„Davon war nicht die Rede, das hätte nicht passieren dürfen", sagte Jörn gerade.

„Mein Gott, es ist etwas anders gelaufen, als es geplant war." Tessa gab sich genervt. Jörn steigerte seine Lautstärke daraufhin derart, dass Ilma erschrocken ein Stück zurückwich. „Lüg mich nicht an, verdammt noch mal", brüllte er. „Genauso war es geplant, du hast ihm den Auftrag gegeben, den Mann zu erschießen. Bist du eigentlich noch ganz bei Trost? Was ist, wenn der Killer auspackt?"

„Erstens wird man ihn nicht fassen, weil niemand ihn gesehen hat, und zweitens würde er niemals reden, falls es doch passieren sollte. Von ihm droht uns keine Gefahr."

„Du denkst nur an dich. Das war ein Auftragsmord, Tessa. Ich hätte dem nie zugestimmt, wenn du mir vorher gesagt hättest, was du vorhast."

Tessa lachte verächtlich. „Jetzt belügst du dich selbst. Du hast genau gewusst, wie es ablaufen würde. Ja, du hast es richtig erkannt: Er sollte ihn erschießen. Alles andere hätte keinen Sinn gemacht. Das war der Plan: Ein Mann wird ohne ersichtlichen Grund auf der Straße erschossen. Die Polizei durchsucht seine Wohnung, um Hinweise auf die Gründe dafür zu finden. Dabei finden sie etwas ganz anderes, nämlich Beweise dafür, dass er Svea und Elias umgebracht hat."

„Du hast gesagt, du würdest der Polizei einen anonymen Hinweis auf ihn zukommen lassen. Hätte das nicht ausgereicht?"

„Natürlich nicht, stell dich nicht blöder, als du bist, Jörn. Nachdem die Polizei ihn als Täter entlarvt hatte, durfte er keine Möglichkeit bekommen, über seine Motive zu reden. Das wäre nämlich gar nicht vorteilhaft für uns gewesen, das weißt du so gut wie ich. Leider war dieser Versager nicht treffsicher genug und der Schuss nicht tödlich. Wir können nur hoffen, der Mann wird nicht wieder aus dem Koma erwachen. Wenn doch, haben wir ein Problem. Wir müssen es irgendwie zu Ende bringen. Du wirst mir dabei helfen, Jörn. Du hängst genauso mit drin wie ich. Diesmal lässt du nicht andere für dich die Kastanien aus dem Feuer holen. Die Nummer hast du zu oft durchgezogen, damit ist jetzt Schluss."

Das Schweigen, das darauf folgte, war für Ilma der schrecklichste Moment dieses bestürzenden Gespräches. Jörn widersprach nicht. Hieß das, er war bereit, den Mordauftrag auszuführen? Und was verbarg er noch alles vor ihr?

Sie war vor Entsetzen wie gelähmt und reagierte zu spät, als oben die Tür aufgerissen wurde und Jörn mit lauten Schritten die Treppe heruntergepoltert kam, immer zwei Stufen auf einmal nehmend.

„Ilma, was machst du hier?" Die Schärfe in seiner Stimme erschreckte sie.

„Ich hatte vergessen, mir Wasser mitzunehmen, und wollte gerade eine Flasche aus der Küche holen. Da habe ich deine Stimme gehört. Wieso seid ihr nicht in der Sauna?" Sie hoffte, er würde ihr Zittern nicht bemerken.

„Tessa fühlt sich nicht gut, vermutlich hat sie sich bei dir angesteckt", sagte er. „Sie will deshalb heute nicht in die Sauna und ich werde auch darauf verzichten. Lass uns gehen." Er nahm Ilmas Arm.

„Das Wasser", sagte sie nur. Ihre Hand bebte, als sie die Flasche unter dem Sprudler platzierte. Jörn warte, bis sie fertig war. Als sie hinüber zu ihrer Hütte gingen, legte er den Arm um sie. Zum ersten Mal fühlte es sich für Ilma nicht gut an, sie kam sich wie eine Gefangene vor.

67.

Alva war mit Jördis auf dem Weg nach Malmö. Als sie Halmstadt passierten, wanderten ihre Gedanken automatisch zu Sven. Jördis schien es ähnlich zu gehen.

„Was glaubst du, wird der gemeinsame Urlaub Sven und Gundel einander wieder näherbringen?“, fragte sie.

Alva überholte einen Lkw. Erst als sie sich danach wieder in den Verkehr eingefädelt hatte, antwortete sie auf die Frage. „Ich denke, nur der Urlaub allein kann nicht richten, was zwischen den beiden kaputtgegangen ist. Aber es ist sicher ein Schritt in dic richtige Richtung. Sie können Zeit als Familie miteinander verbringen, auch für ihre beiden Söhne ist das wichtig.“

„Wenn Gundel nur nicht gleich mit den Kindern nach Halmstadt gezogen wäre, das hatte so etwas Endgültiges“, meinte Jördis. „So schnell wird sie nicht nach Göteborg zurückkommen. Den beiden Jungen kann man ein derartiges Hin und Her auch nicht zumuten.“

„Warten wir es ab“, sagte Alva nur. Vor ihnen tauchte eine Baustelle auf, sie konzentrierte sich auf den Verkehr, der sich dort staute. Zum Glück löste sich der Stau schnell wieder auf und sie kamen pünktlich zur verabredeten Zeit in Malmö an. Vom Fenster der dortigen Polizeistation aus hatte man einen fantastischen Ausblick auf den Rörsjökanal. Gemächlich zogen dort Paddler ihre Bahnen und tauchten unter den Rundbögen der historischen Brücke hindurch. Die Beamtin, die Alva und Jördis mit einem festen Händedruck begrüßt hatte, folgte dem Blick von Alva nach draußen. „Idyllisch, nicht wahr?“, sagte sie. „Aber leider täuscht der Eindruck. Die Bandenkriminalität macht uns zunehmend Probleme. Erst in der vergangenen Woche gab es wieder eine Schießerei vor einem Einkaufszentrum. Zum Glück konnten wir die Täter kurz darauf stellen. Ich bin übrigens Ebba Hansson, aber Ebba genügt.“

Alva und Jördis stellten sich ebenfalls vor. Ebba Hansson war um die fünfzig, sie hatte sehr kurzes rotes Haar und ein breitflächiges Gesicht mit hohen Wangenknochen und grauen Augen. Sie bot den Göteborger Kolleginnen Kaffee an und kam dann auf das Anliegen von deren Besuch zu sprechen. „Warum jemand Karl Hoffner erschießen wollte, ist uns immer noch ein Rätsel“, sagte sie. „Wir haben zuerst an eine Verwechslung geglaubt, aber jemand scheint ihn schon länger beobachtet und ihm dann gezielt aufgelauert zu haben. Leider gibt es von dem Täter nicht die geringste Spur. Das könnte ein Profi gewesen sein.“

„Nur was das Zielen betraf, war er kein Profi“, sagte Jördis. „Zum Glück für den Mann, der es überlebt hat“, fügte sie schnell hinzu.

„Und zum Glück für uns, falls er überlebt und überhaupt wieder zu sich kommt“, ergänzte Ebba. „Was wir bisher an Informationen über ihn haben, ist mehr als dürftig. Der Mann ist ein Sonderling, der sich mehr für Vögel als für Menschen interessiert und in seinem ganzen Leben noch keiner Fliege etwas zuleide getan hat. Wer sollte ein Interesse daran haben, so jemanden umzubringen? Ich finde die Verbindung zur Insel Styrsö, die ihr vermutet, durchaus interessant. Aber erstens unterscheiden sich die Morde dort in der Ausführung deutlich von unserem Fall, zweitens betrafen sie einen ganz anderen Personenkreis. Ging es da nicht um einen windigen Bauunternehmer und eine Bekannte von ihm?“

„Schon“, sagte Alva. „Doch das dritte Opfer war eine ältere Rentnerin, die ebenfalls nicht ins Raster passt. Wir haben in allen drei Fällen keine Spur vom Täter. Deshalb ist unsere Vermutung, Karl Hoffner könnte etwas beobachtet haben und stellt dadurch eine Gefahr für den Täter dar.“

„Das klingt einleuchtend“, stimmte Ebba Hansson zu. „Ein Mann, der ständig mit dem Fernglas unterwegs ist, um Vögel zu beobachten, kann dabei auch etwas vor die Linse bekommen haben, was er auf keinen Fall sehen sollte. Das wäre ein Motiv, ihn aus dem Weg zu räumen. Wie wollt ihr jetzt vorgehen?“

„Wir fragen erst einmal im Krankenhaus nach, ob die Aussicht besteht, irgendwann mit Karl Hoffner zu sprechen."

Ebba zog ein skeptisches Gesicht. „Ich fürchte, den Weg könnt ihr euch sparen. Wie haben den behandelnden Arzt gebeten, uns zu informieren, wenn der Patient aufwachen sollte. Bis jetzt warten wir vergeblich auf diesen Anruf."

Alva hatte noch eine andere Idee. „Ich möchte herausfinden, ob er Besuch hatte. Vorsichtshalber sollten wir ihn bewachen lassen. Falls der Täter auf die Idee kommen sollte, sein Werk vollenden zu wollen."

„Wenn eure Hypothese stimmt und der Mann ein wichtiger Zeuge ist, dann sollten wir das unbedingt tun", stimmte Ebba ihr zu. „Ich werde alles Notwendige so schnell wie möglich veranlassen."

Alva und Jördis hatten sich den Weg zu dem Krankenhaus, in dem Karl Hoffner im Koma lag, beschreiben lassen. Es befand sich in der Nähe des Schlosses und Alva erinnerte sich an ihren Vorsatz, die dortige Ausstellung unbedingt einmal zu besuchen. In nächster Zeit würde sie es allerdings garantiert nicht schaffen.

Im Krankenhaus fragten sie sich zur Intensivstation durch. Sie mussten auf dem Flur warten, bis eine Ärztin Zeit für sie fand. Die junge Frau, die ein Schild an ihrem Kittel als Dr. Julia Blomquist auswies, wirkte gehetzt.

„Wie kann ich Ihnen helfen?", fragte sie.

Alva zeigte ihren Ausweis vor. „Wir sind wegen Karl Hoffner hier."

Die Ärztin nickte. „Er ist noch nicht aufgewacht und ich kann Ihnen nicht mit Sicherheit sagen, wann das der Fall sein wird."

„Was können Sie uns sonst zu seinem Zustand sagen?"

„So merkwürdig das vielleicht klingen mag, der Mann hatte Glück. Ihm wurde von hinten in den Kopf geschossen. Das Projektil ging direkt zwischen den beiden Großhirnhälften hindurch und hat dadurch keine größeren Schäden angerichtet. Natürlich kam es aufgrund des Drucks zu einer Hirnschwellung und einem schweren Schädel-Hirn-Trauma, daher auch die Bewusstlosigkeit, die jetzt den dritten Tag anhält. Doch der Patient hat gute Chancen, zu überleben und keine gravierenden Schäden davonzutragen."

Alva fand, das war eine erfreuliche Nachricht. Sie stellte gleich die nächste Frage, die sie beschäftigte. „Hatte der Patient Besuch oder hat sich jemand nach ihm erkundigt?“

Irgendwo auf der Station ertönte ein Signalton, die Ärztin schaute sich nervös um. „Das kann ich Ihnen nicht sagen und Sie müssen mich jetzt auch entschuldigen. Fragen Sie am besten Schwester Meta, da kommt sie gerade.“ Schwester Meta war eine imposante Erscheinung, die einen beachtlichen Busen vor sich herschob. Während die Ärztin davoneilte, nahm Schwester Meta ihre Stelle ein. Alva wiederholte ihre Frage.

„Ja, da war jemand hier, gestern erst“, sagte Schwester Meta. „Eine junge Frau, seine Nichte. Sie war völlig aufgelöst, hat furchtbar geweint, als sie ihn da so verkabelt liegen sah. Ich dachte, sie bricht mir hier zusammen.“

„Können Sie die Frau beschreiben?“

Schwester Meta war von dieser Aufforderung sichtlich irritiert, bemühte sich jedoch nach Kräften um eine Beschreibung. „Sie war schlank, so wie Sie“, sagte sie mit einem Blick auf Alvas Figur. „Rotblondes Haar, etwa bis zum Kinn und ganz gerade abgeschnitten. Sie trug eine große Brille, eigentlich zu groß für ihr kleines Gesicht.“

„Und sonst?“, fragte Alva. „Augenfarbe, besondere Merkmale?“

„Wie soll ich das wissen?“ Schwester Meta wirkte fast ein bisschen beleidigt. „Sie weinte ja ununterbrochen, da konnte ich ihr Gesicht kaum erkennen. Aber sie ist seine Nichte, Sie können sie doch leicht ausfindig machen.“

Alva war sich sicher, dass Karl Hoffner keine Nichte hatte. Hoffentlich hatte Ebba Hansson seine Überwachung schon veranlasst.

68.

„Könnte es sich bei der Frau, die Karl Hoffner im Krankenhaus aufgesucht hat, um deine Patientin Elisabeth Andersson handeln?“ Diese Frage hatte Alva schon den ganzen Tag über beschäftigt. Am Abend konnte sie Birger ihre Vermutung endlich mitteilen. Er wirkte überrascht und zögerte mit der Antwort.

„Ich weiß, wie weit hergeholt das für dich klingen muss“, sagte sie schnell. „Ich habe diese Frau nie gesehen, kenne nur deine Beschreibung, die sich auffällig mit derjenigen deckt, die mir die Krankenschwester auf der Intensivstation von der Besucherin gegeben hat. Nun gibt es sicher viele junge schlanke Brillenträgerinnen, warum sollte nicht eine von ihnen einen Besuch im Krankenhaus machen? Aber sie gab sich als die Nichte von Karl Hoffner aus, was nicht stimmen kann. Der Mann war nie verheiratet, er hat keine Geschwister und keine Verwandten und folglich auch keine Nichte. Außerdem haben mir die Kolleginnen von Elisabeth Andersson gesagt, sie würde einen kranken Verwandten in Malmö besuchen. Das passt ziemlich gut zusammen.“

„Es scheint tatsächlich zu passen, kann aber auch ein Zufall sein.“ Birger wollte sich nicht festlegen. „Nur auf eine vage Beschreibung hin kann man niemanden identifizieren.“

„Wir lassen Karl Hoffner ab sofort überwachen“, sagte Alva. „Sollte die Frau ein zweites Mal bei ihm auftauchen, wird sie sich ausweisen müssen. Darauf hoffe ich jetzt. Ich will sofort informiert werden, wenn sich etwas tut.“

Der ersehnte Anruf erreichte Alva am nächsten Morgen. Zu ihrer Überraschung ging es dabei jedoch nicht um die Besucherin, sondern um die erfreuliche Nachricht, Karl Hoffner sei aus dem Koma erwacht.

„Stecken Sie Ihre Erwartungen aber nicht zu hoch", warnte die kühle Stimme seiner behandelnden Ärztin. „Patienten, die aus dem Koma erwachen, sind zunächst oft verwirrt und orientierungslos. Ein sinnvolles Gespräch ist da kaum möglich. Auch können wir noch nicht einschätzen, welche Schäden er durch die Verletzung davongetragen hat. Das wird sich erst im Laufe der Zeit herausstellen."

Alva wollte trotzdem keine Zeit verstreichen lassen und beschloss, unverzüglich nach Malmö aufzubrechen. Im schlimmsten Falle würde die Fahrt vergeblich sein, dann musste sie es jeden Tag erneut versuchen. Wieder wurde sie von Jördis begleitet, die sich über die Fahrweise von Alva wunderte.

„Du bist ganz schön flott unterwegs", stichelte sie. „Die Aussicht auf einen Hinweis scheint dich zu beflügeln."

Alva musste grinsen und nahm den Fuß vom Gas. Wie ein Kribbeln am ganzen Körper spürte sie ihre Ungeduld, endlich Licht ins Dunkel zu bringen. Auch Rurik setzte große Hoffnungen auf die Aussage von Karl Hoffner. Er war Alva dankbar für ihre Bereitschaft, sich darum zu kümmern. Seit seinem Herzinfarkt hatte er Probleme mit Krankenhäusern, schon der typische Geruch, der dort herrschte, machte ihn nervös. Während sie sich ihrem Ziel näherten, überlegte Alva, welche Fragen sie stellen sollte. Vermutlich würde man ihr nur wenige Minuten mit Karl Hoffner geben, die galt es gut zu nutzen. Falls er überhaupt schon wieder in der Lage war sich zu äußern. Immerhin diese Sorge konnte ihr Dr. Julia Blomquist, von der sie auch diesmal empfangen wurden, nehmen. „Er kann sich artikulieren", sagte sie. „Das ist schon mal ein großer Vorteil, nicht bei allen Patienten, die aus dem Koma erwachen, ist das so. Einige müssen das Sprechen erst wieder erlernen. Aber er ist desorientiert, weiß nicht, wo er sich befindet und weshalb er hier ist."

„Er erinnert sich nicht, was mit ihm passiert ist?", fragte Alva.

Die Ärztin schüttelte den Kopf. „Er weiß nicht einmal, was er in Malmö wollte. Vermutlich fehlen ihm mehrere Tage vor seiner Verletzung. Ich gebe Ihnen zehn Minuten mit ihm, auf keinen Fall länger. Alles andere würde ihn zu sehr anstrengen."

Alva nickte zustimmend, sie hatte nichts anderes erwartet. Gemeinsam mit der Ärztin und Jördis betrat sie das Krankenzimmer, in dem es durchdringend nach Desinfektionsmittel roch. Karl Hoffners Kopf war dick bandagiert und er war noch immer an mehrere Monitore angeschlossen, doch er war wach und atmete selbstständig. Ein durchsichtiger dünner Schlauch vor seiner Nase führte ihm zusätzlichen Sauerstoff zu.

„Herr Hoffner, Sie haben Besuch", sagte die Ärztin. „Die beiden Damen sind von der Polizei und würden gern mit Ihnen sprechen."

Karl Hoffner drehte langsam den Kopf in ihre Richtung und musterte Alva und Jördis aus blutunterlaufenen Augen. Julia Blomquist reckte die Finger beider Hände in die Höhe, um Alva an die Absprache zu erinnern. Dann verließ sie den Raum. Alva trat näher an das Bett heran, während Karl Hoffner Sie mit einem Blick anschaute, der wie der Versuch wirkte, sich an sie zu erinnern.

„Wissen Sie, wo Sie sind?", fragte Alva.

„Krank... Krankenhaus", brachte er mühsam hervor. „Was ist ...?"

„Sie wissen, was passiert ist?"

„Nein. Unfall?" Es war eine Frage, er nahm an, einen Unfall erlitten zu haben. Es brachte nichts, weiter in diese Richtung nachzuforschen. Alva beschloss, aufs Ganze zu gehen.

„Kennen Sie Elisabeth Andersson?"

In seinen Augen glomm ein Funke auf. „Lizzi", murmelte er und dann noch etwas, das Alva nicht verstehen konnte. Es klang wie: „Will sie sein."

„Was will Lizzi?", bohrte Alva nach.

Er ging nicht darauf ein. „Arme Lizzi", murmelte er und dann wieder etwas Unverständliches.

„Warum ist Lizzi arm?" Alva wollte den Kontakt zu ihm wiederherstellen, bevor er sich ganz in seinen Gedanken verlor. Doch es funktionierte nicht.

„Armes Mädchen", schluchzte er. „Der Junge ... noch schlimmer." Eine Träne lief über seine Wange. Alva schwieg betroffen. Sie wollte den Patienten auf keinen Fall aufregen. Gelegenheit hatte sie ohnehin nicht mehr dazu, denn nun wurden sie mit einer energischen Geste von Julia Blomquist aus dem Zimmer beordert. Sie hatte das Gespräch durch die Glasscheibe verfolgt und sofort eingegriffen, als sie die Erregtheit des Patienten bemerkte.

„Erholen Sie sich gut, Herr Hoffner, und werden Sie bald gesund“, sagte Alva beim Hinausgehen.

„Was war das denn eben?“, zischte Jördis. „Wer ist Elisabeth Andersson? Weißt du mehr als ich und enthältst es mir vor? Ich dachte, wir sind ein Team.“

„Entschuldige Jördis, es war ein spontaner Einfall von mir, Karl Hoffner nach dieser Frau zu fragen. Ich habe mit niemandem darüber geredet, weil es sich um eine vertrauliche Angelegenheit handelt. Sie ist eine Patientin von Birger. Eigentlich hätte er mir den Namen überhaupt nicht nennen dürfen. Jetzt, wo es offensichtlich eine Verbindung zwischen ihr und Karl Hoffner gibt, hat sich die Situation geändert. Wir können sie nun offiziell befragen.“

„Okay“, sagte Jördis gedehnt. „Darfst du mir wenigstens erzählen, wie du auf diese Verbindung gestoßen bist?“

„Das mache ich auf der Rückfahrt, und zwar ganz ausführlich“, versprach Alva, worauf Jördis wieder versöhnt wirkte.

„Der Junge, den Hoffner erwähnte, könnte ebenfalls von Interesse für uns sein.“

„Weißt du etwa auch, wer mit diesem Jungen gemeint war?“ Jördis schaute Alva fragend an.

„Nein, bis jetzt habe ich keine Ahnung, aber wir müssen es herausfinden.“

„Wenigstens scheinst du vorzuhaben, mich wieder in die Ermittlungen einzubeziehen.“

„Ich hatte nie vor, dich auszuschließen“, versicherte Alva, während sie darauf brannte, sich mit Birger über ihre neuesten Erkenntnisse auszutauschen.

69.

„Diese Frau, die Karl Hoffner im Krankenhaus besucht hat, ist niemand anders als deine Patienten mit der etwas zu lebhaften Fantasie und den erfundenen Geschichten“, sagte Alva. Sie hockte im Schneidersitz auf der Couch, Veikko hatte seinen Kopf auf ihren Schoß gelegt und ließ sich hinter den Ohren kraulen. Birger saß im Sessel gegenüber und wartete ab, was Alva noch zu berichten hatte.

„Hoffner hat eindeutig auf den Namen Elisabeth Andersson reagiert“, fuhr sie fort. „Er nannte sie Lizzi und er bezeichnete sie als arm. Das war nicht im materiellen Sinne gemeint, sondern bezog sich auf ihre Situation. In dem Zusammenhang erwähnte er dann auch einen Jungen, der noch schlimmer dran wäre. Es könnte sich um den Jungen aus der Pflegefamilie handeln, dessen Schicksal Elisabeth Andersson als ihres ausgegeben hat. Du wolltest dem nicht weiter nachgehen, um dich nicht in etwas zu verrennen, aber die Situation hat sich grundlegend geändert. Elisabeth Andersson ist jetzt eine mögliche Zeugin für uns. Da sie Hoffner kennt und ihm sogar nahezustehen scheint, kann sie uns vielleicht erklären, wer es auf diesen harmlosen Mann abgesehen haben könnte. Ob der Junge, den Hoffner erwähnte, dabei auch eine Rolle spielt, müssen wir ebenfalls herausfinden.“

„Das klingt einleuchtend“, sagte Birger. „Was kann ich dabei tun?“

„Zuerst einmal müssen wir Ermittlungen zu den Personen und ihren Hintergründen anstellen. Das ist jetzt Sache der Polizei. Wenn wir mehr wissen, kannst du uns mit deiner Interpretation weiterhelfen.“

„Na schön, und wo willst du mit den Ermittlungen anfangen?“

„Wir müssen zuerst Elisabeth Andersson ausfindig machen und sie so schnell wie möglich befragen. Außerdem will ich etwas über die Pflegefamilie, gegen die wegen Misshandlung Schutzbefohlener ermittelt wurde, herausfinden. Da muss eine Akte existieren. Vielleicht erfahre ich auf dem Wege auch den Namen des Jungen und was ihn mit Elisabeth Andersson verbindet.“

„Klingt nach einem Plan“, sagte Birger. „Ich hoffe, ihr seid erfolgreich.“

„Ich habe das Gefühl, wir stehen endlich vor einem Durchbruch.“ Alva spürte einen Tatendrang wie lange nicht.

70.

Ein Anruf bei der Reinigungsfirma ergab, dass Elisabeth Andersson für vierzehn Tage Urlaub genommen hatte.

„Sie wohnt in Hjällbö", sagte Alva. „Wir fahren hin, eventuell treffen wir sie zu Hause an."

Der Wohnblock aus den Sechzigerjahren, in dem Elisabeth Andersson lebte, wirkte heruntergekommen. Der schmutziggelbe Putz war an vielen Stellen abgeblättert und gab der Fassade ein vernarbtes Aussehen. Die Wände des Treppenhauses waren über und über mit Graffiti beschmiert. Wer hier wohnte, hatte wenig Geld und konnte sich nichts Besseres leisten. Die Wohnung befand sich im dritten Stock, es gab kein Namensschild an der Tür. Das Furnier war abgeschabt und im unteren Bereich sah es aus, als hätte jemand dagegengetreten.

„Hier muss es sein", sagte Jördis und drückte auf die Klingel. Hinter der Tür rührte sich nichts, auch ein zweiter Versuch war erfolglos. Alva schaute sich suchend um. Die Wohnungstür gegenüber war verschlossen, doch auf der Treppe unter ihnen waren Schritte zu hören. Sie beugte sich über das Geländer und sah eine ältere Frau mit einer voluminösen Einkaufstasche mühsam die Stufen erklimmen. Alva ging ihr entgegen. Die Frau stellte die Tasche auf einer Stufe ab und musterte Alva misstrauisch.

„Guten Tag, ich möchte zu Elisabeth Andersson, sie wohnt doch hier?"

Die Frau rückte ihr Kopftuch zurecht und zögerte mit der Antwort. Sie hatte Jördis auf dem Treppenabsatz über sich entdeckt und wirkte verunsichert. Wie bei fast allen ihren

Einsätzen trugen sie beide Zivil. Die Bereitschaft, mit der Polizei zu reden, war bei den Bewohnern einiger Stadtteile nicht sonderlich ausgeprägt, Hjällbö zählte definitiv dazu. Doch nun fürchtete Alva, die Frau könnte Jördis und sie für Trickbetrügerinnen oder Einbrecherinnen halten. In dem Falle bliebe ihr nichts weiter übrig, als den Ausweis vorzuzeigen.

Offenbar fiel die Entscheidung dann doch zu ihren Gunsten aus, die Frau entschloss sich zu einer Antwort. „Wohnt hier, ist aber nicht da", sagte sie in gebrochenem Schwedisch.

„Wissen Sie, wo sie ist? Oder wann sie wiederkommt."

„Nein, nichts wissen."

Da konnte man nichts machen. Alva bedankte sich für die Auskunft. Ihr Angebot, der Frau die Tasche hinaufzutragen, wurde freundlich abgelehnt.

„Was machen wir jetzt?", fragte Jördis, als sie wieder im Auto saßen.

„Wir schicken ihr eine offizielle Vorladung."

„Glaubst du, darauf wird sie reagieren?"

„Nein, eher nicht." Alva hatte auch noch eine weitere Befürchtung. Würden sie Elisabeth Andersson dadurch eventuell sogar verschrecken? „Wir werden regelmäßig jemanden bei ihr vorbeischicken, sie muss ja irgendwann mal zu Hause sein", setzte sie hinzu.

Jördis war sich da nicht so sicher. „Sie könnte sich auch in Malmö aufhalten, weil sie in der Nähe von Hoffner bleiben will. Allerdings müsste sie dann dort irgendwo untergekommen sein. Ein Hotel kann sie sich wohl eher nicht leisten."

„Vielleicht haben wir Glück und sie taucht schon bald wieder im Krankenhaus auf. In dem Falle werden wir umgehend benachrichtigt." Darauf setzte Alva ihre größten Hoffnungen. Karl Hoffner wurde inzwischen rund um die Uhr bewacht. In ein paar Tagen, wenn er sich weiter erholt hatte, würden sie ihn erneut befragen, diesmal hoffentlich mit mehr Erfolg. Sie hatte eine Recherche nach der Pflegefamilie des unbekannten Jungen begonnen, die sie nach ihrer Ankunft im Präsidium sogleich fortsetzte. Der Fall lag dreizehn Jahre zurück, sie hatte die Akte angefordert und rief sie jetzt auf ihrem Computer auf.

„Mist", entfuhr es ihr, als sie eine Weile darin gelesen hatte.

„Was ist los?“ Jördis kam zu ihr herüber und schaute ihr über die Schulter.

„Der Name des Jungen wird nicht erwähnt, er wurde vor Gericht nicht als Zeuge gehört, obwohl er die Ereignisse ins Rollen gebracht hatte.“

„Und warum nicht? Wie ist das damals überhaupt abgelaufen?“

Alva lehnte sich zurück und schaute Jördis an. „Das Paar hatte ursprünglich fünf Pflegekinder. Als die Sache aufflog, waren die beiden ältesten bereits ausgezogen. Im Haus lebten noch der damals elfjährige Junge sowie ein Mädchen von fünfzehn und ein Junge von sechzehn Jahren. Die Pflegeeltern bemühten sich nun um die Aufnahme von zwei neuen, jüngeren Kindern. Aus dem Grunde fand eine gründlichere Überprüfung der Familie statt und bei dieser Gelegenheit schaffte es der Junge, sich den Mitarbeitern des Jugendamtes anzuvertrauen. Die Pflegeeltern stritten alles ab, stellten ihn als pathologischen Lügner hin, wie sie es auch früher schon erfolgreich getan hatten. Aber diesmal fand das Kind Gehör und nach und nach kam die Wahrheit ans Licht. Als der Junge auch von den Misshandlungen durch die älteren Kinder berichtete und die daraufhin befragt wurden, beschuldigten sie sich gegenseitig. So kamen immer mehr dramatische Einzelheiten ans Licht. Schläge, Essensentzug, Einsperren im Keller. Auch die bereits nicht mehr dort lebenden ehemaligen Zöglinge mussten aussagen, sie betonten vor allem die Schuld der Pflegeeltern, von denen sie regelrecht angestachelt worden waren. Weil jeder auf jeden einhackte, ergab sich zum Schluss ein recht vollständiges Bild, dem minderjährigen Jungen wurde die Aussage vor Gericht erspart. Dadurch haben wir leider auch keinen Namen.“

„Wir können es beim Jugendamt versuchen“, schlug Jördis vor. „Falls dieser Junge überhaupt von Bedeutung für uns ist. Wie alt müsste er jetzt sein? Vierundzwanzig?“

„Ja, vierundzwanzig“, bestätigte Alva. „Ich weiß nicht, wie wichtig er für uns sein könnte. Elisabeth Andersson ist auf jeden Fall wichtiger.“

Als hätte Alva damit das Stichwort gegeben, klingelte das Telefon. „Das Krankenhaus in Malmö“, formte Alva lautlos mit den Lippen, als Jördis sie fragend anschaute.

„Hier ist Schwester Meta“, sagte eine resolute Stimme. „Die Frau, nach der Sie gefragt hatten, war gerade wieder hier. Die Besucherin von Karl Hoffner.“

„Danke, dass Sie mich benachrichtigen. Wo ist sie jetzt?“

„Weg.“

„Wie, weg?“, fragte Alva.

„Als sie den Polizeibeamten vor der Tür gesehen hat, ist sie weggelaufen. Als wäre der Teufel hinter ihr her. Hat fast einen Pfleger umgerannt. So schnell konnte ich gar nicht gucken, wie die hier am Tresen vorbeigerauscht ist.“

„Konnten Sie sie nicht aufhalten? Was hat der Beamte gemacht?“

„Nichts hat der junge Mann gemacht, wie sollte er auch? Die ist ja gar nicht erst bis in seine Nähe gekommen. Bevor der mitbekam, dass mit ihr was nicht stimmt, war sie längst auf und davon. Und wer hätte sie aufhalten sollen? Ich etwa? Das ist hoffentlich nicht Ihr Ernst.“

„Nein, natürlich nicht, so war das nicht gemeint. Entschuldigen Sie und danke für die Auskunft.“

Mit einem Stöhnen ließ sich Alva auf den Stuhl fallen. Schlimmer hätte es nicht kommen können. Elisabeth Andersson war ihnen entwischt und würde sich garantiert nicht wieder im Krankenhaus blicken lassen. Schlimmer noch, sie hatten sie nicht einmal mit Sicherheit identifizieren können. Gestern war sie noch voller Zuversicht gewesen, doch nun schien sich plötzlich alles gegen sie zu wenden. Das war definitiv ein schwarzer Tag für ihre Ermittlungen.

71.

Alva hielt es hinter ihrem Schreibtisch nicht mehr aus. Nachdem Elisabeth Andersson im Krankenhaus entkommen war, musste sie dem Tag noch irgendeine positive Wendung abringen.

„Ich gehe zum Jugendamt und versuche, mehr über den Jungen herauszufinden", sagte sie.

Jördis schaute hinter ihrem Laptop hervor. „Soll ich mitkommen?"

„Nein, das wird nicht nötig sein. Vielleicht liegen wir ja völlig falsch, was diesen Jungen angeht. Es ist nur ein verzweifelter Versuch, heute noch etwas Sinnvolles zu erreichen."

„Dann wünsche ich dir Glück." Jördis wandte sich wieder ihrem Computer zu. Alva machte sich auf den Weg zum Gustav-Adolfs-Torg, wo das Jugendamt seinen Sitz hatte. Sie wusste nicht recht, an wen sie sich wenden sollte, und fragte im Sekretariat nach der Abteilung, die für die Unterbringung von Kindern in Pflegefamilien zuständig war. Die gelangweilt wirkende Sekretärin verwies sie an eine Charlotte Fink, die zwei Zimmer weiter auf dem gleichen Flur residierte. Alva traf die Frau allein in ihrem Büro an, wo sie sich gerade an einer Kaffeemaschine zu schaffen machte. In dem spartanisch eingerichteten Raum gab es nur zwei Schreibtische und ein Regal.

„Wollen Sie zu mir?", fragte sie, ohne ihre Tätigkeit zu unterbrechen.

„Ja, Alva Claesson von der Polizei Göteborg. Ich habe einige Fragen."

„Geht es um eine Kindesmisshandlung, liegt eine Anzeige vor?" Charlotte Fink mochte um die fünfzig sein, sie hatte ein rundes Gesicht mit einer winzigen Nase, das ein wenig an einen Mops erinnerte.

„Nein, meine Fragen betreffen einen älteren Fall, er liegt schon über zehn Jahre zurück. Es geht um Pflegeeltern, die wegen Misshandlung Schutzbefohlener verurteilt wurden.“ Alva nannte die Namen der Pflegeeltern, wenigstens die waren in den Akten verzeichnet gewesen.

Sofort nahm Charlotte Fink eine Abwehrhaltung ein. „Das ist damals alles ordnungsgemäß abgelaufen, die Familie wurde regelmäßig von uns kontrolliert.“

Alva war sich sicher, dass es nicht so gewesen war. Immer wieder kamen Fälle ans Licht, in denen Pflegefamilien nicht die erforderlichen Voraussetzungen erfüllten und den ihnen anvertrauten Kindern sogar Schaden zufügten. Doch darüber musste sie jetzt nicht mit der Frau diskutieren. Sie hatte offenbar einen Glückstreffer gelandet, Charlotte Fink war genau im Bilde, um wen es ging.

„Natürlich, das bezweifle ich nicht“, sagte sie deshalb. „Es geht mir auch nicht um die Pflegeeltern, sondern um eins der Kinder. Sie würden mir sehr helfen, wenn Sie mir einiges darüber erzählen könnten.“

„Ich will es versuchen, möchten Sie auch einen Kaffee?“

Alva nahm das Angebot dankbar an und setzte sich dann mit der Tasse gegenüber von Frau Fink an deren Schreibtisch.

„Um welches Kind geht es?“

„Um das jüngste Kind, den Jungen. Er war damals elf Jahre alt.“

„Und was wollen Sie wissen?“

„Weshalb war er überhaupt in der Pflegefamilie?“

„Er war Vollwaise. Na ja, gewissermaßen.“ Charlotte Fink seufzte.

„Wieso gewissermaßen?“

„Eigentlich hatte er noch eine Stiefmutter, aber die wollte ihn nach dem Tod des Vaters nicht mehr haben. So richtig gut war das Verhältnis zwischen ihr und dem Jungen nie gewesen.“ Charlotte Fink beugte sich vor und kam nun ein wenig ins Plaudern. Alva war es nur recht.

„Die Geschichte war ziemlich tragisch“, sagte sie. „Die leibliche Mutter des Jungen starb, als er zwei Jahre alt war. Krebs, zu spät erkannt, man konnte nicht mehr viel machen. Anderthalb Jahre nach dem Tod seiner Frau heiratete der Vater wieder. Er tat es auch des Jungen wegen, der sollte in einer vollständigen Familie aufwachsen."

Die Tür ging auf und eine zweite Frau trat ein. Sie war etwa im gleichen Alter wie Charlotte Fink, sehr groß und grobknochig. Nach einem gemurmelten Gruß, den Alva freundlich erwiderte, verschanzte sie sich hinter dem zweiten Schreibtisch.

„Die Stiefmutter kam mit dem Jungen nicht zurecht?", nahm Alva den Faden wieder auf.

Charlotte Fink verzog abfällig das Gesicht. „Das ist noch untertrieben, so eine eitle, eiskalte Person trifft man zum Glück selten. Sie wollte nur den Mann, nicht aber das Kind seiner ersten Frau. Leider hat er das zu spät erkannt. Aber er hielt zu seinem Jungen, die Ehe war schon so gut wie am Ende, als er dann unter tragischen Umständen ums Leben kam."

„Wie ist es passiert?"

„Ein Unfall", sagte Charlotte Fink.

„Können Sie mir den Namen des Jungen nennen?"

„Wie, den wissen Sie nicht?"

„Nein, der Junge musste damals im Prozess nicht aussagen, weshalb sein Name nicht in den Akten auftaucht. Aber bei Ihnen müsste er doch gespeichert sein."

„Das ist sicher der Fall, aber ..." Charlotte Fink wirkte plötzlich misstrauisch. „Diese Angabe ist vertraulich. Dafür brauchen wir einen richterlichen Beschluss."

Alva musste hart schlucken. Sie war so nah dran gewesen, und nun das. Weiteres Nachbohren war sinnlos, das konnte sie an der überlegenen Miene der Frau deutlich ablesen. Darin spiegelte sich die Macht der Amtsträgerin wider, deren stiller Triumph darin bestand, eine Gnade gewähren oder verweigern zu können. Alva unterdrückte ihren Ärger mühsam. „Danke für Ihre Zeit und die Auskünfte, ich komme wieder", sagte sie beim Hinausgehen. Es war eine leere Ankündigung. Kein Richter der Welt würde einen entsprechenden Beschluss unterschreiben. Weder lag gegen den Jungen, der heute ein Mann war, etwas vor, noch kam er als Zeuge infrage. Seine Rolle in dem ganzen verworrenen Fall war überhaupt nicht klar. Mit ihrem Bauchgefühl konnte sie den Antrag, Einsicht in die Akte des Jugendamtes zu bekommen, schlecht begründen. Der Tag ging so erfolglos zu Ende, wie er begonnen hatte.

„Glaubst du, sie kommt wieder?“, fragte die Kollegin von Charlotte Fink, nachdem sie das Gespräch und Alvas Abgang stumm verfolgt hatte.

„Ich hoffe nicht. Mit dem Fall hatten wir damals genug Ärger. Da soll bloß keiner auf die Idee kommen, das Ganze wieder aufzuwirbeln und zu behaupten, wir hätten nicht ordentlich gearbeitet.“

„Vielleicht hättest du ein wenig verbindlicher sein sollen, um sie nicht zu verärgern. Warum hast du ihr nicht erzählt, wie der Vater des Jungen gestorben ist?“

„Soll sie es doch selbst herausfinden, wenn sie es wissen will“, entgegnete Charlotte Fink. „Ich halte mich an die Akten. Und darüber, wie der Mann gestorben ist, steht nun mal nichts drin.“

73.

Von seiner Kollegin Eva Öberg hatte Birger erfahren, in welcher Klinik Elisabeth Andersson nach ihrem Suizidversuch stationär behandelt worden war. Nun betrat er das Foyer des gelb verputzten Gebäudes mit Blick auf das Hafengelände, wo er mit seinem Kollegen Lovis Hagen verabredet war. Hagen erwartete ihn bereits. Er war ein gepflegter Mann von schlanker Statur. Ein sorgfältig gestutzter Kinnbart zierte sein sonnengebräuntes Gesicht.

„Hallo Birger, lange nicht gesehen. Was führt dich in unsere heiligen Hallen?“ Sein Händedruck war fest.

„Eine Frage bezüglich einer ehemaligen Patientin. Hast du einen Augenblick Zeit für mich?“

„Sicher doch, wir gehen am besten in mein Arbeitszimmer, dort sind wir ungestört.“

Das Arbeitszimmer erwies sich als ein winziges, vom Ende eines Ganges abgetrenntes fensterloses Kabuff. „Klein, aber mein“, sagte Lovis und breitete mit einer raumgreifenden Geste die Arme aus. „Zumindest können wir hier in Ruhe reden.“ Er bot Birger den einzigen im Raum befindlichen Stuhl an, während er für sich selbst einen Hocker heranzog. „Erzähl erst mal, wie es privat so bei dir läuft. Bist du noch mit der hübschen Kriminalinspektorin zusammen?“

„Ja, und nach wie vor glücklich. Und was ist mit dir, nachdem du dich von Lars getrennt hast? Frisch verliebt?“

„Sogar frisch verlobt.“ Lovis zeigte stolz den Ringfinger seiner linken Hand vor, an dem ein schmaler goldener Reif steckte. „Er heißt Volkmar, ist Deutscher, lebt und arbeitet aber schon seit zehn Jahren als Internist in Schweden. Diesmal ist es ernst, wir wollen im kommenden Frühjahr heiraten."

„Das ist eine tolle Nachricht, herzlichen Glückwunsch." Birger freute sich ehrlich für Lovis.

„Privat scheinen wir beide gerade auf einer Glückswelle zu surfen, aber wie sieht es beruflich bei dir aus? Du bist wegen einer Patientin hier, gibt es irgendein Problem mit ihr?"

Birger nickte. „Das kann man so sagen. Sie ist depressiv und hat ohne Begründung ihre Therapie abgebrochen. Ich mache mir Sorgen um sie, weil sie schon einmal einen Suizidversuch unternommen hat. Damals war sie hier in Behandlung. Ich wüsste gern Näheres darüber."

„Wie ist ihr Name?" Lovis legte die Finger auf die Tastatur seines Computers.

„Elisabeth Andersson", sagte Birger.

Lovis gab den Namen ein und stutzte gleich darauf. „Das scheint lange her zu sein, fast achtzehn Jahre. Das war vor der flächendeckenden Einführung der elektronischen Patientenakte. Außerdem hieß sie anders, als sie hier eingewiesen wurde. Sie hat ihren Namen bald darauf in Elisabeth Andersson ändern lassen. Kein Wunder bei ihrer Vorgeschichte, das war ein sehr tragischer Fall. Ich war damals gerade ganz frisch von der Uni hierhergekommen, aber trotzdem erinnere ich mich."

„Was kannst du mir darüber sagen, gab es einen Auslöser für ihren Suizidversuch?"

„Ja, den gab es. Es war der Tod ihrer Mutter, an dem man ihr die Schuld gab." Lovis drehte sich auf seinem Hocker vom Computer weg und sah Birger direkt an. „Die Mutter und deren Freund starben in einem Ferienhaus auf Styrsö an einer Kohlenmonoxidvergiftung. Es war an einem kühlen Augusttag, sie hatten den Holzofen angeheizt und nicht bemerkt, dass der Abzug verstopft war. So konnte Kohlenmonoxid entweichen und sie beide im Schlaf töten."

Bei der Erwähnung der Todesart spürte Birger ein Kribbeln im Nacken. „Das klingt für mich nach einem Unfall. Wieso gab man der Tochter die Schuld daran?", fragte er.

„Zunächst ging man tatsächlich von einem tragischen Unglücksfall aus, wie er leider immer wieder mal vorkommt." Lovis schlug die Beine übereinander und nahm eine bequemere

Sitzposition ein. „Aber natürlich gab es anschließend eine Untersuchung des Hergangs und dabei stellte man fest, dass ein Möwennest im Schornstein steckte. Es hieß, das könne unmöglich zufällig da hineingeraten sein, jemand müsste es mit Absicht dort platziert haben. Der Verdacht fiel aus mehreren Gründen auf die Tochter. Zum einen hieß es, sie habe selbst ein intimes Verhältnis mit dem Freund der Mutter gehabt und die beiden aus Eifersucht umgebracht. Ob an dem behaupteten Verhältnis etwas dran war, konnte nie geklärt werden. Außerdem machte die Sache mit dem Möwennest sie verdächtig, weil sie ganze Tage mit Vogelbeobachtungen zubrachte und genau wusste, wo die Nester zu finden waren. Und nicht zuletzt gab es die Aussage einer Nachbarin, die sie an dem betreffenden Tag in der Nähe des Hauses beobachtet hatte."

„Wie alt war sie damals?", wollte Birger wissen.

„Sie war sechzehn."

„Demnach war sie strafmündig. Gab es eine Anklage gegen sie?"

„Nein, dazu ist es nicht gekommen. Ein auf der Insel ansässiger Ornithologe hat sie damals entlastet. Er entwickelte eine Hypothese, wie das Nest durchaus zufällig in den Schornstein geraten sein konnte. Zwar nisten Möwen normalerweise auf den Felsen, in Ausnahmefällen aber auch auf Dächern. Ich kann seine Begründung nicht genau wiedergeben, da spielte auch ein Raubvogel eine Rolle, der sich des Nests bemächtigt und es dann über dem Schornstein verloren haben könnte. Jedenfalls löste sich der Verdacht gegen die Tochter in Luft auf, sowohl was das Motiv als auch was die Ausführung der Tat betraf. Der Vorgang wurde als tragischer Unfall behandelt und nicht weiter verfolgt."

„Trotzdem hat sie versucht, sich das Leben zu nehmen", sagte Birger.

Lovis hob beide Hände. „Wundert dich das? Sie war noch sehr jung und sah sich einem fürchterlichen Verdacht ausgesetzt. Bezeichnend ist allerdings, wie sie es angestellt hat. Sie hat einen schwelenden Grill in ihr Zimmer gestellt und Tür und Fenster abgedichtet. Nur ganz knapp und durch einen Zufall wurde sie gefunden und gerettet, hatte aber bereits bleibende Schäden erlitten. Ihr ganzes Leben hat sich dadurch verändert, sie konnte die Schule nicht abschließen und war lange unfähig, einer Tätigkeit nachzugehen."

„Sie war ziemlich lange hier in Behandlung, wie lautete der abschließende Befund? "

„Das kann ich dir so einfach aus dem Gedächtnis nicht beantworten." Lovis zuckte mit den Schultern.

„Eine andere Frage kannst du mir aber sicher beantworten. Wie hieß sie vor ihrer Namensänderung?"

„Sie hieß Sirid Aland. Und ihre Mutter Nora Aland."

74.

Birger musste erst einmal verarbeiten, was er gehört hatte. Mehrere Puzzlestücke rutschten dadurch auf ihren Platz, auch wenn ihm noch nicht alle Zusammenhänge klar waren. Nachdem er die Klinik verlassen hatte, musste er sich eiligst in seine Praxis begeben, wo der nächste Patient schon auf ihn wartete. Es wurde spät an diesem Abend, als er endlich in der gemeinsamen Wohnung in Haga ankam, war Alva schon mit Veikko draußen gewesen. Birger schaffte es, seine Neuigkeiten bis nach dem Essen, mit dem Alva trotz der fortgeschrittenen Stunde auf ihn gewartet hatte, zurückzuhalten. Dann endlich rückte er mit seiner Überraschung heraus, die Alva erstaunte Laute entlockte. Auch sie fand, vieles würde plötzlich einen Sinn ergeben. Nachdem Birger seinen Bericht beendet hatte, fasste sie alles noch einmal für sich zusammen.

„Elisabeth Andersson alias Sirid Aland stand also im Verdacht, ihre Mutter und deren Liebhaber mit Kohlenmonoxid vergiftet zu haben. Das Motiv Eifersucht konnte nicht bestätigt werden, genauso wenig wie die Tat selbst. Ich gehe jede Wette ein, bei dem Ornithologen, der die junge Frau damals entlastete, handelt es sich um niemand anderen als um Karl Hoffner. Daher die Tränen von Elisabeth im Krankenhaus. Sie hat dem Mann viel zu verdanken und fühlt sich ihm verbunden. Fragt sich, wer ihn umbringen wollte und aus welchem Grund."

„Jemand, der seine Aussage für falsch hielt und ihn dafür bestrafen wollte", schlug Birger vor.

„Aber warum erst jetzt nach so langer Zeit? Hätte derjenige das nicht gleich tun können? Vor allem aber stellt sich die Frage, wer Elias Beck, Svea Helvig und Ingrid Oldman mit Kohlenmonoxid vergiftet hat. Warum Ingrid Oldman auf diese Art sterben musste, dafür zeichnet sich endlich ein Motiv ab. Vermutlich war sie die Nachbarin, die den Verdacht auf Elisabeth gelenkt hatte. Natürlich muss ich das noch überprüfen, aber ich habe endlich eine Spur. Ich frage mich, warum wir nicht früher darauf gestoßen sind."

„Weil der Tod von Elisabeths Mutter und deren Freund damals als Unfall abgetan wurde", vermutete Birger. „Niemand sah den Zusammenhang und hielt es für nötig, daran zu erinnern. Immerhin ist es schon achtzehn Jahre her. Aber mir ist noch ein bemerkenswertes Detail aufgefallen, nämlich der Name von Elisabeths Mutter. Sie hieß Nora. Den Namen Nora gab Elisabeth auch ihrer fiktiven Freundin, die angeblich bei einem Autounfall starb."

„Du meinst, sie thematisierte damit ihre wahre Schuld, die am Tod der Mutter?", fragte Alva.

Birger schüttelte den Kopf. „Nein, im Gegenteil, sie sagte, man habe ihr zu Unrecht die Schuld an dem Unfall gegeben. Sie hat ihre eigene Geschichte erzählt, nur hat sie diese verfremdet. Aus dem Ersticken an Rauchgasen in einem Ferienhaus wurde ein Autounfall. Aus der Mutter wurde die beste Freundin, nur den Namen Nora behielt sie bei. Man gab ihr die Schuld, doch sie war unschuldig. Dieses Trauma hat sie ständig begleitet, weshalb sie irgendwie darüber reden musste."

Alva zog die Unterlippe mit den Zähnen nach innen, eine Geste der Skepsis. „Das ist deine Interpretation als Psychologe und als solche ist sie sicher richtig. Aber als Ermittlerin kann ich mich damit nicht zufriedengeben. Du glaubst, sie würde ihre Unschuld thematisieren. Aber kann nicht auch das eine Lüge sein, eine Fantasie, in der sie die Schuld von sich wegschiebt? Was, wenn sie doch die Mörderin ist? Ist ihr Suizidversuch nicht ein Hinweis darauf? Sie wollte auf die gleiche Art sterben wie ihre Opfer. Kann das nicht auch als Schuldeingeständnis und Akt der Sühne gesehen werden?"

„Nein Alva, da gehst du mit deiner Interpretation zu weit", entgegnete Birger entschieden. „Natürlich kann ich nichts beweisen und bin genau wie du im Moment auf Vermutungen angewiesen. Doch eine andere Interpretation erscheint mir naheliegender als deine. Sie war sechzehn, fast noch ein Kind. Dieses Kind hatte gerade seine Mutter verloren. Zu dem Schmerz darüber kam die Last einer ungeheuerlichen Beschuldigung. Daran ist sie zerbrochen. In der gewählten Todesart sehe ich einen Versuch, sich der Mutter nahe zu fühlen, indem sie auf die gleiche Weise sterben wollte."

„Das klingt einleuchtend, aber lassen wir das mal beiseite und kommen wir auf die entscheidende Frage zurück: Wer hat Beck, Helvig und Oldman umgebracht? Und aus welchem Grund? Elisabeth Andersson hatte ein Motiv, Oldman zu hassen, falls sie von dieser Frau beschuldigt worden war. Aber was ist mit Beck und Helvig? Ich muss dringend herausfinden, welche Verbindungen da existieren."

Es war fast Mitternacht, aber Alva wäre am liebsten sofort ins Präsidium gefahren. Die Ungeduld verursachte bei ihr ein nervöses Kribbeln, als würden ganze Armeen von Ameisen unter ihrer Haut auf und ab marschieren. „Und dann ist da noch etwas", fuhr Alva fort, „ihre Namensänderung von Sirid Aland in Elisabeth Andersson. In wohl kaum einem Land ist es so einfach wie hier in Schweden, seinen Namen ändern zu lassen. Kein Wunder, wenn die Hälfte der Bevölkerung Andersson heißt und die restlichen fünfzig Prozent sich knapp hundert andere Nachnamen teilen. Da ist es hilfreich, mit Namensänderungen für mehr Vielfalt zu sorgen. Doch wer will denn bitteschön Andersson heißen? Doch nur jemand, der untertauchen möchte."

„Sicher wollte sie das, untertauchen und jede Verbindung zu ihrem früheren Leben kappen", stimmte Birger zu. „Eine Mörderin muss sie deshalb nicht sein."

„Aber wer ist es dann, der jetzt offenbar Rache für etwas nimmt? Und warum erst nach einer so langen Zeit?" Diese Frage verfolgte Alva bis in ihre unruhigen Träume.

75.

Der Junge

Er hatte erst spät erfahren, was sich tatsächlich abgespielt hatte, sehr spät. Da hatte er das Horrorhaus seiner Pflegeeltern bereits verlassen gehabt, und er lebte nun bei einer neuen Familie. Ihre Freundlichkeit ließ seine Wunden langsam heilen, doch vergessen konnte er die Qualen der vergangenen Jahre nie. Er war vierzehn Jahre alt, als er zufällig ein Gespräch seiner neuen Pflegemutter mit deren Freundin aufschnappte. Die beiden Frauen saßen bei einer Tasse Kaffee auf der Terrasse und plauderten, während er in der Etage darüber am offenen Fenster stand und jedes Wort hören konnte. Er wollte eigentlich nicht lauschen, doch plötzlich ging es in dem Gespräch um ihn. „Wie macht er sich so?", fragte Vera, eine schlanke Rothaarige, die häufig zu Besuch kam.

„Wirklich gut, wir haben keine Probleme mit ihm", hörte er seine Pflegemutter sagen. „Anfangs war er sehr verschlossen, manchmal ist er es immer noch. Kein Wunder bei dem, was der Junge hinter sich hat. Manche Menschen sind wirklich vom Beginn ihres Lebens an vom Unglück verfolgt. Erst starb die Mutter, als er kaum zwei Jahre alt war. Der Vater heiratete wieder, er wollte seinen Sohn in einer vollständigen Familie aufwachsen lassen. Doch die Stiefmutter lehnte das Kind von Anfang an ab, die Ehe litt zunehmend darunter. Als der Vater unter tragischen Umständen starb, schob die Stiefmutter den Jungen in eine Pflegefamilie ab. Von dem, was er dort durchmachen musste, will ich gar nicht erst reden."

Der Junge hörte, wie ein Löffel gegen den Tassenrand klirrte. „Dieser Unfall des Vaters war ja eine recht unklare Angelegenheit.“ Vera senkte die Stimme, war aber trotzdem gut zu verstehen. „Hieß es nicht eine Zeit lang sogar, dabei wäre nachgeholfen worden?“

„Ja, aber es handelte sich nur um Gerüchte. Er war noch verheiratet, als er eine neue Beziehung mit einer anderen Frau einging. Warum auch nicht, die Ehe mit der Stiefmutter des Jungen war am Ende, die Scheidung beschlossene Sache. Bei einem Aufenthalt in seinem Ferienhaus auf Styrsö kamen er und seine neue Partnerin ums Leben. “

Sie sprach weiter und ihre Worte dröhnten wie Hammerschläge in den Ohren des Jungen. Es war alles ganz anders gewesen, als er es sich in seinen nächtelangen Fantasien ausgemalt hatte. Der Tod seines Vaters war nicht gewaltsam durch ein Messer oder eine Kugel erfolgt, sondern er war leise und schleichend gekommen, durch ein unsichtbares und geruchloses Gas. Er hatte Sirid unrecht getan, als er sich sie als heimtückische Mörderin vorgestellt hatte, ausgerechnet jene Sirid, in der er bereits eine große Schwester gesehen und die er mit kindlicher Anhänglichkeit geliebt hatte. Widersprüchliche Gefühle überfluteten ihn und drohten ihn fast zu ersticken. Was wohl aus Sirid geworden war, deren Mutter in jenem verhängnisvollen Sommer gemeinsam mit seinem Vater gestorben war? Sie hatten miteinander eine neue Familie gründen wollen, Nora wäre dann auch seine Mutter geworden. Er dachte an ihr warmes Lachen und ihre weichen Hände, mit denen sie ihm oft übers Gesicht gestrichen hatte. Auch ihre Augen waren warm und voller Liebe gewesen, ganz anders als die der Frau, mit der sein Vater in letzter Zeit nur noch gestritten hatte. Jener Frau, die ihn nach dessen Tod in eine Pflegefamilie abgeschoben hatte. Nach und nach kamen die Erinnerungen zurück, die er verdrängt hatte. Sie waren überlagert worden vom Bild einer mörderischen Sirid, das nun allmählich verblasste. Dahinter kamen die schönen Momente zum Vorschein, die sie gemeinsam erlebt hatten, manche leicht verschwommen, andere gestochen scharf und präzise, wie die Aufnahmen eines Profifotografen. Es war eine Bilderflut, die ihn geradezu überschwemmte, ihn tagsüber ganz plötzlich aus dem Nichts heraus überfiel und ihn auch nachts heimsuchte. Später kam es ihm vor, als wäre dies eine Phase gewesen, die nur einem einzigen Zweck diente: Ihn auf die eine, die entscheidende Erinnerung vorzubereiten, die nun wie ein Film in Endlosschleife vor seinem inneren Auge ablief. Schlagartig hatte ihn die Erkenntnis getroffen, was damals wirklich in dem Sommerhaus passiert war. Von da an hatte er nur ein Ziel, er musste Sirid wiederfinden, musste durch sie Gewissheit erlangen. Es sollte Jahre dauern, bis es ihm endlich gelang, sie ausfindig zu machen. Einfach war es nicht gewesen, weil sie inzwischen ihren Namen geändert hatte. Er dachte an ihr erstes Treffen auf dem Flur des Sahlgrenska-Krankenhauses. Äußerlich hatte sie sich nicht allzu sehr verändert, beim längeren Anschauen entdeckte er einige vertraute Züge in ihrem Gesicht. Doch vom Wesen her war sie eine andere geworden, das Strahlen, von dem sie als junges Mädchen umgeben gewesen war, hatte einer dunklen Aura aus Angst und Misstrauen Platz gemacht. Natürlich hatte sie in dem Mann, der ihr nun gegenüberstand, den Jungen von damals nicht sofort wiedererkannt. Es hatte einige Zeit gebraucht, ihr Vertrauen zu gewinnen. Dann hatte er ihr eines Tages die entscheidende Frage gestellt, auf die sie ohne Argwohn geantwortet hatte. Diese Antwort veränderte alles.

76.

Värmland heute

Ilma lag im Bett und lauschte auf den Atem von Jörn. Er schlief nicht, war genauso wenig dazu in der Lage wie sie. Das Gespräch mit Tessa hatte ihn aufgewühlt, doch Ilma hatte keine Ahnung, was nun in seinem Kopf vorging. Nur eines wusste sie genau: Sie standen nicht mehr auf der gleichen Seite und sie würde ihm niemals wieder vertrauen können. Sie fürchtete sich sogar vor ihm, vor ihm und vor Tessa, weshalb sie so schnell wie möglich von hier verschwinden musste. Sah Jörn eventuell eine Gefahr in ihr? Eine Gefahr, die es zu beseitigen galt? Sie dachte an seinen misstrauischen Blick, als er sie vorhin am Fuße der Treppe vorgefunden hatte. Zwar konnte er nicht wissen, wie viel sie von seiner Unterhaltung mit Tessa mitbekommen hatte, doch er ahnte vermutlich, dass es mehr sein könnte, als gut für ihn war. Ihren Plan, sich, sobald Jörn schlief, des Autoschlüssels zu bemächtigen, heimlich das Haus zu verlassen und von hier zu fliehen, konnte sie in dieser Nacht vergessen. Jörn würde es sofort bemerken und sie aufhalten. Sie musste vorsichtig und planmäßig vorgehen, durfte sich vor allem nichts anmerken lassen. Wenn sie schon schlaflos dalag, konnte sie die Zeit wenigstens dazu nutzen, sich ihr weiteres Vorgehen zu überlegen. Sie musste Jörn dazu bringen, morgen wie geplant mit ihr das Haus zu verlassen. Die Idee mit der Beerensuche war nicht schlecht, die würde sie unbedingt wieder aufgreifen. Sie dachte an Tessas Warnung, man könne sich hier leicht verlaufen. Das durfte ihr auf keinen Fall passieren, doch sie musste versuchen, sich unauffällig ein Stück von Jörn zu entfernen und sich vor ihm verstecken. Sobald sie allein war, würde sie telefonieren, vorausgesetzt, sie hatte ein Netz. Doch wen sollte sie anrufen? Die Polizei? Ilma überlegte, was sie sagen wollte. „Mein Freund und eine Bekannte, mit der wir hier in einer Jagdhütte Urlaub machen, haben einen Mord in Auftrag gegeben. Bitte kommen Sie und holen Sie mich von hier weg, ich fühle mich nicht mehr sicher.“ Während sie die Sätze in ihrem Kopf formulierte, wurde ihr bewusst, wie verrückt sie klangen. Sie stellte sich vor, wie zwei Polizeibeamte in der Jagdhütte auftauchten, um ihre Aussage aufzunehmen.

„Wer sollte ermordet werden?“ Ja, wer eigentlich? Ilma konnte sich nicht erinnern, einen Namen gehört zu haben. „Es geht um den Mann, der mehrere Personen umgebracht hat auf Styrsö und in Göteborg.“

„Ihr Freund und Ihre Bekannte wollten demnach einen Mörder ermorden lassen. Wissen Sie, um wen es sich bei diesem Mann handelt?“

„Nein, ich weiß es nicht, aber mein Freund und unsere Bekannte wissen es.“ Ilma stellte sich vor, wie die beiden Beamten einen seltsamen Blick wechselten, und ihr wurde ganz heiß vor Scham. Sie würden Jörn fragen, ob seine Partnerin psychische Probleme habe, und er würde das mit kummervoller Miene bestätigen. „Sie hatte kürzlich bei der Arbeit einen Zusammenbruch. Hierher sind wir gefahren, damit sie sich erholen kann, aber sie braucht wohl noch etwas Zeit und ist momentan sehr verwirrt. Entschuldigen Sie, dass wir Sie umsonst bemüht haben.“ Nein, so würde es nicht funktionieren, ein Anruf bei der Polizei kam nicht infrage. Ilma grübelte weiter. Wenn sie es irgendwie schaffte, nach Göteborg zu kommen, könnte sie dort zur Polizei gehen. Sie würde Alva Claesson aufsuchen, die hübsche dunkelhaarige Kriminalistin. Die junge Frau war bei den Befragungen sehr einfühlsam vorgegangen, ihr konnte sie vertrauen. Bei ihr hoffte sie, Hilfe zu finden. Auch Knut würde ihr garantiert helfen und sie vorübergehend bei sich wohnen lassen. Mit diesem Teil ihres Plans war Ilma zufrieden, sie fragte sich nur, wie sie es schaffen sollte, nach Göteborg zu kommen. Von der Jagdhütte bis Ekshärad waren es etwa acht Kilometer, wie sie inzwischen wusste. Wenn es ihr gelang, Jörn abzuhängen, konnte sie es bis dorthin schaffen. Im Ort müsste sie versuchen, einen Bus nach Göteborg zu erwischen. Oder zunächst anderswohin, Hauptsache weg. Sie würde zur Not auch Autofahrer ansprechen, ob jemand sie mitnehmen könne. Ihr war inzwischen jedes Mittel recht. Als das fahle Morgenlicht durch das Fenster schimmerte, hatte sie keine Sekunde geschlafen. Trotzdem fühlte Ilma sich hellwach, das Adrenalin schoss durch ihren Körper und schärfte ihre Sinne. Neben ihr bewegte sich Jörn, der ebenfalls nicht geschlafen hatte, da war Ilma sich sicher. Er gab eine wenig überzeugende Vorstellung seines allmählichen Erwachens und blinzelte zu ihr hinüber. „Bist du auch schon wach?“

„Ja, inzwischen wirkt sich die Ruhe hier positiv auf mich aus, ich schlafe tiefer als sonst und bin dadurch früher munter. Außerdem freue ich mich schon auf unsere heutige Wanderung.“ Ilma sprang aus dem Bett und lief eilig ins Bad. Sie hatte das Gefühl, Jörns Nähe im Bett nicht länger ertragen zu können. Bei dem Gedanken, er könnte sie berühren, schüttelte sie sich. Zum Glück zeigte er auch später keine Bestrebungen in diese Richtung, seinem grüblerischen Gesichtsausdruck war anzusehen, wie es in ihm arbeitete. Tessa war beim Frühstück ebenfalls ungewöhnlich schweigsam, weshalb Ilma das Gespräch fast allein bestritt.

„Wir gehen dann heute Beeren sammeln“, sagte sie. „Die Blaubeersaison ist in vollem Gange, das sollten wir nutzen.“

„Es wird sich nicht lohnen. Ohne Beerenkämme ist das Pflücken mühselig“, sagte Tessa schmallippig und schaute dabei zu Jörn, von dem sie offenbar Unterstützung erwartete. Ilma tat, als würde sie es nicht bemerken.

„Es geht uns nicht um große Ernteerträge, Hauptsache wir haben Spaß und sind an der frischen Luft.“ Da niemand mehr aß, begann sie den Tisch abzuräumen. Jörn erhob sich ebenfalls und half ihr, das Geschirr in die Küche zu tragen. Tessa blieb demonstrativ am Tisch sitzen.

„Hast du eventuell ein Gefäß für uns?“, fragte Ilma.

„Schau in der Küche nach“, erwiderte Tessa unfreundlich. In einem Hängeschrank fand Ilma zwei Kunststoffbehälter mit Schraubdeckeln, die gerade die richtige Größe hatten. Sie sollten ohnehin nur zur Tarnung eingepackt werden, Ilma hatte nicht ernsthaft die Absicht, nach Beeren Ausschau zu halten, sondern nach einer Fluchtmöglichkeit. Sie fragte sich, wie Tessa wohl ihre Zeit verbrachte, wenn Jörn und sie unterwegs waren. Wahrscheinlich kannte sie Wege, sich nach dem Stand ihrer mörderischen Intrigen zu erkundigen, ohne den Berg hinaufklettern zu müssen. Doch das war Ilma jetzt egal, Hauptsache sie durchkreuzte ihre Pläne nicht.

77.

Jörn schaute Ilma schweigend zu, wie sie die Rucksäcke packte. Der Himmel war dunkel, heute würden sie die Regenkleidung bestimmt brauchen.

„Wo genau wollen wir eigentlich hin?“, fragte Jörn. „Hast du irgendeine Vorstellung?“

„Nein, ich schlage vor, wir nehmen den Wanderweg, den wir schon kennen, und biegen dann irgendwo in einen Waldweg ein. Beeren wachsen nun mal im Wald.“

Sie hatte es leichthin gesagt, dabei wusste Ilma durchaus, wo sie hinwollte. Sobald sie sich von Jörn entfernt hätte und er sie nicht mehr sah, wollte sie sich bergab zum Klarälven durchschlagen. Da der Fluss direkt an Ekshärad vorbeifloss, würde er ihr den Weg dorthin weisen. Sie mussten nicht lange laufen, bis sie auf einen Waldweg stießen, der bergauf führte. Beeren wuchsen an lichten Plätzen, Ilma strebte jedoch dorthin, wo die Bäume hoch und dicht standen. Hier würde sie leichter untertauchen können. Jörn folgte ihr willenlos, er wirkte abwesend und sprach kaum. Sie schaute sich nach ihm um, er sah darin eine Aufforderung, etwas zu sagen.

„Herrlich, diese Stille.“ Es klang nicht enthusiastisch, sondern völlig unbeteiligt. Jörn war mit seinen Gedanken zweifellos ganz woanders. Ilma fiel die Stille ebenfalls auf, sie empfand sie aber nicht als angenehm, sondern als bedrückend. Wieso schwiegen die Vögel, die sonst ständig zu hören waren? Jörn schrie plötzlich auf und schlug mit beiden Armen wild um sich. „Verdammte Biester.“ Er war in einen Mückenschwarm geraten. Auch Ilma spürte jetzt mehrere Mückenstiche an ihren Armen und ihr fiel ein, das Insektenspray vergessen zu haben. Aber das war jetzt ihre geringste Sorge.

„Es wird gleich regnen“, sagte Jörn. Im nächsten Moment erklang ein dumpfes Grollen und dann fielen auch schon die ersten Tropfen.

„Das hört sicher bald wieder auf, das Wetter ändert sich hier schnell.“ Ilma wollte ihre Regenkleidung nicht anziehen, die Jacke war leuchtend rot und würde weithin zu sehen sein. Das war nicht gut für ihren Plan. Jörn hingegen zerrte bereits seine wasserdichte Hose aus dem Rucksack. Er schaute nicht auf, während er umständlich hineinschlüpfte. Ilma entfernte sich probehalber ein paar Schritte, dann noch ein Stück, tauchte seitlich zwischen den Bäumen ein. Als sie sich umdrehte, war Jörn nicht mehr zu sehen. Da rannte sie einfach los. Es war der reinste Hindernislauf zwischen den Baumstämmen, zweimal stolperte sie über eine Wurzel und einmal trat sie beinahe in einen Ameisenhaufen. Sie glaubte, die Stimme von Jörn zu hören, der nach ihr rief, das trieb sie voran. Ziemlich schnell verlor sie die Orientierung und fürchtete schon, sich zu verirren. Sie musste wenigstens versuchen, die Richtung beizubehalten und nicht versehentlich im Kreis zu laufen. Einige der Zeichen, nach denen man im Wald auch ohne Sonne die Himmelsrichtung bestimmen konnte, waren ihr bekannt, jedoch blieb ihr keine Zeit, darauf zu achten. Nach einer Weile lichtete sich der Wald zu ihrer Erleichterung, sie gelangte auf eine breite Schneise, rechts des Weges waren in gleichmäßigen Abständen Laternen aufgereiht. Das musste die Langlaufstrecke sein, Ilma erinnerte sich, dass die Gegend bei Wintersportlern beliebt war. Hier ließe es sich bequem laufen, doch sie widerstand der Verlockung und tauchte auf der gegenüberliegenden Seite wieder in den Wald ein. Nun wusste sie, wo sie sich befand, und fühlte sich dadurch sicherer. Jörn suchte inzwischen vermutlich nach ihr. Seine Rufe waren verhallt, sie hoffte, schon weit genug von ihm weg zu sein. Der Weg führte nun leicht bergauf und als Ilma an eine Abholzung kam, hatte sie plötzlich eine herrliche Aussicht auf den Klarälven. Majestätisch floss der breite Fluss im Tal dahin und bot ihr eine zuverlässige Orientierung. Jetzt musste sie nur noch seinem Verlauf folgen, dann käme sie sicher an ihr Ziel. Der Weg verlief nicht gerade, mal musste sie ein Stück höher und dann wieder bergab steigen. An vielen Stellen war er uneben und meist verdeckte dichter Wald den Blick auf den Fluss. Trotzdem fiel es ihr nun leicht, die Richtung beizubehalten. Der Regen hatte nicht aufgehört, doch er störte Ilma nicht. Das Wasser rann aus den Haaren über ihr erhitztes Gesicht und kühlte es. Mit jedem Schritt wuchs ihre Zuversicht. Sie würde es schaffen, ihren Plan durchzuziehen. Sobald sie in Göteborg war, konnte ihr nichts mehr geschehen. Erneut lichtete sich der Wald und sie gelangte auf eine freie Fläche mit zahllosen wild wachsenden Himbeersträuchern. Die roten Früchte glänzten wie frisch gewaschen. Ilma konnte nicht widerstehen, einige abzupflücken und in den Mund zu stecken. Während der köstliche Geschmack ihren Gaumen kitzelte, hörte sie hinter sich die Rufe: „Ilma! Ilma wo bist du?“ Augenblicklich verschwand die Süße und ihr Mund füllte sich mit bitterer Galle. Jörn war ihr dicht auf den Fersen und hier gab es keine Möglichkeit, sich vor ihm zu verstecken. Hektisch schaute Ilma sich um. Ein Stück entfernt stand eine verwitterte Schutzhütte, sie sprintete darauf zu und bog um die Hütte herum. Wieder hörte sie Jörn nach ihr rufen, er klang nun näher und deutlicher, er musste den Wald verlassen haben und ebenfalls auf der freien Fläche angelangt sein. Die Hütte erwies sich aus der Nähe als stabiler und geräumiger, als sie zunächst gewirkt hatte, sie beherbergte sogar eine Toilette. Ilma riss die Tür zur Toilettenkabine auf, stürzte hinein und schob den Riegel vor. Mit wild klopfendem Herzen lauschte sie nach draußen. Zunächst blieb es ruhig und sie wollte schon aufatmen. Doch dann hörte sie ein Rascheln und Schritte, die direkt auf sie zukamen. Hatte Jörn gesehen, wie sie in die Hütte gelaufen war? Die Hoffnung, es könnte nicht so sein, erstarb, als draußen heftig gegen die Tür geklopft wurde.

„Ilma, was zur Hölle soll das? Wieso läufst du vor mir weg? Mach sofort die Tür auf.“

„Bist du das, Jörn?“ Es war eine absolut dämliche Frage, doch Ilma brauchte Zeit, um sich zu sammeln.

„Wer denn sonst? Antwortest du mir jetzt bitte?“ Er klang sehr ungehalten.

Ilma suchte krampfhaft nach einer Ausrede. „Wo warst du?“, fragte sie. „Ich habe mich umgedreht, und du warst plötzlich weg. Ich hatte solche Angst, ich habe nach dir gesucht und mich verlaufen.“ Das Zittern in ihrer Stimme passte zu ihren Worten. Natürlich glaubte Jörn ihr nicht.

„Du warst es, die plötzlich verschwunden war. Ich habe nach dir gerufen. Wie konntest du dich überhaupt verlaufen? Du hättest mich nur anzurufen brauchen. Ich habe es versucht, aber dein Handy ist ausgeschaltet. Ich frage mich, wozu du es dann überhaupt bei dir hast. Und jetzt komm sofort da raus.“ Es folgte ein kräftiger Faustschlag gegen die Tür, unter dem Ilma zusammenzuckte.

„Ich brauche noch etwas Zeit, ich habe Bauchkrämpfe“, sagte sie. „Der Infekt und die Aufregung setzen mir gerade zu. Auf ein paar Minuten kommt es jetzt ja wohl nicht an.“

Jörn murmelte etwas Unverständliches und sie hörte, wie er ein Stück von der Tür zurücktrat. Mit fliegenden Fingern zog Ilma ihr Handy aus dem Rucksack, schaltete es ein und schickte eine Nachricht an Knut. „Ich muss sofort hier weg, brauche dringend Deine Hilfe.“ Sie fügte eine Wegbeschreibung zur Jagdhütte hinzu. Mehr musste sie nicht schreiben, erklären konnte sie ihm alles später. Knut würde wissen, wie ernst es ihr war, und keine Sekunde zögern, ihr zu helfen. Sobald er an der Jagdhütte auftauchte, würde niemand sie daran hindern können, ihre Sachen zu nehmen und mit ihm davonzufahren. Was sollten Jörn und Tessa auch dagegen tun? Sie schlagen oder einsperren? Nicht mit Knut an ihrer Seite. Sie überschlug im Kopf, wann er im günstigsten Fall eintreffen konnte. Bestimmt noch heute im Laufe des Abends. Sollte er für den Nachtdienst im Krankenhaus eingeteilt sein, würde er Himmel und Hölle in Bewegung setzen, um diesen zu tauschen. Auf Knut konnte sie sich verlassen.

Ilma steckte das Handy ein, atmete noch einmal tief durch und öffnete dann die Tür. Jörn schaute sie mit gerunzelter Stirn an. „Geht es dir jetzt besser?“

„Ja, jetzt geht es mir schon viel besser.“

„Wenn es denn ein Unfall war“, wandte Rurik ein. „Das Ganze sieht nach einem Racheakt aus. Nehmen wir mal an, es war kein Unfall und es gab einen oder mehrere Schuldige.“

Alva nickte. „Wir müssen nur herausfinden, wer die Schuldigen sind und wer der Täter sein könnte, der jetzt Rache nimmt. Leider ist das nicht einfach und die Sachlage verworren. Ich fange mal mit Ingrid Oldman an. Sie hatte die Gerüchte über Sirid Aland aufgebracht und damit mehr oder weniger deren Leben zerstört. Sirid Aland hatte ein Motiv sie zu hassen. Aber hat sie die Frau auch getötet, ist das denkbar?“

„Denkbar ist es durchaus“, sagte Rurik. „Die Art der Ausführung erfordert zwar einiges an Planung und Vorbereitung, doch für die Tat selbst brauchte es keine Körperkraft. Die Opfer starben, bevor sie realisierten, was mit ihnen geschah. Daher ist eine Frau als Täterin gut vorstellbar.“

„Wenn Sirid Aland Ingrid Oldman umgebracht hat, dann ist sie auch für die Morde an Beck und Helvig verantwortlich.“ Alva zog die einzig mögliche Schlussfolgerung. „Vielleicht weil sie glaubt, Beck und Helvig haben damals ihre Mutter und Steensen umgebracht.“

„Das kann ich mir nicht vorstellen.“ Rurik zog ein skeptisches Gesicht. „Die Morde durchaus, man weiß nicht, was im Kopf dieser Frau vorgeht. Aber das angebliche Motiv leuchtet mir nicht ein. Falls sie diesen Verdacht gegen Beck und Helvig hatte, warum ist sie nicht zur Polizei gegangen? Sie hätte dadurch sich selbst entlasten können. Stattdessen unternahm sie einen Suizidversuch mit Kohlenmonoxid. Außerdem ist da dieser große zeitliche Abstand zwischen dem Tod von Nora Aland und Adam Steensen und der Ermordung von Beck und Helvig.“

„Sie könnte erst jetzt erfahren haben, was damals wirklich passiert ist“, sagte Alva, war jedoch selbst nicht ganz davon überzeugt. Auch fragte sie sich, welches Motiv die beiden damals sechzehnjährigen Beck und Helvig gehabt haben sollten, das Möwennest in den Schornstein zu stecken. Hatten sie ihrem Lehrer lediglich einen Streich spielen wollen und die möglichen Konsequenzen nicht bedacht? Oder steckte etwas völlig anderes dahinter? „Wir müssen Tessa Beck und Jörn Olander so schnell wie möglich erneut befragen“, sagte sie. „Die beiden waren damals im Sommer auf Styrsö dabei und müssen wissen, was sich abgespielt hat. Außerdem wäre es interessant, wie ihr Verhältnis zu Sirid Aland war. Da könnte auch Mobbing im Spiel gewesen sein und wir suchen an der falschen Stelle nach einem Motiv."

„Das ist ein guter Vorschlag, kümmere dich bitte darum", sagte Rurik. „Was ist mit dem Anschlag auf Karl Hoffner? Er hat Sirid damals entlastet. Falls es sich um einen Racheakt deswegen handelt, muss man sich fragen, ob der Täter sich nicht in erster Linie an Sirid Aland alias Elisabeth Andersson rächen müsste. Denn derjenige hält sie offenbar für schuldig. Konntet ihr sie inzwischen ausfindig machen?"

„Leider nicht." Alva fühlte sich bei dem Gedanken an die junge Frau unbehaglich. „Seit ihrer Flucht aus dem Krankenhaus hält sie sich offenbar versteckt. Oder sie ist bereits nicht mehr am Leben."

„Wir intensivieren die Suche nach ihr und geben sofort eine Fahndung heraus", legte Rurik fest. „Drei Personen sind für unsere weiteren Ermittlungen von entscheidendem Interesse: Elisabeth Andersson, Tessa Beck und Jörn Olander."

„Es gibt eventuell noch eine vierte Person, die eine Rolle spielen könnte", sagte Jördis, die gründlich zu den beiden Unfallopfern recherchiert hatte. „Adam Steensen hatte einen damals sechsjährigen Sohn. Nach dem Tod seines Vaters wollte die Stiefmutter den Jungen nicht behalten und gab ihn in eine Pflegefamilie. Er müsste jetzt vierundzwanzig sein."

„Wie ist der vollständige Name des Jungen?", fragte Rurik.

Jördis zuckte mit den Schultern. „Das ging leider nicht aus den Akten hervor. Aber unter Umständen würde uns das nicht weiterhelfen, ein Name lässt sich schnell ändern, das zeigt das Beispiel von Elisabeth Andersson."

Auch ohne den Namen wusste Alva genau, von wem die Rede war. Der verwaiste Sohn von Steensen war der Junge, der in seiner ersten Pflegefamilie schweren Misshandlungen ausgesetzt gewesen war. Er und Sirid Aland alias Elisabeth Andersson kannten sich. Sein Schicksal ging ihr so nahe, dass sie es als ihr eigenes ausgegeben hatte.

„Wir müssen herausfinden, was er heute macht und wo er sich aufhält", sagte Alva. „Es könnte sehr wichtig sein."

79.

Värmland heute

Ilma und Jörn waren zurück in der Jagdhütte, ohne eine einzige Beere gesammelt zu haben. Der Rückweg war für Ilma eine bedrückende Angelegenheit gewesen. Jörn hatte auf einer sofortigen Rückkehr bestanden, angeblich wegen ihrer labilen Gesundheit und um sie zu schonen. In Wirklichkeit ging es ihm bestimmt nur darum, sie besser unter Kontrolle zu haben. Als würde er befürchten, sie könnte sich noch einmal von ihm entfernen, hielt er die ganze Zeit entweder ihre Hand oder legte ihr den Arm um die Schulter. Ilma brach der Schweiß aus und sie hatte ein flaues Gefühl im Magen. Es war der Gedanke an Knut, der sie aufrecht hielt. Inzwischen musste er ihre Nachricht bereits gelesen haben und würde sich bestimmt auf den Weg machen.

Bei ihrer Ankunft in der Jagdhütte war Tessa wieder nicht da gewesen, doch ihr Wagen stand auf seinem Platz. Weit weg konnte sie demnach nicht sein.

„Ich lege mich ein wenig hin und ruhe mich aus“, sagte Ilma.

„Natürlich, das wird das Beste für dich sein.“

Jörn begleitete sie in ihre Hütte. Doch statt sie wie erhofft allein zu lassen, setzte er sich auf sein Bett und zog ein Taschenbuch unter dem Kopfkissen hervor. „Ich werde ein wenig lesen“, sagte er. „Dazu komme ich sonst kaum.“

Ilma erhaschte einen Blick auf das Cover des Buches, das ein blutiger Handabdruck zierte. Es musste sich um einen Thriller handeln, etwas, das Jörn sonst nie las. Ob er das Buch hier in der

Jagdhütte gefunden hatte? Die Abbildung der blutigen Hand erinnerte sie an die Drohung, die sie vor einiger Zeit auf der Windschutzscheibe ihres Autos vorgefunden hatte. Die Erinnerung daran jagte ihr eiskalte Schauer über den Rücken. Sie legte sich hin, zog die Decke bis unter das Kinn und schloss die Augen. Ab und zu blinzelte sie verstohlen zu Jörn hinüber. Er hielt das aufgeschlagene Buch in der Hand, ohne weiterzublättern. Es war nur ein Vorwand, tatsächlich las er keine Zeile. Sie hatte mit ihrer Flucht sein Misstrauen erregt und er würde sie keine Sekunde aus den Augen lassen. Die Minuten tröpfelten dahin wie zäher Sirup aus einem engen Flaschenhals. Am liebsten wäre Ilma aufgesprungen und laut schreiend davongelaufen, doch sie riss sich zusammen. Sie spürte die Angst und die Unruhe wie einen juckenden Ausschlag am ganzen Körper. Nachdem sie eine Weile so dagelegen hatte, ließ ein Geräusch sie aufhorchen. Schritte näherten sich der Hütte, dann ging die Tür auf und Tessa stand als dunkle Silhouette in der Öffnung.

„Nanu, ihr seid schon zurück? War die Beerensuche nicht erfolgreich?“, fragte sie. Die Ironie in ihrem Tonfall war nicht zu überhören.

„Wir mussten umkehren. Ilma ging es nicht gut und sie hätte sich tatsächlich beinahe verlaufen.“ Die Betonung, mit der Jörn den letzten Satz aussprach, gefiel Ilma nicht.

„Dann sollte sie sich jetzt ausruhen. Kommst du mal mit Jörn, ich brauche deine Hilfe.“

Sie verließen gemeinsam den Raum, Ilma blieb wie erstarrt liegen. Vielleicht war das eine Falle und sie wollten testen, ob sie einen erneuten Fluchtversuch unternehmen würde. Ilma war sich nun sicher, durchschaut worden zu sein. Die beiden standen garantiert nicht weit von der Hütte entfernt, sprachen sich ab und warteten auf eine Reaktion von ihr. Den Gefallen würde sie ihnen nicht tun. Sie musste sich jetzt arglos stellen und auf das baldige Eintreffen von Knut hoffen, darin bestand ihre einzige Chance. Zu dumm, dass es hier kein Netz gab. Bestimmt hatte er ihr inzwischen eine Antwort geschrieben, die sie nun nicht lesen konnte. War ihre Botschaft an ihn wirklich klar und eindringlich genug gewesen? Was, wenn sie ihm zu vage erschien und er weitere Einzelheiten wissen wollte, bevor er sich auf den Weg machte? Nein, das durfte nicht sein, er durfte sie jetzt nicht im

Stich lassen. Sie kannten sich lange genug, Knut würde begreifen, wie ernst es ihr war.

Sie zuckte zusammen, als Jörn zurück ins Zimmer kam.

„Möchtest du etwas essen?“, fragte er.

Ilma schüttelte entschieden den Kopf. Sie würde keinen Bissen herunterbringen, so aufgeregt wie sie war.

„Es ist noch immer dieser Magen-Darm-Infekt, der dir zu schaffen macht.“ Jörn legte eine Hand auf ihre Stirn. „Fieber scheinst du nicht zu haben. Tessa bringt dir gleich einen Tee, wenn du den getrunken hast, wird es dir besser gehen.“

Als hätte sie nur auf ihr Stichwort gewartet, trat Tessa mit einer dampfenden Tasse in der Hand ein.

„Ich glaube, ich kann jetzt auch nichts trinken“, wehrte Ilma ab.

„Das solltest du aber.“ Jörn nahm Tessa die Tasse ab und hielt sie Ilma hin. Sie nahm einen scharfen Geruch wahr und drehte den Kopf weg. „Bitte nicht, mir wird schlecht.“

„Dir ist schon die ganze Zeit schlecht, du sollst den Tee trinken, damit es dir hinterher besser geht.“ Er sprach mit ihr wie mit einem trotzigen Kind. „Jetzt trink schon, Tessa hat sich extra die Mühe mit der Zubereitung gemacht.“

„Was ist da überhaupt drin?“, fragte Ilma, um Zeit zu gewinnen.

„Wermut, Enzian und Angelikawurzel“, erwiderte Tessa ungeduldig. „Das ist eine alte und bewährte Hausmischung bei Magenbeschwerden.“

Die Beschäftigung mit Heilkräutern traute Ilma ihr genauso wenig zu, wie sie sich Tessa mit einem Strickstrumpf vorstellen konnte. Zu ihr passte eher das Image der Giftmischerin. Doch würde sie wirklich so weit gehen? Irgendetwas stimmte mit diesem Tee nicht, doch sollte er sie vermutlich nicht umbringen, sondern eher dazu dienen, sie vorübergehend außer Gefecht zu setzen. Selbst das wollte Ilma natürlich vermeiden.

„Ilma, was ist los? Jetzt trink endlich, bevor er kalt wird.“ Jörn führte die Tasse mit einer ungeduldigen Bewegung an ihre Lippen. Tessa stand mit vor der Brust verschränkten Armen wie eine Gefängnisaufseherin am Fußende des Bettes und verfolgte die Szene. Ilma wurde ihre Chancenlosigkeit bewusst. Sie trank den Tee in großen Schlucken, dann legte sie sich zurück auf das Kissen und schloss wie in tiefer Erschöpfung die Augen.

„Na also“, sagte Jörn zufrieden. Während Tessa den Raum verließ, blieb er an Ilmas Bett sitzen. Sie versuchte, so gleichmäßig wie möglich zu atmen. Nach einer Weile konnte sie ihn tatsächlich überzeugen, eingeschlafen zu sein. Sie hörte, wie er leise aus dem Zimmer schlich und die Tür hinter sich schloss. Mit einem Satz sprang sie aus dem Bett, rannte ins Bad und steckte sich über der Toilettenschüssel den Finger in den Hals. Der Tee schoss bitter durch ihre Kehle, sie spuckte und würgte. Als nichts mehr kam, drehte Ilma den Wasserhahn auf und trank gierig so viel sie konnte. Sie hoffte, die Wirkung des Tees, was immer er auch enthalten hatte, damit weitgehend neutralisieren zu können. Danach legte sie sich wieder in ihr Bett und lauschte auf die Geräusche von draußen. Jetzt musste sie nur noch auf Knut warten, dann würde alles gut werden.

80.

Irgendetwas hatte sie geweckt, ein Geräusch, das sie nicht einordnen konnte. War es der Schrei eines Tieres gewesen? Im Raum war es völlig dunkel und Ilma wusste nicht sofort, wo sie sich befand. Als die Erinnerung zurückkam, erschrak sie. Gegen ihren Willen war sie fest eingeschlafen, der Tee hatte trotz ihrer Gegenmaßnahmen seine Wirkung entfaltet. Es musste viel Zeit vergangen sein, denn vor dem Fenster herrschte tiefe Nacht. Sie tastete auf dem Nachttisch nach ihrem Handy, um zu schauen, wie spät es war. 21 Uhr durch, sie hatte demnach fast sieben Stunden geschlafen. Ein schrecklicher Gedanke durchfuhr sie: Was, wenn Knut inzwischen hier gewesen war und Jörn ihn weggeschickt hatte? Sie stellte sich die Szene vor und verwarf diese Möglichkeit sogleich. Knut, der garantiert von der Dringlichkeit ihres Hilferufes überzeugt war, wäre misstrauisch geworden und hätte sich nicht fortschicken lassen, ohne mit ihr gesprochen zu haben. Noch war nichts verloren und sie musste jede Minute nutzen. So betrachtet war es sogar eine Chance, dass Jörn und Tessa sie tief schlafend wähnten. Das Bett neben ihr war leer, wie sie sich im Schein der Taschenlampe ihres Handys überzeugen konnte. Eine innere Stimme warnte sie davor, das Licht im Zimmer einzuschalten. Sie hatte keine Ahnung, wo Jörn und Tessa sich gerade aufhielten, und sie wollte die beiden keinesfalls durch den Lichtschein auf sich aufmerksam machen. Ilma schirmte die Taschenlampe mit einer Hand ab, während sie ihren Rucksack aus dem Schrank zog und die wichtigsten Sachen eilig hineinstopfte. Sollte sie Knut entgegenlaufen? Es gab nur einen Weg, auf dem man zur Jagdhütte gelangte, sie konnten sich unmöglich verfehlen. Doch was, wenn Knut aus irgendeinem Grunde nicht kam? Dann würde sie allein draußen in der Dunkelheit umherirren, eine Vorstellung, die alles andere als verlockend war. Mit dem Rucksack in der Hand stand Ilma unentschlossen mitten im Raum. Sollte sie gehen oder lieber bleiben und abwarten? Wenigstens nach draußen begeben konnte sie sich. Ilma wollte die Tür öffnen und es durchfuhr sie wie ein elektrischer Schlag: Jörn hatte sie eingeschlossen. Die Wut darüber verlieh ihr neue Energie. Was hatte er sich dabei gedacht und vor allem, welchen Sinn machte das? Sie war schließlich sehr gut in der Lage, aus einem der Fenster zu klettern. Nun stand ihr Entschluss fest. Sie öffnete das Fenster und schwang sich nach draußen. Von der Jagdhütte drang ein Lichtschein herüber, er kam aus dem hinteren Bereich, wo sich die Sauna befand. Jörn und Tessa schienen an ihrer Gewohnheit des allabendlichen Saunierens festzuhalten. Die Kaltblütigkeit der beiden machte sie fassungslos. Ilma sah sich um, überall dort, wo der Lichtschein nicht hingelangte, herrschte schwärzeste Dunkelheit. Es war Neumond und der Himmel außerdem von Wolken bedeckt, kein einziger Stern war zu sehen. Der Wald umschloss den Platz wie eine dunkle Mauer. Doch Ilma flößte das keine Furcht ein, sie sah vielmehr eine Chance darin. Wenn sie sich still in ein Gebüsch kauerte, konnten Jörn und Tessa sie nicht entdecken. Sie hingegen würde sofort das Auto von Knut sehen, wenn es sich den Weg hier herauf bahnte. Dann würde sie ihm entgegenlaufen, hineinspringen und so schnell wie möglich gemeinsam mit ihm verschwinden. Ilma schaute sich suchend nach einem geeigneten Platz für ihr Vorhaben um. Nicht zu nah bei den Hütten sollte er sein und einen guten Blick auf den Weg bieten. Sie huschte seitlich ins Unterholz, Zweige schlugen ihr ins Gesicht, weil sie kaum etwas erkennen konnte. Erschrocken hielt sie inne, um nicht durch Geräusche auf sich aufmerksam zu machen. Das war nicht leicht zu bewerkstelligen, schon bei ihrem nächsten Schritt gab ein Ast unter ihren Füßen ein lautes Knacken von sich. Wieder blieb Ilma stehen und lauschte mit angehaltenem Atem, bevor sie sich weiter vortastete. Unterhalb eines hohen Baumes machte sie halt, sie legte ihren Rucksack ab und ließ sich mit dem Rücken zum Stamm darauf niedergleiten. Nachdem sich ihre Augen ein wenig an die Dunkelheit gewöhnt hatten, stellte sie fest, dass der Platz gut gewählt war. Links von ihr schimmerte die dunkle Oberfläche des Sees. Geradeaus verlief der Weg, den Knut mit seinem Auto nehmen musste. Jetzt musste sie nur noch abwarten. Im Jagdhaus rührte sich nichts. Ob Jörn und Tessa noch in der Sauna waren? Dann würden sie danach bestimmt in den See springen, hoffentlich nicht zu bald. Der Gedanke an Jörns Reaktion, wenn er ihr Verschwinden bemerkte, beunruhigte Ilma. Sie schaute zum See hinüber, schemenhaft erkannte sie den Steg und darauf etwas Helles, das sich davon abhob. Waren die beiden schon dort gewesen und hatten ein Handtuch zurückgelassen? Denkbar war es, sie begnügten sich nie mit nur einem Saunagang. Doch irgendetwas an dem Hellen beunruhigte Ilma, sie konnte die Augen nicht davon lösen. Nein, das war kein Handtuch, die Konturen erinnerten eher an eine menschliche Gestalt. Eine regungslose Gestalt. Ihr Herz begann wild zu klopfen, als sie sich an den Schrei erinnerte, der sie geweckt hatte. Das war kein Tier gewesen, sondern ein Mensch in höchster Not. Etwas Entsetzliches war geschehen, während sie betäubt in ihrem Bett gelegen hatte. Sie dachte an die Unterhaltung zwischen Tessa und Jörn, an die skrupellosen Mordpläne der beiden. Hatten sie jemanden getötet? Ilma hielt es nicht mehr in ihrem Versteck, sie brauchte Gewissheit. Im Schutze der Dunkelheit schlich sie ganz langsam näher an den Steg heran. Mit jedem Schritt wurde das Bild deutlicher. Dort lag ein Mensch, dessen nackter Körper im schwachen Licht, das von der Jagdhütte herüber schien, hell schimmerte. Jetzt war sie nur noch wenige Meter von der Stelle entfernt und Ilma sagte sich, dass es Wahnsinn war, ihre Deckung zu verlassen. Sie schielte zur Jagdhütte hinüber, wo sich nichts regte. Dann atmete sie noch einmal tief durch und lief in geduckter Haltung auf den Steg zu. Spätestens jetzt hätte die dort liegende Person sie bemerken müssen, doch nichts geschah. Ilma betrat den Steg, die Planken unter ihren Füßen knarrten leise. Sie sah einen nackten Körper, langes Haar und ein bleiches Gesicht. Es war Tessa und sie war entweder bewusstlos oder tot. Ilma vergaß nun alle Vorsicht. Sie schaltete die Taschenlampe an ihrem Handy ein und leuchtete Tessa ins Gesicht. Ihre Augen waren weit geöffnet, die Pupillen reagierten nicht, als der Lichtstrahl sie traf. Ilma tastete nach der Halsschlagader und konnte keinen Puls feststellen. Dabei fielen ihr die roten Flecke seitlich unterhalb des Halses auf, Verfärbungen, deren Bedeutung sie sofort erkannte. Das waren Leichenflecke, wie sie sich schon zwanzig bis dreißig Minuten nach Eintritt des Todes bildeten. Der Versuch einer Reanimation wäre zwecklos, sie konnte Tessa nicht mehr ins Leben zurückholen. Ilma hatte keine Ahnung, was geschehen war, doch statt in Panik zu verfallen, war da plötzlich eine große Ruhe in ihr, als wären all ihre Gefühle zu Eis erstarrt. Sie musste herausfinden, wo Jörn war. Die Tür zur Jagdhütte stand offen, das fiel ihr erst jetzt auf. Sie rief nach Jörn und erhielt keine Antwort. Die wenigen Räume waren schnell durchsucht, er befand sich in keinem davon. Im Vorraum der Sauna lagen ordentlich zusammengelegt seine Sachen. Ilma überlief bei der Vorstellung, er könnte ebenso wie Tessa nackt und tot irgendwo da draußen liegen, ein Frösteln. Ihre Gefühle kehrten zurück, ihr wurde die Gefahr bewusst, in der sie sich möglicherweise befand. Sie konnte hier nichts mehr tun, auch nicht nach Jörn suchen. Sinnvoll war es, so schnell wie möglich die Polizei zu benachrichtigen. Mit fliegenden Fingern durchsuchte sie die Jacke von Jörn und atmete auf, als sie den Autoschlüssel in einer der Taschen fand. Sie würde bis zur Straße vorfahren und dann noch ein Stück weiter, bis sie hoffentlich ein Netz hatte, um die Polizei zu benachrichtigen. Das war auf jeden Fall sicherer, als bei Dunkelheit auf den Berg zu kraxeln. Ilma wollte jetzt nur noch so schnell wie möglich weg. Sie lief zu dem Platz, auf dem die Autos parkten, Jörns heller Mercedes neben dem bulligen Geländewagen von Tessa. Der Wagen blinkte auf, als sie die Fernbedienung drückte, es war, als würde ihr ein Freund vertraulich zublinzeln: Komm her, hier bist du sicher. Ilma riss die Tür auf und ließ sich auf den Sitz fallen. Ohne sich anzuschnallen, startete sie den Motor und fuhr rückwärts aus der Lücke und weiter bis zu der Stelle, wo der Weg begann. Sie wollte dort einbiegen, als der Motor plötzlich nur noch ein stotterndes Geräusch von sich gab und dann völlig erstarb. Ilma schaute erschrocken auf die Tankanzeige, nein, daran lag es nicht. In ihrer Nervosität hatte sie den Motor abgewürgt. Im gleichen Moment bemerkte sie eine kompakte schwarze Masse, die sich hinter ihr aus der Dunkelheit löste. Scheinwerfer flammten auf und etwas prallte von hinten gegen

besser nicht in die Quere kommen. Aber da die erst im Herbst beginnt, besteht jetzt keine Gefahr.“

Da es keine weiteren Fragen gab, konnte es nun losgehen. Asbjörn legte noch fest, die Kinder in der Mitte der Gruppe laufen zu lassen, und kurz darauf tauchten sie unter seiner Führung in den Wald ein. Zunächst erschien die Finsternis undurchdringlich, doch allmählich gewöhnten sich ihre Augen daran. Sie hörten die Rufe der Nachtvögel, zu jedem gab Asbjörn ihnen ausführliche Erklärungen. Dass es sich um Eulen handelte, hätte Sven ebenfalls noch erraten, doch Asbjörn vermochte es sogar, die einzelnen Arten auseinanderzuhalten. Dann hörten sie einen Ruf, der an ein Knarren erinnerte. „Das ist ein Ziegenmelker“, sagte Asbjörn. „Ein unscheinbarer Vogel, dessen Gefieder so gut an die Umgebung angepasst ist, dass man kaum Chancen hat, ihn am Tage zu entdecken.“

„Wo sind denn nun die Elche?“, fragte eins der Mädchen ungeduldig.

„Da kommen wir noch hin, ich kenne die Plätze, an denen sie sich bevorzugt aufhalten“, beschwichtigte Asbjörn. Plötzlich zerriss ein schauriger Schrei die Stille, alle zuckten zusammen. Es klang wie ein heiseres Bellen.

„Ein Wolf“, flüsterte Erik erschrocken und griff nach Svens Hand.

Asbjörn lachte leise. „Das ist nur ein Rehbock. Er stößt Warnrufe aus, weil er uns gehört hat. Wir müssen noch leiser sein als bisher, wenn wir nicht den ganzen Wald aufschrecken wollen. Die meisten Tiere haben ein sehr feines Gehör.“

Ein leises Raunen ging durch die Gruppe, die meisten Teilnehmer hatten die Schreie des Rotwilds in dieser Form noch nie gehört. Marie hatte die Angst, es könnte sich um einen Wolf handeln, besonders zugesetzt. „Ich muss mal“, jammerte sie.

„Geh ein Stückchen zur Seite und hock dich dort hin“, sagte Asbjörn. „Aber nicht zu weit weg, hörst du? Wir drehen uns alle um und gucken nicht.“

Nach diesem kleinen Zwischenfall ging es weiter. Sie steuerten nun unter der Führung von Asbjörn die beliebtesten Rastplätze der Elche an. Mit der steigenden Spannung wurde es still unter den Teilnehmern, nur das Rauschen des Windes in den Baumwipfeln, die Rufe der Nachtvögel und ab und zu ein Rascheln seitlich des Weges waren zu hören. Asbjörn schien noch etwas anderes wahrzunehmen, denn er blieb plötzlich stehen und lauschte. Sven hörte es nun ebenfalls, da war ein Schnaufen, Stöhnen und Wimmern, das irgendwie unheimlich klang. War das ein verletztes Tier? Es schaute zu Asbjörn, wartete auf eine Erklärung. Der Guide wirkte angespannt, er leuchtete mit seiner Lampe in die Richtung, aus der die Laute kamen. In der Gruppe entstand Unruhe. „Was ist das?“, flüsterte ein Mann. „Sollten wir besser umkehren?“

Asbjörn drehte sich um, er sprach jetzt in normaler Lautstärke. „Nein, wir müssen nachsehen. Das ist kein Tier, das könnte ein Mensch sein. Ein Mensch, der Hilfe braucht. Alle bleiben dicht zusammen und schalten jetzt ihre Taschenlampen ein. Ich möchte, dass einer der Männer mich begleitet. Elke bleibt hier bei der Gruppe. “

„Ich komme mit.“ Sven trat vor, niemand widersprach. Erik umklammerte seine Hand. „Bleib hier, Papa. Wenn da ein Bär ist …“

„Da ist kein Bär. Ich komme gleich zurück, du passt inzwischen auf Marie auf.“ Das Mädchen hatte angefangen, vor Angst zu weinen. Erik gehorchte und legte tröstend den Arm um sie, obwohl sie einen Kopf größer war als er. In stummer Übereinkunft scharten sich die Erwachsenen rings um die Kinder, während Elke beruhigend auf sie einredete und Sven Asbjörn durch das Unterholz folgte. Die wimmernden Laute, die zunehmend menschlicher klangen, wiesen ihnen den Weg.

„Da vorn ist es, da liegt jemand.“ Asbjörn leuchtete mit seiner Taschenlampe, der Lichtkegel erfasste eine liegende Gestalt, halb versteckt hinter hohen Gesteinsbrocken. Er und Sven gingen schnell darauf zu. Der Mann, der dort in Embryonalstellung zusammengekauert am Boden lag, war vollständig nackt. Seine Arme und Beine waren mit zahllosen Kratzern bedeckt, das blonde Haar blutverklebt.

„Er ist verletzt“, sagte Asbjörn, der nun neben dem Mann kniete. „Die Kratzer sind nicht weiter schlimm, aber die Kopfwunde sieht übel aus.“ Er sprach den Mann direkt an. „Hallo, können Sie mich hören?“

Die Antwort war ein leises Stöhnen. Asbjörn leuchtete ihm mit der Taschenlampe in die Augen. Der Mann stöhnte noch lauter, gab aber keine Antwort.

„Er braucht dringend Hilfe, wir müssen ihn schnell bis zu einer Stelle bringen, die mit dem Auto erreichbar ist. Dort können wir einen Rettungswagen rufen."

„Einen Rettungswagen und die Polizei", sagte Sven.

„Die Polizei? Du glaubst, er wurde überfallen? Natürlich können wir das nicht ausschließen, doch auf mich wirkt er eher wie ein verwirrter Mensch, der nackt und orientierungslos umhergeirrt ist. Die Wunde kann von einem Unfall stammen."

Sven schüttelte den Kopf. „Nein, ich bin mir sicher, dass es kein Unfall war. Ich kenne den Mann."

82.

„Du kennst den Mann?“ Asbjörn richtete sich auf und schaute Sven verblüfft an.

„Ja, ich hatte dienstlich mit ihm zu tun. Ich bin Kriminalinspektor und der Mann war Zeuge in mehreren Mordfällen, die wir bei der Kripo Göteborg gerade bearbeiten. Ich kann einen Zusammenhang nicht ausschließen.“

„Die Morde auf Styrsö?“, fragte Asbjörn und Sven nickte. Natürlich hatte der Guide davon gehört. Er stellte nun keine weiteren Fragen, sondern handelte schnell und besonnen. „Wir müssen den Mann hier wegbringen, damit er rasch Hilfe bekommt“, sagte er. Während er seine Jacke auszog und den Nackten so gut es ging darin einhüllte, kennzeichnete Sven die Stelle mit Ästen, die er über Kreuz in den Boden rammte. Sollte Jörn Olander, um den es sich bei dem Verletzten handelte, an dieser Stelle niedergeschlagen worden sein, mussten sie hier Spuren sichern. Dann fasste Asbjörn den bewusstlosen Olander unter den Armen und Sven ergriff dessen Beine. Gemeinsam trugen sie ihn zu der Stelle, wo die Gruppe wartete. Das Licht mehrerer Taschenlampen beleuchtete angespannte und schreckensbleiche Gesichter. Die Frau, die sich nach der Gefährlichkeit von Elchen erkundigt hatte, schrie hysterisch auf, als sie den Verletzten sah. „Oh Gott, was ist mit ihm passiert? Wurde er von einem Tier angegriffen?“

„Nein, er ist gestürzt“, sagte Asbjörn. „Es besteht kein Grund zur Panik, doch wir müssen die Tour jetzt abbrechen und uns um den verletzten Mann kümmern. Wir gehen über eine Abkürzung zu den Autos zurück.“

Elke hatte inzwischen eine stabile Regenplane aus ihrem Rucksack gezogen, auf die sie den verletzten Jörn Olander nun betteten. Zwei weitere Männer aus der Gruppe wurden abgestellt, ihn gemeinsam mit Asbjörn und Sven zu tragen. Sie bewegten sich vorsichtig, um ihn keinen unnötigen Erschütterungen auszusetzen.

„Geh du mit der Gruppe voran", sagte Asbjörn zu Elke. „Ruf den Rettungsdienst und die Polizei, sie sollen zu unserem Parkplatz kommen."

Die Abkürzung, über die Elke die Gruppe nun zurückführte, beinhaltete einen steilen Anstieg, doch niemand beschwerte sich. Weitere Gruppenmitglieder halfen, die Plane mit dem Verletzten zu stützen und waagerecht zu halten. Sven atmete auf, als die Landrover in Sicht kamen. „Wie lange wird es dauern, bis der Rettungswagen hier ist?", fragte er.

„Sie sagten, sie sind bereits unterwegs", erwiderte Elke. „In einigen Nachbarorten hat es schon mal fast eine halbe Stunde gedauert, aber wir haben hier gute Erfahrungen gemacht. Bei der Polizei wird es länger dauern. Die kommen aus Karlstadt, allein die Anfahrt beträgt anderthalb Stunden."

Tatsächlich war der Rettungswagen fünf Minuten später vor Ort. Die Sanitäter kümmerten sich um die Erstversorgung von Jörn Olander. „Wir bringen ihn ins Krankenhaus nach Torsby", sagte einer von ihnen, ein stämmiger Mann um die vierzig, bevor er die Türen des Krankenwagens hinter ihm schloss.

„Wie verfahren wir jetzt weiter?", fragte Asbjörn, während er dem Wagen hinterherschaute. „Wir müssen wenigstens die Kinder zurück ins Camp bringen. Elke kann sie fahren."

„Und wir Erwachsenen sollen hierbleiben?", fragte eine Frau aufgebracht. Sie war eine kräftig gebaute Dänin, die allein mit ihrem zwölfjährigen Sohn Urlaub machte. Bis jetzt hatte sie sich still verhalten, doch nun begehrte sie auf. „Obwohl sich hier offenbar ein Verrückter umhertreibt, der Leute angreift? Das lasse ich nicht mit mir machen." Aus der Gruppe kam zustimmendes Gemurmel.

Asbjörn versuchte, die Frau zu beruhigen. „Von einem verrückten Angreifer war nie die Rede."

„Ach, und weshalb wurde dann die Polizei gerufen?“ Die Frau stemmte die Hände in die Hüften und musterte Asbjörn angriffslustig.

„Das habe ich veranlasst, eine reine Routinemaßnahme, weil wir nicht wissen, was passiert ist“, mischte sich Sven ein. „Ich werde allein hier warten, alle anderen können zurück ins Camp fahren.“

„Nein, das geht nicht“, widersprach Asbjörn. „Ich bin dafür verantwortlich, alle wohlbehalten zurück ins Camp zu bringen. Jemanden zurückzulassen, wäre eine grobe Pflichtverletzung.“

„Nicht in meinem Falle. Ich bin Polizist und habe mich soeben aus dem Urlaub zurück in den Dienst versetzt.“

„Na also, dann wäre das geklärt“, sagte die Dänin. Sie ergriff die Hand ihres Sohnes und machte sich bereit, in den Landrover zu steigen. Die anderen Gruppenmitglieder folgten ihrem Beispiel, alle wollten jetzt schnell von hier wegkommen. Nur Erik blieb neben Sven stehen.

„Papa, du sollst nicht allein hierbleiben“, sagte er.

„Ich bleibe nicht allein, bald werden meine Kollegen kommen.“ Sven strich über das Haar seines Sohnes, das so rot und dicht war wie sein eigenes.

„Dann warte ich mit dir zusammen auf sie.“

Sven war gerührt von Eriks demonstrativer Tapferkeit.

„Nein, du musst jetzt zu Mama und Filip fahren und ihnen sagen, dass sie keine Angst haben müssen und ich auch bald komme.“ Sven nickte Asbjörn zu, der den Arm um Erik legte und ihn sanft in Richtung Landrover schob. Erst als die Rücklichter der beiden Wagen hinter einer Kurve verschwunden waren, wählte Sven die Nummer von Alva.

83.

Göteborg

Alva stand unter der Dusche, als Birger hereinkam. Sie drehte das Wasser ab, um besser verstehen zu können, was er sagte. „Dein Handy klingelt schon eine ganze Weile. Willst du rangehen?“

„Ich muss rangehen, es könnte etwas Dienstliches sein.“ Sie angelte nach einem Handtuch. „Melde dich doch bitte schon mal und sag, ich komme gleich, falls es wichtig ist.“ Sie rubbelte sich eilig ab und wickelte sich danach in ein trockenes Badetuch. Dann ging sie hinüber ins Wohnzimmer, wo Birger mit ihrem Handy am Ohr neben der Tür stand. „Jetzt ist sie da“, sagte er. Und an Alva gerichtet: „Sven will dich sprechen.“

„Hallo Urlauber, was gibt es, dass du spätabends noch anrufst? Dir ist hoffentlich nicht langweilig draußen in der Wildnis“, sagte sie munter, wurde aber sogleich ernst. Birger bemerkte ihre zunehmende Anspannung, während sie zuhörte.

„Kannst du noch einmal genau beschreiben, wo du dich gerade befindest?“, sagte sie. „Ja gut, und wo habt ihr ihn gefunden?“ Sie hörte zu, die Augen mit einem Ausdruck höchster Konzentration leicht zusammengekniffen. „Und ob mir das etwas sagt“, fuhr sie dann fort. „Ganz in der Nähe hat das Ehepaar Beck eine Jagdhütte. Wir wollten Tessa Beck und Jörn Olander erneut befragen, haben aber beide nicht angetroffen. Die Nachbarn von Jörn Olander sagten uns, er und seine Freundin Ilma Sölberg wären verreist und Tessa Beck scheint zeitgleich mit ihnen aufgebrochen zu sein. Ich wette, sie haben sich in der Jagdhütte aufgehalten. Irgendetwas muss dort passiert sein. Hast du Rurik schon angerufen? Nein, kein Problem, musst du nicht machen, ich kümmere mich darum. Wir fahren so schnell wie möglich zu der Jagdhütte. Wenn die Kollegen aus Karlstadt bei dir eingetroffen sind und ihr alles besprochen habt, solltest du ebenfalls hinkommen. Ich schicke dir eine genaue Lagebeschreibung."

Alva rief anschließend Rurik an, der versprach, sie umgehend abzuholen. Birger hockte sich neben Veikko auf den Boden und kraulte ihn hinter den Ohren. „Das klingt nach einem einsamen Abend für uns beide", sagte er. „Frauchen muss zu einem Einsatz." Er schaute zu Alva hoch. „Soll ich dich begleiten?"

Sie schüttelte den Kopf. „Nein, in diesem Falle geht das nicht, so gern ich dich sonst dabeihabe. Aber wir wissen nicht, was uns dort erwartet. Rurik wird ein Einsatzkommando anfordern, es wäre leichtsinnig, unvorbereitet dort aufzukreuzen. Jörn Olander wurde verletzt und nicht ansprechbar im Wald gefunden, was mit Tessa Beck und Ilma Sölberg passiert ist, wissen wir nicht." Sie fasste schnell zusammen, was Sven ihr erzählt hatte.

Birger runzelte die Stirn. „Das klingt nicht gut. Der Täter könnte sich noch in der Jagdhütte oder zumindest in der Nähe aufhalten."

„Ich wäre ehrlich gesagt froh, wenn es so wäre", sagte Alva. „Dann hätten wir endlich eine reale Chance, dieses Phantom zu fassen."

Sie musste nicht lange auf Rurik warten, er schien geflogen zu sein. „Wow, du warst aber schnell", sagte Alva, während sie sich anschnallte.

„Endlich geht es voran, wenn auch auf dramatische Weise", erwiderte er. „Immerhin lebt Olander noch und wir können nur hoffen, Tessa Beck und Ilma Sölberg lebend anzutreffen. Vielleicht bekommen wir dann einige Antworten. Von Elisabeth Andersson alias Sirid Aland gibt es leider noch immer keine Spur, sie scheint sich in Luft aufgelöst zu haben."

„Oder sie ist bei der Jagdhütte. Fragt sich nur, ob sie allein ist." Alva hoffte, das Einsatzkommando würde genauso schnell anrücken wie ihr Chef. Sie hatte ein schlechtes Gewissen, weil sie Sven aufgefordert hatte, ebenfalls zur Jagdhütte zu kommen. Sie hoffte, er würde nicht im Alleingang handeln, das wäre viel zu gefährlich.

abzubringen, musste sie als gescheitert betrachten. Denn er war verschwunden, ganz plötzlich, ohne ihr zu sagen, wohin er wollte. Tief in ihrem Inneren ahnte sie, dass es nichts Gutes bedeuten konnte. Sein Durst nach Rache war noch nicht gestillt.

85.

Gut vier Stunden Fahrtzeit waren es von Göteborg bis zu der Jagdhütte nahe Ekshärad. Von unterwegs aus verständigten Rurik und Alva sich mehrmals mit Sven. Die Kollegen aus Karlstadt waren inzwischen bei ihm eingetroffen.

„Wir können hier heute nicht mehr viel machen“, sagte er. „Wir haben den Fundort von Olander gesichert, vor morgen früh hat es keinen Sinn, mit der Spurensuche zu beginnen. Wir machen uns jetzt auf den Weg zur Jagdhütte. Von Karlstadt aus wird ein Einsatzkommando zu uns stoßen.“

„Sven, ich möchte, dass ihr nichts unternehmt, bevor wir nicht dort sind“, sagte Rurik. In der Leitung blieb es still. „Hast du mich gehört, Sven?“

„Ja schon, aber ich weiß nicht, ob das richtig ist“, erwiderte Sven zögernd. „Es könnte weitere Verletzte geben und in dem Falle sollten wir keine Zeit verlieren.“

„Es kann aber auch sein, dass der Täter noch in der Nähe ist.“ Rurik hatte den gleichen Gedanken, der Alva ebenfalls schon gekommen war.

„Das glaube ich eher nicht, der wird sich kaum hinsetzen und auf uns warten. Außerdem bin ich nicht allein.“

Rurik gab seufzend nach. „Na schön, aber sei vorsichtig, hörst du.“

Da sie das Signal eingeschaltet hatten, kamen sie zügig voran, doch Alva dauerte es viel zu lange. Warum hatten sie nicht früher nachgeforscht, wo sich Beck und Olander aufhielten? Hatten sie die Gefahr, in der sich die beiden befanden, unterschätzt?

blondem Haar her. Sven stellte sie vor. „Das ist Kommissarin Karin Mansson, sie leitet den Einsatz hier.“ Alva musterte Sven mitfühlend. „Du hast dir deinen Urlaub sicher anders vorgestellt. Habt ihr schon etwas herausgefunden?“

Sven zuckte mit den Schultern. „Nicht viel. Hier ist niemand, aber es haben sich definitiv bis vor wenigen Stunden mehrere Personen hier aufgehalten. Wir haben uns in den Häusern umgesehen. Die rechte Gasthütte war bewohnt, wie es aussieht von Jörn Olander und seiner Freundin. Seine Sachen einschließlich aller Papiere sind noch dort, es gibt im Bad und in den Schränken Hinweise auf die Anwesenheit einer Frau. Im Haupthaus fanden wir in einem der Schlafzimmer Damenbekleidung und Papiere, dort muss Tessa Beck kürzlich noch gewohnt haben. Außerdem wurde die Sauna benutzt, im Vorraum lagen Bekleidungsstücke, die Jörn Olander gehören könnten. Es würde erklären, weshalb wir ihn nackt aufgefunden haben.“

„Wurde er demnach in der Sauna überfallen?“, fragte Rurik.

Sven wollte sich nicht festlegen. „Darauf gibt es bisher keine Hinweise. Wir sollten die genauere Untersuchung der Spurensicherung überlassen. Jetzt stellt sich erst einmal die Frage, wo die Frauen geblieben sind. Eine der beiden muss gemeinsam mit Olander in der Sauna gewesen sein, darauf lassen ein Pullover, eine Hose und Unterwäsche schließen, die ebenfalls im Vorraum liegen.“

„Dann irrt sie möglicherweise ebenfalls irgendwo nackt und verletzt umher“, überlegte Rurik. „Aber welche von beiden ist es und was ist mit der anderen?“

„Das Bild, das wir uns nach der ersten schnellen Durchsuchung machen konnten, wirft Fragen auf.“ Sven schaute hinüber zu den Einsatzkräften, die vor der Jagdhütte standen und auf weitere Instruktionen warteten. „Unter den Sachen von Olander befanden sich Fahrzeugpapiere, aber kein Autoschlüssel. Der dort drüben geparkte Jeep gehört Beck, aber den Spuren nach zu urteilen hat daneben noch kürzlich ein anderes Auto gestanden. Es sieht fast so aus, als wäre Ilma Sölberg, die Freundin von Olander, mit diesem Wagen geflüchtet. Es handelt sich um einen Mercedes der S-Klasse.“

Rurik runzelte die Stirn. „Was könnte passiert sein? Wurden Beck und Olander in der Sauna überfallen, während Sölberg rechtzeitig fliehen konnte? Oder ist alles ganz anders und hier hat sich ein Beziehungsdrama abgespielt? Nein“, korrigierte er sich selbst. „Es war eine weitere Person beteiligt. Die Frau, die unten auf dem Weg mit ihrem Wagen gegen einen Baum gefahren ist, sah jemanden in einem alten Volvo von hier flüchten. Wir werden sie gründlich befragen müssen, eventuell liefert sie uns eine brauchbare Beschreibung. Aber das hat Zeit, jetzt suchen wir erst einmal die nähere Umgebung der Hütten ab.“

Rurik war gerade dabei, den Einsatzkräften entsprechende Anweisungen zu erteilen, als ein Schrei ertönte, der alle zusammenzucken ließ. Wie aus dem Nichts tauchte die blonde Autofahrerin hinter ihnen auf. Sie hatte sich nicht an Alvas Anweisung gehalten und musste zu Fuß hierherauf gelaufen sein. Mit ausgestrecktem Arm zeigte sie auf Sven. „Das ist er! Das ist der Kerl, der mich von der Straße abgedrängt hat.“

86.

„Was machen Sie hier?“, brüllte Rurik die Frau an. „Wir haben Ihnen gesagt, Sie sollen sich nicht von Ihrem Auto wegrühren.“

Die Frau ließ sich nicht einschüchtern. „Das ist er“, sagte sie erneut und machte Anstalten auf Sven loszugehen, der völlig überrumpelt zurückwich. Alva berührte die Frau leicht an der Schulter. „Beruhigen Sie sich, das ist ein Irrtum. Der Mann ist unser Kollege.“

„Ach, ein Polizist ist das, umso schlimmer. Natürlich decken Sie ihn, eine Krähe hackt der anderen bekanntlich kein Auge aus. Aber mich können Sie nicht für dumm verkaufen, seine fuchsrote Mähne verrät ihn.“ Sie zeigte auf Svens wirren Haarschopf.

„Moment mal, der Fahrer des Wagens hatte rotes Haar?“, fragte Alva.

„Ja, das sagte ich doch. Daran habe ich ihn sofort wiedererkannt.“

„Ich kann Ihnen versichern, dass er es nicht war. Er ist zusammen mit den Kollegen dort drüben in einem der Polizeiwagen hergekommen. Sie müssten das doch bemerkt haben.“ Sie schaute zu Sven. „Seid ihr nicht von der Schotterstraße dort unten hier heraufgekommen?“

Er schüttelte den Kopf. „Wir sind vorher abgebogen und ohne Licht auf einem Waldweg hergeschaukelt, weil wir nicht gleich bemerkt werden wollten. Es hat uns ganz schön durchgeschüttelt.“ Das erklärte einiges. Sie mussten den flüchtenden Mann im Volvo knapp verfehlt haben. Und die aufgebrachte Autofahrerin konnte ihre Ankunft nicht bemerkt haben.

Alva winkte einen der Polizisten vom Einsatzkommando zu sich. „Sie gehen jetzt mit dem Kollegen zurück zu Ihrem Auto, er wird Ihre Aussage aufnehmen.“ Sie atmete auf, als die energische Dame sich dazu überreden ließ. So kam sie erst einmal aus der Schusslinie. Rurik wartete, bis sie außer Sichtweite war. „Immerhin hat sie die Haarfarbe des mutmaßlichen Täters erkannt, das ist schon mal was“, murmelte er.

„Das ist vielleicht viel mehr, als du vermutest“, sagte Alva. Sie sah sich wieder auf dem Flur des Sahlgrenska-Krankenhauses stehen und mit dem Pfleger reden, der angeblich mit Elisabeth Andersson befreundet war. An seine bärenhafte Statur und an sein leuchtend rotes Haar erinnerte sie sich nun so lebhaft, als würde er leibhaftig vor ihr stehen. Wie war nur gleich sein Name? Knut, Knut und wie weiter? Ein häufiger Name mit der Endung *-son*, wie er massenhaft in Schweden vorkam. Eriksson? Nein, Jacobson. Knut Jacobson, sie war sich jetzt sicher.

„Wir müssen überprüfen was für einen Wagen jemand fährt“, sagte sie. „Und wir müssen herausfinden, wo sich diese Person gerade aufhält. Es eilt.“ Sie teilte Rurik und Sven ihre Überlegungen bezüglich Knut Jacobson mit. Rurik pfiff durch die Zähne. „Das könnte passen, sehr gut sogar. Wir geben eine entsprechende Anweisung sofort an die Zentrale weiter.“ Sie waren mit Funkgeräten ausgestattet, die ihnen das ermöglichten. Das schwache Netz in einigen Teilen Värmlands war ein bekanntes Problem. Gerade befanden sie sich mitten in so einem Funkloch.

„Wir haben etwas gefunden, eine leblose Person.“ Jemand kam hinter der Jagdhütte hervor und winkte. Rurik, Alva und Sven rannten los. An der Rückseite des Jagdhauses wucherte dichtes Gestrüpp. Im Schein ihrer Lampen leuchtete ein nackter weißer Körper dazwischen auf wie eine Geistererscheinung. Alva kämpfte sich näher, ohne auf die Dornenranken zu achten, die sich in ihrem Haar verfingen. Die Frau lag auf dem Rücken, ihr langes Haar umgab das bleiche Gesicht wir ein goldener Heiligenschein.

„Das ist Tessa Beck“, sagte Alva. Sie tastete nach der Halsschlagader, die Haut fühlte sich kalt an. „Kein Puls, wir müssen sie erst einmal hier rausschaffen.“

Sven half ihr, trotz aller Sorge um die Frau darauf bedacht, keine Spuren zu zerstören. Sie erkannten schnell, dass jede Hilfe zu spät kam. Alva musterte die ausgeprägten Leichenflecke. „Kirschrot“, sagte sie leise. „Das könnte in ihrem Falle auch an den recht frischen Temperaturen liegen, aber ich glaube es nicht. Irgendwelche Verletzungen sind nicht erkennbar. Sie muss bereits seit einigen Stunden tot sein und für mich sieht es aus, als wäre sie in das Gebüsch geschleift worden. Jemand wollte ihre Leiche verstecken.“

„Ob für Jörn Olander ein ähnliches Schicksal vorgesehen war?“, überlegte Sven laut. „Vielleicht hatte der Täter ihn ebenfalls irgendwo abgelegt und dachte, er wäre tot. Aber Olander kam wieder zu sich und ergriff in Panik die Flucht, bis er schließlich bewusstlos zusammenbrach.“

Rurik inspizierte inzwischen die Stelle, an der sie Tessa Beck gefunden hatten. „Hier entlang wurde sie durch das Gebüsch geschleift, die Spur führt runter zum See“, sagte er.

„See? Ich würde das eher einen Tümpel nennen.“ Sven folgte Rurik auf seinem Weg dorthin. „Was die Spur betrifft, hast du allerdings recht, sie führt direkt dorthin.“ Sie gingen auf den Steg hinaus und schauten auf das dunkle Wasser. „Sie könnte aus der Sauna gekommen sein und wollte sich hier abkühlen. Dabei wurde sie von ihrem Mörder überrascht.“ Rurik versuchte, sich den Tathergang vorzustellen, doch Sven hörte ihm nicht mehr zu. Er leuchtete mit der Lampe die Oberfläche des Sees ab. „Möglicherweise haben wir Ilma Sölberg gefunden“, sagte er. „Sie ist nicht geflohen. Sie liegt vermutlich dort unten. Im Auto von Olander.“

87.

Torsby heute

Der Sirenenton des Rettungswagens war ganz nah und erfüllte Jörn Olander mit Hoffnung. Vielleicht war es noch nicht zu spät und sie konnten Adam Steensen und Nora Aland retten. Dann würde Sirid, die jetzt zusammengekauert auf der Bank neben dem Haus saß und weinte, wieder lachen. Und er würde sich endlich ein Herz fassen und ihr sagen, wie viel sie ihm bedeutete.

Die Tür des Sommerhauses öffnete sich und Jörn erstarrte, als er erkannte, was zwei dunkelgekleidete Männer zwischen sich hinaustrugen. Das war ein Sarg und Sirid stürzte schreiend darauf zu. Ein Polizist hielt sie mühsam zurück. Es war auch kein Rettungswagen, der dort vor der Tür stand, sondern ein Leichenwagen. Dem ersten Sarg folgte ein zweiter und Sirids lautes Weinen hallte zu Jörn herüber, ihr Wehklagen vermischte sich mit den schrillen Schreien der aufgeschreckten Möwen und schien die ganze Insel auszufüllen.

„Nein, Sirid, nein, ich habe das nicht gewollt", schrie Jörn. Es war nur ein undeutlicher gurgelnder Ton, der aus seiner Kehle kam, ein Laut, von dem er erwachte.

„Hallo, können Sie mich hören?" Ein Gesicht beugte sich über ihn, ein verschwommener Umriss vor einem blendend hellen Hintergrund. Der Signalton war noch immer da und jetzt spürte Jörn die Bewegungen eines Fahrzeugs unter sich.

„Können Sie mich verstehen?", fragte die Stimme erneut.

Jörn gab ein Krächzen von sich, das einem Ja immerhin nahekam.

„Das ist gut. Sie hatten einen Unfall und sind auf dem Weg ins Krankenhaus. Wir sind schon fast da.“

Er hatte einen Unfall gehabt? Jörn konnte sich nicht erinnern. Szenen tauchten blitzartig vor seinem inneren Auge auf und verschwanden sogleich wieder. Ein nächtlicher Wald. Zweige, die ihm ins Gesicht schlagen. Die Schritte eines Verfolgers hinter sich. Panik, die ihm die Kehle zuschnürt. Jörn atmete heftiger.

„Ganz ruhig“, sagte die männliche Stimme von vorhin, „wir bringen Sie jetzt rein, dann bekommen Sie Hilfe.“ Die Trage, auf der er lag, wurde nach draußen geschoben und dann ging es im rasanten Tempo durch einen langen Gang, an dessen Decke Neonröhren ein grelles Licht verbreiteten. Jörns Kopf schmerzte, er schloss die Augen. Nun erinnerte er sich vage daran, was geschehen war. Er war aus der Sauna in Richtung See gelaufen, der Schlag von hinten hatte ihn unvermittelt zu Boden gestreckt. Als er wieder zu sich gekommen war, hatte er Tessa regungslos auf dem Steg liegen sehen, während eine dunkle Gestalt sich über sie beugte. Instinktiv hatte er begriffen, was vorging, und war ungeachtet seiner Schmerzen losgelaufen. Er war davongekommen, knapp, aber er lebte. Nur wie lange noch? Jemand wollte Rache für das, was damals auf Styrsö geschehen war, und derjenige würde nicht ruhen, bis der letzte Schuldige seine Strafe bekommen hatte. Wenn er überleben wollte, musste er sich endlich der Vergangenheit stellen.

88.

Styrsö vor achtzehn Jahren

„Wir müssen sie bloßstellen, und zwar so, dass sie zum Gespött der ganzen Insel werden." Elias lehnte an der Küchentheke und kam richtig ins Schwärmen, während er versuchte, den anderen sein Vorhaben schmackhaft zu machen. „Steensen muss mit eingezogenem Schwanz von der Insel flüchten und sich für den Rest des Sommers nicht mehr hertrauen."

„Das mit dem eingezogenen Schwanz ist ein treffendes Bild", sagte Svea grinsend.

„Ja, finde ich auch." Elias schenkte ihr ein beifälliges Lächeln, froh, wenigstens sie mit seinem Enthusiasmus angesteckt zu haben. Tessa gab sich nach wie vor gelangweilt und auch Jörn tat, als würde ihn das Ganze nicht interessieren. Elias redete beharrlich weiter.

„Ich stelle mir vor, sie so zu erschrecken, dass sie beide splitternackt aus dem Haus flüchten. Wir könnten ihre Mülltonne in Brand stecken und dann die Feuerwehr alarmieren."

Tessa tippte sich mit dem Zeigefinger an die Stirn. „Spinnst du? Das würde ich schön bleiben lassen. Das ist Brandstiftung, wenn das rauskommt, haben wir den Ärger. Vor allem, falls sich das Feuer ausbreiten sollte. Neben dem Haus steht eine riesige Kiefer, die würde abbrennen wie eine Fackel und alles ringsum in Brand setzen."

Elias kaute verlegen auf seiner Unterlippe herum und schien über den Einwand von Tessa nachzudenken. „Dann müssen wir sie eben auf andere Art aus dem Haus locken."

„Nachts ans Fenster klopfen und weglaufen?“, schlug Svea vor.

„Zum Beispiel.“ Elias nickte lebhaft. Endlich griff jemand seinen Plan auf und machte sich ebenfalls Gedanken.

„Das ist einfach nur kindisch.“ Tessa hielt die Hand vor den Mund und gähnte. „Dann zieht sich Steensen was über und schaut nach. Oder er kippt dir gleich einen Eimer Wasser über den Kopf.“ Sie zog ihre Strickjacke fester um sich. „Kalt ist das heute wieder, es macht keinen Spaß mehr, hier rumzusitzen.“

Für Tessa schien das Thema Steensen damit abgehakt zu sein, doch ihr Einwurf brachte Elias auf eine neue Idee.

„Die haben einen Holzofen in der Hütte“, sagte er. „Den werden sie heute garantiert anheizen.“

„Ja und?“ Svea sah ihn fragend an. „Dann haben sie es gemütlich und schauen erst recht nicht vor die Tür.“

„Wir müssen es ihnen ungemütlich machen.“ Die Augen von Elias funkelten, er warf einen triumphierenden Blick in die Runde. „Wisst ihr, wie diese Öfen qualmen, wenn der Schornstein verstopft ist? Steensens kleine Hütte ist da im Nullkommanichts voller Rauch, da finden sie ihre Klamotten nicht, weil sie die Hand vor Augen nicht mehr sehen. Und wenn sie dann in Panik nackt nach draußen sprinten, sind wir in der Nähe und nehmen ein paar geile Videos auf. Für alle, die es nicht sofort mitgekriegt haben.“

„Klingt nach einem Plan.“ Wieder war Svea die Einzige, die darauf ansprang. „Fragt sich nur, wie wir es anstellen sollen, den Schornstein zu verstopfen. Du willst denen hoffentlich nicht ernsthaft aufs Dach steigen.“

„Muss ich gar nicht, es reicht, auf die Kiefer daneben zu klettern, die Tessa gerade erwähnte. Vor dort aus sollte ich an den Schornstein rankommen.“

Da Tessa sich angesprochen fühlte, ließ sie sich zu einer Äußerung herab.

„Ist klar. Und dann stopfst du dein T-Shirt rein. Oder deine Mathe-Arbeitsblätter, da steht dann gleich dein Name drauf.“ Sie hielt offenbar noch immer nichts von der Idee. Svea dagegen bestärkte Elias und fing an, eigene Vorschläge zu machen.

„Es muss ganz natürlich aussehen“, sagt sie. „Bei unseren Nachbarn war der Abzug mal durch eine tote Krähe verstopft.“

„Igitt, jetzt wird es eklig, das macht mal schön alleine." Tessa verzog angewidert das Gesicht.

„Es muss ja kein toter Vogel sein, ein Nest würde ausreichen", griff Elias den Gedanken auf. „So als hätte ein Vogel dort gebaut und dann wäre ihm das Zeug in den Schornstein gerutscht."

„Möwennester gibt es hier mehr als genug." Jörn meinte es als Feststellung, doch Elias nahm es als Teil des Plans.

„Also was ist, seid ihr alle dabei?", fragte er. Wir besorgen uns jetzt ein verlassenes Nest, ich klettere auf den Baum und platziere es im Schornstein, während ihr alle Schmiere steht.

„Warum nicht, besser als hier Wurzeln zu schlagen. Ist ja sonst nichts los", sagte Tessa zur Freude von Elias, der schon gar nicht mehr mit ihrer Zustimmung gerechnet hatte.

Das Nest war schnell gefunden, es schmiegte sich in eine Felsennische und bestand aus Reisig und farbigen Wollfäden. Svea barg es vorsichtig und trug es vor sich her wie eine kostbare Schale aus zerbrechlichem Porzellan.

„Mach das nicht so auffällig, es muss niemand sehen", zischte Tessa. „Und was machen wir, wenn Steensen im Haus ist?" Sie verspürte keine Lust, bei der Aktion von ihm ertappt zu werden. Immerhin war er ihr Lehrer und die Abiturprüfungen standen im kommenden Jahr bevor.

„Wir schleichen uns von hinten an, da kriegt der das gar nicht mit", meinte Elias unbekümmert. Die Kiefer stand an der Rückseite des Hauses und dort gab es kein Fenster. Sie gelangten ungesehen dorthin, indem sie sich vom Wasser her über den steinigen Untergrund nach oben kämpften. Dann standen sie unter der Kiefer, deren Äste fast waagerecht wuchsen und eine perfekte Leiter bildeten. „Wie für unsere Zwecke gemacht", sagte Elias und zog sich am untersten Ast hoch, seine Muskeln spannten sich unter dem T-Shirt. Als er sicheren Halt gefunden hatte, streckte er den Arm aus. „Jetzt gib mir das Nest." Svea reichte es ihm. Sie stand mit Tessa und Jörn unten, alle hatten sie die Köpfe in den Nacken gelegt und beobachteten, wie Elias schließlich einen Fuß vom Baum auf das Dach setzte. Breitbeinig stand er da und konnte von dieser Position aus den Schornstein geradeso erreichen. Er geriet ein wenig ins Schwanken, als er die Hand mit dem Nest ausstreckte, doch dann verschwand es im Schornstein und er warf einen triumphierenden Blick nach unten. „Mist“, zischte er plötzlich und verharrte kurz in seiner Pose. Tessa erkannte als Erste, was ihn beunruhigte. Sie waren nicht mehr allein, hinter ihnen stand ein kleiner Junge, der mit offenem Mund die Aktion von Elias verfolgte. Er musste hier draußen gespielt haben oder war gerade aus dem Haus gekommen.

Der Junge und Tessa starrten einander an. „Was macht der da?“, fragte der Knirps und zeigte auf Elias.

Tessa legte einen Finger auf die Lippen. „Das ist ganz geheim. Da draußen sind Piraten und er hat sie beobachtet, damit wir sie bekämpfen können.“

„Ist er ein Spion?“ Der Junge war nun sichtlich beeindruckt.

„Ja, genau. Du darfst niemandem verraten, was du gesehen hast, hörst du? Sonst kommen die Piraten und brennen hier die Häuser nieder. Sie dürfen nicht wissen, dass wir sie schon entdeckt haben. Können wir uns auf dich verlassen?“

Der Junge nickte eifrig, sein Blick schwankte zwischen Angst und Bewunderung. Er hätte gern noch mehr erfahren, doch die beiden Frauen und die zwei Männer hatten es plötzlich sehr eilig. Erst hinterher fiel dem Jungen ein, wo er ihnen schon einmal begegnet war.

89.

„Er hat uns gesehen und kann uns verraten." Jörn strich sich mit einer nervösen Bewegung das Haar aus der Stirn.

„Jetzt hör auf zu jammern wie ein altes Weib", blaffte Elias ihn an. „So ein kleiner Steppke hat nach fünf Minuten schon wieder vergessen, was er gesehen hat. Und was könnte er schon erzählen? Dass wir auf dem Baum nach Piraten Ausschau gehalten haben? Das glaubt ihm doch sowieso keiner. Falls er es überhaupt weitererzählt, schließlich hat Tessa ihn mit ihrer super Idee zum Schweigen verdonnert. Ich denke, der hält die Klappe. Falls er doch was sagen sollte, kann er uns auch nicht schaden, er kennt nicht mal unsere Namen."

Trotz der forschen Erklärung von Elias herrschte in der Villa eine bedrückte Stimmung. Der Regen, der erneut eingesetzt hatte und von draußen gegen die Scheiben trommelte, machte es nicht besser.

„Verdammter Mist, das ist doch Sirid." Svea war aufgesprungen und zeigte nach draußen. „Und guckt mal, wen die dabei hat. Das ist der Knirps von vorhin."

Tessa war ebenfalls aufgestanden. „Ich glaube, die gehen zur Fähre. Die Zeit passt jedenfalls."

Jörn gefiel das gar nicht. „Das bedeutet, Sirid ist heute gar nicht in der Hütte bei Steensen", sagte er. „Und sie kennt den Jungen. Wenn der ihr jetzt erzählt, was er gesehen hat ..."

„Hör auf", fauchte Elias ihn an. „Ich denke, es hängt ganz anders zusammen. Sirid spielt hier für jemanden Kindermädchen und bringt den Jungen jetzt zurück aufs Festland. Danach wird sie mit der nächsten Fähre zurückkommen und sich im Schutze der Dunkelheit zu ihrem Liebhaber schleichen. Es läuft alles nach Plan."

Trotz dieser optimistischen Vorhersage verließen sie die Villa an diesem Abend nicht. Es war nicht mehr die Rede davon, sich nochmals heimlich anzuschleichen und kompromittierende Videos aufzunehmen. Tessa ging in ihr Zimmer und packte demonstrativ ihre Sachen. „Ich nehme morgen die erste Fähre", sagte sie. Jörn folgte ihrem Beispiel. Nur Svea blieb stoisch neben Elias sitzen und leerte mit ihm gemeinsam zwei Flaschen Wein. Die Laune von Elias war auf einem Tiefpunkt angelangt, er sah trübe Tage ohne Tessa auf sich zukommen.

Während sich die Nacht über Styrsö herabsenkte, brachte Sirid in Steensens Wohnung in Göteborg den kleinen Bamse ins Bett. Morgen früh würde seine Stiefmutter ihn abholen, noch teilte sie sich mit Adam das Sorgerecht. Nach der Scheidung wäre es zur Erleichterung aller damit vorbei, die Stiefmutter war nur zu gern bereit, sich ihrer Verpflichtungen für den Jungen zu entledigen. Sirid las ihm vor dem Einschlafen eine Geschichte vor, doch heute war er nicht bei der Sache. Immer wieder fragte er nach Piraten, ob sie in der Nacht auf die Insel kommen und Papa und Nora etwas antun könnten. Sirid hatte einige Mühe, ihm das auszureden. Sie fragte ihn, wie er auf solch eine Idee komme, doch dazu wollte er nichts sagen.

90.

Sie hatten alle verschlafen, um die erste Fähre zu erreichen, war es für Tessa und Jörn zu spät. Das Wetter hatte aufgeklart, die Sonne schien durchs Fenster, ihre Strahlen brachen sich in den Weinflaschen und Gläsern, die noch vom gestrigen Abend auf dem Tisch standen.

„Der Sommer kommt zurück, ihr solltet hierbleiben." Elias schaute Jörn und Tessa hoffnungsvoll an.

Tessa schüttelte den Kopf. „Ich fahre heute auf jeden Fall."

Elias wollte etwas erwidern, wurde aber durch Svea abgelenkt. „Seid mal still", sagte sie. „Hört ihr das?" Sie trat ans Fenster und öffnete es.

„Klingt nach einem Rettungswagen", sagte Elias. „Entweder hat jemand Herzprobleme oder zu viel gesoffen. Vielleicht auch beides."

Jörn beschlich ein unbehagliches Gefühl.

„Wir sollten mal zur Hütte von Steensen schauen", sagte er.

„Wozu das denn?", fragte Tessa.

„Ich finde auch, wir sollten es tun", stimmte Elias Jörn zu. „Vielleicht ist unser Plan aufgegangen und die halbe Insel redet schon über den Skandal. Nur wir haben es noch nicht mitbekommen."

„Wenn du was erfährst, dann im Supermarkt und nicht bei der Hütte. Da wird kein Zettel an der Tür hängen." Tessa gab sich gelangweilt, schloss sich aber an, als die anderen aufbrachen. Sie waren noch nicht weit gelaufen, als ein Polizeiwagen mit Signal an ihnen vorbeirauschte.

„Die fahren in die Richtung von Steensens Hütte.“ Die Stimme von Jörn vibrierte vor Aufregung.

„Quatsch, dort gibt es auch noch andere Häuser“, sagte Elias, wirkte aber ebenfalls leicht verunsichert.

Sie sahen schon von Weitem mehrere Personen vor dem Sommerhaus stehen und diskutieren. Der Krankenwagen parkte mit geöffneten Türen neben dem Polizeiauto. Ein Polizist sprach mit den Sanitätern.

„Da ist was passiert und wir sind schuld.“ Jörn krallte seine Finger in die Schulter von Elias, der ihn wütend abschüttelte.

„Dreh jetzt nicht durch, was soll denn passiert sein?“

„Ich weiß nicht, vielleicht haben sie eine Rauchvergiftung.“

„Oder eine Alkoholvergiftung“, blaffte Elias ihn an. „Es ist alles möglich, auch ein Herzinfarkt vom zu heftigen Vögeln. Steensen ist nicht mehr der Jüngste und die Aland ist ein heißes Ticket.“

Die Faust von Jörn landete im Gesicht von Elias, der davon völlig überrascht wurde. Mit wutverzerrtem Gesicht packte er Jörn am T-Shirt und machte Anstalten, zurückzuschlagen. Svea warf sich zwischen die beiden. „Hört sofort auf“, zischte sie. „Wollt ihr unbedingt auffallen? Wir verschwinden jetzt von hier, bevor man auf uns aufmerksam wird.“

„Nein, ich gehe nicht, bevor ich nicht weiß, was los ist.“ Jörn drängte sich nach vorn, es gelang Elias und Svea nicht, ihn aufzuhalten.

„Lasst ihn, wir verschwinden“, sagte Tessa. Zu dritt gingen sie zur Villa zurück, während Jörn sich unter die Schaulustigen vor dem Sommerhaus mischte. Es waren nicht nur Einheimische, sondern auch einige Touristen darunter, niemand achtete auf ihn. Er ließ sich erst vertreiben, als er und alle anderen von der Polizei nachdrücklich zum Gehen aufgefordert wurden. Doch da wusste er schon, was geschehen war. Auf dem Weg zur Villa schwankte er wie ein Betrunkener. In der Küche, wo die anderen einträchtig am Tisch saßen, brach er zusammen.

„Sie sind tot, wir haben sie umgebracht“, schrie er. In dem Durcheinander, das daraufhin ausbrach, nahm er kaum etwas wahr. Jemand legte ihm eine Hand auf den Mund, um ihn zum Schweigen zu bringen. Wütend schlug er sie weg. Die drei schleppten ihn mit vereinten Kräften ins Wohnzimmer und drückten ihn auf das Sofa. Elias flößte ihm Whisky ein, den er willig schluckte. Ihm war so elend, dass er am liebsten auch sterben wollte. Er hörte Elias mit Tessa und Svea tuscheln, die daraufhin das Haus verließen, während Elias wie ein Krankenwärter neben ihm sitzen blieb. Jörn nickte ein, der Schock in Verbindung mit dem Alkohol hatte ihn völlig erschöpft. Er wusste nicht, wie viel Zeit vergangen war, doch irgendwann hörte er Sveas Stimme. „Es stimmt, wir haben den Leichenwagen gesehen, sie sind wirklich tot. Aber das muss ja nichts mit uns zu tun haben."

91.

Es muss nichts mit uns zu tun haben. An diesen Satz klammerten sie sich in den folgenden Tagen. Niemand dachte mehr daran, abzureisen. Nach und nach wurden Einzelheiten bekannt: Nicht Sirid, sondern deren Mutter Nora Aland war in jener Nacht zusammen mit Steensen in der Hütte gewesen. Gestorben waren die beiden an einer Kohlenmonoxidvergiftung infolge eines verstopften Schornsteins. Erst jetzt erfuhren sie, dass der Junge, den sie mit Sirid gesehen hatten, Steensens Sohn war.

Jörn fühlte sich krank, er konnte kaum etwas essen und nachts nicht schlafen. „Wir haben sie umgebracht, wir haben zwei Menschenleben auf dem Gewissen", sagte er ein ums andere Mal. „Der Junge hat durch uns seinen Vater verloren und Sirid ihre Mutter."

„Hör endlich auf mit dieser Leier", schnauzte Elias ihn an. „Wir können überhaupt nicht wissen, ob es an uns lag. Vielleicht war der Schornstein schon vorher verstopft. Sie haben den Ofen angeheizt, ohne das zu kontrollieren. Solche Unfälle sollen öfter vorkommen."

Jörn starrte Elias fassungslos an. „Glaubst du selbst, was du da sagst?"

„Warum denn nicht?" Es war Svea, die sich sofort auf die Seite von Elias schlug. „Ich halte das für wahrscheinlich. Die Hütte von Steensen ist ziemlich verrottet, das trifft mit Sicherheit auch auf den Schornstein zu. Es bringt überhaupt nichts, wenn wir uns jetzt verrückt machen."

Offenbar war Jörn der Einzige, der sich verrückt machte, Elias, Svea und Tessa wirkten hingegen ziemlich ungerührt. Jörn fragte sich, ob sie nur nach außen hin so taten oder ob sie wirklich derart abgebrüht waren. Die Nachhilfestunden von Elias waren nun Geschichte, was es nicht besser machte. Die freie Zeit lastete wie Blei auf ihnen, alle wünschten sie sich von der Insel fort, doch niemand wagte, den Anfang zu machen. Sie wechselten sich mit dem Einkaufen ab und brachten die aktuellen Zeitungen mit. Gleich zu Anfang hatte es Meldungen über einen tragischen Unglücksfall auf Styrsö gegeben, bei dem zwei Personen an einer Kohlenmonoxidvergiftung gestorben waren. Doch dann tauchten beunruhigende Schlagzeilen auf: *Wie kam das Möwennest in den Schornstein? War es gar kein Unfall?*

Nun war es auch mit der Gelassenheit von Svea und Elias vorbei. „Wir beide haben das Nest angefasst", jammerte Svea. „Was ist, wenn man es auf DNA-Spuren untersucht?"

„Ich glaube nicht, dass man da was findet", sagte Elias. „Das ist gründlich durchgeräuchert worden. Und wenn schon: Niemand verdächtigt uns."

Verdächtigt wurde dagegen bald darauf Sirid. Svea brachte das Gerücht vom Einkaufen mit und als sie davon sprach, tat sie es mit Genugtuung in der Stimme. „Steensen soll es sowohl mit ihrer Mutter als auch mit Sirid getrieben haben", sagte sie. „Sirid kannte sich mit Möwennestern aus, sie war doch ständig auf Vogelbeobachtung. Es wird vermutet, dass sie aus Eifersucht gehandelt hat. Uns verdächtigt dagegen niemand."

„Das ist eine riesengroße Schweinerei, wir müssen das aufklären." Jörn sprang auf, es wirkte, als wollte er sofort loslaufen. Elias packte ihn an den Schultern und schüttelte ihn.

„Bist du jetzt komplett durchgeknallt? Willst du dich auf den Marktplatz stellen und öffentlich erklären, wir wären an allem schuld? Oder gleich zur Polizei laufen? Weißt du, was das für uns alle bedeuten würde?"

„Elias hat recht", sagte Tessa so ruhig und kühl, wie es ihre Art war. „Wir können nichts ungeschehen machen, aber uns allen die Zukunft verbauen. Wer würde uns schon glauben, dass es sich nur um einen harmlosen Scherz handeln sollte? Man könnte uns glatt einen doppelten Totschlag anhängen, wenn nicht gar Mord."

„Uns darf nichts passieren, aber Sirid wollt ihr opfern oder wie darf ich das verstehen?", schrie Jörn wütend. „Erst haben wir ihre Mutter umgebracht, und jetzt lassen wir zu, dass man sie als Mörderin hinstellt. Da mache ich nicht mit."

„Jetzt komm mal runter, Jörn", mischte sich Svea ein. „Niemand beschuldigt Sirid offiziell, das ist nur ein dummes Gerücht. Wenn sich niemand dafür interessiert, wird das Gerede von allein aufhören."

Tatsächlich erschien kurz darauf ein kleinlautes Dementi in der Presse. *„Vogelexperte spricht von einem unglücklichen Zufall. Es liegt kein menschliches Verschulden vor."* Doch da war es schon zu spät. Sirid lag in einem kritischen Zustand in der Klinik, nachdem sie versucht hatte, sich das Leben zu nehmen. Ihre gewählte Methode, sich mithilfe eines Holzkohlegrills zu vergiften, ließ die Gerüchte um ihre mögliche Schuld wieder aufflammen. Sie kam nicht an die Schule zurück und Jörn erfuhr nicht, was aus ihr geworden war. Doch es verging kaum ein Tag, an dem er nicht an sie dachte.

Torsby heute

„Herr Olander, wie geht es Ihnen jetzt? Haben Sie Schmerzen?" Die Stimme des Arztes brachte ihn in die Gegenwart zurück.

„Ja, mein Kopf", murmelte er.

„Das ist verständlich." Das Gesicht des Mannes im weißen Kittel verschwamm vor Jörns Augen, er musste zweimal blinzeln, bis er klarer sah. „Sie haben trotzdem noch großes Glück gehabt, nur eine Fleischwunde und eine Gehirnerschütterung. Es sollte Ihnen bald besser gehen. Die Polizei möchte Sie sprechen, aber das sollten wir besser auf morgen vertagen."

„Nein, auf keinen Fall." Ungeachtet der pochenden Schmerzen in seinem Schädel richtete Jörn sich halb auf. „Ich muss sofort mit der Polizei reden. Es geht um Ilma, meine Freundin, sie ist in großer Gefahr."

92.

Rurik, Alva und Sven standen auf dem Steg und schauten angespannt auf die Oberfläche des Sees, die vom Licht eines Scheinwerfers erhellt wurde. Schemenhaft zeichneten sich die Umrisse des Wagens unten im Wasser ab.

„Der liegt merkwürdig schräg, als wenn er irgendwo festhängt“, sagte Sven. „Es sieht aus, als würde es da noch tiefer runtergehen.“

Rurik stimmte ihm zu. „Das macht die Bergung möglicherweise schwierig, der Wagen könnte dabei abrutschen. Aber vor morgen wird das ohnehin nichts, wir brauchen Tageslicht und einen Kranwagen. Für heute können wir abbrechen, zwei Beamte bleiben zur Bewachung hier.“

Sie waren schweigsam, als sie zurück zu den Autos gingen. Alva machte der Gedanke an die Leiche der jungen Frau, die sie am nächsten Morgen vermutlich aus dem See bergen würden, zu schaffen. Sie sah Ilma Sölberg vor sich, ihre zarte Gestalt und die großen bernsteinfarbenen Augen, die immer ein wenig erschrocken geblickt hatten. Sollte ihr Leben auf so tragische Weise ein Ende gefunden haben?

„Was machen wir jetzt?“, fragte sie. „Suchen wir uns eine Unterkunft für die Nacht, damit wir morgen gleich hier weitermachen können?“

„Suchen müsst ihr nicht“, sagte Sven. „Die Unterkunft hat Karin Mansson bereits organisiert, ganz in der Nähe in Ekshärad. Sie ging gleich davon aus, der Einsatz hier könnte sich länger hinziehen. Da ich weiß, wo es ist, bringe ich euch hin. Es wäre nett, wenn ihr mich danach im Camp bei meiner Familie abliefern könntet, die sich bestimmt schon Sorgen macht. Morgen früh stoße ich wieder zu euch."

„Sven, das musst du nicht, wir schaffen das allein", sagte Rurik. „Du hast Urlaub und solltest ihn nutzen."

„Nicht unter diesen Umständen, jetzt wird es schließlich spannend."

Sie waren noch nicht weit gefahren, als Ruriks Handy klingelte und er das Gespräch entgegennahm. „Ja, Stein", sagte er. Er schaltete die Freisprechanlage ein, damit Sven und Alva mithören konnten. Der Anruf kam von Kommissarin Karin Mansson.

„Die Klinik in Torsby hat soeben angerufen", sagte sie. „Jörn Olander ist jetzt ansprechbar und will unbedingt sofort eine Aussage machen. Sein Arzt wollte das mit Rücksicht auf seinen Zustand lieber auf morgen verschieben, aber der Patient beharrt darauf und lässt sich nicht beruhigen. Könnt ihr das übernehmen?"

„Selbstverständlich, danke, dass du uns benachrichtigt hast. Wir fahren gleich hin." Es war inzwischen nach drei Uhr nachts, doch an ungewöhnliche Arbeitszeiten waren sie alle gewöhnt. Außerdem verlieh ihnen die Aussicht, durch Olanders Aussage einen Hinweis auf den Täter zu bekommen, frischen Elan.

„Ich hoffe, es bringt euch weiter", sagte Karin Mansson. „Für mich ist übrigens auch noch nicht Feierabend. Wir haben soeben einen Anruf aus dem Krankenhaus in Karlstadt erhalten. Dort wird ebenfalls gerade ein Patient behandelt, der unverzüglich mit uns sprechen will. Ich hoffe, es ist nicht nur jemand, der sich von kleinen grünen Männchen verfolgt fühlt und nun Polizeischutz verlangt, so etwas hatten wir nämlich auch schon. Aber da ich ohnehin wach bin, fahre ich gleich hin und bringe es hinter mich. Wir sehen uns dann morgen früh, nein, heute in ein paar Stunden. Vielleicht reicht es ja vorher noch für ein oder zwei Stunden Schlaf. Das wäre der pure Luxus."

Sie brauchten nur eine gute halbe Stunde bis Torsby. Das Krankenhaus befand sich in der Stadtmitte, sie fanden es mühelos. In der Notaufnahme herrschte auch zu dieser nächtlichen Stunde noch reger Betrieb. An der Rezeption war man bereits über ihr Kommen informiert und nannte ihnen die Station, auf der sie von einem übernächtigt wirkenden Arzt empfangen wurden.

„Es tut mir leid, Sie um diese Zeit herzubitten", sagte er. „Ich weiß auch nicht, ob es eine gute Idee ist, aber der Patient ließ sich nicht anders beruhigen. Er behauptet, seine Freundin würde sich in Lebensgefahr befinden."

Alva und Rurik wechselten einen schnellen Blick. Sie durften Olander auf keinen Fall verraten, wo sie Ilma Sölberg vermuteten.

„Wir reden mit ihm", sagte Rurik.

„Vermeiden Sie bitte, ihn noch mehr aufzuregen, er ist in einem sehr labilen Zustand", mahnte der Arzt, bevor er ihnen die Tür zu dem Zimmer öffnete, in dem Jörn Olander ganz allein lag. Sein Kopf war verbunden und seine Hände vollführten unruhige Bewegungen auf der Bettdecke. Als er die Kriminalisten eintreten sah, richtete er sich halb auf. Offenbar erkannte er sie von den zurückliegenden Befragungen wieder. „Endlich", sagte er. „Sie müssen Ilma finden, sie ist dort draußen ganz allein am Jagdhaus. Er darf sie nicht finden, sonst wird er sie auch töten. Sie hat nichts getan, bitte. Unternehmen Sie etwas, schnell."

Da Alva inzwischen an das Bett getreten war, griff er nach ihrem Arm und krallte sich daran fest. „Bitte, bitte schnell", wiederholte er.

„Beruhigen Sie sich, Herr Olander", sagte sie. „Unsere Kollegen sind bereits am Jagdhaus der Becks, das meinen Sie doch, nicht wahr?"

Olander nickte mit offenem Mund. „Aber woher wussten Sie ..."

„Das spielt jetzt keine Rolle. Jedenfalls ist alles Notwendige in die Wege geleitet. Und Sie können uns helfen, indem Sie uns alles sagen, was Sie wissen. Wer ist er, der Ilma töten will?"

„Ich weiß nicht, wer er ist", stöhnte Olander. „Ich weiß nur, weshalb er es tut. Ich hätte viel früher reden müssen, dann wäre das alles nicht passiert."

Rurik, der gerade eine Nachricht auf seinem Handy erhalten hatte, gab Alva ein Zeichen. Sie ging mit ihm ein Stück zur Seite. „Knut Jacobson fährt einen alten blauen Volvo", flüsterte er ihr zu. „Er hat heute Abend den Dienst getauscht, weil er etwas Dringendes vorhatte."

Alva nickte, sie hatte es fast erwartet. Nun wussten sie, wer vermutlich ihr gesuchter Täter war. Rurik würde sich darum kümmern und die Fahndung nach ihm herausgeben. Sie wandte sich wieder Olander zu.

„Ich hätte früher reden müssen“, stöhnte er erneut.

„Dann reden Sie wenigstens jetzt“, sagte Alva und zog sich einen Stuhl neben das Bett.

93.

Fast eine Stunde hatte Jörn Olander geredet, er war nun völlig erschöpft. „Es reicht für heute“, sagte Alva zu ihm. „Sie müssen sich jetzt ausruhen.“

Olander griff nach ihrer Hand. „Versprechen Sie mir, Ilma zu finden.“

„Wir tun unser Möglichstes“, sagte Alva ausweichend. Sie fühlte sich elend dabei und konnte nicht verhindern, das Bild des im See liegenden Autos vor ihrem inneren Auge zu sehen.

„Was für eine tragische Geschichte“, sagte sie, als sie wieder mit Rurik und Sven im Auto saß.

„Was für eine grenzenlose Blödheit vor allem“, wetterte Sven. „Das waren künftige Abiturienten, wussten die nicht, was passieren kann, wenn man einen Schornstein verstopft? Denen müsste man noch nachträglich sämtliche Qualifikationen aberkennen, wenn man sie sonst schon nicht belangen kann.“

„Sie sind tot, Sven“, sagte Alva sanft. „Alle bis auf Olander. Sie haben mit ihrem Leben dafür bezahlt, mehr geht nicht.“

Sven fuhr sich mit der Hand über die Augen. „Du hast recht, ich bin kurz davor einzuschlafen, deshalb kann ich nicht mehr klar denken.“

„Wir bringen dich jetzt ins Camp zu deiner Familie und morgen schläfst du dich erst mal aus“, sagte Rurik. „Du bist schließlich im Urlaub.“

Während Sven auf dem Rücksitz eindöste, ging Alva mit Rurik die Befragung von Olander noch einmal durch. „Das Motiv des Täters ist nun klar“, sagte sie. „Er hat seine Opfer auf die gleiche Weise getötet, wie auch Adam Steensen und Nora Aland gestor-

94.

Nach dem Gespräch mit Karin Mansson hatten Alva und Rurik sich noch zwei Stunden Schlaf gegönnt, bevor sie am Morgen in Richtung Karlstadt aufgebrochen waren. Die Wendung, die der Fall erneut zu nehmen schien, war sehr überraschend. Knut Jacobson war in der Nacht in der Klinik in Karlstadt aufgetaucht, und das nicht allein. Er hatte Ilma Sölberg eingeliefert, die seiner Schilderung nach beinahe ertrunken wäre und die nun dort stationär behandelt wurde. Karin hatte ihnen zugesichert, es bestünde keine Fluchtgefahr und sie könnten sich Zeit lassen. Trotzdem waren sie nun bereits unterwegs, getrieben von Unruhe und der Suche nach Antworten.

„Soll ich fahren?“, fragte Alva und musterte Rurik besorgt. Seine Haut war fahl und die Augen verquollen. Er lachte leise.

„Du hast genauso wenig geschlafen wie ich. Natürlich bin ich älter als du, falls du das mit deinem Angebot uncharmant andeuten wolltest. Lass uns einfach reden, das hindert uns beide am Einschlafen. Was hältst du von der Sache? Ist das eine Finte von Jacobson? Spielt er sich jetzt als Retter von Ilma Sölberg auf und will so von seinen Taten ablenken? Mir kommt das sehr merkwürdig vor. Vor allem müssen wir uns fragen, wieso er überhaupt dort war. Für mich ist er noch immer der Hauptverdächtige.“

„Ich bin vor allem froh, dass Ilma Sölberg lebt“, sagte Alva. „Hat Karin etwas zu ihrem Zustand gesagt? Ist sie ansprechbar?“

„Ich weiß es nicht“, sagte Rurik. „Klang für mich, als hätte man sie nicht zu ihr gelassen. Dabei ist ihre Aussage für uns entscheidend. Was immer Jacobson erzählen wird, darauf möchte ich mich nicht verlassen."

Alva stimmte ihm zu, trotzdem mussten sie zuerst mit der Aussage von Knut Jacobson vorliebnehmen. Ilma Sölberg hatte ziemlich viel Wasser eingeatmet und stand unter strenger ärztlicher Beobachtung. Außerdem war sie am Kopf verletzt. Jacobson wirkte sehr besorgt um sie, er konnte sich kaum auf das Gespräch mit den Kriminalisten konzentrieren. Sie saßen in einem Aufenthaltsraum, den man ihnen zugewiesen hatte. Immer wenn draußen auf dem Flur jemand vom Personal vorbeiging, sprang Jacobson halb von seinem Stuhl auf und machte Anstalten, hinzulaufen.

„Nun bleiben Sie einfach mal sitzen und konzentrieren Sie sich", wies Rurik ihn zurecht. „Wir werden informiert, sobald wir mit Frau Sölberg sprechen können. Und jetzt noch einmal von vorn: Frau Sölberg hat Sie also kontaktiert und um Hilfe gebeten, ist das richtig?"

„Ja, so war es, ich kann Ihnen die Nachricht zeigen." Er fuhr sich mit der Hand durch sein Haar, das so rot war wie das von Sven. Ansonsten wiesen sie kaum Ähnlichkeiten auf, während Sven schlank und sehnig war, glich Knut Jacobson von der Statur her einem Bären. Er hielt Rurik sein Smartphone hin. „Hier steht alles, einschließlich einer Wegbeschreibung. Ilmas Nachricht klang dramatisch, ich habe mich so schnell wie möglich auf den Weg gemacht. Und dann war es doch beinahe zu spät."

Alva sah die Bestürzung in seinen Augen und sie glaubte ihm.

„Wussten Sie bereits vorher um die Gefahr, in der sich Frau Sölberg befand?", fragte sie. „Ich meine, bevor Sie diese Nachricht von ihr bekamen?"

„Ich habe es geahnt, die ganze Zeit", sagte er. „Das war doch auffällig, diese Mordfälle in ihrem Umfeld. Ich habe mich gefragt, mit was für Leuten sie da in Kontakt gekommen ist. Aber ich konnte nichts machen, ihr Freund hat was gegen mich. Ich glaube, er hat ihr sogar verboten, mich privat zu treffen."

„Trotzdem hat sich Frau Sölberg an Sie gewandt?"

„Ja, und in dem Moment war mir klar, wie ernst ihre Lage sein musste."

„Sie haben also Ihren Dienst getauscht und sich dann auf den Weg zum Jagdhaus gemacht. Wann sind Sie dort angekommen?“

„Gegen zweiundzwanzig Uhr. Als ich oben beim Jagdhaus ankam, sah ich die Rücklichter eines Wagens in der Dunkelheit verschwinden.“

„Genauer bitte“, forderte Rurik ihn auf. „Wo befanden Sie sich und wo haben Sie den anderen Wagen gesehen?“

„Ich kam auf dem schmalen Zufahrtsweg herauf, der von der Schotterstraße zum Jagdhaus führt. Die Rücklichter des anderen Wagens sah ich in dem Moment rechts zwischen den Bäumen verschwinden.“ Rurik und Alva tauschten einen schnellen Blick, das konnte stimmen. Demnach hatte der Wagen den gleichen Weg durch den Wald genommen, auf dem die Einsatzfahrzeuge das Jagdhaus erreicht hatten. Knut Jacobson schilderte, wie er unmittelbar darauf den Mercedes im See entdeckt hatte. „Das Dach ragte noch aus dem Wasser, ich glaubte eine Person im Wagen zu erkennen. Ich bin sofort in den See gesprungen und konnte Ilma rausziehen, bevor der Wagen tiefer sank. Zum Glück war die Tür auf der Fahrerseite offen, dadurch ging es relativ leicht. Ilma kam danach schnell wieder zu sich. Aber sie war total panisch, sagte, jemand habe versucht, sie umzubringen, wir müssten sofort fliehen. Mit ihrer Angst hat sie mich angesteckt, ich habe Ilma in eine Decke gewickelt, sie in mein Auto gesetzt und bin sofort losgefahren. Sie wollte nach Göteborg, aber die lange Fahrt war mir angesichts ihres Zustandes zu riskant. Sie war am Kopf verletzt und wäre beinahe ertrunken, sie brauchte ärztliche Hilfe. Deshalb bin ich hierher gefahren.“

Seine Schilderung klang plausibel, den Beinahe-Unfall mit dem entgegenkommenden Sportwagen hatte er angeblich überhaupt nicht bemerkt.

„Was meinte Ilma Sölberg damit, als sie sagte, jemand wollte sie umbringen?“

„Sie ist nicht etwa versehentlich in den See geraten, sie wurde von einem anderen Wagen absichtlich von hinten angestoßen und hineingeschoben. Und dann war da noch etwas.“ Er holte tief Luft, bevor er weitersprach. „Sie sagte, Tessa Beck wäre tot. Allerdings wollte sie deren Leiche auf dem Steg entdeckt haben, ich kann das nicht bestätigen. Auf dem Steg war nichts. Vielleicht war ich auch nur zu aufgeregt und auf Ilma fixiert, um etwas anderes zu bemerken. Haben Sie Tessa gefunden?“

„Ja, sie ist tot.“ Rurik erwähnte nicht, dass sie nicht auf dem Steg, sondern halb versteckt im Gebüsch gelegen hatte. Hatte der Täter die Leiche noch einmal bewegt? Diese Details mussten sie später klären. Rurik interessierte zunächst noch etwas anderes.

„Heißen Sie schon immer Jacobson oder haben Sie Ihren Namen irgendwann geändert?“

Knut Jacobson wirkte überrascht von dem abrupten Themenwechsel. „Nein, weshalb sollte ich, ich heiße von Geburt an so.“

„Sie kennen Elisabeth Andersson gut, nicht wahr?“

„Das ist übertrieben, ich kümmere mich ab und zu ein wenig um sie, weil sie es nicht leicht hat.“

„Wussten Sie, wie sie früher hieß?“

Wieder wirkte Jacobson äußerst erstaunt. „Lizzi hieß früher anders? Das ist mir neu.“

„Was wissen Sie sonst über die junge Frau? Über deren Vorgeschichte?“

„Wie gesagt, nicht viel. Sie ist früh verwaist, mit sechs Jahren glaube ich, und sie wuchs in einer Pflegefamilie auf. Mit nicht mal zwanzig hatte sie einen Schlaganfall, ungewöhnlich in dem Alter, aber das kommt vor. Sie leidet noch immer unter den Folgen.“

„Wissen Sie, mit wem Elisabeth Andersson sonst noch Kontakt hat?“

Knut Jacobson dachte angestrengt nach, schüttelte dann aber den Kopf. „Nein, ich weiß es nicht. Sie lebt sehr zurückgezogen.“

„Wir haben erst einmal keine weiteren Fragen. Halten Sie sich aber zu unserer Verfügung.“

Jacobson nickte. „Ich bleibe hier. Ohne Ilma werde ich dieses Haus nicht verlassen.“

Alva und Rurik machten sich anschließend auf den Weg in die Kantine. „Kaffee?“, fragte Rurik.

Alva nickte. „Unmengen von Kaffee, am besten als Infusion.“

Die Kantine war um die Zeit wenig besucht, der Kaffeeduft empfing sie schon beim Eintreten. „Was hältst du von Jacobsons Aussage?“, fragte Rurik.

„Auf mich wirkte er absolut glaubwürdig“, erwiderte Alva. Der heiße Kaffee verbrannte ihr fast die Zunge, doch er tat unendlich gut nach der aufreibenden Nacht.

Rurik nickte. „Sieht ganz so aus, als wäre er doch nicht unser Täter. Über die Vergangenheit von Lizzi alias Sirid Aland scheint er nichts zu wissen. Sie hat ihm eine ganz andere Geschichte aufgetischt und er hat sie ihr abgenommen.“

„Sirid Aland hat eine Schlüsselrolle in dem Ganzen, leider wissen wir immer noch nicht, wohin sie abgetaucht ist. Ich hoffe, Jördis findet wenigstens bald heraus, was aus dem Sohn von Steensen geworden ist. Mit unserer Vermutung, Knut Jacobson könnte mit ihm identisch sein, waren wir auf der falschen Spur. Aber dieser Sohn spielt eine entscheidende Rolle, darauf wette ich.“

95.

Jördis war erfolgreich gewesen, sie kannte nun den vollständigen Namen und die Geschichte von Steensens Sohn. Nachdem er nach dem Tod seines Vaters in seiner ersten Pflegefamilie jahrelang Misshandlungen ausgesetzt gewesen war, hatte Mats Steensen eine neue Pflegefamilie gefunden, wo er bis zu seinem achtzehnten Lebensjahr blieb. Eine Lehre als Fahrzeugmechaniker hatte er abgebrochen, er lebte noch in Göteborg und arbeitete als Kurierfahrer.

Jördis rief Rurik an, um ihm die Neuigkeit mitzuteilen.

„Er arbeitet als Kurierfahrer?" Rurik, der mit Alva noch immer in der Kantine saß und darauf wartete, mit Ilma Sölberg sprechen zu dürfen, rieb sich nachdenklich das Kinn. „Weißt du auch, was für Fahrten er erledigt?"

„Ja, er soll vor allem für Labore, Arztpraxen und Krankenhäuser unterwegs sein. Auch für das Sahlgrenska."

„Jördis, ich rufe dich sofort zurück."

Rurik beendete das Gespräch, Alva schaute ihn fragend an. „Steensens Sohn ist für das Sahlgrenska als Kurierfahrer tätig", sagte er. „Dort könnte er Kontakt mit Sirid Aland aufgenommen haben, die regelmäßig im Krankenhaus putzt. Wir müssen Jacobson fragen." Rurik stürmte los, Alva konnte ihm kaum folgen.

Knut Jacobson war nicht mehr im Aufenthaltsraum, er hatte Posten vor dem Zimmer bezogen, in dem Ilma lag. Er schaute überrascht auf, als er die beiden Kriminalisten im Laufschritt auf sich zukommen sah.

„Kennen Sie Mats Steensen?“ Rurik schnappte kurzatmig nach Luft, seine Frage war kaum zu verstehen.

„Steensen? Nein, der Name sagt mir nichts.“

„Mats Steensen ist Kurierfahrer, er muss des Öfteren im Sahlgrenska sein.“

„Ach *der* Mats!“ Die Miene von Knut Jacobson hellte sich auf. „Ja, den kenne ich, wir wechseln ab und zu ein paar Worte. Netter Kerl.“

„Ist er auch näher mit Elisabeth Andersson bekannt?“

„Mit Lizzi? Eigentlich nicht, aber warten Sie, es gab da ein blödes Gerücht. Lizzi würde sich ihm an den Hals werfen, so was in der Art. Aber das ist völliger Unsinn, Lizzi ist viel zu schüchtern und Mats ist einfach nett zu jedem. Er wird ein wenig mit ihr gescherzt haben.“

Rurik genügte diese Auskunft, sie bestätigte, was er vermutet hatte. Mats Steensen und Sirid Aland hatten sich nach Jahren wiedergefunden und einen Rachefeldzug gestartet.

„Wir müssen Jördis informieren, sie muss sofort etwas unternehmen“, raunte er Alva zu. Als sie außer Hörweite waren, rief er Jördis zurück.

„Hast du die Anschrift von Steensen?“, fragte Rurik.

„Ja, klar habe ich die.“

„Jördis, ich möchte, dass du sofort hinfährst. Nimm dir ein paar von unseren erfahrenen Leuten mit. Sie sollen ihn aufs Präsidium bringen, du hältst dich im Hintergrund. Ihr müsst sein Alibi für gestern Nacht überprüfen.“

„Ich kann das gern in die Wege leiten, aber wir werden ihn wohl kaum antreffen. Um diese Zeit dürfte er arbeiten.“

„Macht es trotzdem. Ansonsten versucht, irgendwie herauszufinden, wo er sich gerade aufhält. Und melde dich wieder, sobald es etwas Neues gibt.“

Nachdem Rurik das Gespräch beendet hatte, wirkte er besorgt. Alva ahnte, was in ihm vorging. Es behagte ihm nicht, Jördis damit betrauen zu müssen, doch sie konnten sich nun mal nicht zerteilen.

„Jördis bekommt das hin“, sagte sie. „Sie muss es nur veranlassen, den Rest erledigen andere, die so etwas schon öfter gemacht haben.“ Sie dachte an Österlund, einen erfahrenen

Kommissar von der Drogenfahndung, der ihnen momentan zur Unterstützung zugeteilt worden war.

„Ich hoffe, du hast recht und Jördis versucht keine Alleingänge." Rurik saß der Schrecken des letzten Einsatzes, bei dem Jördis zu viel riskiert hatte, noch in den Knochen.

„Keine Sorge, sie wird es garantiert kein zweites Mal tun", war sich Alva sicher.

96.

Jördis stand mit Kommissar Österlund und zwei weiteren Beamten vor dem Haus, in dem Mats Steensen wohnte, einem unauffälligen vierstöckigen Bau aus den Siebzigerjahren.

„Kein Klingelschild, aber die Wohnung muss im dritten Stock sein", sagte sie. „Gehen wir rauf?"

„Wir gehen rauf und du bleibst hier", sagte Österlund.

„Nein, ich komme mit, ich bin keine Anfängerin." Jördis funkelte den Kommissar böse an. Zu viert stiegen sie die Treppen hinauf, es roch nach Feuchtigkeit und altem Putz. Jördis registrierte mit Befriedigung das leise Schnaufen von Österlund. Im dritten Stock gab es an der Tür rechts ein einfaches Schild: M. Steensen. Österlund drückte auf die Klingel, ein melodischer Gong war bis nach draußen zu hören. In der Wohnung rührte sich nichts, auch nicht nach einem zweiten Versuch.

„Das war zu erwarten, er ist nicht zu Hause", sagte Österlund und wandte sich zum Gehen. Jördis blieb vor der Tür stehen und schnüffelte. „Sagt mal, riecht ihr nichts?"

„Nein, was denn?" Österlund drehte sich zu ihr um.

„Es riecht nach Rauch, als würde in der Wohnung etwas brennen."

Einer der beiden anderen Beamten, ein baumlanger Kerl, trat näher. „Stimmt, jetzt rieche ich es auch. Wir sollten nachsehen."

„Dann müssen wir einen Schlüsseldienst rufen", sagte Österlund.

Jördis wurde plötzlich von einer Unruhe erfasst, die sie sich selbst nicht erklären konnte. Vielleicht irrte sie sich ja, aber wenn nicht ... „Das dauert zu lange. Wir müssen die Tür aufbrechen, sofort.“

Österlund schaute Jördis erstaunt an. Doch dann verstand er, worauf sie hinauswollte, und zögerte nicht länger. „Los, ich übernehme die Verantwortung“, sagte er.

Der Lange und sein Kollege, ein Krauskopf mit Brille, wechselten einen schnellen Blick des Einverständnisses und machten sich dann ans Werk. Die Wohnungstür gab unter ihren gezielten Tritten schnell nach, Jördis stürzte als Erste in den Flur, bevor jemand sie daran hindern konnte. Es gab vier Türen, der Rauchgeruch war am stärksten vor der schmalsten von allen, die sich ganz vorn rechts im Flur befand. Jördis riss sie auf und erfasste die Situation mit einem Blick. Auf dem Boden neben der Wanne lag eine reglose Person, neben ihr stand eine Schale mit glimmenden Kohlen. Jördis presste eine Hand auf den Mund und hielt den Atem an. Dann rannte sie zum Fenster am Ende des Raumes und riss es weit auf. Der Lange fluchte laut, er hatte sich bei dem Versuch, die Schale mit den glimmenden Kohlen fortzuschaffen, die Finger verbrannt. Das hinderte ihn jedoch nicht, sein Vorhaben auszuführen. Jördis hörte Österlund im Treppenhaus nach einem Rettungswagen telefonieren. Sie beugte sich über die auf dem Boden liegende Frau, deren Gesicht sehr bleich war. Aber sie lebte noch, Jördis konnte ihren Puls fühlen. Gemeinsam mit dem Krauskopf trug sie die Frau aus dem Bad in das Wohnzimmer nebenan, wo Österlund bereits sämtliche Fenster weit geöffnet hatte. „Sie braucht jetzt vor allem frische Luft“, sagte er. „Und wir müssen sie in die stabile Seitenlage bringen, falls sie sich erbricht.“ Jördis war schon dabei. Sie sah, wie die Lider der Frau leicht flatterten, als würde sie langsam zu Bewusstsein kommen. Beruhigend redete sie auf sie ein. Zu ihrer Erleichterung hörte sie schon das Signal des Rettungswagens und kurz darauf die eiligen Schritte der Sanitäter auf der Treppe.

97.

„Sirid Aland war in der Wohnung von Steensen und hat dort einen Suizidversuch mit Kohlenmonoxid unternommen“, sagte Alva zu Rurik. Sie war ziemlich aufgewühlt durch das Telefongespräch mit Jördis.

„Was sagst du da?“ Rurik, der gerade bei Ilma Sölberg gewesen war und einige Worte mit ihr wechseln konnte, hatte den Anruf dadurch verpasst.

„Sie lebt“, sagte Alva, „Jördis und die Kollegen sind zum Glück noch rechtzeitig gekommen. Sie soll einen Abschiedsbrief hinterlassen haben, der noch ausgewertet werden muss, aber so viel steht fest: Mats Steensen hat die Morde begangen und sie wusste davon.“

„Mein Gott, was habe ich da verpasst?“ Rurik griff sich an die Stirn. „Ilma Sölberg hat Knut Jacobsons Aussage soeben bestätigt. Aber das ist plötzlich nicht mehr wichtig. Sirid Aland hatte sich also bei Steensen versteckt und mit ihm gemeinsame Sache gemacht. Weshalb wollte sie sich umbringen? Wurde sie plötzlich von ihrem Gewissen eingeholt?“

„Das werden wir sicher alles später erfahren, wir müssen jetzt vor allem Steensen finden“, sagte Alva. „Wo er gestern war, das wissen wir: Am Jagdhaus der Becks, dort hat er Tessa Beck getötet, Jörn Olander verletzt und Ilma Sölberg mit Olanders Wagen beinahe im See versenkt. Aber die Frage ist doch, wo er sich jetzt aufhält. Er hat seine Mission noch nicht beendet, Olander ist am Leben. Wir müssen das Krankenhaus in Torsby anrufen. Olander könnte in Gefahr sein. Was, wenn Steensen sich noch irgendwo in der Gegend aufhält und mitbekommen hat, wohin Olander gebracht wurde?“

„Daran haben wir bereits gedacht, Karin Mansson wollte es veranlassen.“ Trotzdem hielt es Rurik für sicherer, in Torsby anzurufen. Er bekam dort zunächst nur den Pförtner an den Apparat. Rurik verlangte, mit der Station verbunden zu werden, auf der Olander lag.

„Da geht keiner ran, die sind wohl alle beschäftigt.“

„Dann versuchen Sie es weiter, es ist wichtig.“

Am anderen Ende war ein genervtes Stöhnen zu hören. „Ich versuche es bereits, jetzt ist besetzt.“

„Ich muss jemanden von der Station sprechen“, sagte Rurik ungeduldig. „Es geht um Leben und Tod, jetzt unternehmen Sie endlich was.“

„Um Leben und Tod geht es hier ständig, wir sind schließlich ein Krankenhaus. Wenn niemand ans Telefon geht, kann ich das nicht ändern.“ Der Mann hatte entschieden die Ruhe weg.

„Dann gehen Sie hin und holen Sie jemanden an den Apparat.“ An Ruriks Schläfe begann eine Ader gefährlich zu pochen.

„Wie stellen Sie sich das vor, ich darf meinen Posten hier nicht verlassen, dann könnte in der Zwischenzeit jeder reinkommen.“

„Wer ist denn heute schon reingekommen, war zufällig ein Kurierfahrer dabei?“, änderte Rurik seine Taktik.

„Ja, der ist vor fünf Minuten hier durchgegangen.“

„Kannten Sie den Mann?“

„Nein, der ist wohl neu.“

„Er muss aufgehalten werden“, brüllte Rurik.

„Aber doch wohl nicht von mir. Warten Sie, jetzt habe ich die Station dran.“

Rurik wurde mit einer Schwester verbunden, die sofort begriff, um was es ging. Es hatte sich herumgesprochen, was mit dem Patienten passiert war, den man in der Nacht mit einer Kopfverletzung eingeliefert hatte. Sie holte den Polizisten ans Telefon, der inzwischen vor dem Zimmer von Olander Posten bezogen hatte.

„Wir haben hier alles unter Kontrolle, keine Vorkommnisse“, sagte er mit ruhiger Stimme.

Rurik sah das anders. „Wir nehmen an, dass der Täter bereits im Haus ist.“

Zum Glück reagierte der Kollege auf Ruriks anschließende Erklärung sehr professionell. „Ich gebe den Kollegen, die unten vor dem Eingang aufpassen, sofort Bescheid“, sagte er. „Er kommt hier nicht ungesehen raus und schon gar nicht zu Olander rein.“

„Du bist dir sicher, dass es Steensen ist“, sagte Alva, nachdem Rurik das Gespräch beendet hatte.

„Ja, zu neunzig Prozent“, antwortete er. „Er kann Olander nicht entkommen lassen und so zielgerichtet, wie er bisher vorgegangen ist, hat er ihn bereits gefunden.“

Rurik rief dann auch noch Karin Mansson an. Die Spurensicherung am Jagdhaus, die für heute eigentlich auf dem Programm gestanden hatte, war nicht mehr vorrangig. Auch der Mercedes von Olander konnte erst einmal im See bleiben. Karin machte sich mit ihrem Team unverzüglich auf den Weg nach Torsby. Und von dort kam eine knappe Stunde später die erlösende Nachricht: Steensen war gefasst worden.

„Er hatte sich in der Wäschekammer versteckt, um dort auf einen günstigen Moment zu warten“, sagte Karin. „Als er sich entdeckt sah, versuchte er durch den Keller zu entkommen. Seine Ausrüstung, mit der er Olander töten wollte, konnten wir ebenfalls sicherstellen. Er hatte eine Flasche mit Kohlenmonoxid dabei, wie sie für die Kalibrierung von Messgeräten verwendet wird. Und eine selbst gebastelte Maske mit Schlauch.“

Alva erinnert sich an das Gespräch mit Caroline im Schlosspark. Sie hatte damals diese Art der Anwendung erwähnt. Später sollte sich herausstellen, dass Steensen auch für eine Firma, die Messgeräte herstellte und kalibrierte, als Kurier tätig gewesen war und die Flaschen dabei entwendet hatte.

„Es ist endlich vorbei“, sagte sie zu Rurik.

„Noch nicht ganz“, erwiderte der. „Wir müssen klären, wer welchen Anteil an den Taten hatte. Mit Sirid Aland fangen wir an.“

98.

Alva hätte nicht genau sagen können, an wie vielen Krankenbetten sie schon gesessen hatte. Meistens hatten Opfer von Straftaten darin gelegen, die sich mühsam zu erinnern versuchten. Manchmal waren es auch die Täter gewesen, die entweder hartnäckig schwiegen oder sich mit einer totalen Amnesie herauszureden versuchten. Jedenfalls waren die Rollen immer klar gewesen. Bei Sirid Aland war die Situation schwieriger, es musste sich erst zeigen, ob sie vor allem Opfer oder auch Täterin war.

Sie saß aufrecht im Bett, gestützt vom aufgestellten Kopfteil. Ihre Haut war sehr blass und mit einem dünnen Schweißfilm bedeckt, die Augen in dem zarten Gesicht wirkten riesig.

„Ich habe das nicht gewollt“, sagte sie leise. Alva musste näher mit ihrem Stuhl heranrücken, um sie zu verstehen. Jördis hielt sich im Hintergrund.

„Es ist alles so sinnlos.“ Sirid wandte den Blick ab. „Ich wünschte, ich wäre diesmal wirklich gestorben.“

„Sie leben und Sie können uns helfen, zu verstehen“, sagte Alva. „Wie haben Sie herausgefunden, was damals mit Ihrer Mutter und Adam Steensen passiert ist?“

Sirid benetzte ihre Lippen mit der Zungenspitze, sie waren trocken und rissig. „Ich habe es nicht herausgefunden, das war Mats. Das heißt, ich habe ihm etwas gesagt, wovon ich nicht wusste, welche Bedeutung es hat.“

„Erzählen Sie der Reihe nach“, forderte Alva sie auf.

Sirid zögerte. „Ich weiß nicht, wo ich anfangen soll. Damals, als ich meine Mutter und Adam morgens tot im Sommerhaus gefunden habe, war ich einfach nur außer mir vor Schock und Trauer. Ich hatte keine Ahnung, wie es dazu kommen konnte. Als es dann hieß, sie wären an einer Kohlenmonoxidvergiftung gestorben, glaubte ich an einen Unfall. Doch dann kamen die Gerüchte auf, schreckliche Gerüchte." Ihre Stimme brach bei der Erinnerung daran.

„Man beschuldigte Sie, den Schornstein absichtlich verstopft zu haben", sagte Alva.

Sirid deutete ein Nicken an. „Es war so gemein und völlig aus der Luft gegriffen. Die Frau von nebenan, Ingrid Oldman hieß sie, hatte mich am Haus gesehen. Aber ich wollte dort nur Mats abholen, um mit ihm nach Göteborg zu fahren. Mir war nichts Besonderes aufgefallen, doch er hat an dem Abend immerzu von Piraten geredet. Ich hätte besser zuhören sollen."

„Piraten?", fragte Alva verwirrt. „Was hatte es damit auf sich?"

„Er hatte Elias Beck beobachtet, der auf das Dach des Sommerhauses geklettert war. Tessa, Svea und Jörn standen daneben und schauten zu. Und als Mats sie fragte, was sie da machen würden, erzählten sie ihm, sie würden feindliche Piraten beobachten und er dürfe das niemandem verraten."

„Der Junge war damals sechs Jahre alt", sagte Alva. „Wie konnte er sich später daran erinnern?"

Sirid streckte die Hand nach einem Glas Wasser auf ihrem Nachtisch aus. Alva reichte es ihr.

„Danke", sagte sie. Nachdem sie getrunken hatte, sprach sie weiter. „Er erinnerte sich daran, weil sein Vater am Morgen danach tot war. Es war schrecklich für ihn, Mats hing sehr an seinem Vater. In seiner kindlichen Vorstellung glaubte er, die Piraten hätten ihn in der Nacht getötet. Als er davon zu reden begann, tat seine Stiefmutter etwas ganz Schreckliches: Sie sagte ihm, ich wäre diejenige gewesen, die seinen Vater umgebracht hat. All die Jahre, die er danach in der Pflegefamilie zubrachte, hat er mit diesem Gedanken leben müssen. Aus seiner Liebe zu mir wurde dadurch Hass. Er fasste sogar den Plan, mich zu töten. Ich wünschte, er hätte es getan." Tränen liefen über ihre Wangen, sie wischte sie nicht weg.

„So sollten Sie nicht reden. Schließlich wurde durch Karl Hoffner Ihre Unschuld bezeugt. Hat Mats davon erfahren?"

„Mats hat erst viel später erfahren, wie sein Vater und meine Mutter ums Leben gekommen sind. Das hatte ihm nämlich niemand erzählt, weshalb er wirre Vorstellungen entwickelte, sie wären erschossen oder erstochen worden. Doch dann, als er erwachsen war, fing er an zu recherchieren. Er las die alten Zeitungsberichte, erfuhr so von der Vermutung, der Schornstein wäre gezielt verstopft worden. Und auch das Dementi von Karl nahm er zur Kenntnis, doch er glaubte nicht daran. Denn er erinnerte sich plötzlich wieder an die Szene am letzten Tag auf Styrsö, an Elias Beck auf dem Dach und an die anderen drei, die zugeschaut hatten. Und auf einmal wurde ihm klar, was er da in Wirklichkeit beobachtet hatte."

„Und was ist mit Ihnen? Hatten Sie nie einen Verdacht?", fragte Alva.

Sirid schüttelte den Kopf. „Nein, ich habe Karl geglaubt. Erst jetzt ist mir klar, dass er mit seiner Aussage vor allem versucht hat, mich zu schützen."

„Wie hat Mats Steensen Kontakt zu Ihnen aufgenommen?"

„Er tauchte eines Tages im Krankenhaus auf. Ich war total überrascht, aber auch erfreut. Wir haben uns mehrfach getroffen und miteinander geredet. Er hat ein bemerkenswertes Gedächtnis für Details und für Gesichter. Er sagte, die Erinnerung an seine frühe Kindheit habe ihm die Kraft gegeben, all das Schreckliche danach zu ertragen. Wir sprachen über unseren letzten gemeinsamen Sommer auf der Insel. Und dann fragte er mich eines Tages, wer die vier Jugendlichen waren, die wir damals auf Styrsö getroffen hatten. Natürlich erinnerte ich mich, wir waren an der gleichen Schule gewesen, ich kannte sie gut. Völlig ahnungslos habe ich ihm die Namen genannt. Ich hatte keine Ahnung, was er vorhatte. Erst als Svea Helvig und Elias Beck kurz nacheinander ermordet wurden, ahnte ich etwas. Ich habe Mats zur Rede gestellt und er hat es unumwunden zugegeben."

„Warum haben Sie ihn nicht gestoppt?"

„Ich wollte es, ich habe ihn angefleht, damit aufzuhören. Und dann wurde Karl angeschossen und schwer verletzt. Ich war nur noch in Panik. Mats meinte, Tessa Beck und Jörn Olander würden dahinterstecken. Weil sie Angst hatten, Karl könnte hinter ihr Geheimnis gekommen sein."

„Weshalb sollten sie das annehmen?"

„Karl wusste, dass das Möwennest niemals zufällig so tief in den Schornstein geraten sein konnte. Doch er kannte mich gut, und war von meiner Unschuld fest überzeugt. Deshalb hat er gelogen, um mich zu schützen. Schließlich war ich die einzige Verdächtige."

„Verstehe, Beck und Olander könnten also angenommen haben, Karl Hoffner steckte hinter den Morden. Weil er die Wahrheit irgendwie herausgefunden hatte." Alva hielt es nicht für unwahrscheinlich, schließlich war genau das Mats Steensen tatsächlich gelungen. Mit verheerenden Folgen.

99.

Der Himmel war verhangen und grauer Dunst hüllte die Stadt ein. Im Besprechungsraum mussten sie schon am Morgen das Licht einschalten.

„Nun ist der Sommer endgültig vorbei“, sagte Jördis trübsinnig.

„Kein Grund, den Kopf hängen zu lassen.“ Rurik goss sich Kaffee ein. „Auch im Herbst kann man schöne Urlaubstage verleben und im Winter erst recht. Värmland ist ein ideales Wintersportgebiet.“

„Bitte nicht schon wieder Värmland, meine Erlebnisse in der Region reichen mir für die nächsten Jahre.“ Alva lehnte sich zurück und verschränkte die Arme vor der Brust.

„Ach komm, hab dich nicht so“, sagte Sven. „Wenn wir für jeden unserer Einsätze ein rotes Fähnchen auf die Landkarte stecken wollten, würde es bald ziemlich eng werden. Ich fand es jedenfalls sehr schön dort, und wir haben die Zeit größtenteils genossen.“ Sven wirkte entspannt, Gundel hatte ihm die Unterbrechung des Urlaubs nicht verübelt. Sie war wieder mit den Kindern in Halmstadt und Sven füllte seine Rolle als Wochenendvater so gut es ging aus. Noch war nichts Endgültiges zwischen ihnen entschieden, doch er war optimistischer als vor dem Urlaub.

Der Fall war für sie abgeschlossen, gestern hatten sie sämtliche Ermittlungsergebnisse der Justiz übergeben. Alle Beteiligten warteten nun auf ihren Prozess. Mats Steensen hatte sämtliche Taten gestanden und bereute nichts. Sein Bedauern hatte er nur in einem Punkt geäußert, die Aktion gegen Ilma Sölberg war ein

Versehen gewesen. Nach dem Mord an Tessa Beck hatte er sich auf die Suche nach Jörn Olander gemacht, der sich von dem Schlag auf den Kopf erholt hatte und geflohen war. Er war ihm in den Wald gefolgt, hatte seine Spur jedoch verloren. Als er dann zum Jagdhaus zurückgekehrt war und sich daran gemacht hatte, die Leiche von Tessa Beck zu verstecken, war ihm plötzlich das anfahrende Auto aufgefallen. In der Annahme, Olander wäre zurückgekehrt und wolle damit flüchten, hatte er es in den See geschoben. Wäre nicht Knut Jacobson unmittelbar danach aufgetaucht, hätte Ilma vermutlich nicht überlebt.

„Steensen hat Ilma Sölberg sogar anonyme Nachrichten mit Warnungen geschickt und sie aufgefordert, sich von Olander zu trennen“, ergänzte Alva. „Fast ein Jahr lang hat er seine Taten akribisch geplant, er hat die Becks, Svea Helvig und Jörn Olander beobachtet und sich die Mittel zur Tatausführung besorgt. Ilma Sölberg war ihm im Wege gewesen, wäre sie nicht mit nach Styrsö gefahren, hätte er vermutlich alle vier ausgewählten Opfer gleichzeitig in dem Sommerhaus der Becks getötet.“

„Und was war mit Ingrid Oldman?“, fragte Jördis. „Warum hat er sie umgebracht?“

„Weil Sirid Aland ihm nichts ahnend erzählte, was die Oldman ihr mit der Verbreitung böser Gerüchte angetan hatte. Aber von seinen Plänen wusste sie definitiv nichts. Und als sie erkannte, was er vorhatte, konnte sie ihn nicht mehr stoppen.“

„Die Anklage gegen Steensen dürfte auf vierfachen Mord lauten, doch was ist mit Olander? War er in den Plan von Tessa Beck eingeweiht, Karl Hoffner erschießen zu lassen, und hat er ihn sogar unterstützt?“, fragte Alva. Den Auftrag dazu hatte Tessa Beck erteilt, das wussten sie nun. Der Mann, den sie dafür bezahlt hatte, wurde gefasst, als er sich ins Ausland absetzen wollte. Olander bestritt jede Beteiligung.

Rurik zuckte mit den Schultern. „Darum sollen sich jetzt die Gerichte kümmern. Gegen Sirid Aland wird zum Glück keine Anklage erhoben werden. Das ist gut so, die junge Frau hat genug durchgemacht.“

Birger, der neben Alva saß und sich bisher nicht geäußert hatte, nickte. „Sie hat nun die Chance auf eine Therapie zur Aufarbeitung ihrer Vergangenheit. Endlich kann sie sich der

Wahrheit stellen und muss sie nicht mehr hinter erfundenen Geschichten verstecken."

„Hoffentlich kann ihr geholfen werden", sagte Alva. „Ihre Geschichte ist furchtbar tragisch. Es wäre viel Leid verhindert worden, wenn die Jugendlichen damals zu ihrer Tat gestanden hätten. Ich glaube der Aussage von Olander, dass es sich nur um einen missglückten Streich gehandelt hat. Eine Tötungsabsicht hat nie bestanden. Spätestens als Sirid Aland zu Unrecht beschuldigt wurde, hätten sie reden müssen. Aber vielleicht urteile ich zu streng. Sie waren noch sehr jung und sie müssen in Panik geraten sein, als sie sahen, was sie angerichtet hatten. Wir kennen das von anderen Fällen, da werden oft schwere Verbrechen begangen, um eine viel geringere Schuld zu vertuschen, die in keinem Verhältnis dazu steht. Warum handeln Menschen so?" Sie schaute Birger an.

„Die Antwort darauf ist gar nicht so schwer", sagte er. „Sie tun es, weil sie hoffen, auf die Weise davonzukommen. Und nicht selten zahlen sie am Ende einen viel höheren Preis."

100.

Ilma ging ein letztes Mal durch die Wohnung, in der sie sich nie richtig heimisch gefühlt hatte. Im Schlafzimmer saß noch der kleine Plüschstorch, den ihr eine Patientin geschenkt hatte, neben ihrem Kopfkissen. Sie steckte ihn in ihre Umhängetasche und warf sie sich danach über die Schulter.

Jörn stand mit einer Leidensmiene in der Tür und beobachtete jeden ihrer Schritte. „Ilma, bitte“, sagte er. „Musst du dich gleich so endgültig entscheiden? Lass uns noch einmal in Ruhe über alles reden.“

„Es gibt nichts mehr zu reden“, erwiderte sie und wollte sich an ihm vorbeidrängen. Er breitete die Arme aus und versperrte ihr den Weg. „Ich kann das einfach nicht glauben. Weshalb verurteilst du mich? Damals auf Styrsö waren wir fast noch Kinder. Die Sache mit dem Schornstein war außerdem nicht meine Idee. Und den Plan, Karl Hoffner zu erschießen, hat Tessa ganz allein ausgeheckt und durchführen lassen. Ich hatte nichts damit zu tun.“

„Natürlich, es waren immer die anderen“, sagte Ilma wütend. „Aber stets hast du zu deren Ideen den Mund gehalten und in aller Ruhe zugeschaut, wie sich die Dinge entwickeln. Du hast Elias Beck nicht davon abgehalten, den Schornstein eures Lehrers zu verstopfen. Als dann Sirid Aland unter Verdacht geriet, hast du dazu geschwiegen. Du hast nicht geredet, nachdem Svea und Elias ermordet worden waren, obwohl du da längst geahnt hast, wie es zusammenhing. Und du hast Tessa durch dein Schweigen in ihren Mordplänen bestärkt. Ich habe euch im Jagdhaus gehört, als ihr darüber geredet habt. Du hast ihr nicht einmal widersprochen, als Tessa dich aufgefordert hat, die Sache mit Hoffner zu Ende zu bringen."

„Aber das hätte ich niemals getan", begehrte Jörn auf.

„Nein, vermutlich nicht", stimmte Ilma ihm zu. „Das ist nicht dein Stil. Du ziehst es vor, andere machen zu lassen und dich nicht einzumischen, egal was passiert. Deine Feigheit ist einfach erbärmlich und ich will nicht mit einem feigen Mann zusammenleben."

Jörn zuckte zurück, als hätte sie ihn geschlagen, und Ilma ging wortlos an ihm vorbei. Unten vor dem Haus wartete Knut in seinem alten Volvo auf sie. Er stieg aus und hielt ihr die Tür auf. Die Kartons mit ihren Habseligkeiten waren bereits im Kofferraum verstaut. Ilma war jetzt froh, nur wenige persönliche Sachen zu besitzen, das erleichterte den Auszug.

„Ich bin dir wirklich dankbar dafür, dass ich bei dir unterkommen darf", sagte sie zu Knut. „Bestimmt werde ich dir nicht lange zur Last fallen, ich bemühe mich bereits um eine Wohnung."

„Du fällst mir nicht zur Last, das weißt du doch", sagte er. „Bleib, solange du willst, wir werden schon miteinander klarkommen. Am kommenden Wochenende hast du die Wohnung ganz für dich allein, ich werde kaum da sein. Sirid will ihre Bude renovieren und ich habe versprochen, ihr zu helfen. Sie braucht einen Neustart und die Renovierung ist ein guter Anfang."

„Das finde ich auch", sagte Ilma. „Ich würde gern mitmachen, im Renovieren bin ich ziemlich gut. Natürlich nur, wenn Sirid nichts dagegen hat."

„Im Gegenteil, sie wird sich riesig freuen. Sirid fand dich schon immer sympathisch. Sie kann jetzt wirklich jede helfende Hand und ein paar gute Freunde gebrauchen. Willkommen im Team."

Knut war anzumerken, wie sehr ihn Ilmas Vorschlag freute. Ilma fühlte sich ebenfalls gleich entspannter. Auch für sie war es der Start in einen neuen Lebensabschnitt und sie fand, er ließ sich gar nicht schlecht an.

Nachwort

Liebe Leserin, lieber Leser,

danke, dass Sie mein Buch gelesen haben. Die Handlung und alle darin vorkommenden Personen sind wie immer frei erfunden. Manchmal habe ich beinahe ein schlechtes Gewissen, wenn ich die schönsten Gegenden Schwedens als Schauplätze für meine Morde auswähle. Ich kann Ihnen versichern, dass es sowohl auf Styrsö als auch in Värmland in Wirklichkeit ausgesprochen friedlich zugeht. Die perfide Mordmethode, die ich in diesem Buch beschreibe, ist nicht meiner Fantasie entsprungen, sondern geht auf einen realen Kriminalfall zurück. Zum Glück ist sie in der Praxis nicht so leicht durchführbar und kaum jemand hat Zugang zu den dafür erforderlichen Mitteln. Auf keinen Fall möchte ich mit meinen Büchern eine Anleitung zu Verbrechen geben, sondern einfach nur spannende Unterhaltung bieten. Wenn mir das in Ihren Augen gelungen sein sollte, wäre ich für eine positive Bewertung auf Amazon oder für eine Rezension sehr dankbar.

Falls Sie über künftige Bücher von mir informiert werden möchten oder an Hintergrundinformationen dazu interessiert sind, abonnieren Sie einfach meinen Newsletter. Dadurch nehmen Sie auch an den Gewinnspielen teil, die ich regelmäßig veranstalte. Anmelden können sie sich auf meiner Webseite https://fiona-limar.de

Passen Sie gut auf sich auf.
Herzlichst Ihre Fiona Limar

ENDE

Lust auf mehr?

Alles über die Autorin und ihre Bücher im Internet auf ***https://fiona-limar.de*** oder auf Facebook unter ***https://facebook.com/limar.fiona***

Kriminalinspektorin Alva Claesson und Psychologe Birger Nyberg ermitteln – Die Schweden-Thriller von Fiona Limar

Luciablut – Fast jedes Mädchen in Schweden träumt davon, einmal die Lucia zu sein. Für zwei von ihnen wird daraus jedoch ein Albtraum, aus dem es kein Erwachen gibt.

Brennender Hass – Ihre Eltern verschwanden spurlos, ihre Schwester kam unter mysteriösen Umständen ums Leben. Sarah, die einzige Hinterbliebene, leidet unter Panikattacken und albtraumhaften Visionen.

Verdammtes Blut – Der lange Schatten des "Henkers von Gotland" verdunkelt das Leben zweier junger Frauen. Während Amanda sich der Verfolgung durch einen unheimlichen Mann ausgesetzt sieht, sucht Elodie nach ihren familiären Wurzeln. Keine der beiden ahnt, in welcher Gefahr sie schweben.

Todesleuchten – Eine junge Frau begibt sich auf die Suche nach der Wahrheit über den Tod ihres Mannes. Was zunächst wie ein Unfall aussieht, entpuppt sich als perfider Mord und die Methode lässt den Atem stocken.

Abgrund der Schuld – Ein entführtes Kind, eine ermordete Ärztin und eine Leiche, die aus der Rechtsmedizin verschwindet: Scheinbar gibt es keine Verbindung, doch als die Mutter des Kindes Nachforschungen anstellt, beginnt sie an ihrem Verstand zu zweifeln.

Eisiges Grab – Drei junge Frauen werden tot auf einem zugefrorenen See entdeckt, alle nur mit einem Nachthemd bekleidet. Sie waren Schülerinnen des gleichen Internats... und nicht die ersten Opfer.

Schwarze Flamme – Die Tote ist in einem Ring aus Kerzen aufgebahrt – haben Claesson und Nyberg es mit einem satanistischen Ritualmörder zu tun?

Finstersommer – Auf der Insel Styrsö geht die Angst um. Der Tod kommt in der Nacht, lautlos und heimtückisch. Der Täter hinterlässt fast keine Spuren – und wer könnte überhaupt ein Motiv haben?

Team Mord-Nord ermittelt! – Die Brandenburg-Krimis von Fiona Limar

Als Polizeikommissarin Marie Liebig sich von Berlin nach Brandenburg versetzen lässt, ahnt sie noch nicht, dass das Leben in der Provinz alles andere als beschaulich ist …

Schwesternblut – Drei ungleiche Schwestern geraten in einen Strudel von Gewalt und Tod. Die eine entkommt jahrelanger Gefangenschaft und Folter, aber der Schrecken ist noch nicht vorbei…

Spiegel der Angst – Ein Mord, ein Mordversuch – und die Opfer sehen sich zum Verwechseln ähnlich. Ein Zufall? Eine mysteriöse Internetseite und ein alter Aberglauben scheinen in diesem Fall eine Rolle zu spielen.

Der Tod der schwarzen Schwäne – Zwei Frauen werden tot mit Bisswunden an den Hälsen aufgefunden. Beide waren sie „schwarze Schwäne“, sie ließen andere Menschen freiwillig ihr Blut trinken. Die Ermittlungen führen in eine bizarre Subkultur.

Im Dunkel des Grabes – Die psychisch gestörte Doppelmörderin scheint ein klarer Fall zu sein – oder steckt doch mehr hinter ihren Hirngespinsten?

Blau wie der Tod – Eine Lehrerin verschwindet auf einem Schulausflug. Es sieht nach einem tragischen Unfall aus, doch dann tauchen makaber arrangierte Leichenteile auf...

Grabesschatten – Eine blutige Mordserie erschüttert das kleine Dorf Lanzbeck. Der Täter will seine Opfer leiden sehen. Die Dorfbewohner schweigen eisern… aber wie lange noch?

Wenn Liebe mordet – Um eine Serie von fingierten Suiziden aufzuklären geht Marie Liebig Undercover in eine Selbsthilfegruppe für Frauen, die verheiratete Männer lieben. Sie ahnt nicht, wie riskant dieses Unterfangen ist.

Die Spur der Verlorenen – Die Flucht vor gewaltätigen Partnern endet für mehrere Frauen mit dem Tod, denn ein perfider Täter macht sich ihre Not zunutze...

Deiche, Moore, Morde! – Die Schleswig-Holstein-Krimis von Fiona Limar

Sarah liebt ihre Arbeit als Kommissarin bei der Kriminalpolizei. Und der Norden ist alles andere als langweilig…

Das Schweigen der Mörder – Im kleinen Dorf Geistmoor geschieht ein Mord und zwei Mädchen verschwinden spurlos. Die Verbindung zu einem älteren Vermisstenfall drängt sich auf, doch die Dorfgemeinschaft schweigt beharrlich…

Böser Ort – Als am Elberadweg junge Frauen verschwinden, steht die Polizei unter gewaltigem Druck. Ist hier ein Serientäter am Werk?

Die Toten vom See – Ein Tag am See endet mit einem entsetzlichen Verbrechen. Eine Schülerin entkommt den Tätern, doch die Umstände sind rätselhaft. Die Spur führt in eine Welt voll abartiger Fantasien.

Die Psychologie des Bösen – eine Psychologin auf den Spuren des Verbrechens.

Einige Fälle, mit denen es die Psychologin Iris Forster in ihrer Praxis zu tun bekommt, entpuppen sich als wahre Abgründe der menschlichen Seele.

Eine tödliche Erinnerung – Eine ihrer Patientinnen wird mehrerer Morde beschuldigt – hat sie sie wirklich begangen?

Henkersbraut – Ein mysteriöser Mord in einem Kurort weist eine rätselhafte Verbindung zu einem 400 Jahre zurückliegenden Hexenprozess auf.

Mörderblut – Der „Dornröschenmörder" verbreitet Angst und Schrecken und Iris muss befürchten, dass es sich bei dem Gesuchten um einen ihrer Patienten handelt.

Ohne Erbarmen – Patienten einer Klinik geraten Jahre später ins Visier skrupelloser Mörder.

Psychologin Iris Forster geht für ihre Patienten bis an die Grenze – für alle Leser, die tiefgründige und spannende Unterhaltung lieben!

Mordflüsterer – *Als sie das Zeichen sahen, war es schon zu spät, denn es bedeutete, dass sie gleich sterben würden.*

Die beiden Morde, die sich kurz hintereinander ereignen, sind völlig unverständlich, doch noch unerklärlicher ist das Verhalten der bald darauf ermittelten Täter. Sie weisen die Gemeinsamkeit auf, dass sie kurz zuvor bei der gleichen Psychotherapeutin in Behandlung waren. Liegt dort die Ursache für ihre Taten verborgen? Bald stellen sich die Ermittler die Frage, ob man einen Menschen so manipulieren kann, dass er zum Mörder wird. Aber wie soll das funktionieren? Und vor allem: Welches Interesse könnte dahinterstecken? Während sich immer neue Fragen auftun, beginnt sich das Netz bereits um die nächsten Opfer zuzuziehen.

Schicksalsmord – Die attraktive Lydia hält sich für eine geniale Lenkerin der Geschicke anderer Menschen. Höchst raffiniert und immer auf den eigenen Vorteil bedacht zieht sie die Fäden, an denen die sie umgebenden Personen wie Marionetten tanzen. Ihre Eltern, zwei Ehemänner, einige Liebhaber, Freundinnen und Kolleginnen und nicht zuletzt ihre gutgläubige, sanftmütige Schwester Ulrike werden zu Opfern ihrer Manipulationen. In der Wahl ihrer Mittel ist Lydia dabei durchaus nicht zimperlich: Verleumdung, Rufmord und sogar Mord gehören zu ihrem Repertoire. Doch irgendwann beginnen ihr die Fäden zu entgleiten und sich zu einem Gespinst zu verknüpfen, in dem sie sich immer mehr verfängt. Sie wird des Mordes an ihrem Ehemann bezichtigt, und die Ermittlungen bringen immer neue Indizien und peinliche Enthüllungen ans Licht. In die Enge getrieben sieht Lydia nur noch einen Ausweg: Sie muss Ruf und Leben ihrer Schwester zerstören, um sich selbst zu retten. Doch der teuflische Plan birgt seine Risiken.

Der Teufel von Heiligendamm – Ostseethriller

Unheil braut sich im Ostseebad Heiligendamm zusammen. Niemand vermochte die Spuren am Körper einer Frau, die eines Morgens ermordet in der Brandung lag, zu deuten. Sie schienen weder tierischen noch menschlichen Ursprungs zu sein. Der Täter konnte nicht gefunden werden. Bald steht ein Haus an der Steilküste im Mittelpunkt unheimlicher Gerüchte, da sich hier bereits mehrere mysteriöse Todesfälle ereigneten. All das hält Lara, eine junge Frau, die an der Küste ein neues Leben beginnen will, nicht vom Einzug in dieses Haus ab. Doch bald häufen sich dort beängstigende Vorfälle. Und plötzlich geschieht ein weiterer Mord.

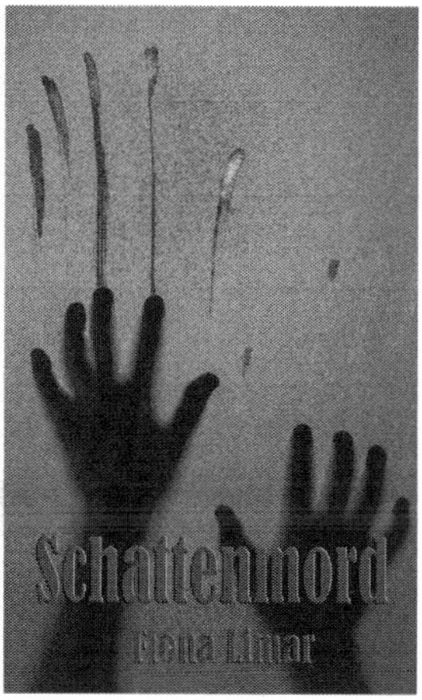

Schattenmord – *Wenn dein schönster Traum zum Alptraum wird. Wenn sich Abgründe auftun, die dich zu verschlingen drohen ...*

Nach einem mysteriösen Überfall gerät Julias Leben aus den Fugen. Sie hat Gedächtnislücken, fühlt sich verfolgt und leidet unter düsteren Visionen von toten Frauen. Auch ihr Mann Alexander, mit dem sie zuvor sehr glücklich war, scheint ihr einiges zu verschweigen. Doch im Hintergrund zieht ein anderer die Fäden, an denen Julias Leben hängt.